Diana Dettmann

Celesta

Asche und Staub

DARK DIAMONDS

© privat

Diana Dettmann ist geboren und aufgewachsen im häufig recht nasskalten Norden von Deutschland. Und weil die Welten und Abenteuer in den Büchern meistens viel interessanter waren als der Blick aus dem Fenster, verbrachte sie oft Stunden damit, sich in eben diesen Welten zu tummeln, mit tapferen Helden Schlachten auszufechten oder mit edlen Ladys in mittelalterlichen Settings durch wildromantische Wälder zu fliehen. Seit 2012 veröffentlicht sie selbst Fantasyromane für Jugendliche und jung gebliebene Erwachsene, die den Spaß an romantisch-abenteuerlichen Geschichten nicht verloren haben.

Prolog

Als es an der Tür klingelt, zucke ich so heftig zusammen, dass die Seite des Buches, das ich gerade in den Händen halte, einen Riss bekommt. Mums Lieblingsbuch. Mit eingezogenem Kopf schiele ich zu Dad hinüber, doch der ist so in die Nachrichten vertieft, dass er weder das Klingeln noch das Reißen der Buchseite gehört hat.

Ich lege es zur Seite, hopse vom Sessel und tapse barfuß zur Tür. Vor dem milchigen Glas der Haustür erkenne ich zwei große Schatten. Es klingelt erneut und dieses Mal reagiert Dad. Er poltert an mir vorbei und schubst mich beiseite, sodass ich mit der Schulter gegen das Treppengeländer stoße. Es fällt ihm nicht einmal auf.

Atemlos reißt er die Tür auf. Während ich die schmerzende Stelle an meiner Schulter knete, bewege ich mich langsam auf ihn zu, bis ich neben ihm stehe und in die Gesichter von zwei Fremden starre. Schon wieder Polizisten.

Seit Mums Verschwinden sehe ich häufiger welche. Beinahe jeden Tag. Heute ist allerdings das erste Mal eine Frau dabei. Sie senkt kurz den Kopf und lächelt mich an. Die Miene des Mannes bleibt hingegen ernst.

Mein Rücken kribbelt ein wenig und ich warte darauf, dass einer von ihnen was sagt. Oder dass Mum aus dem Auto aussteigt. Oder wir einsteigen und zu ihr fahren. Ein dicker Kloß bildet sich in meinem Hals, als einfach nur nichts passiert.

Ich schiebe meine Hand in die von Dad und flehe innerlich, dass einer von ihnen endlich etwas sagt. Er muss doch fragen! Doch er steht da, blinzelt und bleibt stumm.

»Habt ihr meine Mum gefunden?«

Dad lässt meine Hand los, legt seine stattdessen auf meine Schulter und drückt sie etwas zu fest. Eine Geste, die der Polizistin nicht entgeht. Sie hockt sich hin und lächelt freundlich.

»Möchtest du mir vielleicht dabei helfen, ein schönes Foto deiner Mum herauszusuchen? Wir brauchen noch eines, weißt du?«

Ich nicke. Ich kann helfen. In der Schuhkiste unter meinem Bett sind unendlich viele Fotos von ihr.

»Dein Name ist Emma, richtig? Ich bin Polli.«

Sie streckt mir ihre Hand entgegen, ich schüttle sie freundlich und ziehe sie dann, mit schnellen Schritten, in mein Kinderzimmer.

Sie setzt sich auf den für sie viel zu kleinen Stuhl, nimmt mir die Box mit den Fotos ab und öffnet sie. Schon beim ersten Bild huscht ein kleines Lächeln über ihr Gesicht.

Sie werden sie finden, denke ich. *Sie brauchen ein Foto, damit sie wissen, wie sie aussieht, und besser nach ihr suchen können.* Mein Herz klopft wild in meiner Brust herum, als ich die Fotos hastig ausbreite, um ihr mein Lieblingsbild zu zeigen. Doch Moment – das ist nicht hier, sondern in der Wohnstube. Ich hatte es vorhin bei mir.

Ohne ein Wort stürme ich aus dem Kinderzimmer, hinaus auf den Flur. Meine blanken Füße patschen über den Boden und ich stürze beinahe. Atemlos erreiche ich die Tür, die zur Stube führt und der Ruf nach meinem Dad liegt mir schon auf den Lippen, als ich die Stimme des Polizisten höre:

»Es gibt absolut keine Spur von Ihrer Frau, Mister Parker. Niemand hat sie gesehen.«

Dad fällt förmlich in den Sessel, während ich wie festgenagelt im Türrahmen stehen bleibe.

»Wir haben keine Hinweise gefunden, kein Anzeichen für eine Auseinandersetzung oder dafür, dass sie Probleme hatte. Sie hat laut Ihrer Aussage keine nennenswerte Summe Bargeld dabeigehabt und es erfolgte nach ihrem Verschwinden kein Zugriff auf ihr Konto. Unseren Ermittlungen zufolge hat sie auch nicht versucht, einen Bekannten zu erreichen.«

Dad starrt ins Leere und nickt, obwohl keine Frage im Raum steht. Der Polizist seufzt leise und setzt sich ihm gegenüber auf die Kante der Couch.

»Alle Befragten haben uns bestätigt, dass sie immer einen glücklichen Eindruck gemacht hat, aber das allein heißt meist nicht viel. Niemand weiß, wie es wirklich in einem Menschen aussieht, wissen Sie? Aber in diesem Fall … ich meine … niemand hat sie nach ihrem Verschwinden gesehen und es sind auch keine Lösegeldforderungen eingegangen. Ich will ganz ehrlich sein, Mister Parker, ein solcher Fall ist mir noch nicht untergekommen. Wir suchen natürlich weiter, aber …«

Eine warme Hand legt sich auf meine Schulter, während ein Beben meinen Körper durchläuft – zusammen mit dem drückenden Gefühl, dass nichts je wieder so sein wird, wie es einmal war.

Eins

Zwanzig Jahre später

Meine Augen brennen von der rauchgeschwängerten Luft, als ich die letzten Gläser von den Tischen sammle, klebrige Bierreste entferne und die aufgeschwemmten Dielen von Zigarettenstummeln und Dreck befreie.

Seit nunmehr vier Jahren ist Jimmys Bar mein zweites Zuhause. Zu etwas Besserem hab ich es nicht gebracht. Kein toller Abschluss, mit dem ich hätte etwas aus meinem Leben machen können. Die Schule habe ich nur mit Ach und Krach beendet. Mein Zeugnis taugt gerade mal als Kaminfutter. Ich glaube, es ist sogar auf genau diese Art und Weise aus meinem Besitz verschwunden. In einem Anflug von Wut und einer Prise Selbsthass – und mit der Unterstützung von reichlich Alkohol.

Das Brennen in meinen Augen lässt erst nach, als ich die Tür zuziehe, abschließe und kühle, frische Nachtluft meine Lunge füllt. Ein wenig fröstelnd schiebe ich die Hände in die Taschen und hebe den Blick zum Himmel hinauf. Es ist mittlerweile deutlich heller geworden und die Sterne verblassen zusehends.

Schnaufend mache ich mich auf den Heimweg, der, wie immer um diese Zeit, ruhig und einsam ist. Schließlich kann ich ganz am Ende der vor mir liegenden Straße das Haus mit der dunkelgrauen Fassade erkennen, in dem ich wohne. Von so weit weg sieht es gar nicht mal übel aus. Die vielen Stellen, an denen der Putz bröckelt, und das zugenagelte Fenster im zweiten Stock sind nicht zu sehen. Fast könnte man meinen, es sei nicht die heruntergekommene Bruchbude, die es nun einmal ist.

Es gibt nicht viel, das ich vorweisen kann. Ein mieser Job, eine miese Bude und Matt – ein Typ, der irgendwann bei mir eingezogen und seitdem nicht mehr gegangen ist. Jemand, der mich ›Baby‹ nennt, obwohl ich es hasse. Genau genommen mag ich ihn nicht einmal besonders. Das war mal anders, ist aber verdammt lange her. Mittlerweile ist er einfach nur noch jemand, der quasi zum Inventar gehört und den ich nicht rausschmeißen kann, weil er – im Gegensatz zu mir – niemand ist, der allein klarkäme. Ich will nicht behaupten, ich hätte ein zu gutes Herz, um ihn rauszuschmeißen, denn das habe ich nicht. Vielmehr ist es so, dass ich hin und wieder glaube, er könnte tatsächlich das einzig Normale in meiner Wohnung sein. Vielleicht bin ich nur seinetwegen noch nicht zu einer merkwürdigen Tante geworden, deren Haare wild zu Berge stehen, die fünfzig Katzen hat und niemals vor die Tür geht. Vielleicht.

Ich ziehe leicht fröstelnd die Jacke etwas fester um meine Schultern und wende den Blick nach Osten. Über den Häuserzeilen meiner Heimatstadt Thiernan, zwischen denen der zarte Dunst des Morgens hängt, kündigt die Sonne in pastelligen Tönen einen grandiosen Auftritt an. Der Himmel ist klar und bietet die perfekte Bühne für ein paar angeberische Minuten. Zumindest für diejenigen, die den Sinn dafür noch nicht verloren haben. Direkt vor mir ragt eine kleine Brücke auf, die mit ihrem barocken Geländer und dem kunstvoll gesetzten Granitpflaster über dem gemächlich plätschernden Fluss thront, dessen Namen ich mir auch nach all den Jahren partout nicht merken kann. Ich überlege für einen kleinen Moment, stehen zu bleiben und zuzusehen, mir ein paar Minuten lang einzureden, alles wäre gut und ich glücklich. Ich könnte so tun, als sei heute der Tag, an dem sich alles ändert. Nur für einen Moment.

Doch gerade, als ich mich dafür entscheide, erlöschen in einem Radius von mehreren Metern um mich herum sämtliche Lichter. In der Ferne glimmt es noch, weshalb ein Stromausfall wohl kaum der Grund sein wird. Ich bleibe mehr oder weniger verwundert stehen und schaue mich um. Ein Prickeln in meinem Nacken, wie eine Vorahnung oder ein ungutes Gefühl, überläuft mich und die Härchen an meinen Armen stellen sich auf. Die Geräusche in meiner Umgebung verstummen urplötzlich und die Temperatur ist fühlbar um einige Grad abgesackt. Mein Atem bildet weiße Wölkchen vor meinem

Gesicht und ich schwöre, das hat er vor ein paar Sekunden noch nicht getan. Ich atme tief ein und puste noch einmal warme Luft in die Nacht, beobachte wie hypnotisiert den Schleier, der beinahe unwirklich dicht und fast pulsierend vor mir herumwabert, strecke die Hand danach aus – und stolpere entsetzt zurück, als mir aus genau diesem unschuldigen Nebel eine grässliche Fratze entgegenspringt.

Kälte dringt schlagartig in meine Glieder und unterdrückt den spitzen Schrei, der in meiner Kehle festhängt. Ich bekomme keine Luft, gerate ins Straucheln, falle auf den Hintern und schlage in wilder Panik um mich. Doch da ist absolut nichts, gegen das ich kämpfen könnte. Keine Fratze mehr, nur noch der Nebel, der jedem meiner Schläge wabernd ausweicht.

Japsend versuche ich verzweifelt, Luft in meine Lunge zu zwingen, reiße am Kragen meiner Jacke, will aufstehen und um Hilfe rufen, doch meine Gliedmaßen gehorchen mir nicht mehr und Punkte tanzen vor meinen Augen.

Ich sterbe. Dieser Gedanke schießt wie ein glühender Pfeil durch meine Eingeweide, während ein rasender Schmerz meine Brust erfasst und mir Tränen in die Augen treibt. Meine Fingerspitzen prickeln und nur einen Augenblick später weitet sich das Gefühl auf meine Handflächen aus. Eine Reaktion auf den Sauerstoffmangel? Ist das normal? Was zur Hölle wäre wohl gerade noch normal? Ich brauche Hilfe! Doch das Prickeln wird intensiver, schlägt um in ein Brennen – so schmerzhaft, als würden meine Hände schmelzen. Ich kippe zur Seite, kämpfe um jeden Fetzen Luft und hebe die Handflächen zitternd in mein Blickfeld. Tatsächlich besiegt für einen Moment die Überraschung meine Angst, denn meine Hände brennen. Nicht sprichwörtlich. Wörtlich! Lichterloh. Ich sollte mich darüber wohl wundern. Nein, ich sollte verdammte Angst haben! Habe ich aber nicht. Im Gegenteil. Erleichterung durchströmt mich, als ob eine Last von mir genommen wurde. Instinktiv strecke ich meine flammenden Hände dem Nebel entgegen. Keine Ahnung, warum. Vielleicht einfach, weil das Feuer die einzige Waffe ist, die ich gerade besitze. Selbst wenn ich es bin, die brennt.

Abermals bricht die furchtbare Fratze aus dem Nebel heraus, weicht zurück und kreischt laut auf. Ein zutiefst unmenschliches Geräusch, bei dem sich mir die Nackenhaare aufstellen und mich das beinahe unbezwingbare Verlangen überkommt, meine brennenden Hände auf die Ohren zu pressen. Stattdessen brülle ich zurück, halte meine Flammen wie ein Schutzschild vor mich und hoffe, dass ich stark genug bin, das hier zu überstehen.

Als der Schrei endlich verklingt, bin ich schlagartig frei. Ich sauge rasselnd und hustend Luft in meine Lunge, sinke flach auf den Boden und krieche etliche Meter rückwärts – Hauptsache weg von diesem ... diesem ... Monster.

Noch immer in Todesangst sehe ich mich um, versuche auszumachen, von wo der nächste Angriff erfolgen wird. Doch die Nacht um mich herum ist friedlich und nichts erinnert auch nur entfernt an das, was eben geschehen ist. Kein Nebel mehr. Ich komme auf die Beine, sehe mich blinzelnd um und starre schließlich keuchend und verwirrt auf meine Hände, drehe und wende sie. Doch da ist nichts. Weniger als nichts. Keine Flammen. Kein Glühen.

Langsam und äußerst träge nehme ich meine Umwelt wieder wahr, entdecke links von mir die Brücke und rechts von mir die kleine Bank und den Park dahinter, halb verborgen in den dunklen Schemen der Nacht. Gerade, als ich mich abwenden will, zerfetzt der wohlbekannte Schrei abermals die Stille und ich werde steif vor Angst.

Dort hinten, in den dunklen Schatten im Park, erkenne ich die dicken, weißen Nebelschwaden. Meine Handflächen sind feucht und ich gerate ins Straucheln. Angst schnürt mir abermals die Kehle zu und jede Faser meines Körpers schreit mich an, zu fliehen. Auf der Stelle! Doch dieses Mal bin nicht ich sein Ziel.

Eine Gestalt, augenscheinlich ein Mann, steht ihm gegenüber. Ich entdecke einen schwach glimmenden Gegenstand in seiner Hand, kann aber nicht genau erkennen, was es ist.

»Lauf!«, brülle ich, trotz meiner rasenden Angst, will zu ihm laufen, stoppe aber nach wenigen Schritten, weil mich der Mut verlässt. Beide wenden sich gleichzeitig zu mir um und ich erkenne, dass ich einen Fehler gemacht habe.

Während der Nebel sofort wieder auf mich zuschießt, macht der Mann etwas, mit dem ich nicht gerechnet habe. Er stellt sich diesem *Ding* in den Weg. Mehr noch, er greift es an. *Nobel,* denke ich. *Und ein wenig lebensmüde. Oder einfach nur dumm.* Doch schon im nächsten Augenblick ändere ich meine Meinung, denn sein Einsatz zeigt Erfolg. Mitten im Kampf dreht er sich zu mir um und ich erhasche für einen kurzen Moment einen Blick auf sein Gesicht, doch diese wenigen Sekunden reichen kaum, um mir Details einzuprägen.

»Verschwinde!«, brüllt er wütend und dann gilt seine ganze Aufmerksamkeit wieder dem Kampf. Er hindert dieses Wesen daran, zu mir zu gelangen, und auch wenn es feige ist, lasse ich mich nicht zweimal bitten, drehe mich um und laufe, als sei der Teufel höchstpersönlich hinter mir her. Ich laufe, bis das Licht der Straßenlampen mich wieder umschließt, und erst hier wage ich einen kurzen Blick zurück.

Die Brücke ruht friedlich im sanften Schein der Laternen wie eh und je. Kein Nebel, keine defekte Beleuchtung und auch kein mysteriöser Retter. Meine Gedanken überschlagen sich, mein Atem rasselt noch immer ein wenig. Ich weiß, was ich gesehen habe! Ich weiß, was ich gespürt habe!

»Miss … alles in Ordnung?« Eine Frau, die gerade die Tür direkt neben mir verlässt, erkundigt sich besorgt nach meinem Befinden, doch mein Adrenalinspiegel ist noch immer so hoch, dass ich mit einem leichten Aufschrei zurückweiche.

Ihren verwirrten Blick ignorierend drehe ich mich um und renne die letzten Meter bis zum Haus. Mit zittrigen Fingern fummle ich die Schlüssel heraus, reiße die Tür auf und sprinte in den Flur. Ohne an Tempo zu verlieren, nehme ich zwei Treppenstufen auf einmal und falle beinahe in meine Wohnung. Ich werfe Jacke und Tasche beiseite, verrammle alle Fenster und erst jetzt halte ich inne, lasse mich gegen die Wand sinken, atme tief durch und versuche rational zu denken. Es ist nichts passiert – rein gar nichts! Das war alles Einbildung. Überarbeitung. Keine Ahnung.

Vielleicht hat mir einer der Gäste was in meine Wasserflasche getan. Das könnte eine Erklärung sein. Ja, ganz sicher war es etwas in der Art gewesen. Oder einer dieser dämlichen Streiche, mit denen sich ein paar Idioten im Internet rühmen. Eine Nebelmaschine, irgendeine Art Projektor und ein vollkommen übermüdetes Opfer. Fertig war das nächste Kracher-Video, das sich wie ein Lauffeuer auf den sozialen Plattformen verbreiten würde.

Ganz langsam beruhigt sich mein Puls und mein gesunder Menschenverstand gewinnt die Oberhand. Alles harmlos. Ich meine, was denn sonst? Monster? Nebelwesen? Es gibt sicher eine ganz einfache Erklärung.

Trotzdem geben meine Knie nach und ich sinke auf die Couch, lasse mich in die weichen Kissen fallen und ignoriere das noch immer anhaltende Zittern meiner Finger. Ebenso wie den sehr realen Duft nach Schwefel.

Zwei

Die Bar ist ausnahmsweise mal ganz gut besucht. Es ist Monatsanfang und Freitag. Für ein paar Stammgäste augenscheinlich ein guter Grund, den Start ins Wochenende feuchtfröhlich zu begießen.

Viele der Gesichter kenne ich inzwischen recht gut. Ich weiß, wo sie arbeiten, kenne die Namen ihrer Kinder, Frauen und Geliebten. Ich lache über ihre Witze, lasse mir Spitznamen wie Häschen, Täubchen und Schätzchen gefallen und werfe den einsamen Herren hin und wieder ein nettes Lächeln zu. Das alles für einen Umsatz, den Jimmy bei jeder sich bietenden Gelegenheit beweint. Als könnte ich was dafür.

Diese Bar hat schlicht und ergreifend nichts, das Kundschaft anlocken, geschweige denn halten könnte. Ich habe keine Ahnung, warum die, die sich aktuell um die Tische drängeln, überhaupt hier sind. Das Bier ist schlecht und die Preise überteuert. Anfänglich habe ich versucht, mit Jimmy zu reden, eigene Ideen einzubringen, aber er ist absolut resistent, was das betrifft, und setzt lieber auf seine eigenen glorreichen Ideen.

Er versucht es mit Flyern und Events, wie er es so schön nennt. Ein Event ist bei ihm allerdings ein drittklassiger Stand-up-Comedian, eine vollkommen unbekannte Band oder, oder, oder. Er hat schon alles Erdenkliche ausprobiert. Alles, außer der unglaublich naheliegenden Möglichkeit, anständig zu putzen und zu renovieren.

Und obwohl ich Jimmy an manchen Tagen einfach nur ins Gesicht schreien möchte, dass er seinen Scheiß doch allein machen soll ... dieser Job hält mich über Wasser und sind wir ehrlich: Was Besseres erwartet mich in der großen, weiten Welt einfach nicht. Also stehe ich Samstagabend hinter dem

Tresen, spüle Gläser, lächle freundlich, zapfe Bier und mixe mittelmäßige Drinks.

***

Der Schreck vom gestrigen Abend ist beinahe vergessen. Zumal selbst Matt mich in meiner Vermutung bestätigt hat, es sei sicher nur ein Dummer-Jungen-Scherz gewesen. Seine Bestätigung tat gut und er schien beinahe richtig ... besorgt um mich zu sein. Einer der wenigen Momente, in denen er mich daran erinnerte, warum genau er noch bei mir wohnen darf.

***

Es ist kurz nach zwei und Rauchschwaden wabern durch den nur spärlich beleuchteten Raum. Der Andrang hat nachgelassen, sodass ich Zeit habe, bereits mit dem Aufräumen anzufangen. Ich wische die Tische ab, rücke Stühle zurecht, räume leere Gläser weg und ersetze sie bei Bedarf.

Nur eine Handvoll Gäste sind noch übrig. Eine Gruppe von sechs Männern, unter ihnen Jimmys Bruder Taylor, drängt sich laut lachend um einen kleinen Tisch in der hinteren Ecke, während sie abwechselnd von den jeweils überlebten Heldentaten berichten. Glauben darf man davon nicht einmal die Hälfte. Wenn man beim Flunkern leuchten würde ... da hinten wäre die Sonne.

Lächelnd schüttle ich den Kopf und lege meine Hand vorsichtig auf die eingesunkene Schulter eines älteren Herrn.

»Na, Mitch, noch eins?«, raune ich leise, um ihn nicht zu erschrecken. Mitch kommt jede Woche her, trinkt immer nur ein einziges Bier, sitzt da, lächelt in sich hinein und genießt es, nicht allein zu sein. Auch heute schüttelt er auf meine Frage erwartungsgemäß den Kopf, räuspert sich und schiebt den Stuhl zurück. Als er sicher steht, greift er in seine Hosentasche und drückt mir einen zerknautschten Zehner in die Hand.

»Ich bring dir gleich dein Wechselgeld, ja?«

»Behalt es«, murmelt er müde und tätschelt meine Hand.

»Komm schon, das ist viel zu viel.«

Doch er bleibt stur und schüttelt nachdrücklich den Kopf.

»Seit wann kann ein alter Mann«, er ächzt wie ein knorriger Ast im Wind, als er sich auf dem Tisch abstützt, »nicht einmal mehr selbst darüber entscheiden, wie viel Trinkgeld er der netten Kellnerin gibt, hmm?«

Er hustet und hält sich noch einen Moment an der Tischplatte fest, bis das Beben nachlässt. Ich lege ihm eine Hand auf die Schulter und er tätschelt sie beruhigend. Beinahe jungenhaft zwinkert er mir zu.

»Kannst es doch gebrauchen, Kleine. Steck's schon ein.«

Ehe ich erneut protestieren kann, wendet er mir den Rücken zu und schleicht auf wackeligen Beinen hinüber zu der kleinen Garderobe neben der Tür, an der sein Mantel hängt. Bereits im nächsten Moment ist er in der Nacht verschwunden.

Mit einem leicht wehmütigen Lächeln auf den Lippen wende ich mich um, wische den Tisch ab und trage sein Glas zum Tresen. Doch erst, als ich es zum Trocknen aufstelle und noch einen Blick hinüber in die Ecke zu Taylor und den Jungs werfe, bemerke ich den Mann, der mir ganz plötzlich direkt gegenübersitzt. Nur mit Mühe unterdrücke ich einen Aufschrei und widerstehe dem Drang, zurückzuweichen. Gegen die Gänsehaut, die über meinen Rücken rieselt, kann ich allerdings nichts tun.

Wann zu Hölle ist der denn aufgetaucht? Und warum habe ich ihn nicht bemerkt? Ich bin doch die ganze Zeit in der Nähe gewesen und hatte die Tür im Blick. Ich hatte die ganze verdammte Bar im Blick.

Doch er ist definitiv da. Keine Einbildung, kein Hirngespinst. Die Kälte der Nacht klebt noch immer an ihm, ebenso wie ein merkwürdiger Geruch, den ich nicht einordnen kann. Seine dunkle, fast reglose Gestalt ist in eine dicke Jacke gehüllt und eine tief hängende, schwarze Kapuze verdeckt sein Gesicht. Wortlos sitzt er auf einem der wackeligen Barhocker vor mir, die Ellenbogen aufgestützt und den Blick auf den zerkratzten Lack der Theke geheftet. Seine Finger umschließen eine zerknautschte Zigarettenpackung und lassen sie hin und her wandern. Ich weiß nicht warum, aber es erscheint mir plötzlich um einiges kühler im Raum und ich fühle mich meinem Fluchtinstinkt ziemlich hilflos ausgeliefert. Kalter Schweiß steht auf meiner Stirn und ich kann nur mit Mühe das plötzliche Zittern meiner Finger vor ihm verbergen.

»Wir schließen gleich«, murmele ich, wobei ich einen höflichen, geschäftlichen Ton wahre und versuche, einen Blick in sein Gesicht zu erhaschen. Doch es gelingt mir nicht.

Wortlos wendet er sich der noch immer laut lachenden Männergruppe zu und ich schnaufe leise.

»Auch wieder richtig …« *Danke, Jungs.* »Also ein Bier?«, frage ich versöhnlich und versuche, dieses lächerliche Gefühl abzuschütteln, das sich noch immer in meiner Magengrube breitmacht. Immerhin kann der Typ ja nichts für meine recht paranoide Phase. Meine Finger zittern trotzdem ein wenig, als ich nach einem der sauberen Gläser greife und ein Lächeln auf meine Lippen zwinge.

»Ich bin ehrlich gesagt nicht davon ausgegangen, Sie heute Abend hier anzutreffen.« Seine Stimme ist tief, melodisch und gerade so laut, dass ich ihn verstehen kann, ohne mich vorzulehnen.

»Kennen wir uns denn?«

Langsam hebt er die Hand an seine Kapuze und zieht sie sich vom Kopf. Zum Vorschein kommt ein dunkelblonder, zerzauster Haarschopf und ein markantes, wenn auch müdes Gesicht, halb bedeckt von einem ordentlich gestutzten, nicht zu aufdringlichen Vollbart. Unter dichten, dunklen Augenbrauen erkenne ich im Halbschatten der miesen Beleuchtung zwei gefährlich glänzende blaue Augen.

Für einen Moment vergesse ich zu atmen und kralle die Finger zu fest in das betagte Spültuch, das unter dem Druck nachgibt und reißt. Das ist der Typ von gestern. Ich hätte ihn nicht beschreiben können, aber jetzt – mit ihm direkt vor der Nase – habe ich absolut keinen Zweifel.

»Geht's dir nicht gut?«, fragt er und ein Lächeln, das seine Augen nicht erreicht, verzerrt seine Züge.

»Wie schon gesagt, wir schließen bald. Gehen Sie bitte«, sage ich mit brüchiger Stimme und löse meine Finger aus ihrer Schockstarre. Kein Grund mehr, nett zu sein.

»Klang eben noch anders«, murmelt er und macht überhaupt nicht den Eindruck, meiner Bitte nachkommen zu wollen.

»Das Angebot gilt nicht für Freaks, die sich einen Spaß daraus machen, Fremde zu Tode zu erschrecken.«

»Zu Tode zu erschrecken?« Er lacht und lehnt sich ein Stück zur Seite. Mein Herz rast und ich überlege fieberhaft, wie ich Taylor und die anderen auf mich aufmerksam machen kann. Der Typ ist mir unheimlich. Nein, sogar mehr als das. Ich habe Angst. Und das passiert mir nicht oft.

»Ich denke, ich sollte Ihrer Erinnerung vielleicht etwas auf die Sprünge helfen.«

»Und ich denke, Sie sollten jetzt gehen«, sage ich laut und erreiche damit genau das, was ich erreichen wollte. Das Gelächter verstummt und die Aufmerksamkeit der Männer gilt nun mir und meinem ungebetenen Besucher.

»Alles in Ordnung, Emmi?«, fragt Taylor etwas lauter als nötig und erhebt sich betont langsam von seinem Platz. Taylor ist breit wie ein Schrank. Ein wahrer Hüne und sicherlich niemand, mit dem man sich anlegen möchte.

Der Fremde vor mir wirkt allerdings nicht im Mindesten eingeschüchtert, lässt sich aber trotzdem vom Barhocker gleiten, wobei er nicht ein einziges Mal den Blickkontakt zu mir unterbricht. Das Lächeln auf seinen Lippen ist wie festgefroren.

»Alles in Ordnung«, rufe ich hinüber und gönne ihm nicht den Triumph, jetzt wegzusehen. »Ich habe dem Herren nur gerade mitgeteilt, dass wir gleich schließen.«

Für einen Moment wird sein Lächeln noch breiter, bevor er endlich den Blick senkt, sich umdreht und die Hände schulterzuckend seitlich ausstreckt.

»Und er hat sich angemessen für die Gastfreundschaft bedankt!« Seine Stimme klingt fast ein wenig theatralisch, als er das sagt und den Männern dabei zuzwinkert.

»Komm schon, Junge, verzieh dich einfach, ja?«, ruft Taylor offensichtlich gelangweilt, betrachtet die Sache als erledigt und setzt sich wieder.

Der Fremde löst den Blick von der Männerrunde, steckt die Hände in die Jackentaschen und wendet sich zum Gehen. Erst im letzten Moment scheint er es sich anders zu überlegen und lehnt sich noch einmal in meine Richtung.

»Pass auf dich auf. Der Weg ist recht lang, nicht wahr?« Und mit diesen Worten dreht er sich um und geht. Ich kann mir nicht helfen, aber das klang verdammt nach einer Drohung.

***

Knapp eine Stunde später haben auch Taylor und seine Kumpel unter wilden und nicht jugendfreien Gesängen die Bar verlassen. Ich bin ganz allein. Wie Tausende Male zuvor. Tausende Male, in denen mir dieser Umstand rein gar nichts ausgemacht hat, ich ihn sogar genossen und herbeigesehnt habe. Doch als ich nun die Tür abschließe und beginne, die Lichter zu löschen, überkommt mich erneut diese bislang vollkommen ungewohnte Kälte, die ich bereits vorhin gespürt habe. Eine nicht erklärbare Angst kriecht meinen Nacken hinauf und lässt meine Finger zittern.

Ich wische mir mit dem Handrücken über die Stirn, wende mich um und rede mir ein, dass alles okay ist. Ist es ja auch. Nur weil so ein Freak Spaß daran hat, herumzulaufen und Frauen Angst einzujagen, lasse ich mich sicher nicht von meinem gewohnten Tagesablauf abbringen. Ich werde ihm zeigen, dass er sich die Falsche ausgesucht hat. Ich werde nicht mit dem Bus fahren, sondern den Heimweg genießen, so wie immer. Und gnade ihm Gott, sollte er es wagen, seine Show noch einmal abzuziehen.

Ich löse den Knoten der Schürze in meinem Rücken, knülle sie zusammen und bewege mich betont langsam zu meinen Sachen hinter dem Tresen, als mich ein Knall zusammenfahren lässt. Angesichts der ohnehin erdrückenden Anspannung, die sich in mir aufgestaut hat, entringt sich augenblicklich ein spitzer Schrei meiner Kehle und ich starre panisch in die Ecke, aus der das Geräusch kam. Meine Nerven sind zum Zerreißen gespannt, doch ich entspanne mich sofort, als ich den Grund für das Geräusch erkenne. Ich lasse die hochgezogenen Schultern sinken und die angehaltene Luft entweicht aus meiner Lunge.

Einer der Stühle ist umgekippt. Daneben steht ein Mann und starrt das Möbelstück reglos an. Sicher gehört er zu Taylors lustigem Grüppchen und war nur auf der Toilette. Er wäre nicht der Erste, der nach einem kurzen Nickerchen den Anschluss verloren hat.

»Die anderen sind schon weg, Sir. Ich lasse Sie gleich raus«, erkläre ich nett lächelnd und die Erleichterung schwingt deutlich hörbar in meiner Stimme mit. Ich bin drauf und dran, mich zur Tür umzudrehen, um ihn rauszulassen, als ein markerschütterndes Knacken mich innehalten lässt.

Erneut überläuft mich eine Gänsehaut, während ich den Blick wie in Zeitlupe in die Richtung wende, aus der das Geräusch kam – und erstarre. Der Kopf des Mannes steht in einem merkwürdigen Winkel ab, tote Augen starren ins Nichts. Er macht einen Schritt auf mich zu, wobei seine Füße schwerfällig über den Boden schlurfen und die Arme leblos herabhängen und nur leicht hin und her baumeln. Ein Kloß hängt in meiner Kehle und wächst mit jedem Zentimeter, den ich zurückweiche. Einen Schritt nach dem anderen, bis ich die Tür in meinem Rücken spüre.

»Sir …« Meine Stimme klingt dünn, nicht wie eine höfliche Anrede, sondern wie ein Flehen – ein Flehen angesichts der Tatsache, dass das hier viel mehr ist als ein dummer Streich. Der Mann – oder was auch immer das da vor mir ist – bewegt sich langsam und atmet schwer. Das Geräusch gleicht eher einem Schnaufen, das sich ganz und gar nicht menschlich anhört. Ein weiteres Knacken durchläuft seinen Körper und lässt etliche Knochen hörbar zersplittern. Einige Schritte vor mir bricht er zusammen, krümmt sich und reißt sich die Kleider vom Leib, während ich einfach nur dastehe und die Szene beobachte. Steif, starr und vollständig gelähmt vor Angst. Was zur Hölle geht hier vor?

Ich schließe für einen winzigen Moment die Augen und hege die leise Hoffnung, das alles könnte nur Einbildung sein. Doch als ich sie wieder öffne, ist er noch immer da. Meine Hände tasten in meiner Hosentasche nach dem Schlüssel. Was immer hier gerade passiert, was immer das zu meinen Füßen ist – Ich muss weg. Sofort!

Zitternd bekomme ich das feste Metall zu fassen und zerre es hervor, doch es entgleitet mir beinahe im selben Moment wieder und fällt zu Boden.

Schluchzend presse mich gegen das Holz der Tür, rutsche mit dem Rücken daran herab und taste nach den Schlüsseln, ohne das röchelnde und sich aufbäumende Etwas vor mir aus den Augen zu lassen. Als ich sie habe, fummle ich den richtigen heraus, erhebe mich, schlucke schwer und wende ihm den Rücken zu. Panisch versuche ich, den Schlüssel ins Schloss zu schieben, doch ich verfehle es wieder und wieder und möchte schreien vor Angst, Verzweiflung und Anspannung. Endlich gleitet er hinein und ich mache mich bereit, zu fliehen. Doch stattdessen reißt mich irgendwas mit einer solchen Wucht zurück, dass ich den Boden unter den Füßen verliere.

Ich schlage hart mit dem Rücken auf den Dielen auf, schramme ein Stück über den aufgeschwemmten, unebenen Boden und stoße mit dem Kopf hart gegen den Tresen. Sofort schießen mir Tränen in die Augen und ich krümme mich zusammen, schreie und versuche fortzukriechen. Doch etwas packt mich am Fuß und zerrt mich zurück.

Durch die Tränen hindurch sehe ich zunächst nur verschwommene Umrisse, die allerdings mit jedem Blinzeln deutlicher werden. Das da hat keinerlei Ähnlichkeit mehr mit einem Menschen. Genau genommen hat es überhaupt keine Ähnlichkeit mit irgendetwas, das ich kenne.

Seine Haut ist grau, glänzend und sieht aus, als würde sie in Fetzen herabhängen, als sei sie zu eng gewesen und an mehreren Stellen aufgesprungen. Es ist kaum mehr als eine unförmige Masse aus Gliedmaßen. Seine Haltung ist gebeugt, wie die eines Wesens, das eigentlich auf vier Beinen läuft. Seine Augen nur leblose schwarze Punkte, die starr auf mich herabblicken.

»Bitte … bitte …«, flehe ich, doch ein dröhnender Schrei lässt mich verstummen. Ich kann nichts tun, als die Kreatur ihre Klauen nach mir ausstreckt, sie um meinen Hals schließt und mich hochhebt, als wäre ich ein Püppchen. Ich bekomme keine Luft, kralle die Finger in die matschige Haut meines Angreifers, strample und trete, erreiche jedoch rein gar nichts.

Ich verstumme schlagartig, als er mich abermals gegen eine der Wände schleudert. Als ich dieses Mal zu Boden gehe, ist die Welt um mich herum für einen Moment grau und tonlos. Nur mein eigener Atem dröhnt in meinen Ohren.

Ich weiß, dass er da ist, kann ihn fühlen, riechen, doch meine Glieder gehorchen mir nicht mehr. Ein Schatten fällt auf mich, etwas greift nach meinem Arm und ich will ihn zurückziehen, mich befreien, aber jeder Versuch endet auf die gleiche Weise: Ich versage. Mit aller Macht gelingt es mir, den Kopf zu drehen, und ich sehe die scharfe Klaue, die die Kreatur an der Innenseite meines Unterarmes ansetzt und bis hinunter zum Handgelenk durch meine Haut zieht. Rotes, dickes Blut quillt hervor und der Schmerz presst mir die Luft aus der Lunge. Ich kann nicht atmen! Nicht fliehen. Nicht schreien, nicht weinen, nicht jammern, nicht einmal wimmern.

Das widerliche Vieh beugt sich zu mir hinab und leckt gierig das austretende Blut ab, während ich einfach nur daliege und mein Herz in meiner Brust hämmert.

Ich will die Augen schließen, gegen das Dröhnen in meinem Kopf und gegen die Angst und den Schmerz, der in Wellen durch meinen Körper schießt, als die Kreatur plötzlich von mir ablässt und ihr Schrei abermals durch den Raum hallt. Dieses Mal jedoch klingt er anders. Ich zwinge mich dazu, die Augen offen zu halten, und entdecke sie ein ganzes Stück von mir entfernt. Kämpfend. Und zwar mit einem Mann. Nein, nicht mit irgendeinem, sondern mit *dem* Mann. Mit dem Fremden von vorhin. Ich erkenne die Waffe aus dem Park wieder. Und seine Augen.

Wenn ich sprechen könnte, würde ich diesen Spinner sogar warnen. Wie heldenhaft – und dumm – von ihm, sich einer solchen Bestie entgegenzustellen. Wahrscheinlich werden sie seine Überreste, ebenso wie meine, morgen vom Boden aufsammeln.

Aber vielleicht ist genau das meine Chance. Ich drehe den Kopf und starre auf die Wunde an meinem Arm, aus der sich bereits eine große Lache Blut auf den Boden ergossen hat. Mir ist kalt. Sehr, sehr kalt. Und ich versuche trotzdem, aufzustehen, wegzukriechen. Mich und mein lächerliches, verkorkstes Leben irgendwie zu retten. Doch ich schaffe es nicht einmal, auch nur einen Finger zu rühren. Ich fühle, wie ich den Halt verliere und mein Bewusstsein schwindet. Die Farben um mich herum verblassen, die Schreie werden leiser. Meine Muskeln hören auf zu zucken und die Kälte schlägt um in eine wohlige

Wärme. Ich weiß, was das bedeutet und dass ich genau jetzt kämpfen müsste. Ich weiß nur nicht, ob ich das auch kann. Denn obwohl ich mich mehr als jemals zuvor anstrenge, kann ich die Augen unmöglich noch länger offen halten. Ich höre das Kreischen, das Poltern und hoffe, die Rückkehr dieses Ungeheuers nicht mehr zu erleben. Doch als ich seine Nähe tatsächlich spüre, habe ich wahnsinnige Angst und flehe, dass es schnell gehen möge.

»Emma, hörst du mich?« Moment, das kann unmöglich ...

Jemand klopft mir auf die Wange und dieser Jemand hat Hände. Warme Hände. Keine Klauen. Ist es möglich, dass der Fremde ...?

»Emma, ich weiß, es ist schwer, aber du musst mich ansehen. Hörst du? Mach die Augen auf.«

Ich versuche es, doch erfolglos. Er bittet mich noch einmal und seine Stimme ist warm und weich und leise. Ebenso wie das erneute Tätscheln meiner Wange. Als jedoch auch das keine Reaktion meinerseits hervorruft, wird sein Ton rauer und drängender. Er schüttelt mich und ich will ihn anschreien, damit aufzuhören. Ich versuche es doch, verflucht!

»Mach die Augen auf, verdammt!«, brüllt er schließlich viel zu laut und ich stemme mich mit aller Macht gegen die Dunkelheit, die mich einhüllt, und dann, für einen kurzen Moment, öffne ich die Augen und schaue mitten hinein in sein Gesicht.

»Hör zu, ich kann dir helfen. Aber du musst wach bleiben, okay? Du musst unbedingt wach bleiben!« Er ist ganz nah bei mir. Ich fühle seine Hände auf meiner Haut, seine Nähe, presse die Zähne aufeinander und nicke. Als er verschwindet, wächst meine Angst, allein zu sterben, ins Unendliche. Die Kälte ist sofort zurück und ohne mein Zutun beginne ich zu wimmern wie ein Kind.

»Ich bin hier. Ich bin da. Einen Augenblick noch.«

Und tatsächlich. Da ist er wieder. Er hebt meinen Arm leicht an und diese winzige Bewegung verstärkt den Schmerz so enorm, dass ich laut aufschreie. Er presst die Lippen zusammen, schraubt ein kleines Fläschchen auf und kippt den Inhalt kopfschüttelnd über die blutende Wunde. Noch ehe der gleißende Schmerz sich vollständig in meinem Körper ausbreiten kann, umfängt mich die Nacht.

Drei

Ich schlage die Augen auf und blinzle in grelles Sonnenlicht. Mein Kopf schmerzt furchtbar, sodass ich die Lider wieder schließe und mich auf die Seite drehe, um noch ein wenig zu schlafen. Doch ich bin weit genug aus der Dunkelheit emporgetaucht, um zumindest einige intakte Hirnzellen vorweisen zu können. Und genau die nehmen jetzt, träge und nicht besonders umfänglich, ihre Arbeit wieder auf. Der Großteil von dem, was gestern passiert ist, bleibt allerdings eine graue, trübe Masse. Das Letzte, woran ich mich erinnern kann, ist die Bar. Und ... dieser Typ.

Ich setze mich auf, streiche mir die Haare aus der Stirn und mein Kopf dröhnt im Takt meines Herzens. Ich lege die Hände in den Nacken und stöhne leise, während ich die verspannten Muskeln massiere und krampfhaft versuche, mir ein paar Details der vergangenen Nacht ins Gedächtnis zu rufen. Was ist passiert? Wie bin ich nach Hause gekommen? Doch da ist und bleibt nichts, nur dieses ... Gefühl, das ich nicht beschreiben kann.

Schnaufend gebe ich auf. Je mehr ich Licht ins Dunkel bringen will, desto intensiver werden meine Kopfschmerzen.

»Matt?«, rufe ich mit kratziger Stimme in die schon fast gespenstische Stille der Wohnung hinein und weiß nicht, ob ich wirklich mit einer Antwort rechne. Wahrscheinlich ist er schon wieder unterwegs oder gar nicht erst nach Hause gekommen. Quälend langsam komme ich auf die Füße, rufe abermals und schleppe mich, die knarrenden Dielen umgehend, mit eingezogenem Kopf in die Küche. Hinter meinen zusammengekniffenen Lidern flackern schmerzhafte Lichter, als ich darauf warte, dass das Wasser kocht, damit ich einen verdammten Kaffee bekomme. Ich reiße eine Schranktür auf und durchwühle fluchend die Medikamente darin. Als ich endlich eine Packung Schmerzmittel gefunden habe, muss ich allerdings feststellen, dass Matt offensichtlich schneller war als ich, denn sie ist leer. Knurrend werfe ich die Packung in den Müll, gieße die Kaffeetasse zu zwei Dritteln auf und fülle den Rest mit Milch. Ich schaufle zwei Löffel Zucker dazu, lehne mich gegen die Wand und lasse den Kaffee schluckweise meine trockene Kehle hinabrinnen.

Abermals versuche ich Licht ins Dunkel zu bringen, doch noch immer ist der gestrige Abend eingehüllt in eine schwere Dunkelheit. Alles, woran ich mich erinnere, ist der Typ und ... und das war's. Egal, was ich tue. Ich sehe nur ihn, seine eindringlichen blauen Augen, die im Halbdunkel liegende Bar und ...

Das durchdringende Klingeln des Telefons reißt mich aus meiner kleinen Blase und vor Schreck rutscht mir beinahe die Tasse aus der Hand. Ich stelle sie zur Seite, wanke zum Telefon und blicke auf das Display. Jimmy.

»Was zur Hölle war gestern hier los?«, donnert er direkt drauflos – ohne jede Begrüßung, ohne sich die Mühe zu machen, wenigstens kurz nett zu sein. Seine schrille Stimme jagt wie ein Messer durch mein Hirn.

»Ich ... ich weiß. Hör zu ... ich kann es erklären, glaub ich ...«

»Ich hab dir schon hundertmal gesagt, dass du mir Bescheid geben sollst, wenn mein Nichtsnutz von Bruder mal wieder hier auftaucht.«

Ich stutze. »Dein ... Bruder?«

»Herrgott, bist du noch im Tiefschlaf? Ty war doch hier, oder etwa nicht?«

»Ja ... ja, war er, aber –«

»Nichts ›aber‹, Emma. Er hat dich wieder überredet, ihn anschreiben zu lassen, oder? Ich hab die Kasse überprüft und den Zettel gefunden.«

Tatsächlich hat Taylor mir versprochen, seine Schulden gleich heute zu begleichen. Wie ein Blitz taucht sein lächelndes, flehendes Gesicht in meiner Erinnerung auf.

»Nichts zu deiner Verteidigung zu sagen?«

Nein, das hab ich wohl nicht.

Jimmy knurrt am anderen Ende der Leitung, beruhigt sich aber langsam.

»Okay. Ich klär das. Aber das war das letzte Mal, verstanden?«

Ich nicke, was er natürlich nicht sehen kann, aber das ist mir im Moment egal. Ohne ein weiteres Wort lege ich auf, stehe da, starre auf das Telefon und reibe über meine Arme. Sie prickeln, obwohl mir nicht kalt ist.

Ich presse die Lippen aufeinander und atme tief ein. Die Dielen knarren ein wenig, als ich zurück in die Küche schlurfe, den Kaffee austrinke und beschließe, mich erst einmal frisch zu machen.

Erinnerungslücken. Der Vorfall mit diesem ... Ding. Irgendetwas stimmt nicht.

***

Ich stelle die Dusche an, schäle mich mit geschlossenen Augen aus den Klamotten und klettere mit schmerzenden Gliedern unter das heiße Wasser. Ich fühle mich furchtbar. Jeder Knochen, jeder Muskel tut weh, doch immerhin macht die Wärme die Kopfschmerzen erträglicher.

Schließlich presse ich den Rest des Duschgels aus der Packung und spüle den Dreck der Bar in den Ausguss. Den Kopf gegen die Wand gelehnt beobachte ich den Schaum, der an mir hinabrinnt, und stutze. Dunkler Schaum. Dunkles Wasser. Ich richte mich auf, schaue auf meine Hände und die bräunlich verfärbten Haare und blinzle.

Mit zittrigen Fingern stelle ich das Wasser ab, drehe mich und erst jetzt bemerke ich das verkrustete Blut, die blauen Flecke und Wunden, die meinen Körper in eine groteske Landkarte verwandeln. Besonders eine große Wunde an meinem Arm, die bis jetzt nicht einmal geschmerzt hat, erregt meine Aufmerksamkeit.

Mein Herzschlag beschleunigt sich und die Bilder und Gedanken in meinem Kopf schwirren wild durcheinander.

Die Bar. Der Typ. Da war der Typ. Und er ...

Schlagartig kehren die Erinnerungen zurück. Vollständig und so abrupt, dass ich rückwärts gegen die Wand poltere, die Türen der Dusche aufreiße und nass, wie ich bin, beinahe auf den glatten Fliesen ausrutsche. Ich reiße ein Handtuch von der Stange, wickle mich ungeschickt darin ein und taste mich ab. Da sind sie. Ganz offensichtlich. Die Beweise, dass ich nicht einfach nur den Verstand verliere.

Keuchend stehe ich da, die Haare tropfnass, und zittere von Kopf bis Fuß. Was soll ich tun? Was ist gestern passiert? Warum bin ich hier? Warum lebe ich überhaupt noch?

Abermals klingelt das Telefon und ein spitzer Schrei kommt über meine Lippen. Ich klammere mich panisch am Handtuch fest und weigere mich, dieses Zimmer zu verlassen. Stocksteif und gelähmt vor Angst lausche ich dem monotonen Klingeln, bis es schließlich verstummt und erneut drückende Stille einkehrt.

Ich bin allein. Und auf irgendeine Art und Weise habe ich den gestrigen Tag überlebt. Vielleicht sollte ich herausfinden, wie ... Ich schlinge ein Zopfgummi um mein wirres Haar, beuge mich über das Waschbecken und schöpfe eiskaltes Wasser, um es über meinen Nacken rinnen zu lassen. Dabei fällt mein Blick erneut auf meinen Arm und die lange, dicke, blasse Narbe.

Noch immer vollkommen ungläubig streiche ich mit der Fingerspitze über die unebene Haut und spüre nichts. Absolut nichts. Keinen Schmerz. Nur Taubheit. Das kann unmöglich passieren. Das ist schlichtweg nicht möglich. Ich hebe den Blick, wende mich zum Spiegel, will den Beschlag fortwischen, um zu prüfen, ob mich weitere Überraschungen erwarten. Doch ich komme nicht dazu, denn noch bevor meine Finger die Scheibe berühren, erkenne ich auf ihr Buchstaben. Mehr als das. Eine Nachricht.

Triff mich im Park. Heute. 12.00 Uhr

Ich taumle zurück, presse das Handtuch fest an mich, stürze beinahe über meine herumliegende Jogginghose, ehe ich meine Tasche erreiche und durchwühle. Als ich mein Handy nicht finde, kippe ich kurzerhand den gesamten Inhalt auf den Boden. Da ist es. Ich reiße es an mich, entsperre das an mehreren Stellen gerissene und zerkratzte Display und starre keuchend auf die Digitalanzeige der Uhr.

Es ist zwanzig vor zwölf.

Obwohl ich keine Ahnung habe, wie diese Nachricht an meinen Spiegel gekommen ist, und nur eine Vermutung, wer mich dort im Park erwartet, weiß ich, dass ich keine Antworten erhalten werde, wenn ich hierbleibe. Und ich brauche Antworten – verdammt dringend sogar! Also springe ich auf, reiße wahllos Klamotten aus meinem Schrank und schlüpfe hinein. Ich werfe die wichtigsten Dinge zurück in meine Tasche, greife meinen Schlüssel und stürze aus der Tür hinaus.

***

Zwei Minuten nach zwölf erreiche ich sprintend den Park, halte inne und sehe mich um. Kühle Frühlingsluft dringt in meine Lunge und angesichts meines furchtbar untrainierten Zustands klingt das Geräusch, das ich dabei von mir gebe, wenig gesund. Einige Passanten werfen mir merkwürdige Seitenblicke zu, sagen jedoch nichts. Ich muss einen erbärmlichen Anblick bieten. Meine Katastrophe von Haupthaar ist ungekämmt und gleicht sicher eher einem Nest als einer Frisur. Die Hose, die ich in der Eile aus dem Schrank gezerrt habe, weist bei genauerem Hinsehen einen gigantischen Fleck auf und der Reißverschluss meiner Jacke ist kaputt.

Doch das alles ist mir egal. Die Blicke, was sie denken – egal. Ich stehe da, ringe nach Luft und lasse meinen Blick über die überschaubare Grünfläche wandern. Der Park, wenn man ihn denn so nennen kann, hat in etwa die Größe eines Fußballfeldes und im Moment tummeln sich hier nur wenige Besucher. Ein paar Fußgänger mit Hunden, ein paar Jogger, weiter hinten höre ich das laute, hochfrequente Gelächter von Kindern. Doch niemand hier erweckt den Anschein, auf mich zu warten, und ich habe keine Ahnung, wie ich auf mich aufmerksam machen könnte.

»Bist du immer so pünktlich?«, fragt plötzlich eine raue Stimme hinter mir und ich fahre erschrocken zu der Person herum. Er steht so dicht bei mir, dass ich dabei fast gegen ihn pralle. Aber eben nur fast. Denn sobald ich ihn erkenne, stolpere ich hektisch zurück.

»Du?«

Ein arrogantes Lächeln huscht über sein Gesicht und er schiebt die Hände in die Hosentaschen. »Mit wem hast du gerechnet?«

Ich würde ihm gern eine geistreiche, schlagfertige Antwort um die Ohren hauen, doch mir fällt absolut nichts ein. Denn ja, eigentlich habe ich ja genau mit ihm gerechnet. Ich begnüge mich also damit, sein Lächeln mit einem gehässigen Schnauben zu quittieren, und wende mich halb von ihm ab.

»Geht's dir gut?«, fragt er und sein Blick wandert zu meinem Arm, den ich unwillkürlich fester an mich presse, während ich nicke.

»Ich ... ich will wissen, was das war.«

»Ach wirklich? Vielleicht war das ja ein weiterer Scherz von dem kranken Freak, der sich einen Spaß daraus macht, Fremde zu Tode zu erschrecken.«

Genau meine Worte.

»Wenn das für dich unter Scherz läuft, gehörst du in eine Anstalt.«

Er lacht, als hätte ich ihm soeben ein Kompliment gemacht.

»Also ... Was war das?«

Sein Gesichtsausdruck verfinstert sich und er begutachtet unsere Umgebung ausgiebig, bevor er mit dem Kopf in Richtung einer kleinen Bank nickt. Widerwillig folge ich ihm und setze mich, penibel darauf bedacht, einen gewissen Abstand zu ihm zu halten.

»Wie sagt man einem Menschen, dass die Welt, die er kennt, eigentlich ganz anders ist, ohne eine Panikattacke auszulösen?« Seine Frage klingt ernst, doch er hat schon wieder dieses dämliche Grinsen auf den Lippen.

»Noch mal: Wenn wir hier sind, damit du mich verarschen kannst, solltest du dir jetzt gut überlegen, ob du damit weitermachen willst. Ich arbeite in einer Bar, Freundchen, und du wärst nicht der erste Spinner, der ...«

»Okay, okay!«, unterbricht er mich lachend, lehnt sich zurück und stützt die Unterarme auf der Rückenlehne der Bank ab, während er den Blick in die Ferne schweifen lässt. »Das gestern war ein Leech. Ziemlich widerlicher kleiner Zeitgenosse.«

»Ein ... wie bitte?«

»Ein Leech. Ein Dämon. Er braucht einen Menschen, um eine Gestalt anzunehmen. Genau genommen braucht er sein Blut und dann ist der Rest ... na ja ... Abfall.«

Ich sitze da, starre ihn an und warte auf das Grinsen, doch es kommt nicht.

»Das andere war ein Gabon.«

»Ein ... Gabon. Aha.«

»Auch ein Dämon.«

»Natürlich ...«, murmle ich, greife nach meiner Tasche, hebe sie auf meinen Schoß und suche darin unauffällig nach dem Pfefferspray, das ich immer bei mir trage.

»Keine Sorge, ich weiß, dass du mich für verrückt hältst«, erklärt er beiläufig und schwenkt die kleine Dose, die ich gerade so verzweifelt gesucht habe, triumphierend in seiner Hand.

»Wie zur Hölle ...?«

»Hör zu!« Ruckartig lehnt er sich nach vorn und sieht mir direkt in die Augen. »Ich kann mir vorstellen, wie krank und absolut unglaubwürdig das alles für dich klingt, aber du bist in Gefahr. Zumindest das dürftest du erkannt haben. Was glaubst du, hatte es mit diesen beiden Angriffen auf sich?«

»Ich ... ich hab keine Ahnung! Aber ... Dämonen, ernsthaft? Was Glaubwürdigeres ist dir nicht eingefallen?« Ich lache auf, lehne mich zurück und verschränke die Arme vor der Brust.

Urplötzlich schnellt seine Hand vor, packt meine, zerrt sie trotz meiner Gegenwehr zu sich und schiebt die Ärmel der Jacke und des Pullovers hoch. Zum Vorschein kommt die silbrig glänzende Narbe an meinem Arm. Ruckartig entziehe ich mich seinem Griff und springe auf.

»Auch nur Einbildung?«, fragt er gereizt und ich richte wütend meine Kleider, sehe aber ein, dass ich seine Argumente nicht einfach ignorieren kann.

»Okay. Was soll ich tun?«

»Du begleitest mich und wir ...«

»Ich gehe nirgendwohin! Schon gar nicht mit *dir*«, falle ich ihm ins Wort und weiche noch etwas weiter zurück.

»Sie wissen, wo du arbeitest und wo du lebst. Sie werden wiederkommen. So oft, bis sie haben, was sie wollen.«

»Und das wäre?«

»Na, raten wir doch mal ganz mutig ins Blaue. Deinen Tod vielleicht?«

Seine Worte treffen mich und ich muss unwillkürlich an die gestrige Begegnung mit diesem Vieh zurückdenken. Keine wie auch immer geartete, halbwegs logische Erklärung deckt sich mit dem, was ich gesehen habe.

»Komm mit mir. Ich bring dich in Sicherheit«, murmelt er nun etwas versöhnlicher und erhebt sich ebenfalls von der Bank.

»Warum sind sie hinter mir her?«

»Weil du ... anders bist.«

»Anders als wer?«

»Als die Menschen. Du bist ... nicht wie sie.«

Ich lache, obwohl mir eigentlich danach ist, heulend und schreiend zusammenzubrechen. Das passiert nicht wirklich. Nein, das ist unmöglich! Es muss eine logische Erklärung für all das geben. Irgendeine!

Kurzerhand wende ich mich um und laufe einfach los. Ich weiß, dass es dumm ist. Aber diese Unterhaltung ist mir zu viel. Ich will mich nicht mit all dem auseinandersetzen, nicht darüber nachdenken, ob er die Wahrheit sagt oder nicht. Ich will einfach nur nach Hause und all das vergessen.

»Du träumst von Federn, nicht wahr?«, ruft er mir nach. Ich ziehe die Schultern hoch, als könnte ich ihn damit ausblenden.

»Falsch geraten, Sherlock!«, brülle ich zurück.

»Es hat aufgehört, als du zehn wurdest.«

Im Gehen wende ich mich zu ihm um und strecke ihm den Mittelfinger meiner rechten Hand entgegen. »Wenn ich dich noch einmal in meiner Nähe sehe, ruf ich die Polizei.«

Er hebt die Schultern, als könnte er meine Reaktion überhaupt nicht nachvollziehen. Sein Mund ist kaum mehr als eine schmale, blasse Linie. »Fein! Aber erwarte nicht, dass ich dich noch mal rette!«

Seine Worte im Ohr verlasse ich den Park, doch dieses Prickeln in meinem Nacken ... das bleibt.

***

Zu Hause angekommen zerre ich meinen Laptop hervor und verfalle in eine fast wahnhafte Internetrecherche über Dämonen, Halluzinationen und alles, was auch nur im Entferntesten damit zu tun hat. Am Ende sitze ich da und starre auf eine kurze Liste von Notizen vor mir. Da ich mich nach wie vor weigere, an die Existenz von Dämonen und dergleichen zu glauben, bleiben nicht viele Möglichkeiten übrig. Ich könnte unter einer psychischen Störung oder einer krankhaften Veränderung des Gehirns leiden. Oder aber – und das erscheint mir wahrscheinlicher – unter den Folgen der Einnahme irgendwelcher illegaler Stoffe leiden. Gestern hätte dieser Typ mir etwas in meine hinter dem Tresen versteckte Trinkflasche schmuggeln können, aber davor? Hatte er davor die Möglichkeit, mich unter Drogen zu setzen? War er vorgestern in der Bar?

Ich beschließe, direkt morgen ins Krankenhaus zu fahren und mein Blut auf Spuren irgendeiner Droge untersuchen zu lassen. Und wenn ich schon mal da bin, können die Ärzte mein Hirn auf die besagten krankhaften Veränderungen checken. Und diese Narbe auf ihre Herkunft.

***

Am Abend schleppt Matt sich wortkarg in die Wohnung, verschlingt eine Tiefkühlpizza und ist bereits wenig später in seinem Zimmer verschwunden. Für einen Moment bin ich versucht, ihm von dem Vorfall zu erzählen, ihn zumindest zu fragen, ob ihm in letzter Zeit merkwürdige Veränderungen an mir aufgefallen sind, doch dann überlege ich es mir anders. Eine solche Unterhaltung bringt in seinem derzeitigen Zustand rein gar nichts.

Obwohl ich mich etwas beruhigt habe, kann ich den Gedanken nicht ertragen, ins Bett zu gehen, und lenke mich mit Fernsehen ab. Matt hat den Couchtisch in ein kleines Schlachtfeld verwandelt. Kein Platz also, meinen Laptop vorerst einfach dort zu deponieren. Seufzend stehe ich also auf, um ihn wieder ordnungsgemäß im Schrank zu verstauen, in dem er den Großteil der Zeit ein recht unangetastetes Dasein fristet. Nachdem ich die Tür aufgezogen habe und irgendwo in dem Chaos dahinter ein Plätzchen suche, in das ich ihn hineinquetschen kann, verselbstständigt sich ein Stapel Bücher und kippt mir entgegen. Fluchend stelle ich den Laptop beiseite und beginne die Bücher einzusammeln, als mir bewusst wird, was ich da eigentlich in den Händen halte. Meine Tagebücher.

Nach Mums Verschwinden habe ich angefangen, alles aufzuschreiben, was mich beschäftigte. Die Tagebücher waren lange Zeit der einzige Weg für mich, mit »jemandem« zu kommunizieren.

Mein Mund ist trocken, als ich mit zittrigen Fingern nach einem von ihnen greife und es wahllos aufschlage. Der Einband ist fest und alle sehen gleich aus. Ein weißer Aufkleber auf der Front zeigt in krakeliger Schrift, um welches Jahr es sich handelt. Das Buch in meiner Hand ist datiert auf das Jahr 2005. Da war ich neun.

Die Handschrift wirkt angestrengt. Die Buchstaben sind zu groß und obwohl ich keine Leuchte bin, springen mich sofort etliche Rechtschreibfehler an. Ich lächle, lese quer und bin für einen Moment wieder in meinem kleinen Zimmer, halte mit der linken Hand eine schwach leuchtende Taschenlampe und kritzle meine Gedanken in das fast volle Buch – immer in der Hoffnung, dass Dad nicht gleich hereingepoltert kommt und mich anschreit, ich solle den Mist lassen. Mum hat ebenfalls Tagebuch geführt. Ich erinnere mich, dass ich ihr gern dabei zugesehen habe, wenn sie mit ihrem silbernen Füller am Küchentisch saß und die leeren Seiten mit ihrer schönen Handschrift füllte. Vielleicht habe ich es deshalb gemacht. Weil es etwas war, das mich auch nach ihrem Verschwinden mit ihr verband. Und vielleicht hat Dad es aus genau diesem Grund so sehr gehasst. So sehr, dass er sie eines Morgens alle zusammengesucht und verbrannt hat. Jedes Einzelne. Und dasselbe hat er mit meinem getan, als er mich dabei erwischte. Seitdem schrieb ich heimlich. Im Bett. Mit der Decke über dem Kopf. Und ich sparte jeden Cent, den ich auftreiben konnte, für neue Bücher.

Fast wehmütig lasse ich die Hand über die glatten, leicht vergilbten Seiten wandern und will das Tagebuch gerade zurücklegen, als mein Blick auf eine Zeichnung fällt. Nicht auf irgendeine. Denn das da ist eine Feder. Ich blinzle und überfliege den Text, den ich vor so vielen Jahren zu Papier gebracht habe.

***

Die Träume kommen jede Nacht. Ich laufe über einen glatten, weißen Boden und da ist plötzlich eine große Tür. Dahinter ist ein Licht und ich will sehen, was es ist. Als ich sie öffne, stehe ich auf einer Wiese. Aber das Gras ist nicht grün, sondern weiß und es leuchtet. Die Bäume und Blumen auch. Alles leuchtet, nur der Himmel ist ganz schwarz. Und dann fängt es an, Federn zu regnen. Ganz viele. Und ich hab keine Angst mehr. Es ist fast so, als wäre Mama wieder da.

***

Federn. Ich klappe das Buch zu und schiebe es weit von mir weg. Dieser Irre hat doch gesagt, ich hätte von Federn geträumt. Wie konnte er das wissen? Verdammt, ich selbst hatte diesen Traum vollkommen vergessen! Ich reiße das Buch wieder an mich, blättere es durch und jetzt, da ich weiß, wonach ich Ausschau halten muss, entdecke ich überall Federn, schwarzen Himmel und weiße Bäume. Sowohl kleine Skizzen als auch seitenfüllende Zeichnungen. Auch das nächste Buch ist voll davon und dann hört es ganz plötzlich auf. Einfach so.

Es hat aufgehört, als du zehn wurdest.

Eine Gänsehaut kriecht über meinen Rücken. Vielleicht hat er mich gar nicht zuerst in der Bar gesehen. Vielleicht war er hier. In dieser Wohnung. Ganz sicher sogar. Wie sollte ich sonst hergekommen sein? Wie sonst ist die Schrift an den Spiegel gekommen? Er hat mich hergebracht, die Nachricht an meinen Spiegel geschrieben und meine Tagebücher gelesen. Ein Psychopath!

Mit trockener Kehle verstaue ich alles wieder im Schrank und nehme mir fest vor, morgen direkt nach dem Krankenhaus zur Polizei zu gehen und Anzeige zu erstatten.

***

Gleich nachdem ich alles verstaut habe, marschiere ich zur Tür und kontrolliere, ob Matt abgeschlossen und die Sicherheitskette eingehängt hat. Ich pilgere durch alle Räume und ziehe die Vorhänge nach einem letzten prüfenden Blick auf die Straße fest zu. Es ist bereits spät, doch mein Herz hämmert noch immer so stark in meiner Brust, dass ich nicht wage, zu Matt ins Bett zu klettern. Also krieche ich zurück auf die Couch und schalte abermals den

Fernseher an, auch wenn ich keinerlei Interesse für das aufbringen kann, was dort gerade läuft. Erst als das große Messer aus der Küche quasi direkt vor mir auf dem Tisch liegt, beruhige ich mich langsam und verfluche diesen Mistkerl dafür, mir das angetan zu haben.

Irgendwann sind meine Lider schließlich so schwer, dass selbst die Paranoia mich nicht mehr vom Einschlafen abhält. Ich gleite in einen unruhigen Schlaf und schrecke jäh daraus empor, als ich Matt schreien höre.

Vier

Das flackernde Licht des Fernsehers erhellt die Wohnstube wie ein Stroboskop, als ich keuchend hochschrecke und mit verkrampften Fingern und rasendem Herzschlag in den dunklen Flur blinzle.

»Matt?«, rufe ich leise, richte mich vorsichtig auf und versuche, das Dröhnen in meinen Ohren zu ignorieren. »Matt?« Ich schlage die Decke zur Seite, setze einen Fuß auf den kalten Boden und zähle innerlich bis drei. »Komm schon. Bist du aus dem Bett gefallen?«

Mit einem Lachen versuche ich mich selbst zu beruhigen und rechne mit einer fluchenden Bestätigung meiner Vermutung. Stattdessen allerdings erreicht mich ein gurgelndes Geräusch, das mir schlagartig Tränen in die Augen treibt.

Ein tiefes Brummen dröhnt aus dem Schlafzimmer. Eines, das jeden Muskel in mir erstarren lässt. Nur Sekundenbruchteile später wird die Tür aus den Angeln gerissen und zerschmettert lautstark an irgendeinem Möbelstück. Ich presse mich kreischend gegen die Wand hinter mir und halte die Decke wie ein Schutzschild vor mich.

Doch sie wird mich nicht schützen, nicht gegen das, was nun den zerfetzten Türrahmen ausfüllt. Ein breiter, dunkler Schatten, begleitet von einem Geruch, der mir den Magen umdreht.

Kann das da Einbildung sein? Das Produkt eines kranken Hirns? Folge irgendeiner Droge? Oder hat dieser verdammte Mistkerl am Ende doch recht und ich stehe einem potentiell tödlichen Dämon gegenüber, der es auf mich abgesehen hat? Was also soll ich tun? Die Augen schließen und hoffen, dass er verschwindet, oder versuchen zu fliehen?

Ich starre auf das massige Wesen, das nun den Lichtkegel des Fernsehers betritt, und meine Kehle wird eng. Es trägt Matt am ausgestreckten Arm vor sich her und nun kann ich auch das gurgelnde Geräusch einordnen. Der verzweifelte Versuch, zu atmen.

»Lass ... lass ihn gehen.« Meine Stimme ist dünn. Und noch während ich spreche, wundere ich mich, überhaupt den Mut für diese wenigen Worte aufgebracht zu haben. »Du ... willst doch mich!« Eine These, mehr nicht. Ein Versuch, Zeit zu schinden. Ein Versuch, zumindest ein Leben zu retten. Ich habe keine Ahnung. Wirklich. Die Worte sprudeln aus mir heraus und ich sehe Angst, Verzweiflung und Schmerz in Matts Augen. Ich sehe, wie der Funke des Lebens darin nach und nach verglimmt, wie seine Gegenwehr beginnt nachzulassen. Er stirbt direkt vor meinen Augen. Und ich kann nichts tun.

»Bitte«, flehe ich und strecke die Hand aus. »Bitte, lass ihn los.«

Für einen Moment verharrt die Kreatur reglos und die einzigen Geräusche, die den Raum erfüllen, sind das verstörend fröhliche Geplärre eines Werbespots für Schokolade und der schwere, rasselnde Atem dieses Wesens. Seine dunklen, toten Augen verharren auf mir und ich gestatte mir ein kurzes Aufflackern von Hoffnung. Nicht für mein eigenes Leben, sondern für Matts.

Doch diese Hoffnung stirbt schlagartig, als das Wesen einen markerschütternden Schrei von sich gibt und Matt wie eine Stoffpuppe an seiner ausgestreckten, entstellten Klaue hin und her schleudert, bevor es ihn wutentbrannt von sich wirft. Sein Körper prallt gegen die Wand, reißt Schränke, Bücher und Bilder mit sich und bleibt schließlich reglos liegen. Unfähig mich zu bewegen, starre ich auf das, was vor wenigen Sekunden noch ein Mensch war. Nun wirkt er wie eine fortgeworfene Marionette. Die Glieder verdreht, der Blick leer und von keinerlei Leben erfüllt. Matt ist tot. Meinetwegen.

Fassungslos hocke ich da, und obwohl ich starr vor Entsetzen, Panik und Angst bin, hören meine Finger nicht auf zu zittern. Mein Atem rasselt, meine Kehle ist eng, meine Brust droht zu explodieren. Er ist tot. Es sind immer dieselben Worte, die sich in meinem Kopf drehen. Immer und immer wieder.

Mein Atem geht stoßweise und Eiswasser rinnt durch meine Adern. Langsam erhebe ich mich von der Couch, balle die Fäuste und zwinge mich, den

Blick nach vorn zu richten. Adrenalin schießt durch meine Adern, denn ich weiß, was nun folgen wird. Erst Matt, nun ich. Und dieses Mal ist da kein Fremder, der mich rettet.

Am ganzen Körper bebend kämpfe ich gegen meine Angst und das Gefühl, nicht einmal dann reagieren zu können, wenn mein Leben davon abhinge. Und verdammt, das tut es. Denn die Schonzeit ist vorbei.

Die Bestie schüttelt sich und beinahe sieht es aus, als würde sie lächeln. Genau so lange, bis sie brüllend auf mich zustürmt – bereit, das zu vollenden, weshalb sie hier ist. Doch ich bin nicht bereit, es ihr leicht zu machen. In einer einzigen, schnellen Bewegung greife ich nach dem Messer, hebe es der massigen Gestalt entgegen und lasse dieses Vieh laut brüllend wissen, dass ich mich nicht kampflos geschlagen geben werde. Die Klinge dringt mühelos in den muskulösen Körper und hat in etwa den gleichen Effekt, als hätte ich versucht, Goliath mit einem Zahnstocher zu Fall zu bringen. Das Messer in seinem Leib interessiert es nicht im Mindesten und dämonische, viel zu starke Hände schließen sich um meine Kehle. Panisch starre ich in eine fürchterlich entstellte Fratze, die direkt aus der Hölle zu kommen scheint und nur ein Ziel hat: mich zu töten.

Röchelnd zwängt es ein entsetzlich hässliches Lächeln auf sein vernarbtes Gesicht und ich spüre förmlich, wie sehr es sich darauf freut, den Job zu beenden, wie sehr es das hier genießt, wie egal Matt ist. Oder ich. Und wie furchtbar egal unser Tod sein wird. Wut keimt in mir auf. Über meine Dummheit und meine Schwäche. Wut gegen all das hier – und in genau diesem Moment spüre ich es. Dasselbe Brennen wie im Park. Das Brennen in meinen Handflächen. Dieses Mal allerdings ist nicht die Angst mein Antrieb. Dieses Mal weicht die Angst der Wut. Dieses Mal hebe ich die Hände an seine Arme, verbrenne die kalte, graue Haut und mit einem spitzen Aufschrei lässt es von mir ab, weicht zurück, bis es gegen die Wand prallt und mich aus weit aufgerissenen Augen anstarrt. Und allein dieser Blick zeigt mir, dass ich nicht hilflos bin und dass ich keinen Retter brauche.

Je mehr ich mich in den Hass auf diese Kreatur hineinsteigere, desto höher schlagen die Flammen und desto größer wird die Angst in ihren Augen.

»Wer zur Hölle schickt dich?«, brülle ich und bekämpfe den Drang, sie sofort zu töten. Denn wenn das aufhören soll, muss ich wissen, wer mich loswerden will. Mit sicheren Schritten marschiere ich auf sie zu und wiederhole meine Frage mit etwas mehr Nachdruck. Als ich dennoch keine Antwort erhalte, versagen meine Nerven und meine Selbstbeherrschung versickert in all dem Adrenalin, das meinen Körper flutet. Ich strecke brüllend die Hände aus und lasse dieses Ungeheuer in Flammen aufgehen. Erbarmungslos. Ohne eine weitere Chance, zu reden. Vielleicht will ich gar nicht, dass es spricht. Vielleicht will ich einfach nur Rache. Vielleicht will ich einfach nur, dass es vorbei ist.

Es fleht und versucht, sich zu wehren und zu fliehen, doch nichts von dem, was es sagt, erreicht mich und nicht mal der kleinste Funke Mitleid findet den Weg in mein Hirn. Dieses Vieh ist hier, um mich zu töten. Es hat Matt getötet. Und diese Rache fühlt sich richtig an, selbst wenn sie das nicht ist.

Obwohl ich schreie und Tränen über meine Wangen rinnen, obwohl meine Wangen brennen und meine Knie zittern, höre ich nicht auf.

Selbst als alles um mich herum bereits lichterloh in Flammen steht und von dem Angreifer nur noch ein dunkler Fleck auf dem Boden vor mir übrig ist, schreit mein Inneres nach mehr. Und nur ganz langsam begreife ich, dass es vorbei ist. Das Brennen meiner Handflächen lässt nach und verschwindet schließlich ganz, ebenso wie die Kraft, die mich bisher aufrecht gehalten hat. Ich sinke schwer atmend zu Boden, starre mit tränenverschleierten Augen auf meine Handflächen und versuche irgendetwas zu empfinden. Die Flammen sind fort und haben alles mitgenommen. Als hätten sie und die Wut mich leer gefressen.

Da ist weder Schmerz noch Trauer. Und kein Funke Lebenswille. Genau das, was vor Sekunden noch so heiß gelodert hat, ist fort. Ich lasse mich gegen die Wand sinken und gebe der Leere nach, den Blick nun auf den dunklen Haufen vor dem mittlerweile schwarzen Bildschirm des Fernsehers geheftet. Auf das, was einmal ein Mensch gewesen ist und an dessen Kleidung nun die Flammen lecken. Rauch sammelt sich in dicken, dunklen Wolken unter der Zimmerdecke und die Hitze des Feuers kriecht in jede einzelne

Zelle meines Körpers. Eine Stimme in meinem Kopf schreit mich an, ich solle aufstehen, laufen. Raus! Doch ich kann nicht.

Erst das lautstarke Krachen der Tür lässt mich zusammenfahren. Als die Tür aufschlägt, bäumt sich das Feuer wütend auf, bricht über mich herein und ich schreie, obwohl es nicht schmerzt. Wenige Augenblicke später umfangen mich starke Arme, hüllen mich in eine Decke und ja, es ist mir egal, wer das ist oder was mit mir passiert. Ich mache mir nicht einmal die Mühe, nachzusehen, ob ich gerade von einem Menschen oder einem Dämon fortgetragen werde. Nur am Rande registriere ich das herabstürzende Dach, kaum dass wir das flammende Inferno verlassen haben, das einmal meine Wohnung war.

***

Jemand, der sehr menschlich wirkt, trägt mich mit schnellen Schritten scheinbar vollkommen mühelos die Treppe hinab, während Männer in Uniform in meinem Sichtfeld auftauchen, die lautstark spärlich bekleidete Leute anweisen, ihre Wohnungen zu verlassen. Der Flur ist gefüllt mit dickem Rauch und dem Geruch von Angst. Ich höre die Menschen husten, weinen, schreien.

Im Freien wird mir das ganze Ausmaß dieser Katastrophe bewusst. Etliche Feuerwehren sind im Einsatz und versuchen zu retten, was noch zu retten ist. Wassermassen zerstören das, was das Feuer bis jetzt verschont hat. Die Tagebücher, wie auch jegliche Erinnerung an meine Mutter, selbst das kleine, unscheinbare Medaillon in der Schmuckdose neben meinem Bett – alles weg. Mein Zuhause. Mein Leben. Selbst Matt. Ein für alle Mal.

***

Der Feuerwehrmann, der mich heldenhaft den ganzen Weg getragen hat, schreit, kaum dass wir das Haus verlassen haben, mitten in das Chaos hinein. Seine tiefe, raue, von der Atemschutzmaske gedämpfte Stimme bringt einige der Umstehenden zum Schweigen, auch wenn sie das laute Rauschen einer aufgebrachten Masse nicht übertönt.

»Sanitäter! Ich brauche einen Sanitäter zum Teufel!«

Unwirsch drängt er sich mit mir auf dem Arm durch die Menschen hindurch, die entweder Angehörige im Haus haben oder einfach nur gaffen. Bald umfängt mich eine angenehme Kühle und als ich die Augen öffne, schaue ich in den wohl schönsten Himmel, den ich jemals gesehen habe. Die Nacht ist kühl und keine Wolke behindert die Sicht auf die tanzenden Funken des Feuers vor dem tintenschwarzen Hintergrund.

Ein Lächeln umspielt meine Lippen, zumindest bis mein kurzer Moment der Ruhe jäh unterbrochen wird, als der Mann mich absetzt und ich in ein anderes Paar Arme taumle. Ich hebe mit Mühe den Kopf und versuche das Gesicht zu fokussieren, das mir unverhofft nahe ist.

»Hey! Können Sie mir sagen, wie Sie heißen?«, fragt eine ruhige, angenehme Stimme und führt währenddessen ein paar routinierte Handgriffe aus, um meinen Allgemeinzustand einschätzen zu können. Ich spüre die Kühle des Stethoskops auf meiner Haut und noch ehe ich antworten kann, stülpt mir der Mann, dem die nette Stimme gehört, eine Maske übers Gesicht. Panisch versuche ich, mich von dem Ding zu befreien, doch er hält meine Hände fest und fast augenblicklich stelle ich meine Gegenwehr ein. Grasgrüne Augen drängen sich in mein Blickfeld, verschwimmen und werden dann klar.

»Das ist nur Sauerstoff. Keine Angst.« Vorsichtig richtet er die Maske wieder und zupft ein paar meiner Haare zurecht. »Es wird Ihnen gleich besser gehen, versprochen.«

Ich nicke und lasse die Hände sinken.

»Können Sie sich an Ihren Namen erinnern?« Noch immer dieser unglaublich geduldige, warme Unterton, obwohl mein Hirn nach wie vor nicht so richtig funktionieren will und ich in den Tiefen meiner Erinnerung nach einer Antwort suche.

»Ich bin Will.« Er lächelt und legt seine Hand beruhigend auf meine. Wärme dringt durch seine Fingerspitzen in meine Haut und ich starre ihn verklärt an.

»Okay. Das reicht jetzt. Miss, hören Sie mich? Kann … kann sie mich hören? Sie wirkt so weggetreten. Können Sie ihr nicht irgendwas geben?« Mit nicht zu überhörender Ungeduld in der Stimme bombardiert der Feuerwehrmann

Will mit Fragen. »Es ist wirklich wichtig, dass sie mir sagt, ob in der Wohnung noch andere Personen sind.«

Seine Stimme klingt beinahe flehend und ich versuche zu nicken. *Ja, Matt ist noch da oben, aber helfen kannst du ihm auch nicht mehr.* Sein verzweifelter Gesichtsausdruck sagt mir jedoch, dass ich nicht genickt habe.

»Was zur Hölle ist los mit ihr?«

»Sieht aus wie ein Schock. Geben Sie ihr ein paar Minuten«, antwortet Will gereizt und mein Herz krampft sich zusammen. Das ist alles meine Schuld.

»Wenn da noch Menschen drin sind, haben wir keine Minuten mehr! Und ich möchte ungern Männer da reinschicken, wenn ich mir nicht ganz sicher bin, dass ...«

»Da ist niemand mehr!« Diese Stimme kenne ich und wende mich fast automatisch zu ihr um. Der Typ aus dem Park.

»Und wer sind Sie?« Der Feuerwehrmann klingt misstrauisch, doch mein neuer Schatten spielt die Rolle des besorgten Freundes ausgezeichnet. Er geht vor mir auf die Knie, verdrängt Will und streicht mir die wirren Haare aus der Stirn. Wüsste ich es nicht besser, würde selbst ich ihm die geheuchelte Sorge abnehmen.

»Ich bin ihr Verlobter. Ich ... ich wollte ... ich war Zigaretten holen und komme eben um die Ecke und da ... wie ... wie konnte das passieren?«

Mein Gott, er ist ein grandioser Schauspieler.

»Die Brandursache wird noch ermittelt. Sind Sie sicher, dass da oben niemand mehr ist?«

Sein Blick gleitet zu mir und ich zwinge mich, zu nicken. Dieses Mal mit Erfolg. Keine Ahnung, was ich ihnen erzählen werde, wenn sie Matts Überreste finden oder was ich jetzt überhaupt machen soll. Der Feuerwehrmann nickt zufrieden und eilt, nach einem letzten Blick auf mich, wieder zurück zum Haus, während Will an mir vorbei in den Krankenwagen klettert und eine Decke organisiert. Erst jetzt bemerke ich, wie kalt es ist, und schenke ihm ein ehrliches, tiefes Lächeln, als er sie mir um die Schultern legt.

Vorn am Eingang stolpern nur noch von Zeit zu Zeit Menschen auf die Straße und das Chaos um uns herum klingt langsam ab, als ein lauter Hilferuf die Aufmerksamkeit der Rettungskräfte neuerlich auf sich zieht. Will löst den Blick von mir und wir entdecken zeitgleich die Rettungskräfte, die eine Familie, inklusive Kindern, ins Freie befördern. Für einen Moment zögert er, presst dann jedoch die Lippen zusammen und springt vom Wagen auf die Straße. Hektisch blickt er zwischen mir und meinem *Verlobten* hin und her.

»Passen Sie auf sie auf. Ich bin gleich wieder da.«

Doch sobald Will uns den Rücken zugewandt hat, richtet sich mein leicht säuerlich dreinschauender Schatten auf, zieht mir die Maske vom Gesicht und hebt mich mit spielender Leichtigkeit auf seine Arme. Im Eilschritt verschwinden wir in der Nacht und mein Herz schlägt schwer in meiner Brust, als ich ein letztes Mal das betrachte, was einmal mein Zuhause gewesen ist.

***

Das kurze Aufflackern von so etwas wie Wärme ist verschwunden, sobald die Flammen außer Sichtweite sind. Eine Weile kann ich noch das schwache Glimmen des Feuers hinter den anderen Gebäuden erkennen, doch bald ist der Himmel über uns schwarz und nichts erinnert mehr an das, was heute Nacht passiert ist.

Emotionslos lasse ich mich die ersten Meter tragen und laufe schließlich allein, als er mich darum bittet. Die Decke fest um meine Schultern geschlungen stolpere ich hinter ihm her und habe keine Ahnung, wohin. Ich warte auf einer Parkbank, bei der er mich zurücklässt, und stelle keine Fragen, als er mit einem Armvoll Kleidung zurückkehrt. Ich kann mich irren, aber die leichte Sorge in seinem Blick scheint nicht gespielt zu sein. Der feine Glanz in seinen Augen ist ein anderer als der, den ich bisher kenne. Nicht distanziert. Nicht geschäftsmäßig.

»Da vorn ist ein kleines Café. Dort kannst du dich umziehen und dir den Ruß aus dem Gesicht waschen. Was hältst du davon?«

Ganz ehrlich? Es ist mir verdammt egal, wie ich aussehe. Ruß hin oder her. Doch die Aussicht auf ein warmes Plätzchen ist verlockend, also nicke ich und tapse barfuß über den eiskalten Asphalt auf die andere Straßenseite.

Als wir das Café betreten, kündigt ein Glöckchen über der Tür unsere Ankunft an. Außer uns ist niemand hier und aus der Küche schrillt lediglich ein barsches »Komme gleich!«.

Ich nutze den Moment, entwinde meinem Begleiter die Sachen und verschwinde mit ihnen im Bad. Nachdem ich die Tür verriegelt habe, zupfe ich ein paar Papiertücher aus dem fast leeren Spender und wische die vor Dreck starrende Fläche neben dem Waschbecken grob ab, ehe ich die Kleidung darauf ablege.

Er hat ein gutes Gespür für Kleidergrößen. Bis auf die Schuhe passt alles ganz gut. Nicht unbedingt mein Geschmack, aber weder angesengt noch rußig. Das muss fürs Erste reichen.

In Unterwäsche stehe ich da, tränke das, was von meinem Shirt übrig ist, mit Wasser und schrubbe mir die Spuren des Feuers vom Gesicht. Ein dicker Kloß versperrt schmerzhaft meine Kehle und da sind sie, die vorhin so spurlos verschwundenen Emotionen. Meine Finger beginnen unkontrolliert zu zittern und eine angsteinflößende Enge legt sich auf meine Brust. Ich schlinge die Arme um mich, presse mich gegen die Wand, sinke auf den Boden und zwinge mich, ruhig und regelmäßig zu atmen. Dennoch kann ich mein Herz hören, jeden einzelnen viel zu schnellen Schlag, als ginge ein gewaltiges Dröhnen durch meinen ganzen Körper.

Nur langsam normalisiert sich alles wieder. Statt meines Herzschlages höre ich Stimmen aus dem Café und das leise Rauschen der Heizung. Kalter Schweiß hat sich auf meiner Haut gebildet und rinnt mir zwischen den Schulterblättern den Rücken hinab.

Müde und unendlich erschöpft lasse ich den Kopf auf meine Arme sinken, zähle innerlich bis zwanzig, raffe mich auf und starre mein Spiegelbild an. Eine fremde Frau starrt zurück. Eine Frau mit tief liegenden, blutunterlaufenen Augen und fleckigen Wangen auf ansonsten fast schneeweißem Grund – und hier und da noch der Ruß, von dem ich nicht weiß, ob er jemals verschwinden wird. Ich rieche nach Feuer und nach dem Vieh, das Matt getötet hat.

Trotzdem gebe ich mir Mühe, mich ansehnlich herzurichten, ordne meine Haare so gut es geht und kühle meine roten Augen mit reichlich Wasser. Die alten Klamotten stopfe ich in den bereits übervollen Mülleimer, werfe einen letzten Blick in den Spiegel und trete dann hinaus in den viel zu hellen Gastraum.

Fünf

Er sitzt an einem der Tische, die von der grellen Beleuchtung nicht erfasst werden, und seine schlanken Finger sind locker um eine weiße Tasse geschlungen, aus der zarter Dampf aufsteigt. Ihm gegenüber stehen eine weitere Tasse und ein Teller. Als ich die Badtür ins Schloss fallen lasse, wendet er sich sofort zu mir um, doch sein Blick bleibt, im Gegensatz zu vorhin, ausdruckslos. Ich hebe das Kinn und setze stoisch einen Schritt vor den anderen, ehe ich schließlich ihm gegenüber Platz nehme.

»Die Sachen passen?«, fragt er vorsichtig und ich zwinge nickend ein Lächeln auf meine Lippen.

»Ja ... ja, danke.«

Er brummt mäßig zufrieden, mustert mich kurz und nimmt dann einen Schluck aus seiner Tasse. Die Kellnerin hinter dem Tresen macht währenddessen keinen Hehl daraus, dass sie sich schrecklich langweilt und unser kurioses Auftreten wohl bei weitem das interessanteste Ereignis heute ist. Außerdem scheint sie ein Auge auf meinen Begleiter geworfen zu haben, doch er ignoriert ihre Anwesenheit geflissentlich.

»Ich dachte, du hast vielleicht Hunger. Also hab ich dir eine Waffel bestellt. Ich hoffe, das ist okay.«

Ich wende den Kopf und nehme erst jetzt den durchdringenden Duft der Waffel wahr. Woraufhin augenblicklich ein deutliches Knurren meines Magens und ein ebenso deutliches Grinsen meines Gegenübers folgt. Mit rotem Kopf greife ich nach Messer und Gabel und verschlinge die Waffel ohne ein weiteres Wort. Die Kellnerin räuspert sich und schnauft theatralisch. Mhh, scheinbar langweilen wir sie nun doch wieder. Sie schlurft in die Küche und lässt uns allein.

»Wie geht's dir?«, fragt er schließlich, als ich den leeren Teller von mir schiebe und einen großen Schluck Kaffee nehme.

»Es geht schon wieder.«

»Gut.«

Wenn das so weitergeht, sitzen wir im Morgengrauen noch hier. Schnaufend strecke ich ihm die Hand entgegen und etwas ratlos starrt er sie an.

»Ich bin Emma.«

»Ich ... weiß.« Offensichtlich zweifelt er an meiner geistigen Gesundheit, zumindest seiner hochgezogenen Augenbraue nach zu urteilen.

»Ich wollte die verpatzte erste Begegnung retten. Noch mal von vorn anfangen und so ... Du weißt schon ...« Ich beiße mir auf die Lippe und senke den Blick auf die Tischplatte. Ein dumpfes Gefühl sackt in meinen Magen und wischt das Hochgefühl, das die Waffel ausgelöst hat, umgehend weg. »Wenn ich auf dich gehört hätte, wäre Matt jetzt vielleicht noch am Leben.«

Dazu schweigt er, ergreift jedoch endlich meine Hand und schüttelt sie, ohne seinen Namen zu nennen. Sofort nachdem er sie freigegeben hat, lehnt er sich von mir weg.

»Ich hätte dich nicht allein lassen sollen. Ich dachte nicht, dass sie dich zu Hause angreifen. Tut mir leid.«

Ich zucke die Schultern und wärme meine Hände am Kaffee.

»Ich war nicht sonderlich kooperativ.«

»Das stimmt allerdings.« Dieses Mal wirkt sein Lächeln echt. Noch immer überheblich, aber echt. Es erreicht seine Augen.

»Du hast mir noch nicht gesagt, wie du heißt.« Dann eben auf die direkte Tour.

»Quinn.«

»Okay, Quinn ... dann ... danke für den Kaffee und die Waffel.«

»Gern geschehen.«

Ich nehme noch einen Schluck und genieße die Wärme, die sich einen Weg von meiner Kehle in meinen Bauch bahnt.

»Was passiert jetzt? Ich meine, wenn sie das Feuer gelöscht haben, werden sie Matt finden und dann ...«

»Sie werden etwas finden. Allerdings nicht ihn«, unterbricht er mich und meine Finger schließen sich unwillkürlich fester um die Tasse, mein Magen rebelliert erneut.

»Wie ... wie meinst du das?«

»Das erfährst du später. Im Moment musst du nur wissen, dass alles geregelt ist. Und das mit deinem Freund tut mir leid.«

»Danke. Ich meine ... nein! Was meinst du mit ›später‹?«

Er holt tief Luft und trommelt leicht mit den Fingern auf der Tischplatte herum, während seine Augen unruhig über die Umgebung schweifen.

»Das hier ist ein schlechter Ort, um dir alles zu erklären, Emma. Und ich bin außerdem die falsche Person.«

Ich erinnere mich an unser Gespräch im Park.

»Du hast gesagt, ich soll dich begleiten. Wohin?«

»Zu der richtigen Person.«

»Und woher weiß ich, dass ...«

»Dass du mir vertrauen kannst und ich nicht derjenige bin, der hinter all dem steckt?«

An diese Möglichkeit habe ich noch gar nicht gedacht, aber nun, da seine Behauptung im Raum steht, kann ich sie nicht von der Hand weisen. Immerhin hat alles mit ihm angefangen. Ich schlucke die neu aufkeimende Furcht herunter und verkneife es mir, den Abstand bis zur Tür abzuschätzen.

Quinn lehnt sich mir auf dem Tisch ein wenig entgegen und sein Blick bohrt sich in meinen.

»Die Wahrheit ist: Du kannst im Moment niemandem vertrauen.« Seine Worte klingen bitter und absolut unumstößlich. »Jeder da draußen, ich eingeschlossen, könnte andere Ziele verfolgen, als er oder sie vorgibt. Deshalb, Emma, vertrau absolut niemandem.«

»Würdest du mich vorwarnen, wenn du vorhättest mich zu töten?«, frage ich mit leicht belegter Stimme und balle die Hände zu Fäusten, um das verräterische Zittern meiner Finger einzudämmen.

»Wer weiß?«

»Warum, zur Hölle, sagst du das und verlangst zur gleichen Zeit das genaue Gegenteil von mir?« Ich habe im Moment wirklich keinen Nerv für diesen Psychoscheiß.

»Weil ich will, dass du überlebst.«

»Tja, dann haben wir etwas gemeinsam. Ich will nämlich auch überleben.« Ich lache nervös auf und erwidere seinen eiskalten, undurchdringlichen Blick, aus dem ich nicht einmal im Ansatz irgendeine Gefühlsregung herauslesen kann. »Ich schätze, damit bist du im Augenblick meine beste Option auf ein paar weitere Stunden unter den Lebenden, nicht wahr?«

Beinahe macht er den Eindruck, als wäre er darüber noch weniger erfreut als ich. Mit zusammengepressten Lippen lässt er sich zurückfallen und starrt durch eine der schmierigen Scheiben des Cafés hinaus auf die menschenleere Straße. Eine Gänsehaut kriecht über meinen Rücken und mein Mund ist inzwischen staubtrocken.

»Wer ist dieser Typ, zu dem du mich bringen willst?«

»Er ist wie du«, antwortet er sofort und ohne mich anzusehen.

»Und kann ich ihm vertrauen?«

Mehr als eine hochgezogene Augenbraue ernte ich für diese Frage nicht.

»Toll. Ganz toll. Warum, zur Hölle, sollte ich dich wohl jetzt noch begleiten wollen, hmm?«

Ich schiebe die Tasse von mir weg und stehe so ruckartig auf, dass der Stuhl lautstark über den Boden kratzt. Doch ich habe noch keine drei Schritte gemacht, als sich seine Hand fest um meinen Arm schließt und mich ohne Gewalt, aber doch bestimmt daran hindert, auch nur einen Zentimeter weiterzugehen. Ausdruckslos starrt er mich an, kommt noch näher und raunt mir die Worte ins Ohr, die mich alles andere vergessen lassen.

»Er kannte deine Mutter.«

***

Knapp eine Stunde später irre ich abermals durch die leeren Straßen, Quinn wie ein Schatten dicht bei mir und doch weit genug weg, um nicht aufdringlich zu wirken. Er sagt die ganze Zeit über kein Wort. Seine gesamte Aufmerksamkeit klebt auf der Straße, in der Dunkelheit der Gassen und auf mir. Wenn ich wirklich ein so begehrtes Opfer bin, wie er mir weismachen will, hat er einen echt beschissenen Job. Doch sind wir mal ehrlich: Genauso gut könnte er der Wolf sein und ich das treudumme Lämmchen, das ganz ohne Gegenwehr zur Schlachtbank rennt. Was weiß ich schon über ihn? Er gibt sich ja nicht mal Mühe, mich davon zu überzeugen, in ihm einen Freund zu sehen und keinen Feind.

»Wie weit ist es noch?«, frage ich, während mein Nervenkostüm nach und nach zu Staub zerfällt. Ich werde wohl langsam, aber sicher paranoid.

Vielleicht sollte ich einfach abhauen, denke ich. Weit weglaufen. Raus aus der Stadt. Doch womit? Alles, was ich hatte, ist weg. Verbrannt. Ich könnte mich nicht einmal ausweisen, geschweige denn von irgendetwas leben.

»Da vorn«, knurrt er wortkarg. Ich folge seinem ausgestreckten Zeigefinger und entdecke ein imposantes, mehrstöckiges Backsteingebäude unweit von uns. Es ist bei Weitem das eindrucksvollste in dieser Straße. Zwei ziemlich antik wirkende Leuchten links und rechts der geschwungenen Treppe erhellen sowohl die Stufen als auch den Gehweg und einen Teil der Fassade. Quinn marschiert voran, wenig daran interessiert, ob ich folge oder nicht. Mein Herz schlägt wild und das ungute Gefühl im Magen verstärkt sich, je weiter er sich von mir entfernt.

Sportlich erklimmt er die Treppenstufen und ich folge, allerdings weniger energiegeladen. Direkt neben der wuchtigen hölzernen Eingangstür entdecke ich ein Schild mit der Aufschrift

Griffin Privatschule

»Eine Privatschule?«, frage ich, bleibe etwas irritiert stehen und hoffe auf eine Erklärung. Doch die Art, mit der er sich ungeduldig von mir abwendet, um zu klopfen, sagt mir, dass ich die nicht bekommen werde. Ohne das Knarren, das ich bei ihrem Anblick erwartet habe, schwingt die Tür auf und seine Hand liegt so plötzlich und unerwartet in meinem Rücken, dass ich zur Seite ausweichen will. Ein Vorhaben, das er konsequent und umgehend unterbindet. Sein Griff ist abermals nicht schmerzhaft, und doch gibt er mir ohne jede Drohung und ohne warnende Blicke zu verstehen, dass er es durchaus werden könnte. Sanft, aber bestimmt, drängt er mich voran und die Helligkeit im Innern verschluckt mich.

Dezente Farben und edle Materialien dominieren den äußerst weitläufigen Eingangsbereich, eine Tatsache, die sich jedoch nur am Rande in meine Wahrnehmung stiehlt. Denn die schwere Tür schließt sich mit einem leisen Klicken hinter mir und lässt meinen Adrenalinspiegel erneut in die Höhe schießen. Zwei Herren in Anzügen, die Hände vor dem Körper verschränkt und die Augen starr geradeaus gerichtet, bewegen sich ungerührt mittig vor den einzigen Ausgang, der mir bekannt ist.

Mein Atem geht schneller, und als hätte Quinn meine Angst gerochen, rückt er näher. Als ob das irgendetwas besser machen würde.

»Ich glaube ... ich möchte doch lieber gehen«, piepse ich ängstlich und möchte eigentlich nur weg.

»Sprich mit ihm. Wenn du dann noch immer gehen willst, bring ich dich, wohin du willst.«

»Dieses Versprechen von jemandem, dem ich nicht vertrauen kann, ist einen Scheiß wert, Quinn.«

Ein winziges Lächeln stiehlt sich auf seine Lippen und ist sofort wieder verschwunden.

»Immerhin lernst du schnell.« Er kommt noch etwas näher und seine Hand an meinem Arm hindert mich abermals daran, einen angenehmen Abstand zwischen uns zu bringen. »Ein echtes Versprechen, Emma«, raunt er so leise, dass nur ich es hören kann. »Ich pass auf, dass du nicht stirbst. Zumindest für heute Nacht.«

Mit einem Seitenblick zu den Wachposten entfernt er sich wieder von mir und ich bin dermaßen verwirrt, dass ich sogar die erneut in meinem Rücken liegende Hand toleriere.

Wortlos lasse ich mich durch die Gänge dirigieren, steige Treppen hinauf und versuche mir krampfhaft den Weg einzuprägen, um im Ernstfall eine Chance zur Flucht zu haben.

Schließlich stehen wir vor einer eindrucksvollen Holztür, die in einem dunklen, kräftigen Grün gestrichen ist. Quinn klopft und von drinnen ertönt die kaum hörbare Aufforderung, einzutreten. Er drückt die Klinke herunter und lässt mir den Vortritt.

Vorsichtig setze ich einen Fuß vor den anderen und wische mir die schwitzigen Handflächen an der Hose ab, bevor ich im Halbdunkel des Raumes stehe und sich erneut eine Tür hinter mir schließt. Ängstlich drehe ich mich um und bin tatsächlich ein wenig erleichtert, Quinn noch im selben Zimmer zu wissen. Nur wenige Schritte von mir entfernt.

»Miss Parker.« Die Stimme, die aus der Dunkelheit zu hören ist, lässt mich zusammenzucken und ich stolpere ein paar Schritte zurück in Richtung der Tür. »Nicht doch. Ich wollte Sie nicht erschrecken.«

Der Herr, dem die Stimme gehört, tritt betont vorsichtig aus dem Halbschatten heraus, in dem er eben noch verborgen war, und lächelt mich an. Ein herzliches Lächeln, etwas schief, aber sympathisch und echt. Die Augen leicht verquollen, das Gesicht bedeckt von einem Dreitagebart und das Haar an mehreren Stellen wirr abstehend, macht er den Eindruck, meinetwegen seine Nachtruhe unterbrochen zu haben. Trotzdem freundlich reicht er mir eines der beiden Gläser, die er vor sich her trägt. Nachdem ich es ihm abgenommen habe, streckt er mir seine nun freie Hand entgegen. Etwas länger als nötig schaut er mich an. Etwas länger als angebracht dauert die Begrüßung, und erst als ich meine Hand eigenständig zurückziehe, weicht er blinzelnd von mir zurück.

»Es tut mir leid. Es ist nur so, dass Sie Ihrer Mutter wirklich verblüffend ähneln.« Bedauern glänzt in seinem Blick, als er sich räuspert, den Kopf neigt und auf eine Sitzecke deutet, die von der einzigen Lichtquelle im Zimmer am besten beleuchtet wird. »Vielleicht setzen wir uns?«

Ich nicke, gehe voran und stelle das Glas mit der bernsteinfarbenen, scharf nach Alkohol riechenden Flüssigkeit vor mir auf die polierte Natursteinplatte des kleinen Tisches. Unangetastet.

»Sie haben sicher viele Fragen, Miss Parker.«

»Das kann man wohl sagen«, murmle ich leise und kann kaum verbergen, wie unwohl ich mich fühle. Ich rutsche unbehaglich auf dem Sessel herum und es fällt mir schwer, den Blickkontakt zu ihm zu halten. »Wer sind Sie?«

Wieder überzieht dieses äußerst charmante Lächeln sein Gesicht und lässt die kleinen, jedoch zahlreichen Fältchen um seine Augen herum für einen Moment noch tiefer erscheinen. Er ist alt genug, um meine Mutter tatsächlich gekannt zu haben.

»Mein Name ist Ezra Moore. Ich leite diese Einrichtung.«

»Diese Universität?«

»Meinetwegen nennen Sie es so.« Mhh, nicht die Antwort, die ich erwartet hätte.

»Quinn meinte, Sie könnten mir sagen, warum ich hier bin und was das alles soll.«

»Mister Quinn hat Sie also noch nicht informiert?«

Mein Blick wandert hinüber zu Quinn, der sich mittlerweile an der kleinen Bar im Halbschatten niedergelassen hat und mir zuprostet. »Den Spaß wollte ich dir überlassen, Ezra.«

Etwas abschätzig rollt Ezra mit den Augen und wendet seine Aufmerksamkeit dann wieder mir zu.

»Bitte entschuldigen Sie seine Umgangsformen. Ich hoffe, er hat sich angemessen verhalten.«

»Ich bin Schlimmeres gewohnt, keine Sorge.«

Mir entgeht weder das Grinsen der betreffenden Person noch der plötzliche Stimmungswechsel, der in der Luft liegt.

»Emma, was wissen Sie über Ihre Mutter?«, fragt Ezra geradeheraus und ich straffe die Schultern.

»Nicht viel. Ich war sehr klein, als sie verschwand.«

»Hat Ihr Vater jemals mit Ihnen über sie gesprochen?«

»Er hat mir vielen Leuten gesprochen. Ich gehörte leider nicht besonders oft dazu.«

Er nickt mitfühlend und nimmt einen Schluck aus seinem Glas. »Nun, er hat uns vor ein paar Tagen angerufen.«

»Mein Dad hat Sie angerufen? Warum sollte er das tun?«

»Um uns zu bitten, Sie zu beschützen, Emma.«

Ich rutsche auf dem Sessel ganz nach vorn an den Rand und mein Blick wandert zwischen Ezra und Quinn hin und her. »Was ist passiert?«

»Er sagte, er hätte Besuch gehabt. Und dieser Besuch wäre sehr an Ihrem Aufenthaltsort interessiert gewesen.«

»Besuch von der Sorte, wie ich ihn auch hatte?«

»Ja.«

Ich spüre eine kalte, drückende Leere in mir aufkeimen.

»Geht es ... geht es ihm gut?«

Nach Mums Verschwinden ist mein Dad nie mehr zu dem Dad geworden, den ich gekannt und geliebt habe. Er war einfach gar kein Dad mehr und ich bin ausgezogen, sobald ich dazu in der Lage war. Wir haben seit Jahren nicht miteinander gesprochen. Und trotzdem sind meine Handflächen nun feucht und meine Kehle eng.

»Wir haben ihn in Sicherheit gebracht und er erholt sich von seinen Verletzungen. Er wird wieder ganz gesund, keine Sorge.«

»Wo ist er?«

»In Sicherheit. Bitte verstehen Sie, dass ich im Moment nicht mehr dazu sagen kann.«

Ich nicke und meine Augen brennen ein wenig, als mir klar wird, warum ich überhaupt hier bin.

»Er hat diesen ... diesen Dingern gesagt, wo ich bin?«

»Nein! Nein, das hat er nicht. Sie waren nicht so gründlich, wie sie hätten sein sollen. Nur weil sie fälschlicherweise dachten, er sei tot, wissen wir überhaupt, dass sie hinter Ihnen her sind. Er hat uns sofort informiert und ich habe Quinn gebeten, Sie im Auge zu behalten.«

»Mich im Auge zu behalten? Warum haben Sie mir nicht gleich die Wahrheit gesagt?«

»Was hab ich denn versucht, hmm?«, mischt Quinn sich ein und ich springe auf.

»Wenn du mir gesagt hättest, dass mein Dad ...«

»Mach dir doch nichts vor! Du hättest mir nicht geglaubt, Emma. Wenn du deine Bude nicht abgefackelt hättest, wärst du noch immer nicht hier.« Ezra hat sich inzwischen ebenfalls erhoben und ist offenbar bereit, dazwischenzugehen, falls wir einander angehen sollten. »Ich kann mir denken, dass all das nicht leicht zu glauben ist.«

»Was ist ›all das‹? Ich habe noch immer keine Ahnung, was hier überhaupt vorgeht. Also würde mich *bitte* irgendjemand endlich aufklären?« Meine Stimme wird mit jedem Wort lauter und Wut verdrängt einen Teil meiner Angst. »Was waren das für Dinger? Was genau ist das hier? Und was hat meine Mutter mit dem ganzen Mist zu tun?«

»Sie war eine von uns.«

»Und was, zur Hölle, seid ihr?«

»Celesta. Wir sind Celesta«, antwortet Ezra und schaut mich mit einem durch und durch ernsten Gesichtsausdruck an, als müsste ich mit diesem Wort etwas anfangen können.

»Ist das so was wie ein geheimer Dämonenjäger-Orden oder so?«

»Nicht direkt.«

»Zeig es ihr«, verlangt Quinn, lässig auf dem Barhocker sitzend. Ezra wendet sich an ihn und sein Blick spricht Bände.

»Ich werde sie ganz bestimmt nicht noch mehr verängstigen als ohnehin schon.«

»Sie wird dir nicht glauben, wenn sie es nicht sieht.«

»Hallo, ich bin anwesend!«, wende ich ein, werde jedoch ignoriert.

»Kein Wort mehr«, knurrt Ezra in Richtung der Bar und wendet sich ab. »Setzen wir uns wieder?«, fragt er höflich lächelnd.

Nur widerwillig nehme ich Platz und verschränke die Arme vor der Brust. »Also, was ist ein Celester?«

»Ein Celesta«, korrigiert er mich leicht gekränkt, »ist …« Er sucht offenbar nach Worten.

»Ist …?«

»Zeig's ihr einfach, Ezra.«

Dieses Mal reicht ein Blick, um ihn verstummen zu lassen, und ich bin eindeutig zu müde für dieses Theater.

»Okay. Mir reicht's. Quinn, ich will gehen.«

»Miss Parker, bitte ...«, setzt Ezra an, doch ich bin schon auf dem Weg zur Tür.

»Nein. Nichts ›bitte‹. Ich wurde in den letzten Tagen von drei ... *Dingern* angegriffen, die mich töten wollten und meinen Freund getötet haben. Aus meinen Handflächen sprüht Feuer. Ich meine, nicht immer, aber immerhin oft genug, um damit ein Wohnhaus abzufackeln. Ich habe weder Geld noch eigene Kleidung oder ein Dach über dem Kopf, dafür aber wahrscheinlich jede Menge wie auch immer zu bezeichnende Kreaturen da draußen, die mich umbringen wollen. Ich habe keine Ahnung, was mein Dad oder meine Mum damit zu tun haben, und werde offenbar hier keine Antworten erhalten. Also möchte ich jetzt *bitte* gehen. Auf der Stelle.«

»Miss Parker ...«, hebt er nochmals an, fast flehend.

»Auf der Stelle«, wiederhole ich und sehe die Resignation in seinen Augen, nur eine Sekunde bevor er von einem gleißend hellen Lichtblitz verschlungen wird. Ich reiße die Arme vor die Augen und wende mich ab. Erst als das gleißende Licht verebbt, wage ich einen Blick und stolpere augenblicklich keuchend zurück, stürze gegen einen Tisch, gehe zu Boden und krieche rückwärts drunter, bis ich eine Wand im Rücken spüre.

»Ich mochte den Pullover.« Ezras Stimme. Ganz eindeutig. Etwas tiefer und rauer, aber seine Stimme. Nur steht dort vor mir nicht mehr der nette Herr, der mich vorhin empfangen hat, sondern ein etwa zweieinhalb Meter großes Etwas, das mich entfernt an einen Wasserspeier erinnert. Aufrecht auf zwei Beinen, mit einem muskulösen, breiten Oberkörper und Pranken, die mich einfach so zerfetzten könnten.

Seine Haut schimmert in einem etwas dunkleren Farbton als Elfenbein und wirkt so ebenmäßig wie Stein. Auf seinem Rücken prangen eindrucksvolle federlose Flügel, die meinen Blick fesseln.

»Was ... zur ... Hölle?«

»Das«, Quinn deutet auf den *neuen* Ezra, »ist ein Celesta.«

Noch immer stocksteif und mit klopfendem Herzen kauere ich am Boden, studiere die völlig unglaubliche Erscheinung vor mir und die durchaus menschliche Mimik. Seine Gesichtszüge sind verändert, wirken kantiger, animalischer, aber er bleibt erkennbar Ezra.

Langsam löse ich mich aus meiner Starre und krieche unter dem Tisch hervor. Wortlos überwinde ich die wenigen Meter, die zwischen uns liegen, und bleibe direkt vor ihm stehen. Angesichts seiner Größe komme ich mir winzig vor. Vorsichtig strecke ich die Hand aus.

»Darf ich?«

Ezra nickt und ich berühre mit zittrigen Fingern seine Haut. Sie ist glatt und hart, tatsächlich ein wenig wie polierter Stein. Nur viel wärmer als erwartet.

Ich trete einen Schritt zurück und betrachte ihn von Kopf bis Fuß. Während sein Oberkörper noch halbwegs menschlich erscheint, erinnern seine Beine mehr an die eines Raubtieres. Statt auf Füßen steht er auf gewaltigen Pranken.

»Das ist absolut unglaublich. Wie ist das möglich?« Ich umrunde ihn, bin nur wenige Zentimeter von ihm entfernt und kann doch nicht glauben, dass er echt ist.

»Die Geschichtsstunde folgt zu einem späteren Zeitpunkt, wenn es Ihnen recht ist, Miss Parker. Und nun entschuldigen Sie mich einen Moment.« Er wendet sich von mir ab und begibt sich in ein Nebenzimmer. Jeder einzelne Schritt lässt den Boden unter meinen Füßen beben. Ein weiteres Mal wird der Raum in grelles Licht getaucht, gedämpft durch die nur angelehnte Tür. Wenig später kehrt Ezra zurück. Nun wieder menschlich und mit neuer Kleidung, jedoch noch etwas derangierter als zuvor.

Ich nehme Platz und trinke das Glas vor mir in einem Zug leer.

»Und meine Mutter war ... wie Sie? Eine Celesta?«

Ezra nickt und schenkt mir nach. »Sie war eine von uns. Richtig.«

»Und ich?«

»Celesta sind angehalten, keine Beziehung zu Menschen einzugehen. Doch Ihre Mutter hat einen anderen Weg gewählt. Sie hat sich für Ihren Vater und gegen ihren Clan entschieden und Sie bekommen. Sie hat Sie stets als ‚ihr größtes Glück' bezeichnet.« Er scheint in Erinnerungen zu schwelgen und ich will ihn nicht unterbrechen.

»Sie wollte ein normales Leben für Sie, Miss Parker. Diesen Wunsch haben wir auch nach ihrem Verschwinden respektiert. Aber wir haben Sie nie ganz aus den Augen verloren.«

»Und bin ich wie ihr?«

»Celesta werden von klein auf trainiert. Ich weiß leider nicht, ob eine Verwandlung in Ihrem Fall noch möglich ist.«

Ich bin enttäuscht. Zumindest ein wenig.

»Okay. Und warum genau sind diese Viecher hinter mir her?«

»Wir denken, dass es etwas mit Ihrer Mutter zu tun hat. Aber wir konnten noch nicht herausfinden, wer dahintersteckt und warum. Und solange diese Frage nicht geklärt ist, wäre ich Ihnen verbunden, wenn Sie zustimmen würden, bei uns zu bleiben.«

»Hier?«, frage ich und meine Stimme entgleitet mir. »Und was ist mit meinem Job? Und dem Brand? Ich meine, die werden Matts Leiche finden. Jemand wird Fragen stellen. Viele Leute werden viele Fragen stellen.«

»Darum haben wir uns gekümmert.« Etwas Ähnliches hatte Quinn doch vorhin auch schon gesagt.

»Was heißt das genau?«

Ezra holt tief Luft und stellt sein Glas mit einem leisen *Klick* auf den Tisch.

»Die Leiche, die in der Wohnung gefunden wurde, wird im Laufe des morgigen Tages als Miss Emma Parker identifiziert werden. In den kommenden Tagen erfolgen die Einäscherung der Überreste und die Bestattung. Emma Parker ist damit offiziell verstorben.«

Ich fühle, wie alle Farbe aus meinem Gesicht weicht und der Raum sich ein wenig zu drehen beginnt.

»Ich gebe zu, das ist eine etwas drastische Vorgehensweise, aber der sicherste Weg, unangenehme Fragen zu umgehen. Außerdem können wir so denjenigen, der es auf Sie abgesehen hat, hoffentlich auf eine falsche Fährte zu führen.«

Kopfschüttelnd umklammere ich das Glas, als sei es ein Rettungsanker, versuche zu erfassen, was er mir gerade gesagt hat, doch mein Hirn ist plötzlich furchtbar träge und ich vergesse, was ich eigentlich fragen wollte.

»Ich ... ich werde ... tot sein? Das geht nicht. Ich meine ...«

Ich greife mir an die Stirn. Meine Haut ist schweißnass und ich fühle mich unwohl. Ezra und Quinn tauschen einen Blick, den ich nicht deuten kann und der mich noch ein wenig nervöser werden lässt.

»Ich will das nicht.«

»Ich fürchte, dafür ist es zu spät. Es ist das Beste so. Vertrauen Sie mir.«

Da ist sie wieder: Die Aufforderung, jemandem zu trauen, den ich nicht kenne. Irgendwo in den Tiefen meines völlig vernebelten Verstandes summt eine kleine, schrille Alarmglocke.

»Nein ... nein, das ist nicht richtig. Sie können nicht einfach so ...« Ich will aufstehen, gerate jedoch ins Straucheln. Ezra fängt mich ab, ehe ich mich ernsthaft verletzen kann, und trotzdem versuche ich, mich loszureißen.

»Nein!«, wiederhole ich und erschrecke darüber, welche Mühe es mir bereitet, verständliche Worte zu formen. Alles dreht sich und ich lalle. Verdammt. Ich lehne mich mal aus dem Fenster und behaupte, dass da nicht nur Alkohol in dem Glas war.

»Wenn wir sicher sein können, dass Sie außer Gefahr sind, erhalten Sie eine neue Identität und wir helfen Ihnen, wieder Fuß zu fassen. In einer anderen Stadt. Sie können ganz von vorn anfangen, Emma, und das Leben führen, das Sie sich wünschen.«

Nein! Nein, ich will das nicht! Panisch kämpfe ich gegen ihn, auch wenn ich nicht den Hauch einer Chance habe. Widerstrebend lässt Ezra mich los und ich schaffe es, mich an einer Anrichte entlangzuhangeln. Weg von den beiden.

»Warum tun Sie das?« Mein Mund ist trocken und meine Zunge klebt förmlich an meinem Gaumen.

»Wissen Sie, Ihre Mutter war ein geschätztes Mitglied unseres Clans. Sie hatte viele Freunde. Und ihrer Tochter zu helfen ist das Mindeste, was wir tun können.«

Noch immer erfasse ich nicht die volle Tragweite dessen, was hier gerade passiert. Mein Verstand arbeitet auf Sparflamme. Meine Augen brennen und die Müdigkeit überrollt mich mit voller Wucht, hindert mich daran, den kurzen Weg bis zur Tür zu überwinden und zu laufen, so schnell mich meine

Beine tragen. Ich muss zur Polizei. Ich muss irgendwem sagen, dass ... Ja, dass was? Was würde ich erzählen?

Ezra, der mich die ganze Zeit über im Blick hatte, kommt nun betont langsam auf mich zu und bedeutet mir mit erhobenen Händen seine guten Absichten. Meine Glieder werden von Sekunde zu Sekunde schwerer und ich habe große Probleme, aufrecht stehen zu bleiben.

»Was haben Sie mit mir vor?« Ich kann mich selbst kaum verstehen, kann nicht denken, nicht nach Hilfe rufen.

»Haben Sie keine Angst, Miss Parker. Sie sind in Sicherheit und das Mittel, das ich in Ihr Glas gegeben habe, wird Ihnen helfen, zu schlafen. Alles Weitere besprechen wir, wenn Sie wieder bei Kräften sind.«

Er dreht sich halb um und nickt. Quinns Zeichen. Ich höre sein Schnaufen, als er sich erhebt, und der dunkle Schatten, der auf mich zukommt, nimmt erst kurz vor mir seine Konturen an.

»Wag es nicht, mich anzufassen!«, gifte ich ihm entgegen, doch er ignoriert meine Drohung geflissentlich, schlingt einen Arm um meine Hüfte und wirft mich wie ein Püppchen über seine Schulter. Und ich kann absolut nichts dagegen tun.

Noch ehe wir das Zimmer verlassen haben, wird alles um mich herum schwarz.

Sechs

Ich erwache. Nicht so, wie ich es gewohnt bin. Kein Blinzeln in viel zu grelles Sonnenlicht. Kein hilfloses Tasten nach dem dämlichen Wecker. Kein letztes, verschlafenes Herumdrehen, während man sich Sabber von der Wange wischt und die Haare aus dem Mund zupft. Nein, dieses Erwachen ist, als hätte mich jemand von einer Klippe gestoßen. Es fühlt sich an wie ein Aufprall. Innerhalb eines Herzschlages bin ich so ruckartig wach, dass ich einen Moment brauche, um überhaupt zu realisieren, wo ich bin.

Nur langsam fügen sich die Puzzleteile zusammen. Nur langsam erinnere ich mich an die gestrige Nacht. An das Feuer. An Matt. An Quinn und Ezra. Ich kralle die Finger in die Decke und meine Augen gleiten über die hellen Wände des fremden Zimmers. Kalter Schweiß rinnt mir plötzlich über Stirn und Gesicht, während eine Gänsehaut wie eine Naturgewalt über mich hinwegrollt. Zeitgleich wird mir schlecht. Furchtbar schlecht. Mein Kopf beginnt zu dröhnen und es fühlt sich an, als würde sich mein Inneres jeden Moment nach außen stülpen wollen. Flach atmend schlage mir eine Hand vor den Mund und lasse den Blick über meine unmittelbare Umgebung wandern. Als ich unweit von mir einen Mülleimer entdecke, stürze ich aus dem Bett direkt darauf zu und übergebe mich. Wellen von Krämpfen durchziehen meinen Körper. Hinter meinen Schläfen hämmert es und mein Hals brennt entsetzlich, während ich bete, es bald überstanden zu haben.

Eine gefühlte Ewigkeit später lassen die Krämpfe und die Übelkeit langsam nach. Erschöpft und noch immer den Eimer umklammernd sinke ich auf den Boden und lehne mich mit dem Rücken gegen das warme Holz des Bettes. Ich wage nicht zu hoffen, es bereits überstanden zu haben, und selbst wenn, fehlt mir im Moment die Kraft, aufzustehen. Also hocke ich da, zwinge mich, wach zu bleiben und meine Gedankengänge in Schwung zu bringen. Wo bin ich?

Der Raum ist verhältnismäßig groß. Zumindest größer, als es meine Wohnstube war. Stuck verziert den oberen Abschluss der hohen, hellen Wände. Durch große Fenster flutet strahlender Sonnenschein das Zimmer und taucht einen hübschen Schreibtisch direkt vor mir an der Wand in goldenes Licht. Rechts daneben befindet sich eine Tür. Es wirkt so idyllisch, als sei alles in bester Ordnung.

Stöhnend raffe mich auf und horche in mich hinein. Die Übelkeit ist erträglicher geworden, trotzdem nehme ich zur Sicherheit den Eimer mit. Mit wackeligen Knien stehe ich auf und wanke hinüber zu der Tür, drehe den Knauf und bin unendlich erleichtert, als sie sich öffnen lässt. Hinter ihr erwartet mich ein kleines, zweckmäßig eingerichtetes Bad. Ein Waschbecken, eine Dusche und ein WC. Kein Ausgang. Aber immerhin die Möglichkeit, mich ein wenig frisch zu machen. Ich entsorge den Inhalt des Eimers, wasche mich notdürftig und gebe auch dem Druck meiner Blase endlich nach.

Langsam kann ich wieder denken und der vorherrschende Gedanke lautet: Ich sollte dringend von hier verschwinden!

Ein Blick aus einem der Fenster sagt mir allerdings, dass die Flucht auf diesem Weg wahrscheinlich recht abrupt enden würde. Nicht nur, dass die Griffe abgebaut worden sind und ich sie also nur mit Gewalt öffnen könnte, selbst wenn es mir gelänge ... Da draußen liegen etliche Stockwerke zwischen mir und der Straße.

Wutschnaubend trete ich zurück und sehe mich um, entdecke eine weitere Tür und steuere sie zielstrebig an. Es ist eine von der Sorte, die eher aussieht, als führe sie ins Freie. Sie ist breit, wirkt recht massiv und ist, wie eigentlich erwartet, fest verschlossen. Alles Rütteln am Türknauf bringt rein gar nichts. Testweise trete ich dagegen, bin jedoch nicht überrascht, als sie nicht mal wackelt. Die Finger in meine zerzausten Haare gekrallt sehe ich mich nach etwas um, das mir helfen könnte. Ich reiße den Schrank auf, die Schubladen, renne noch mal ins Bad – doch überall das Gleiche: nichts.

Nicht einmal eine lächerliche Haarspange habe ich. Nicht, dass ich wüsste, wie man damit ein Schloss knackt, aber ich hätte immerhin etwas zu tun. Eine reelle Chance. Hoffnung. Stattdessen bleiben mir nur die Angst und die endlose Wut auf mich selbst, weil ich dumm genug war, hierherzukommen, aus diesem Glas zu trinken und Ezra und Quinn zu vertrauen.

Ein Geräusch vor der Tür reißt mich abrupt aus meinem Selbstmitleid und ich sprinte hinüber, gehe auf die Knie und linse durchs Schlüsselloch.

»Hallo?«, brülle ich verzweifelt und schlage so fest ich kann mit der flachen Hand mehrmals gegen das unnachgiebige Holz. »Ist da jemand? Hallo? Hilfe!«

»Du solltest dich noch etwas ausruhen.«

Da ist tatsächlich jemand! Ich kann niemanden sehen, aber ich bin nicht allein! Da ist jemand, der mir helfen kann! »Bitte … oh, bitte … helfen Sie mir! Ich werde hier gegen meinen Willen festgehalten. Ich …«

»Ein bisschen theatralisch, findest du nicht?«

Ich stocke und meine Finger schließen sich unwillkürlich fester um den Türknauf. Diese Stimme … ich kenne sie. »Quinn?«

»Was dachtest du denn, wer dich bewachen darf?«

Vor Wut und Entsetzen stellen sich die feinen Härchen auf meinen Armen auf und ich weiche ein Stück zurück, schüttle den Kopf und will nicht glauben, was hier passiert.

»Warum sperrt ihr mich ein?«, frage ich mit bebender Stimme, jedoch laut genug, damit er mich hören kann.

»Zu deinem eigenen Schutz. Du bist im Moment nicht unbedingt das, was ich zurechnungsfähig nennen würde. Und da Ezra meiner Meinung ist, bleibst du hier, bis alles vorbei ist.«

Ich erinnere mich an unser Gespräch und an ihren Plan, mein Leben ein für alle Mal auszulöschen.

»Das könnt ihr nicht tun!«

»Ich wüsste nicht, was dagegenspricht.«

»Es ist mein *Leben*, zur Hölle! Und ich habe euch nicht gebeten, euch einzumischen! Lass mich hier raus, Quinn!«

»Das geht leider nicht, sorry.«

Ich tigere vor dieser dämlichen Tür herum wie ein eingesperrtes Raubtier und versuche, logisch zu bleiben, Argumente zu finden und den pulsierenden Drang, ihn in Kleinteilen durch das Schlüsselloch zu zerren, zu unterdrücken.

»Was interessiert es dich, wenn ich an der nächsten Ecke von einem Dämon zerfleischt werde?«

»Mich persönlich interessiert es gar nicht, wenn ich ehrlich bin. Aber Ezra. Und solange das so ist, tue ich wohl oder übel, was er sagt.«

Schwer atmend stemme ich die Hände gegen die Tür, schließe die Augen und zähle leise und langsam bis zehn. Lass sie brennen, denke ich. Lass sie bitte brennen! Es hat schon einmal funktioniert. Ich könnte diese dämliche Tür einfach abfackeln! Lass. Sie. Brennen!

Doch nichts passiert. Frustriert ziehe ich meine Hände zurück und knete meine juckenden Handflächen. Unsagbare Wut und Enttäuschung fressen sich durch meine Eingeweide.

»Lass mich hier raus, Quinn, oder ich schwöre, du wirst es bereuen.«

»Jetzt hab ich aber Angst, Süße.«

»Mach. Die. Tür. Auf!«

»Ich denk nicht dran!«

Laut fluchend trete ich gegen die Tür. Solange, bis mein Fuß schmerzt und die Logik mich wieder einholt.

»Die ist massiv, Emma. Du wirst dir nur wehtun. Auf dem Schreibtisch sind Wasserflaschen und eine Kleinigkeit zum Frühstück, falls du Hunger hast. Außerdem eine Tablette gegen die Kopfschmerzen und die Übelkeit. Schon deine Kräfte. Wenn du kooperativ bist, darfst du bald raus.«

»Kooperativ?«, kreische ich in einem viel zu hohen Ton, der selbst mir in den Ohren schmerzt.

»Irgendwann ist diese Tür nicht mehr zwischen uns und dann gnade dir Gott, du verdammter ...«

»Du solltest dringend an deinem Temperament arbeiten.«

Ich schwöre, er lacht. Ich höre es an der Art, wie er spricht. Der Mistkerl hat auch noch Spaß an dem hier! Und er fühlt sich mir so haushoch überlegen, dass meine Drohung für ihn wohl tatsächlich lächerlich wirkt.

Mit einem letzten entrüsteten Knurren traktiere ich nochmals die Tür und beschließe dann, seiner Aufforderung nachzukommen und mich etwas auszuruhen. Vorerst. Es kann nicht schlecht sein, für den Moment, in dem er dieses Zimmer betreten muss, gewappnet zu sein.

***

Ich schlafe. Und zwar wie eine Tote. Als ich aufwache, ist es schummrig, doch ich weiß nicht, ob ich mich der Nacht nähere oder der Morgen anbricht. Vorsichtig schiebe ich die Beine über die Bettkante und stütze den Kopf in meine Hände. Die Kopfschmerzen sind erträglicher, obwohl ich sowohl auf das Frühstück als auch auf die Tablette verzichtet habe.

Mein Hals ist furchtbar trocken, sodass ich mir eine der Wasserflaschen greife, jedoch erst davon trinke, nachdem ich mich vergewissert habe, dass das Siegel des Verschlusses unbeschädigt ist. Die kühle Flüssigkeit rinnt meine Kehle hinab und hinterlässt eine prickelnde Spur.

Als ich mich seufzend gegen den Tisch lehne, höre ich ein Geräusch, das von den Fenstern zu kommen scheint, und mein Blick wandert zu der oberen, schmalen Fensterreihe, die offenbar bis eben allesamt geöffnet waren und sich nun wieder schließen. Offene Fenster! Offene Fenster, verdammt! Zu klein, um hindurchzukriechen, aber vielleicht kann ich auf mich aufmerksam machen. Eine Nachricht. Ein Zettel. Irgendwas.

Abermals sehe ich mich um und weil ich nichts anderes in die Finger kriege, greife ich mir mein Kissen und den Stuhl, zerre ihn atemlos an die sich langsam schließenden Fenster heran, klettere drauf und mache mich so lang, wie ich nur kann. Ich versuche verzweifelt, eine dicke Ecke des Kissens einzuklemmen und so wenigstens einen kleinen Spalt offen zu halten. Doch ich bin weder groß genug noch würde das Kissen ausreichend Widerstand bieten. Mit einem leisen *Klick* schließen sich die Fenster und klemmen nur eine kleine Ecke des Kissens ein. Vor Enttäuschung treten mir Tränen in die Augen und ich möchte laut losschreien.

Frustriert ziehe ich schniefend an meinem Kissen, um mich im Bett selbst bemitleiden zu können. Doch es hängt fest. Natürlich. Keinerlei Hilfe für meinen Fluchtversuch und jetzt auch noch eingeklemmt. Ich knurre frustriert.

»Alles in Ordnung da drin?« Seine Stimme bringt mich erneut auf die Palme und ich weigere mich, zu reagieren. Stattdessen zerre ich wie eine Irre an dem dummen Kissen.

»Emma?«

Mit einem reißenden Geräusch gibt der Stoff nach und der Widerstand, gegen den ich mich lehnen konnte, ist schlagartig weg. Ehe ich gegensteuern kann, kippt der Stuhl um und ich krache mit der Schulter voran auf den Boden. Ein kreischender Schmerz schießt durch meine gesamte linke Seite und presst mir für einen Moment die Luft aus der Lunge. Ich will schreien, doch kein Ton entringt sich meiner Kehle. Tränen laufen über meine Wangen, doch ich liege einfach nur still da, kneife die Augen zu, atme und warte, dass der Schmerz vergeht. Ich will mich nicht bewegen, weil jede Bewegung wie ein Orkan ist und alles nur noch schlimmer macht.

»Emma? Emma, verdammt, was ist da los? Was hast du gemacht?« Echte Sorge schwingt in seiner Stimme mit, und genau das ist es, was schließlich doch zu mir durchdringt. Ich beiße die Zähne fest zusammen, rolle mich auf den Rücken und der Schmerz, der mich bei dieser Bewegung erfasst, raubt mir beinahe die Sinne. Doch ich weiß, dass diese Tür gleich aufgehen wird und das vielleicht meine einzige Chance ist, hier wegzukommen.

Mit einer Hand umklammere ich meine Schulter, stemme mich hoch und atme tief durch.

»Hilfe ...«, jammere ich und der angeschlagene Tonfall fällt mir nicht schwer.

»Was ist los?«

»Ich bin gestürzt. Ich ... ich kann mich nicht bewegen.«

»Wenn das ein Trick ist, Emma ...«

Ich entscheide mich dafür, ab jetzt nichts mehr zu sagen und lasse die Stille für mich sprechen. Es wirkt.

»Emma?«

Nichts.

»Emma, verdammt. Rede mit mir!«

Ich höre Schritte vor der Tür. Gemurmel. Er telefoniert mit irgendwem. Wahrscheinlich Ezra.

»Und wenn ihr wirklich was passiert ist? ... Nein, ich warte nicht, bis du da bist! ... Ist mir egal. Ich geh da jetzt rein!«

Kurze Zeit später höre ich einen Schlüssel, der sich langsam im Schloss dreht, und mache mich bereit. Der Schmerz ist wie weggeblasen, angesichts des Adrenalins, das durch meinen Körper schießt. Als jemand, der beruflich auch schon mal mit einem betrunkenen, pöbelnden Kerl fertig werden musste, habe ich mir zwangsläufig die ein oder andere Auseinandersetzung geliefert. Und ich habe keine Angst davor, handgreiflich zu werden, außer natürlich, ich sehe mich einem waschechten Dämon gegenüber. Aber das zählt wohl nicht.

Quinn zumindest sieht ziemlich menschlich aus, als die Tür endlich aufgeht und er vorsichtig den Kopf ins Zimmer steckt. Ich nutze den Moment und werfe mich mit meinem gesamten Körpergewicht dagegen, klemme ihn zwischen Tür und Rahmen ein und freue mich ein wenig zu sehr über das erstickte Geräusch, das er dabei von sich gibt. Ohne ihm auch nur die geringste Chance zu lassen, auf meinen Angriff zu reagieren, reiße ich die Tür sofort wieder auf und trete nach ihm.

Die Hemmschwelle, jemanden zu treten, ist üblicherweise recht groß. Vor allen Dingen bei Frauen, weil die sich in der Regel nicht ganz so häufig schlagen wie Männer. Der erste Schlag oder Tritt bei einer Verteidigung muss sitzen. Man darf dem Gegner keine Chance lassen, sich zu wehren oder einen Gegentreffer zu landen, so zumindest war Matts Wortlaut, als er mich vor Monaten gezwungen hat, ihn ins Fitnessstudio zu begleiten, damit ich meine Hemmungen abbauen kann, jemanden zu treten. Gemessen an dem, was ich gerade mit Quinn veranstalte, scheint das Training funktioniert zu haben.

Ich bin nicht zimperlich und ich höre erst auf, als ich mir sicher bin, dass er nicht sofort aufstehen und mir folgen wird.

Und dann laufe ich – da ich keine Ahnung habe, wo ich bin – erst einmal blind drauflos. Schließlich entdecke ich eine Tür mit der Aufschrift ‚Treppenhaus' und reiße sie auf. Vorsichtig werfe ich zunächst einen Blick hinab, horche und renne erst los, als ich mir sicher bin, die Einzige hier zu sein. Mein Körper schreit vor Schmerz, obwohl ich den verletzten Arm fest an mich presse, um die Wucht der Erschütterungen abzudämpfen. Doch solange ich nicht draußen bin, kann ich das alles ignorieren und weiterlaufen.

Bei dem Geschoss mit der Aufschrift ‚2' kommt plötzlich Leben ins Treppenhaus und von oben dringen laute Stimmen und Schritte bis zu mir vor. Mein Herzschlag beschleunigt sich und meine Handflächen werden augenblicklich schwitzig.

»Emma!« Das ist Quinns Stimme. Verdammt! Verdammt, verdammt, verdammt!

Wohin soll ich laufen? Durch die Tür, die von den beiden Hünen bewacht wird? Wohl eher nicht. Aber das kann nicht der einzige Ausweg sein. Ich entscheide mich, bereits im ersten Stock das Treppenhaus zu verlassen und statt nach einer Tür nach einem Fenster zu suchen, das sich öffnen lässt. Irgendwo in einem der Räume.

Ich reiße die Treppenhaustür auf und finde mich auf einem langen, dunklen Flur wieder. Flackernde, trübe Lichter erhellen in regelmäßigen Abständen zumindest einen Teil des Fußbodens. Ich starre mein Spiegelbild in den blanken Fensterscheiben direkt vor mir an. Riesengroße Augen in einem fahlen Gesicht. Festverglasung, egal, wohin ich blicke. Also laufe ich. Hinüber zur ersten Tür. Verschlossen. Zur zweiten. Ebenfalls verschlossen. Ich kann meine Verfolger noch immer hören. Ich höre, dass sie dieses Geschoss erreicht haben, und ich höre das Klappen der Treppenhaustür. Trotzdem laufe ich weiter. Noch eine Tür. Und noch eine. Und noch eine. Alle verschlossen. Kein Ausweg.

Ich keuche. Und ich weine. Und ich bin bereit, alles zu tun, Quinn anzuflehen, mich sogar zu entschuldigen. Doch als ich mich umdrehe, sehe ich nicht in Quinns Gesicht. Ich sehe in das Gesicht eines Fremden. Eines riesengroßen Fremden mit dunklen Augen, einer wutverzerrten Miene und einer Narbe, die ihn noch bedrohlicher wirken lässt.

»Du kleines Miststück!«, flucht er und streckt seine Hand aus. Doch ich überwinde meine Angst, tauche unter ihm hinweg und laufe. Ich hetze blind durch den Gang, drehe mich um, sicher, dass er mir dicht auf den Fersen ist, doch stattdessen steht er einfach lächelnd an Ort und Stelle und gerade, als ich mich frage, warum, pralle ich gegen ein Hindernis, das mich augenblicklich von den Füßen reißt. Ich krache mit dem Kopf voran auf die Fliesen und sofort dröhnt alles, ein hoher fiepender Ton legt sich auf meine Ohren und Punkte tanzen in meinem Blickfeld. Blut füllt meinen Mund und rinnt meine Kehle hinab. Ich will mich auf die Seite drehen, doch es ist schwer. Ich kann mich nicht bewegen. Und ich kriege keine Luft. Da ist Blut. Überall. Und Angst. Unendliche Angst.

Unmittelbar vor mir taucht ein Gesicht auf, das offensichtlich einer Frau gehört. Ich blinzle, will die Hand heben, sie um Hilfe bitten, doch bevor ich auch nur dazu ansetzen kann, holt sie aus und ein unerwartet harter Faustschlag trifft mein Gesicht. Abermals wird alles um mich herum schwarz.

Sieben

Das Erste, was ich registriere, ist das rötlich schimmernde Licht hinter meinen geschlossenen Lidern. Meine Augen beginnen zu schmerzen und einem ersten, starken Impuls folgend will ich mich abwenden. Doch nicht nur die Schmerzen, die plötzlich und in ungeahnter Intensität in mein Bewusstsein schießen, hindern mich daran, sondern auch die Riemen, die um meine Knöchel und Handgelenke gezurrt sind.

Irritiert öffne ich die Augen, blinzle und stöhne, bevor ich sie wieder schließe. Jemand ist so freundlich, das Licht etwas zu dimmen und ich versuche es erneut. Langsam, in quälend kleinen Schritten, erlange ich mein Bewusstsein vollständig zurück. Ich kann mich daran erinnern, was passiert ist. Ich weiß, dass ich hätte fliehen können – und gescheitert bin.

Meine gesamte linke Gesichtshälfte schmerzt und pocht unangenehm. Meine Lippe ist aufgesprungen, mein linkes Auge zugeschwollen. Versuchsweise ziehe ich an meinen Fesseln. Natürlich ohne Erfolg.

»Emma, Sie haben uns allen einen ziemlich großen Schrecken eingejagt.«

Ein Schatten tritt näher an mein Bett heran und bei dem Versuch, von ihm abzurücken, werde ich augenblicklich durch einen stechenden Schmerz an den Sturz auf meine Schulter erinnert.

»Nur eine Prellung. Das heilt schnell, keine Sorge.« Ezras Lächeln wirkt echt und ziemlich besorgt. Ich lasse den Kopf ins Kissen sinken und knurre leise.

»Okay. Das reicht jetzt. Schluss mit dem Theater. Können wir uns darauf einigen, Klartext zu reden?«, fauche ich mühsam beherrscht und zwinge mich, ihn anzusehen.

»Klartext? Ich fürchte, ich verstehe nicht ganz.«

»Und ob … Sie das tun!« Meine Stimme ist lauter als beabsichtigt und die Wut nicht zu überhören. Mein Atem geht schnell und stoßweise. »Sie behaupten, meine Mutter gekannt zu haben und mir helfen zu wollen.«

»Ich behaupte das nicht nur, ich …«

»Man vergiftet niemanden, dem man helfen will!«, schreie ich und stemme mich abermals gegen die Fesseln. Ezra verzieht kurz das Gesicht, weicht aber nicht zurück. »Man sperrt niemanden, dem man helfen will, ohne irgendeine Erklärung ein. Und man hindert bestimmt niemanden mit Gewalt daran, zu fliehen, wenn man demjenigen wirklich helfen wollen würde.« Meine Stimme ist heiser. Vom Flehen. Vom Betteln und Schreien vor der Zimmertür. Vor Angst und Verzweiflung. Vor Erschöpfung und Wut.

Ezra holt tief Luft, entfernt sich ein wenig von mir und zieht sich einen Stuhl dicht an mein Bett heran.

»Stimmt. Das tut man wohl nicht. Außer wenn man weiß, mit wem man es zu tun hat. Ich kannte Ihre Mutter, Emma. Das ist keine Lüge. Und wenn ich Sie ansehe, erkenne ich einen großen Teil von ihr in Ihnen. Die Widerspenstigkeit liegt Ihnen in den Genen. Ich wusste, dass Sie Ihr Leben nicht einfach so aufgeben würden. Sie hätten alles Erdenkliche getan, um unseren Plan zu durchkreuzen, selbst wenn Sie damit Ihr eigenes Todesurteil unterzeichnet hätten.«

»Das ist nicht wahr.«

»Oh doch, das ist es. Und Sie wissen das, Emma.« Er lehnt sich zurück und verschränkt die Arme vor der Brust.

»Sie hätten mit mir reden können. Stattdessen setzen Sie mich unter Drogen!«

»Das war notwendig, um Sie vor sich selbst zu schützen. Sie hätten nicht kooperiert und wir wollten Sie nicht verletzen.«

»Hat ja super funktioniert«, brumme ich patzig.

»Nun, Ihre Verletzungen haben Sie sich leider selbst zuzuschreiben. Es tut mir leid, dass es so weit kommen musste. Wenn Sie nur noch etwas Geduld bewiesen hätten …«

Ich rümpfe die Nase und bereue diese Bewegung, angesichts der Schmerzen, sofort.

»Kein normaler Mensch geht von guten Absichten aus, wenn er unter Drogen gesetzt wird und eingesperrt in einem fremden Zimmer aufwacht.«

»Quinn war die ganze Zeit über bei Ihnen«, erklärt er so beiläufig, als würde diese Tatsache etwas bedeuten.

»Ich kenne Quinn genauso wenig, wie ich Sie kenne, und kann auch nicht einordnen, was Sie von mir wollen.«

»Was ich von Ihnen will, habe ich Ihnen mitgeteilt.«

»Tja, wissen Sie, ich habe ein schwerwiegendes Vertrauensproblem.«

Er lacht und lehnt sich in meine Richtung. »Ach wirklich?«

Aus welchem Grund auch immer scheine ich ihn zu amüsieren.

»Emma, wenn ich Sie hätten töten wollen, wären Sie längst tot, glauben Sie mir. Ich verspreche, dass niemand hier Ihnen gegenüber feindselig ist. Zumindest nicht, solange Sie es nicht sind.« Er steht auf und legt seine Hand auf meine. »Versuchen Sie, etwas Vertrauen zu haben.«

»Gehört nicht zu meinen Stärken.« Ezra lacht erneut und nickt.

»Nun gut. Für heute Nacht behalten wir Sie auf der Krankenstation. Morgen früh wird Quinn Sie auf Ihr Zimmer bringen.«

»Und den Schlüssel wegwerfen?«, frage ich schnippisch, doch Ezra schüttelt ungerührt den Kopf.

»Ich vertraue auf Ihre Kooperation und gewähre Ihnen einen Vertrauensvorschuss. Sie dürfen sich innerhalb dieser Mauern frei bewegen. Zu Ihrer eigenen Sicherheit sollten Sie jedoch Abstand davon nehmen, hinauszugehen.«

»Und wenn ich das nicht will? Wenn ich lieber direkt da raus auf die Straße marschieren und dem nächsten Polizisten erzählen will, dass ich gar nicht tot bin?«

»Ich fürchte, dafür ist es zu spät. Die Leiche ist bereits eingeäschert und wird in den kommenden Tagen beigesetzt. Eine Untersuchung ist somit nicht mehr möglich.«

»Ich bin aber noch da. Mich können sie untersuchen.«

Ezra überprüft wie beiläufig den Sitz seiner Manschettenknöpfe und wirkt so unheimlich sicher, so überzeugt, dass mir für einen Moment eine Gänsehaut über den Rücken läuft.

»Sie existieren nicht mehr, Emma. Alle Daten, mit denen man Sie hätte identifizieren können, wurden angepasst. Weder Ihre Fingerabdrücke noch Ihre medizinischen Unterlagen oder sonst irgendwas würde Sie als Emma Parker ausweisen.«

Mein Herz schlägt schneller und mein Mund wird trocken.

»Sie lügen!«

»Reden Sie sich das ruhig ein, aber dort draußen sind Sie im Moment niemand. Sie existieren nicht. Und zwar so lange, bis wir Ihnen eine Identität geben. Emma Parker ist gestorben. Und je eher Sie das akzeptieren, desto eher können wir beginnen, Ihr Leben neu aufzubauen.«

Meine Augen sind feucht. Ein klein wenig nur, denn ich verbiete es mir, zu weinen. Nicht einmal vor Wut. All die Wut, die sich gerade Bahn brechen will. Ezra wirft einen Blick auf meine zu Fäusten geballten Hände.

»Sie werden es verstehen. Zur richtigen Zeit. Das verspreche ich.«

Ich will ihn anschreien, doch ich bleibe still. Presse die Lippen fest aufeinander und starre stur die gegenüberliegende Wand an.

»Bekka bleibt diese Nacht zu Ihrem Schutz bei Ihnen.«

Ich verkrampfe mich und folge seinem Blick. Dort sitzt eine junge Frau – eher ein Mädchen – und nickt mir unbeteiligt zu. Kein Lächeln. Keine Spur von Freundlichkeit. Nichts.

»Gute Nacht«, murmelt Ezra leise, zieht die Tür hinter sich zu und seine Schritte verhallen in der Nacht.

»Wenn du irgendwas brauchst, sag einfach Bescheid«, murmelt Bekka schnaufend und drückt den Rücken durch. Sie ist groß. Um einiges größer als ich. Ihre dunklen, glatten Haare enden auf Höhe ihres Kinns und bedecken einen großen Teil ihres Gesichts mit Schatten. Ich kann dennoch die schmale, verkniffene Linie ihrer Lippen erkennen und das angriffslustige Funkeln in ihrem Blick.

Ihr Nachtlager sieht nicht sonderlich bequem aus, und dass sie die kommenden Stunden hier, statt in ihrem Bett verbringen muss, hat sie meiner Anwesenheit zu verdanken. Ich schlucke schwer und nicke.

Bekka steht auf, nimmt eine Decke von einem der Schränke, breitet sie über mir aus und verharrt etwas länger neben mir als nötig.

»Wird manchmal kalt nachts«, flüstert sie augenzwinkernd und erneut flutet Angst meine verkrampften Glieder.

»D... Danke.«

Bekka nickt und als sie sich schließlich abwendet, das Licht löscht und an ihren Platz zurückkehrt, lasse ich die angehaltene Luft langsam und leise entweichen.

***

Als am nächsten Morgen eine junge Frau die Tür mit so viel Elan aufreißt, dass sie gegen die Wand knallt, bin ich schlagartig wach. Während die Wunde an meiner Lippe durch die ruckartige Bewegung sofort wieder aufplatzt und warmes Blut in meinen Mund rinnt, flötet sie ein fröhliches »Guten Morgen!« und marschiert mit quietschenden Schuhen erst zu einem der Tische und dann mit einem kleinen Tablett bewaffnet zu mir ans Bett.

»Wie geht es Ihnen?«

Ich nicke, die Lippe in den Mund gezogen, und wage einen Blick hinüber zu Bekka. Sie streckt sich, gähnt, streift sich die Haare aus dem Gesicht und verlässt ohne ein Wort das Zimmer.

Nun, immerhin lebe ich noch. Doch wie lange? Mit einem flauen Gefühl in der Magengegend schaue ich der aufgedrehten, grinsenden Frau neben mir dabei zu, wie sie eine schmale Spritze aufzieht. Plötzlich wünsche ich mir Bekka zurück.

»Was ist das?«, frage ich ängstlich und versuche den Namen des Medikaments auf dem Etikett zu entziffern.

»Ein Schmerzmittel. Für Ihre Schulter.«

»Ich möchte kein Schmerzmittel.«

»Aber Mister Moore sagte, ich solle Ihnen eins verabreichen« Sie packt meinen Arm und ich versuche, ihn ihr wieder zu entwinden. Mein Herz rast.

»Ich sagte, ich will nicht!« Ich lege etwas mehr Nachdruck in meine Worte und zapple herum wie ein Fisch auf dem Trockenen, um ihr die Möglichkeit zu nehmen, mir dieses Ding gegen meinen Willen in den Oberarm zu rammen. Doch die Gute ist hartnäckiger und kräftiger als sie aussieht.

»Wenn Mr. Moore sagt ...«

»Wenn sie nicht will, bekommt sie keines.« Eine harsche Stimme reißt sie sofort aus ihrem Versuch, Herr über ihre Patientin zu werden, heraus. Sie wendet den Kopf zur Tür und ihre Nasenflügel blähen sich ein klein wenig, ihr Griff wird für einen Moment fester, bevor sie mich loslässt und leise schnaufend einen Schritt zurücktritt. Ich brauche nicht nachzusehen, wer mir da zu Hilfe gekommen ist. Mittlerweile kenne ich seine Stimme und begnüge mich damit, der Frau einen letzten bösen Blick zuzuwerfen.

Schulterzuckend erwidert sie ihn, legt die Spritze zurück auf das Tablett und geht ohne ein weiteres Wort. Quinn, der bis eben mit verschränkten Armen neben der Tür gewartet hat, schubst diese hinter ihr mit dem Fuß ins Schloss und kommt dann auf mich zu, ein gefährliches Glitzern in den blassblauen Augen. Sein Gesicht sieht ziemlich lädiert aus. Mehrere Blutergüsse und eine bereits versorgte Platzwunde an der Stirn zieren es. Für einen kurzen Moment bleibt er neben meinem Bett stehen und starrt auf mich herab. Äußerlich wirkt er ruhig. Viel zu ruhig für meinen Geschmack. Ich könnte wetten, dass er innerlich brodelt. Dafür spricht zumindest seine zur Faust geballte Hand. Demonstrativ lasse ich meinen Blick auf ihr verweilen, verberge nicht, dass ich Angst habe, versuche gar nicht erst, ruhiger zu atmen. Stattdessen hebe ich das Kinn, sehe ihn an und erwidere seinen starren, ausdruckslosen Blick. Ich vermeide es, an ihm vorbei zu Tür zu sehen. Ich bin gefesselt. Wenn er sich rächen will, bin ich ihm ohnehin schutzlos ausgeliefert. Quinn löst seine Faust und seine Nasenflügel blähen sich ein wenig. Ich erkenne deutlich eine kleine Ader seitlich an seiner Stirn, die sonst nicht da ist.

Ohne ein Wort gesagt zu haben, greift er schließlich grob nach meiner linken Hand und beginnt, die Ledermanschetten zu lösen.

Nachdem meine Hände frei sind, reibe ich mir die schmerzenden und juckenden Gelenke, richte mich auf und dehne mich, soweit es meine übel mitgenommenen Muskeln zulassen.

Er wendet sich von mir ab, zieht eine Art Tuch aus seiner Jackentasche und wirft es mir zu. Ich fische es mit knapper Not aus der Luft und schaue ihn verwirrt an.

»Eine Schlinge. Für deine Schulter. Von Ezra.«

»Danke.«

Ich stecke sie ein. Der Versuch, sie jetzt anzulegen, würde kläglich scheitern und die Genugtuung, das mit anzusehen, gönne ich ihm nicht. Hilfe seinerseits halte ich für ausgeschlossen.

Vorsichtig schwinge ich die Beine über die Bettkante, gebe meinem Kreislauf einen kleinen Moment, sich zu stabilisieren, und als sich die Welt nicht mehr dreht, stehe ich auf. Ich presse meinen Arm fest an den Körper und halte ihn mit der anderen Hand an mich gedrückt. Das reduziert die Schmerzen, sodass ich aufstehen und zur Tür hinüberwanken kann, an der Quinn mit versteinerter Miene wartet. Seine Lippen sind zu einer schmalen Linie zusammengepresst und sein Blick klebt starr an mir. *Ich sollte mich entschuldigen,* denke ich. Gleichzeitig weiß ich nicht, was ich sagen könnte, denn in meinen Augen ist meine Reaktion noch immer nachvollziehbar. Nicht nett, aber nachvollziehbar. Sie sind diejenigen, die mich eingesperrt haben. Und solange er vor der Tür stand, schien ihn meine Verzweiflung und meine Angst ja sogar noch belustigt zu haben. Ich beschließe also, dass eigentlich er sich bei mir entschuldigen müsste, und schiebe mein schlechtes Gewissen beiseite.

Als ich ihn erreiche, stößt er sich federnd von der Wand ab, öffnet die Tür und hält sie für mich auf. Zögerlich gehe ich hindurch und finde mich auf einem langen, dunklen Flur wieder. Quinn lässt die Tür krachend ins Schloss fallen, sodass ich zusammenzucke und zur Seite springe. Unbeeindruckt marschiert er an mir vorbei. Ich folge zögerlich und mit gebührendem Abstand.

Im Gebäude herrscht bereits reges Treiben und etliche neugierige Augenpaare folgen uns. Nach der misslungenen Flucht scheine ich Gesprächsthema Nummer eins zu sein. Fast jeder, den wir passieren, bleibt stehen, dreht sich um, tuschelt. Die Aufmerksamkeit ist mir verdammt unangenehm und genau das hat Ezra mit diesem Auftritt beabsichtigt. Es hätte sicherlich genug Möglichkeiten gegeben, mich ohne großes Aufsehen in *mein Zimmer* zu bringen, doch er will, dass alle mich sehen. Er will, dass ich nun für alle ein Gesicht habe. Jeder soll wissen, wer ich bin. Jeder soll mich im Auge behalten, solange sein Vertrauensvorschuss, wie er es nennt, noch in der Testphase ist. Nicht nur ein Wachhund, sondern Hunderte. *Kluger Schachzug, Ezra.*

Quinn läuft unbeirrt voran und wendet sich mir nicht ein einziges Mal zu, um sicherzugehen, ob ich folgen kann. Doch ich kann. Mit ziemlicher Mühe zwar, aber ich kann. Ich werde mir nicht die Blöße geben, ihn zu bitten, langsamer zu gehen.

Endlich, nach etlichen Treppen, Ecken, Fluren und Türen, bleibt er vor einer stehen und drückt mir einen Schlüssel in die Hand.

»Hier?«, frage ich leise und schaue auf die Tür mit der Nummer 324. Die Ziffern sind aus blank poliertem Metall. Etwas, das mir in den unteren Etagen nicht aufgefallen ist.

»Das hier ist der älteste Teil des Gebäudes. Also sei vorsichtig mit deiner Zerstörungswut.«

Ich verkneife mir einen Kommentar, schiebe den Schlüssel ins Schloss und drehe ihn herum. Mit einem angenehmen Klicken öffnet sich die Tür und ich drücke sie weit auf.

Vor mir liegt ein wirklich eindrucksvolles Zimmer, größer als mein Gefängnis von gestern und mit älteren Möbeln eingerichtet. Trotzdem wirkt es nicht altmodisch. Ein flauschiger, heller Teppich dämpft die dunklen Holztöne etwas, sodass das Zimmer gemütlich statt düster wirkt. Ein lauer Wind weht durch die offen stehenden Fenster herein und bauscht die Vorhänge auf.

Ich lege den Schlüssel auf den wuchtigen, hölzernen Schreibtisch, schiebe einen der Vorhänge ein wenig beiseite, genieße die kühle, frische Luft auf meinen Wangen und lasse den Blick schweifen. Weit über die Dächer von Thiernan hinweg, über die Fassaden und Straßen, die noch wie im Schlaf unter einem zarten Nebel daliegen, als hätte sich nichts verändert.

Für einen Moment überkommt mich bei diesem Anblick eine ungeheure Trauer. Eine Trauer, die mir das Atmen schwer macht und meine Augen brennen lässt, doch dieses Gefühl verfliegt schlagartig, als ich Quinns Anwesenheit in meinem Rücken spüre. Ich habe ihn nicht gehört und als ich mich nun mehr oder weniger hektisch umdrehe, trennen uns nur wenige Zentimeter. Ich blinzle den feuchten Film auf meinen Augen fort und schlucke, damit der Kloß aus meinem Hals verschwindet, räuspere mich und hebe den Kopf, um ihn ansehen zu können. Ohne zurückzuweichen, obwohl genau das mein erster und noch immer vorherrschender Impuls ist.

Mit einem unergründlichen Ausdruck in den Augen und regloser Miene greift er vorsichtig nach dem Tuch, das aus meiner Tasche hervorlugt, und nimmt es an sich. Er faltet es auseinander, packt mich am nicht verletzten Handgelenk und zieht mich etwas weiter in den Raum hinein.

»Mona wird gleich kommen und dir Frühstück bringen«, sagt er und seine Stimme ist so leise, dass ich ihn nicht verstanden hätte, stünde er nicht so verdammt dicht bei mir. »Im Schrank sind ein paar Klamotten, die dir sicher passen. Du solltest duschen.«

Mit Mühe unterdrücke ich den Drang, an mir zu schnüffeln, aber ich kann mir gut vorstellen, dass ich stinke.

»Ezra möchte, dass ich dir alles zeige.« Er klingt alles andere als begeistert von dieser Aufgabe und deutet mit dem Kinn auf meinen Arm. Sein Mund ist schon wieder zu einer schmalen Linie verzogen. Er vermeidet direkten Blickkontakt und fixiert stattdessen meinen Arm. Gehorsam halte ich ihn ein Stück vom Körper weg, sodass er das Tuch einmal um den Unterarm wickeln kann. Das tut verflucht weh, doch kein Laut kommt über meine Lippen. Er kreuzt die Enden vor meiner Brust, tritt hinter mich, schiebt meine Haare beiseite und verknotet das Tuch. Dabei streifen seine Finger meine Haut und ich kann dem Drang, mich ihm zu entwinden, nur knapp widerstehen. Im Geist zähle ich die Sekunden, spüre das Rucken seiner Bewegungen und kann es kaum erwarten, dass er den dummen Knoten festzieht und zurücktritt. Sein Atem streift meinen Nacken und sämtliche Härchen auf meinem Körper richten sich auf. Knoten oder nicht, das reicht.

»Danke«, murmle ich und weiche hektisch zurück, versuche zu verbergen, wie verwirrt ich bin. Quinn lässt langsam die Hände sinken und erneut flackert etwas in seinen Augen auf. Etwas, das ich nicht kenne und das mir Angst macht. Er drückt den Rücken durch, hebt das Kinn und schiebt die Hände in die Hosentaschen – den bohrenden Blick unbeirrt auf mich geheftet, als wüsste er nicht einfach nur, wie schrecklich unangenehm das hier für mich ist, sondern als hätte er genau das auch beabsichtigt.

Mit ausdrucksloser Miene setzt er einen Fuß vor den anderen, verringert den Abstand zwischen uns wieder und zwingt mich somit, weiter zurückzuweichen.

»Ezra ist der Meinung, du würdest keinen Ärger machen. Er vertraut dir.« Seine Stimme klingt leise, rau und sehr bedrohlich.

Ich nicke und will etwas sagen, doch mein Mund ist staubtrocken. Verschwunden ist die stocksaure, vorlaute und schlagfertige Emma. Im Moment würde ich mich am liebsten unter dem Bett verkriechen. Bis zu diesem Moment war Quinn einfach nur jemand, den ich nicht einschätzen konnte. Unhöflich vielleicht, aber nicht angsteinflößend. Doch genau jetzt habe ich Angst. Vor ihm.

Mein Blick gleitet zur Tür, während ich mit unsicheren Schritten rückwärts stolpere, bis ich mit dem Rücken gegen eine Wand stoße und nicht weiter kann. Ich zittere und mein Körper bebt. Quinn hingegen ist ruhig. Viel zu ruhig.

Er kommt näher. So nahe, dass ich meinen Kopf gegen die Wand drücken muss, wenn ich eine Berührung zwischen uns verhindern will. Mein Atem geht flach und stoßweise. Nur wenige Zentimeter trennen sein Gesicht von meinem.

Er hebt die Hand und lässt einen Finger über meinen Oberarm streifen. Seine Augen folgen seiner Bewegung und ich schlucke schwer. »Wenn du es noch einmal wagen solltest, mich anzugreifen«, die leise, ruhige Art, mit der er diese wenigen Worte ausspricht, lässt mir kalten Schweiß ausbrechen, »wirst du dir wünschen, in deiner brennenden Wohnung gestorben zu sein.«

»Tut ... mir leid ... ich ...« Ein einziger Blick unterbricht mein Gestammel und ich verstumme sofort.

»Ezra hat deiner Mutter ein Versprechen gegeben, ich aber nicht. Und ich schwöre dir«, er legt den Kopf leicht schief und ein winziges Lächeln stiehlt sich auf seine Lippen, während seine Augen über mein Gesicht wandern, »ein weiteres Mal wird es nicht so ausgehen wie gestern.«

Ich nicke hektisch und endlich weicht er zurück. Doch ich entspanne mich erst, nachdem er mir den Rücken zugewandt und den Weg zur Tür eingeschlagen hat.

»Ich hole dich um drei ab. Sieh zu, dass du fertig bist.«

***

Das Frühstück, das wenig später von einer wortkargen jungen Frau hereingebracht wird, rühre ich nicht an. Noch immer steckt mir die Angst in den Knochen. Nicht nur vor Quinn, sondern vor all dem hier. Vor diesem Haus und seinen Bewohnern, vor Ezra, der sich vor meinen Augen in ein Monster verwandelt hat, vor dem, was mich da draußen, in der Welt, die mir so vertraut war, nun erwartet. Ist es wirklich möglich, die Identität eines Menschen vollständig auszulöschen? Was, wenn ich jemanden finde, der bezeugt, dass ich ich bin? Ja, was dann? Was, wenn Ezra recht hat und ich dann zwar mein Leben zurückhätte, aber fünf Minuten später tot wäre? Wem kann ich trauen und wem nicht? Wem soll ich glauben? Wen bringe ich Gefahr und wer ist eine Gefahr für mich?

Mir dröhnt der Kopf und ich lasse mich auf das Bett fallen, starre die mit hellem Holz getäfelte Decke an und lege meinen gesunden Arm quer über die Augen.

Ich weiß nicht mehr, wer ich bin. Ich habe den Weg verloren. Und zwar seit dem Moment, in dem mir klar wurde, dass die Welt, die ich kannte, eine Lüge war. Meine Mutter Teil von dem hier? Ich ein Teil von dem hier? Dämonen, merkwürdige Gestalten und mittendrin diese Universität? Je mehr ich darüber nachdenke, desto mehr Fragen tauchen auf, deren Antworten ich wahrscheinlich nie erfahren werde. Allen voran natürlich die Frage, was ich jetzt tun soll. Ezra vertrauen, hierbleiben, abwarten und hoffen, dass sich alles aufklärt? Oder lieber die Gunst der Stunde nutzen und abhauen? Immerhin könnte die ganze Sache auch einfach nur eine große Lüge sein. Wo ist der Beweis, dass ich nicht mehr existiere? Alles, was ich habe, ist sein Wort. Das Wort eines Fremden, der behauptet, meine Mutter gekannt zu haben, und mich nun in einer Schule festhält, die vor Elitesoldaten in Ausbildung scheinbar geradezu wimmelt. Oh, und Quinn nicht zu vergessen. Ein offensichtlich Irrer, der mir gerade mit dem Tod gedroht hat. Ich meine, wie gefährlich kann es angesichts dieser Begleitung dort draußen schon sein?

Acht

Irgendwann kündigen sich erneut Kopfschmerzen an und ich muss mir eingestehen, dass ich so nicht weiterkomme. Also stehe ich auf, werfe einen Blick in den Schrank und angle zwei Shirts aus dem kleinen Häufchen heraus, das in Augenhöhe vor mir liegt. Offensichtlich aussortierte Kleidung eines Mädchens, das etwa einen Kopf größer ist als ich. Mit den Pullovern und Hosen verhält es sich ebenso, zumindest die Unterwäsche scheint neu. Immerhin.

Ich werfe alles schnaufend aufs Bett, greife mir ein Handtuch und hocke wenig später, den Kopf auf meine angezogenen Knie gestützt, in der Dusche. Heißes Wasser prasselt auf mich herunter und färbt meine Haut binnen kürzester Zeit krebsrot, doch mir ist trotzdem kalt. Nachdem ich vielleicht eine halbe Stunde dagesessen und auf die abgesplitterte Ecke einer alten Fliese gestarrt habe, rapple ich mich auf, wasche meine Haare und rubble die Reste dieser furchtbaren Nacht im Feuer von meiner Haut. Meine Schulter ist grün und blau, die Schmerzen sind allerdings auch ohne Schmerzmittel erträglich. Als ich das Bad verlasse, fühle ich mich besser. Nicht gut, aber besser.

Mit neuem Elan probiere ich mich durch die Kleider und finde schlussendlich etwas, das mir einigermaßen passt. Meine feuchten Haare kämme ich, mangels einer Bürste, kurzerhand mit den Fingern grob durch und wickle sie zu einem unordentlichen Dutt zusammen. Alles gar nicht so leicht mit nur einer Hand. Mit Mühe gelingt es mir sogar, die dumme Schlaufe selbst wieder anzulegen, allerdings nur, weil Quinn so *nett* war, mir mit dem Knoten zu helfen.

Da sich mein Magen nun doch meldet, kaue ich lustlos auf einem der Brötchen herum und starre dabei aus dem Fenster.

Ich beschließe zu bleiben. Zumindest vorerst. Ich muss versuchen, mehr über all das rauszufinden. Wissen ist Macht, so heißt es doch schließlich. Wenn ich jetzt einfach verschwinde, weiß ich einfach nur genauso viel wie jetzt. Nämlich nichts. Wenn ich aber bleibe, habe ich die Chance, herauszufinden, was hier wirklich vorgeht. Vorausgesetzt, ich bleibe am Leben.

***

Mit diesem neuen Plan im Hinterkopf beruhige ich mich ein wenig und schaffe es tatsächlich, die Zeit bis zum Nachmittag ohne größere Katastrophen totzuschlagen.

Pünktlich um drei klopft es energisch an meiner Tür. Ich sprinte hinüber und reiße sie viel zu überstürzt auf, sodass ich beinahe das Gleichgewicht verliere und kurz ins Straucheln gerate. Quinn schaut mich verwirrt und mit hochgezogener Augenbraue an.

»Ich … bin fertig!«, nuschle ich kleinlaut und bringe sogar ein kleines Lächeln zustande. Das scheint ihn noch etwas mehr zu irritieren. Mit einem letzten prüfenden Blick auf mich wendet er sich um und marschiert los.

»Vergiss den Schlüssel nicht.« Sein Tonfall ist rau und ungeduldig. Ich verkneife mir einen unfreundlichen Kommentar, flitze zurück zum Tisch, greife den Schlüssel und lasse ihn in meiner Hosentasche verschwinden, ehe ich ihm im Laufschritt folge.

»Der Schlüssel, den ich dir gegen habe, ist der einzige für die Tür. Falls du ihn verlierst, kommst du für die Kosten auf.«

»Von welchem Geld?«, frage ich lachend und kann mich gerade noch davon abhalten, ihn darauf hinzuweisen, dass sie mich, inklusive meines Bankkontos, ausgelöscht haben.

»Bezahlen muss man nicht zwangsläufig mit Geld. Du könntest in der Küche aushelfen. Oder die Toiletten putzen.«

Ich beiße die Zähne fest aufeinander. »Ich pass schon gut auf den verdammten Schlüssel auf, okay?«

Da ich hinter ihm laufe, kann ich sein Gesicht nicht sehen, doch ich könnte schwören, dass ihm die überlegene Position gerade unheimlich gefällt.

»Also, wie gesagt. Das hier gehört zum alten Gebäudeteil. Die oberen Geschosse sind noch ziemlich genau so, wie zu dem Zeitpunkt, als sie das erste Mal bezogen wurden. Die unteren Stockwerke sind vor ein paar Jahren renoviert und saniert worden. Zeitgleich mit dem neuen Anbau.«

»Ich hab keinen Anbau gesehen, nur die Straßenfassade.«

»Der Anbau geht nach hinten weg. Dort ist auch ein kleiner Park. Ezra meint, du kannst dich im Haus und auf dem Gelände jederzeit frei bewegen, aber ...«

»Aber das war's dann auch mit der Freiheit, richtig?«

»Richtig.« Wir erreichen das Treppenhaus und Quinn läuft vor mir federnd die Stufen hinab.

»Im dritten bis fünften Geschoss sowie im Anbau sind die Unterkünfte für die Schüler. Im Erdgeschoss bis ins zweite Obergeschoss findest du die Klassenräume. Im Erdgeschoss sind außerdem der große Saal, der Speisesaal und die Bücherei.«

Wir verlassen das Treppenhaus im Erdgeschoss und Quinn führt mich zunächst in den großen Saal. Obwohl hier geschäftiges Treiben herrscht und ich die zahlreichen, neugierigen Blicke auf mir fühle, nehme ich mir einen Moment Zeit, um die Ausmaße dieses Raumes kurz auf mich wirken zu lassen. Alles ist riesig. Die Decke ist viel höher als im übrigen Geschoss und mit kunstvollen hölzernen Bögen und Balken versehen. Der Saal diene als Versammlungsraum für größere Veranstaltungen, erklärt Quinn beiläufig und durchschreitet ungeduldig die gesamte Länge des Raumes.

Hinter dem großen Saal liegt die Bibliothek. Auch hier habe ich kaum Zeit, mich umzusehen, da er schnell fertig werden will und drängelt. Ich nehme mir vor, die richtige Erkundung einfach auf einen späteren Zeitpunkt zu verschieben. Ohne ihn.

»Das hier ist der Speisesaal. Die Schüler essen zeitversetzt, da wir nicht alle gleichzeitig unterbringen können. Wir haben dich für die erste Pause vorgemerkt. Sei am besten pünktlich um zwölf hier. Frühstück gibt's um sieben, Abendessen um sechs. Bist du nicht pünktlich, gehst du hungrig ins Bett. Das mit dem Frühstück heute war eine Ausnahme. Ich zeig dir gleich noch, wo die Küche ist, damit du das Geschirr nachher wegbringen kannst.«

Ich nicke und folge ihm wortlos zum Treppenhaus, wo wir noch eine Etage tiefer gehen.

»Hier unten findest du die Wäscherei, die Küche, die Krankenstation und die Trainingsräume. Außerdem einen kleinen Pool. Da hinten ist die Küche. Komm mit.«

In gewohnt flottem Tempo eilt er voran und ich bin drauf und dran, ihm schnaufend hinterherzueilen, als meine Aufmerksamkeit von einem anderen Raum angezogen wird. Die Tür steht einen Spalt offen. Geradezu übermannt von Neugier trete ich näher heran und drücke sie noch etwas weiter auf. Leider gibt sie dabei ein durchdringendes Quietschen von sich und augenblicklich richten sich Dutzende Augenpaare auf mich.

Zum einen das von Quinn, der in Rekordtempo neben mir steht, und zum anderen die derjenigen, die gerade in diesem Raum trainiert haben. Allesamt verwandelte Celesta. Groß, grau wie Stein und angsteinflößend. Mir rutscht das Herz in die Hose und ich bin wie festgewachsen, bewegungsunfähig und außerdem nicht in der Lage, auch nur ein Wort zu sagen.

»Entschuldige dich und dann weg hier«, raunt Quinn mir leise ins Ohr, doch gerade als ich den Mut gefunden habe, den Mund aufzumachen, löst sich eine massige, bedrohliche Gestalt aus der Gruppe und kommt gemächlich zu uns herüber. Der Boden bebt bei jedem Schritt. Und ich ebenfalls.

»Na toll.« Quinn klingt resigniert und genau das macht mir nicht sonderlich viel Mut.

Der Celesta, der uns ansteuert, scheint ausschließlich aus Muskeln zu bestehen. Seine Haut ist heller als die von Ezra und er ist augenscheinlich noch etwas größer, noch etwas eindrucksvoller und um einiges wütender.

Auf den breiten, angespannten Schultern thront ein sehniger Hals mit einem kantigen Kopf darauf. Schwarzes, gelocktes Haar reicht ihm bis auf die Schultern und seine Mine wirkt alles andere als amüsiert. Verbissen und bedrohlich starrt er auf uns herab und ich kann nicht umhin, die feine, kaum wahrnehmbare Narbe über seinem rechten Auge zu betrachten. Scheinbar gefällt ihm meine so offene Beobachtung noch viel weniger als meine pure Anwesenheit. Er knurrt wie ein Tier und während ich in Ezras Mimik noch meinte, menschliche Züge erkennen zu können, habe ich bei dem vor mir stehenden Exemplar so meine Probleme damit.

Schmale, gefährlich funkelnde Augen fixieren mich und ich komme mir vor wie ein Kaninchen in der Falle. Ich senke den Kopf, doch auch der Anblick seiner Pranken lindert meine Angst nicht wirklich. Wie eine Raubkatze bringt er sich in Position, die Muskeln unter der grauen Haut zucken voller Vorfreude. Oh ja, er genießt meine Angst und strahlt dabei etwas durch und durch Animalisches aus. Etwas, das einen uralten Instinkt anzusprechen scheint: Flucht. Ich will fliehen. Mehr als alles andere. Mit flachen, gepressten Atemzügen und feuchten Handflächen weiche zurück, doch Quinn drückt mir seine Hand in den Rücken.

»Falsche Reaktion, glaub mir!«, raunt er und ich bin froh, dass er seine Hand nicht zurückzieht. Meine Knie sind weich und mein Fluchtinstinkt nahezu übermenschlich.

»Sieh an, sieh an. Wen haben wir denn da?« Die Stimme des Celesta klingt rau, viel zu tief für einen Menschen, sogar noch etwas intensiver, als ich es von Ezra in Erinnerung habe.

»Ich ... es tut mir leid ... ich wollte wirklich nicht stören. Quinn hat mir nur gerade alles gezeigt und da hab ich ...«

»Schweig!«, donnert das Ungetüm und macht auf allen vieren einen Satz auf mich zu. Ruckartig reiße ich den gesunden Arm zum Schutz hoch und dränge mich noch etwas mehr in Quinns Richtung. »Ein Mensch hat hier nichts verloren!«

»Es tut mir leid!«, wiederhole ich mit bebender Stimme und versuche dem durchdringenden Blick aus seinen grasgrünen Augen standzuhalten.

»Es ist Ezras Wunsch, dir Schutz zu bieten, aber kommst du mir in die Quere, wird weder Ezra noch ein ‚Es tut mir leid' ausreichen, um dich zu schützen.« Die Drohung ist leise, aber äußerst effektiv. Ich setze definitiv keinen Fuß mehr in einen dieser Räume.

Quinn räuspert sich und schiebt mich kurzerhand hinter seinen Rücken. »Ich denke, das Kampfgebrüll hat seinen Zweck erfüllt, Liam. Lass gut sein, okay?« Er klingt beinahe, als würde er plaudern wollen, und wirkt nicht einmal ein kleines bisschen eingeschüchtert. Dabei könnte dieser Liam ihn in seiner jetzigen Gestalt wahrscheinlich einfach so auseinandernehmen.

»Verschwindet!«, knurrt Liam, wirft mir abermals einen vernichtenden Blick zu und wendet sich dann den anderen zu. Quinn dreht sich um und schiebt mich mit leichtem Druck zur Tür hinaus. Erst als er sie hinter uns geschlossen hat und das Dröhnen und der Kampflärm von drinnen jedes andere Geräusch überdecken, entspannt er sich ein wenig.

»Hast du eine Ahnung, wie kurz du davor standest, als Häppchen zu enden?« Er brummt wütend, dreht sich um und ist schon wieder unterwegs zum Treppenhaus. Zähneknirschend laufe ich hinterher.

»Häppchen? Was soll das? Ich denke, ich kann mich frei bewegen! Das hat Ezra doch gesagt!«

»Frei bewegen ja, aber nicht deine Nase mitten in ihr Training hineinstecken.«

»Ein Hinweis wäre hilfreich gewesen«, entgegne ich schnippisch und schließe zu ihm auf. Ich bin sauer. Die Angst steckt mir noch immer in den Gliedern und Quinn tut so, als wäre das eben meine Schuld gewesen. »Muss ich sonst noch was beachten? Darf ich denen in die Augen sehen oder laufe ich Gefahr, gefressen zu werden?«

Hörbar genervt atmet er tief ein. »Halt dich einfach von Liam und seinen Speichelleckern fern. Der Rest wagt es nicht, gegen Ezras Befehl zu handeln.«

Ich stapfe fassungslos die Stufen hinauf.

»Großartig. Absolut großartig!«, knurre ich, »Geh ich raus, bin ich tot. Bleib ich hier, bin ich vermutlich ebenfalls tot. Ich bin jetzt wie lange hier? Zwei Tage? Und alle sind ganz versessen darauf, mich umzubringen.«

»Na, du bist ja auch ein echter Sonnenschein!«, kontert er grinsend und ohne auch nur einen Hauch von Mitgefühl. Ich bleibe stehen und schaue ihn an. Von einer Sekunde auf die andere ist mir alles zu viel. Fein, er will seine Zeit nicht mit mir verbringen. Das verstehe ich. Wirklich. Was ich allerdings nicht verstehe, ist die Tatsache, dass ihn meine Situation scheinbar sogar amüsiert.

»Verschwinde einfach, okay?«, fauche ich und als er überrascht stehen bleibt, marschiere ich an ihm vorbei.

»Hab ich was verpasst?« Er schließt zu mir auf. »Ich liefere dich an deiner Tür ab. Wer weiß, was du anstellst, wenn ...«

»Wo zur Hölle soll ich denn hin?«, brülle ich ihn an, halte die Tränen nur mühsam zurück und wende mich ab, ehe er den Glanz in meinen Augen sieht. »Alle in diesem Haus wissen, wie ich aussehe. Alle sind meine persönlichen Wachleute. Selbst wenn ich wollte, könnte ich nicht weg!«

Ich bin so laut, dass meine Stimme von den Wänden widerhallt. Quinn steht vor mir und schaut mich ausdruckslos an.

»Geh einfach, okay? Ich brauch keine dummen Sprüche von dir. Ich brauch Ezra nicht. Ich brauch das alles nicht. Wenn ich euch allen so furchtbar lästig bin, lasst mich doch einfach gehen, verdammt.«

Ich schniefe, doch das ist mir egal.

»Ich habe nicht darum gebeten, hier eingesperrt zu werden. Ich habe nicht darum gebeten, dass du mich rettest, Quinn. Also hör auf, hier den genervten Fremdenführer zu spielen, und hau einfach ab. Lass mich in Ruhe.«

Er schiebt die Hände in die Hosentaschen, neigt ganz leicht den Kopf und nickt. »Okay.«

Obwohl ich mit mehr Widerstand gerechnet habe, bin ich glücklich, einer Auseinandersetzung entkommen zu sein, drehe mich um und gehe.

»Du hast recht«, ruft er mir nach und ich halte abermals inne. »Tut mir leid. Das alles ... tut mir wirklich leid für dich.«

Ein dicker Kloß hängt in meiner Kehle und es dauert drei, vielleicht vier Sekunden, ehe ich mich gefangen habe und die Schultern straffe. Doch als ich mich umwende, ist er fort.

***

Die folgenden Tage verlaufen alle nach demselben Schema. Ich wache auf, gehe in den Speisesaal zum Frühstück, Mittag, Abendessen und alle starren mich an. Okay, ab dem zweiten Tag starren sie nicht mehr, sie ignorieren mich nur noch und lachen und tuscheln heimlich.

Ich hatte nie Probleme, Anschluss zu finden. Hier aber habe ich sie und ich weiß nicht, wie ich damit umgehen soll, weil ich keine Ahnung habe, was ich falsch mache. Wahrscheinlich gar nichts. Wahrscheinlich ist es nicht das, was ich tue oder was ich sage, sondern wer ich bin. Oder vielmehr *was* ich bin. Entweder begegne ich Ignoranz, offener Abneigung oder schlicht herablassender Arroganz. Niemand, wirklich niemand in diesem Gebäude will etwas mit mir zu tun haben. Quinn laufe ich, wenn überhaupt, dann immer nur kurz über den Weg. Und auch wenn sich unsere Gespräche immer nur auf wenige Worte beschränken, vermeidet er es zumindest, übertrieben gemein zu sein. Liam und seinen Speichelleckern, wie Quinn sie so schön nannte, bin ich mittlerweile auch in ihrer menschlichen Form begegnet. Und nein, Liam ist auch als Mensch nicht weniger furchteinflößend als unten im Trainingsraum – auch wenn ich einen Moment brauchte, um ihn zu erkennen. Er ist auch als Mensch groß und durchaus attraktiv. Schulterlange, leicht gelockte, kohlrabenschwarze Haare, ein kantiges Gesicht, ausgeprägte Brauen, grüne, recht eindrucksvolle Augen – alles Merkmale, die mir auch bei dem Celesta aufgefallen sind, aber in dieser Erscheinung einfach so viel menschlicher, so viel bekannter, so viel vertrauter wirken. Einzig und allein die Narbe, die in seiner menschlichen Gestalt weit mehr auffällt, hat den Ausschlag gegeben. Und für einen Moment hatte ich wirklich Probleme, diesen offenkundig charmanten jungen Mann mit diesem ungehobelten Monster in Einklang zu bringen, als das ich ihn kennengelernt habe. Zumindest bis er mir einen eiskalten, vernichtenden Blick zugeworfen hat. Für diese wenigen Sekunden waren sie ein und dieselbe widerwärtige, bedrohliche Person. Und ich weiß, dass ich vorsichtig sein muss. Denn natürlich behält er mich im Auge. Unauffällig, aber ich bin mir sicher, dass keiner meiner Schritte unbemerkt bleibt.

Liams Gefolgschaft ist ein Trupp aus fünf, manchmal sechs jungen Männern, die ihn wie ihren Rudelführer anhimmeln. Sie essen, wenn er isst, und sie sind immer da, wo er ist.

Dann ist da noch Gwendolyn Cunningham. Sie ist zierlich, elegant und durch und durch der Typ Frau, den ich nie leiden konnte. Sie sieht immer aus wie frisch aus dem Ei gepellt, trägt Kleidung, die wahrscheinlich teurer ist als meine damalige Monatsmiete, und ihre kupferroten, kinnlangen Haare wallen stets in perfekten kleinen Locken um ihr puppenhaftes Gesicht. Sie scheint Liams Freundin zu sein. Oder sie wäre es gern – das hab ich noch nicht rausbekommen. Natürlich hat auch Gwendolyn eine Gefolgschaft. Allen voran Abigail, augenscheinlich ihre Busenfreundin. Die beiden, Gwendolyn und Liam, sind wohl quasi Königin und König in der Schülerhierarchie. Jeder zieht den Kopf ein, wenn einer von beiden den Raum betritt, Gespräche ersterben und es wird um Anerkennung gewetteifert. Ezra mag diese Schule leiten, aber Liam ist der heimliche Anführer.

Während ich also als stiller Beobachter langsam ein Gefühl für all die kleinen Spielchen und Geheimnisse hier bekomme, lerne ich ganz nebenbei mein neues Zuhause etwas besser kennen. Ich plündere regelmäßig die Bibliothek, gehe auf Erkundungstour durch all die unbekannten Ecken und versuche, meine Augen und Ohren an so vielen Stellen wie möglich zu haben. Hin und wieder schnappe ich dabei auch ein paar Details auf, die mir helfen, diese neue Gesellschaft ein wenig besser zu verstehen und all die kleinen Darsteller einzuordnen. Ich habe Jungs gehört, die sich über Gwendolyns Hintern ausgelassen haben, und Mädchen, die beim Gerede über Liams Augen ins Schwärmen geraten sind. Im Großen und Ganzen also die typischen Highschool-Gespräche mit all den ganz normalen Intrigen, Lügen und Hinterhältigkeiten und den ganz normalen Schwärmereien. Insbesondere bei den Mädchen fällt natürlich der Name Liam überdurchschnittlich häufig. Wohingegen nie – wirklich nie – von Quinn die Rede ist. Zumindest bis zu diesem einen Tag, an dem ich unfreiwillig abermals Ohrenzeuge eines typischen Mädchengesprächs auf der Toilette werde. Und dieses Mal ist tatsächlich zur Abwechslung Quinn das Thema. Jedoch auf eine ganz andere Weise.

»Hast du Quinn vorhin gesehen?«, fragt eine von ihnen. Ihre Stimme klingt ein wenig nasal und ziemlich hoch. Ein bisschen wie eine verschnupfte Maus, finde ich. Ich werde hellhörig und vermeide jedes Geräusch, das meine Anwesenheit verraten könnte.

»Ja, auf dem Flur.« Die Stimme ihrer Freundin klingt normaler, allerdings auf eine unterschwellige Art und Weise gehässig.

»Ob der sich morgens auch mal im Spiegel ansieht, bevor er sein Zimmer verlässt?« Die Maus kichert und ihre Freundin steigt mit ein.

»Wohl eher nicht. Dieser Bart! Urghh!« Wieder ein Kichern und ich verdrehe die Augen.

»Ich bin sicher, er riecht komisch.«

»Du kannst ja mal an ihm schnuppern!«

Sie kriegen sich kaum ein vor Lachen.

»Nein, aber mal im Ernst. Warum tut Ezra uns das an? Der darf hier überall hin. Wenigstens 'ne eigene Essenzeit könnte er uns doch zugestehen, oder?« Wieder ist es die Maus, die stichelt. Ich höre das Rauschen des Wasserhahns, doch er verstummt rasch.

»Gwen sagte, sie hätte schon alles versucht. Ezra lässt sich wohl nicht darauf ein. Wir sollen ihn behandeln wie einen von uns. Ja, ja.«

»Kann er ja gern machen«, giftet die Maus und ihre Missgunst verzerrt ihre Stimme noch ein wenig mehr.

»Josi sagte ja neulich, er wäre ihr bis vor die Zimmertür gefolgt. Sie hatte furchtbare Angst.« Das ist wieder ihre Freundin und der neueste Klatsch und Tratsch kommt offenbar gut an.

»Die Arme! Hat sie es Ezra erzählt?«

»Natürlich nicht. Du kennst ihn doch. Der lässt nichts auf sein Haustier kommen.« Beide lachen, während sich mir der Magen umdreht und ich beschließe, dieser Unterhaltung hier und jetzt ein Ende zu bereiten. Ich betätige also die Spülung, reiße die Tür auf und laufe, mit hoch erhobenem Kinn und ohne sie eines Blickes zu würdigen, an ihnen vorbei zu einem der Waschbecken. Tatsächlich wirken sie ein wenig überrumpelt und verstummen auf der Stelle.

Die Blonde von ihnen, ich denke, es ist die Maus, bekommt flammend rote Wangen, wechselt einen irritierten Blick mit ihrer Freundin und zwängt ein gehässiges Lächeln auf ihre Lippen. »Na, gehst du deinem Freund petzen, was wir von ihm halten?«

Anstatt zu antworten, schenke ich ihnen nur ein höhnisches Lächeln und verlasse den Raum. Sollen sie ruhig ein wenig auf heißen Kohlen sitzen. Erzählen werde ich Quinn trotzdem nichts davon. Ich bin mir ziemlich sicher, er weiß, welche Art von Gesprächsthema er darstellt.

Obwohl ich mich auch nicht unbedingt zu seinen größten Fans zähle, gefällt mir nicht, was ich gehört habe. Er ist ihnen nicht einfach nur als Person unangenehm, da scheint noch mehr zu sein. Eine tiefe Abneigung, die wohl kaum auf seinem so charmanten Wesen fußt. Ich könnte nachvollziehen, dass er sich mit seiner Art wenig Freunde hier gemacht hat, aber ich bezweifle doch stark, dass eine von ihnen jemals auch nur ein Wort mit ihm gewechselt hat.

Was immer es ist, das ihn von den anderen unterscheidet, er hat offenbar einen nicht weniger schwierigen Stand hier als ich. Und gemessen am Grad ihrer Abneigung gegen ihn scheint nicht einmal Ezras Gunst sein nicht vorhandenes Ansehen zu beeinflussen.

***

Irgendwann, als ich schon lange mein Zeitgefühl verloren habe und die Tage mit Büchern in meinem Zimmer oder bei gutem Wetter im Park totschlage, taucht ganz unverhofft Ezra in meinem Zimmer auf. Ein Besuch, über den ich mich wider Erwarten doch sehr freue.

»Bitte entschuldigen Sie, dass ich mich so lange nicht hab blicken lassen. Es gab einige Dinge zu klären.«

Ich nicke und lächle nichtssagend. Es gibt nur eine einzige Frage, die mir unter den Nägeln brennt.

»Haben Sie schon rausgefunden, wer hinter all dem steckt?«

»Leider nicht. Aber wir bleiben natürlich dran. Wie geht's Ihrem Arm? Gar keine Schlinge mehr?« Er deutet auf den Arm und ich bewege ihn demonstrativ ein wenig hin und her.

»Nur noch ab und zu. Die Schmerzen sind erträglich.«

Er nickt und zieht den rechten Mundwinkel zu einem angedeuteten Lächeln hoch. »Haben Sie sich etwas eingelebt?«

Ich wünschte, ich könnte diese Frage mit Ja beantworten, sage aber lieber nichts. Er wird ja sicherlich von der Misere gehört haben.

»Nehmen Sie es ihnen nicht übel. Sie sind in der festen Überzeugung aufgewachsen, dass es nur sehr wenige Menschen in ihrem Umfeld gibt, denen sie vertrauen dürfen. Sie fürchten sich vor Ihnen.«

Bei diesen Worten muss ich laut auflachen und klappe mein Buch zu.

»Ich hab sie gesehen. Beim Training. Jeder Einzelne von ihnen könnte mich ohne Probleme auseinandernehmen, und zwar einfach so.«

»Jeder Einzelne von ihnen wäre eingesperrt oder tot, wenn Sie unser Geheimnis jemandem anvertrauen würden, der es nicht versteht. Wissen Sie, es hatte auch eigennützige Gründe, warum wir verhindern mussten, dass Sie fliehen.« Ezra zieht sich einen Stuhl heran, nimmt Platz und sinkt zu meinem Erstaunen in eine sehr lässige Haltung.

»Daran … hab ich gar nicht gedacht«, gestehe ich kleinlaut und Ezra kratzt sich seitlich am Kopf.

»Es gibt Menschen, die von uns wissen. Ganz ohne Eingeweihte geht es nicht. Nur deshalb war es möglich, der Leiche in Ihrer Wohnung Ihre Identität zu geben.«

»Matt. Die Leiche hieß Matt«, erkläre ich leise und schaue auf meine Finger, um nicht ihn ansehen zu müssen. Noch immer lastet die Schuld schwer auf mir. Er ist meinetwegen gestorben.

»Bitte entschuldigen Sie. Ihr Verlust tut mir natürlich sehr leid.«

Ich stehe auf und reibe mir nickend über die brennenden Augen, tigere herum und habe das Gefühl, zu ersticken. Wenn ich es schaffe, mich abzulenken, ist der Schmerz erträglich, doch im Moment übermannt mich die Erinnerung an das, was ich verloren habe, und schnürt mir die Kehle zu. Ezra erkennt, was er angerichtet hat, und lenkt das Thema in andere Bahnen.

»Sie müssen wissen, Emma, unser Geheimnis in den falschen Händen hätte katastrophale Auswirkungen für uns alle. Wenn die Menschen wüssten, was wir sind …« Er stockt, doch er braucht auch gar nicht weiter zu reden.

Ich weiß, was dann wäre. »Es gibt nicht genug von uns, um ihnen im Fall der Fälle etwas entgegensetzen zu können. Und den Vorwand, dass wir zu ihrem Schutz hier seien, würden sie wohl kaum gelten lassen.«

»Ihr seid zu ihrem Schutz hier?«

»Mehr oder weniger. Mit der Digitalisierung der Welt und in einer Zeit, in der jeder überall eine Kamera griffbereit hat, müssen wir äußerst vorsichtig sein. Doch dort, wo wir können, sind wir angehalten zu helfen. Wir waren einst viel mehr als Gestalten im Schatten. Viel mehr als Legenden. Doch diese Zeiten sind lange vorbei.« Er klingt wehmütig und schaut selbstvergessen aus dem Fenster, über die Dächer der Stadt. Und dann, ganz plötzlich, fährt er wie vom Blitz getroffen hoch und lächelt mich an. »Ich habe etwas für Sie, Emma.«

»Für mich?«

»Ja, ich weiß nicht, ob Quinn bereits davon erzählt hat, aber dieses Zimmer hier gehörte vor Jahren Ihrer Mutter. Sie schlief in demselben Bett und verbrachte Stunden an diesem Schreibtisch. Wussten Sie das?«

Meine Kehle wird plötzlich eng und ich lasse meine Finger über die fein gearbeiteten kleinen Figuren im Holz wandern. Ich schüttle den Kopf und Ezra räuspert sich.

»Was ist mit ihr passiert?«, frage ich leise, doch er hört es trotzdem.

»Ich wünschte, ich könnte Ihnen darauf eine Antwort geben.«

»Können Sie nicht oder wollen Sie nicht?«

Er zögert einen Moment.

»Von beidem ein wenig. Es ist noch nicht an der Zeit für die Wahrheit.«

»Und wann wird es Zeit sein dafür?« Mein Ton ist schroffer, als ich es beabsichtigt habe, aber ich bin einfach so erschöpft. So unglücklich. Träge. Ziellos. Ich weiß im Moment nicht, wofür ich lebe, und ein Tag gleicht dem anderen.

»Ich kann Sie nur darum bitten, noch ein bisschen Geduld zu haben. Mit ein wenig Glück wissen wir bald, wer für die Anschläge auf Sie verantwortlich ist, und dann wird alles sehr schnell sehr viel besser. Und bis dahin …« Er wendet mir den Rücken zu, verschwindet aus dem Zimmer und kehrt mit einem großen Karton zurück.

»Das hier sind die Tagebücher Ihrer Mutter. Als sie uns verlassen hat, blieben sie hier und ich habe sie eingepackt und verstaut. Vielleicht finden Sie etwas Interessantes.« Er stellt den riesigen Karton auf den Boden neben dem Schreibtisch und klopft die staubigen Hände aneinander ab. Sein Lächeln wirkt echt und warm und ist das freundlichste, was ich seit Tagen zu Gesicht bekommen habe.

»Danke. Das ist sehr nett.«

Er kommt auf mich zu, hebt die Hand, als wolle er sie auf meine Schulter legen, und lässt sie dann aber doch sinken.

»Haben Sie noch etwas Geduld.«

Ich nicke und Ezra wendet sich um und geht.

***

Ich kämpfe mich durch die Tage, ziehe eine dicke, hohe Mauer um mich herum, an der alles abprallt, zumindest rede ich mir das ein. Ich lebe für den Moment, an dem ich diese Hölle verlassen und wieder frei sein darf. Doch Tag um Tag vergeht und nichts passiert. Die Stunden verrinnen wie in Zeitlupe und all die Blicke, all die Worte hinter meinem Rücken, sie prallen nicht einfach so ab. Quinn gibt sich Mühe, nett zu sein. Er besucht mich sogar, hin und wieder. Und tatsächlich sind seine Besuche ein Lichtblick. Doch nicht einmal er vermag es, die Dunkelheit dauerhaft zu vertreiben. Ezra bittet mich um Geduld. Wieder und wieder. Er bittet mich, mir Mühe zu geben, mich anzupassen, ein Teil der Gemeinschaft zu werden. Doch wie wird man ein Teil von etwas, das einen hasst?

Ich bin ein Geist inmitten all dieser fremden Wesen. Nein, ich bin die Fremde. Ich gehöre hier nicht her und kann doch nicht weg.

Diese Erkenntnis frisst sich mit jedem Tag etwas tiefer in mein Bewusstsein, erstickt den Willen, weiterzumachen, ebenso wie das, was ich eigentlich bin … oder immer dachte zu sein. Ich verliere mich mit jedem Tag ein wenig mehr. Ich verliere den Antrieb und weiß nicht mehr, was ich tun kann oder sollte. Alles wird grau und grauer. Alles verliert seinen Sinn. Jeden verdammten Tag ein wenig mehr.

Irgendwann bleibe ich morgens einfach liegen. Irgendwann verschlafe ich meine Zeit, zum Mittag zu gehen. Irgendwann ist einfach nichts mehr da, wofür es sich lohnt, dieses Zimmer oder dieses Bett zu verlassen. Irgendwann sind da keine Tränen mehr, die geweint werden könnten. Mir fehlt die Kraft, um aufzustehen. Wofür denn auch? Immer die gleiche Ignoranz? Immer die gleichen Antworten auf meine Fragen? Ich bin müde. Jede einzelne Stunde des Tages.

Und so ziehen die Tage ins Land. Noch einer und noch einer und noch einer. Hoffnungslos. Trostlos. Und unendlich dunkel.

Ich bin müde. So ... müde. Von all ... dem ... hier ...

Neun

Ich wache auf, weil ich Stimmen höre. Aufgebrachte Stimmen, die sich schnell nähern. Meine Augenlider brennen wie Sandpapier, als ich sie hebe und mich halb im Bett umdrehe. Mein Rücken schmerzt. Mein Nacken ebenso. An das permanente Pochen in meinen Schläfen habe ich mich schon beinahe gewöhnt.

»Das kannst du nicht tun!«

»Wir haben es auf deine Weise versucht, Ezra!« Das ist Quinn und dem Tonfall nach zu urteilen ist er verdammt wütend.

»So lautete der Deal!«

»Gib ihr noch etwas Zeit!«, fordert Ezra. Ich erkenne auch seine Stimme.

»Sie hatte genug Zeit.«

Unweigerlich kralle ich die Finger in meine Decke und richte mich auf. Was geht da vor?

»Sie wird …«

»Nein, Ezra!«, unterbricht Quinn ihn harsch und der Knauf meiner Tür bewegt sich. »Ich sehe mir das keinen Tag länger an!«

Die Tür öffnet sich und fahles Licht dringt vom Flur in mein Zimmer, blendet mich und schmerzt in den Augen. Quinn verharrt einen Moment im Türrahmen und unsere Blicke treffen sich. Was immer er vorhat, da ist etwas an ihm, das mir Angst macht. Unwillkürlich ziehe ich die Decke höher – wie ein Schild. Quinn kommt ein paar Schritte auf mich zu und Ezra füllt den nun leeren Türrahmen aus, versucht abermals auf ihn einzureden, doch Quinn zögert nur kurz.

»Was wird das hier?«, frage ich angsterfüllt, doch niemand antwortet.

Quinn hat das Bett erreicht, packt die Decke und entreißt sie mir. Ich fühle mich nackt, obwohl ich es nicht bin. Hilfe suchend starre ich von ihm hinüber zu Ezra und eine gleißende Angst jagt durch meine Glieder. Sie werden mich umbringen, ganz sicher. Die Schonzeit ist vorbei. Ich habe mich nicht bewährt. Ich habe das, was auch immer sie von mir erwartet haben, nicht erreicht. Ich bin nicht das, was sie sich erhofft haben. Und jetzt entledigen sie sich dieser Last.

Mein Atem geht schneller und eine feine Gänsehaut breitet sich auf meinem Körper aus. »Ezra, was ...«

Ehe ich ausreden kann, schließt Quinn seine Finger hart um mein Handgelenk und zieht mich unerbittlich hoch. Ich stemme mich gegen ihn, obwohl ich weiß, wie aussichtslos dieses Unterfangen ist.

»Lass mich sofort los! Ezra, sag ihm, er soll mich loslassen!« Doch Ezra steht nur da, starrt Quinn mit harter Miene an und nickt schließlich, bevor er sich abwendet und die Tür hinter sich ins Schloss zieht.

Kopfschüttelnd und mit staubtrockener Kehle stehe ich da, den Blick noch immer auf die Tür geheftet und versuche Ordnung in meine sich überschlagenden Gedanken zu bringen. Ganz langsam wende ich den Kopf, atme und schlucke die Angst schließlich hinunter.

Ezra ist fort. Was immer Quinn vorhat, weshalb auch immer er hier ist, Ezra wird mir nicht helfen. Niemand wird mir helfen. Trotzdem dränge ich meine Angst zurück, hebe das Kinn und halte seinem Blick stand.

»Komm schon«, raunt er leise und ruckt an meiner Hand.

»Was hast du vor?«

»Geh ins Bad.«

»Quinn, was hast du vor?«

»Geh einfach ins Bad, Emma.«

»Nein, nicht bevor ...«

Ich quietsche laut auf, als er mich packt und rücksichtslos über seine Schulter wirft. Mit wenigen, weit ausgreifenden Schritten haben wir die Badtür erreicht. Er reißt sie auf, knipst das Licht an und ich kralle meine Finger links und rechts am Türrahmen fest.

»Wir haben bei Weitem genug geredet. Und ich werde keine Minute länger mit ansehen, was du mit dir machst!«, mault er und reißt mich mit einem Ruck vom Türrahmen los. Ich trommle auf seinen Rücken, strample mit den Beinen und endlich lässt er mich runter, doch nur, um mich, ungeachtet meiner Gegenwehr, in die Dusche zu schieben. Ich wehre mich mit Händen und Füßen, selbst als das kalte Wasser schon von oben auf mich herabregnet. Kurzerhand steigt er, voll bekleidet, ebenfalls in die Dusche, schließt die Tür, hält mich fest und hindert mich so daran, an ihm vorbeizustürmen.

»Hör auf«, flüstert er. Leise. Beruhigend. Immer und immer wieder, doch ich ignoriere seine Aufforderung. Ich bin wütend und ich weiß selbst nicht, warum. Ich bin so wütend, wie ich zuvor müde war. Ich hasse ihn. Ich hasse sie alle. Ich werfe ihm jedes Schimpfwort, das ich jemals gehört habe, an den Kopf, und er tut nichts weiter, als diese zwei Worte zu sagen.

»Hör auf.« Er klingt eindringlich, fast flehend, und trotzdem schlage ich mit Fäusten auf seine Brust ein, schreie ihn an, wehre mich gegen eine Bedrohung, die es gar nicht gibt. Solange, bis er endgültig die Beherrschung verliert, meine Handgelenke packt und sie ruckartig links und rechts neben meinem Kopf an den kalten Fliesenspiegel drückt.

»HÖR AUF!«, brüllt er und sein Griff wird für einen Moment so schmerzhaft, dass ich schreien möchte. Sein Gesicht ist nur wenige Zentimeter von meinem entfernt und er atmet schwer. Wasser rinnt ihm in kleinen Sturzbächen über die Stirn, tropft an seiner Nase herab, tränkt Haare und Bart. Kleine Wasserperlen hängen an seinen Wimpern und das tiefe, undurchdringliche Blau seiner Augen flackert.

»Hör endlich auf, verdammt noch mal!«

Ich stehe da, endlich verstummt, und sehe ihn an.

»Du bringst dich um, hörst du?«

Ein dicker Kloß breitet sich in meiner Kehle aus und ich blinzle ihn an, wende den Blick ab und schlucke ihn herunter. »Und wen glaubst du interessiert das?«, frage ich mit kratziger Stimme und stemme mich abermals gegen ihn.

Quinn lässt mich so ruckartig los, dass ich kurz taumle. »Ich bin hier, oder?«, fragt er tonlos, macht einen Schritt zurück und verlässt die Dusche. Er schließt die Tür und lässt mich allein.

***

Ich sinke auf den Boden, schlinge die Arme um meine Knie und beobachte das Wasser, das in kleinen Strudeln im Abfluss verschwindet. Und je länger ich dort sitze, desto mehr von meiner inzwischen so kostbaren Leere büße ich ein. Alles kommt zurück. Als würde ich langsam und sehr träge erwachen. Da sind wieder die Trauer über das verlorene Leben, die Angst und Unsicherheit, wenn ich daran denke, was mich erwartet. Da ist Wut. Da ist Enttäuschung. Da ist das Gefühl, betrogen worden zu sein. Beraubt. Gedemütigt. Übergangen.

Da sind so viele widersprüchliche Gefühle, die mich überrennen und mit denen ich nicht umgehen kann. Ich möchte schreien, ich möchte weinen, ich möchte Dinge kaputtmachen, ich möchte, dass das Gefühl, zu zerspringen, aus meiner Brust verschwindet. Doch ich tue nichts von alledem. Ich sitze einfach nur da und ertrage die Flut, bis sie abebbt und ich langsam, ganz langsam, ein klein wenig von mir spüre.

Und da bin ich wieder. Ich kann mich fühlen. Durch all das Dunkel hindurch, bin ich da und ein Stück weit endlich wieder ich.

***

Erst sehr viel später stelle ich das Wasser ab, wickle mich in ein Handtuch und gerade, als ich überlege, ob ich einfach so rausgehen kann, fällt mein Blick auf einen kleinen Stapel Kleider, der vor der Tür liegt. Unterwäsche, ein Shirt und eine dünne Stoffhose, alles ordentlich gefaltet. Eilig schlüpfe ich hinein, binde meine Haare zu einem Knoten zusammen, wische mit der Hand den Beschlag vom Spiegel und sehe mich. Nicht den Geist der letzten Tage, sondern mich. Ich hole tief Luft und lege die Hand auf den Türknauf der Badezimmertür. Für einen Moment überkommt mich die Angst, er könnte einfach weg sein, wobei ich gar nicht genau weiß, warum mir dieser

Gedanke Angst macht. Es ist doch nur Quinn. Und dennoch zittern meine Finger, als ich den Türknauf ganz langsam drehe.

***

Das Zimmer hat seinen Schrecken verloren. Jemand hat die Bettwäsche gewechselt und ihr strahlendes, perfektes Weiß brennt beinahe ein wenig in den Augen. Alle Vorhänge sind geöffnet und ein lauer, warmer Wind vertreibt den Gestank, der den Raum noch vor kurzer Zeit erfüllt hat.

Quinn lehnt am Fenster. Er hebt den Blick, als er mich hört, und seine blauen Augen leuchten auf diese ganz besondere Art und Weise, die meine Knie plötzlich ein klein wenig weich werden lässt. Ich stocke, halte inne und bringe es nicht fertig, wegzusehen. Sein Bart ist dunkler von der Feuchtigkeit und seine kurzen, dunkelblonden Haare stehen unordentlich in alle Richtungen ab. Doch das, was mich wirklich irritiert, ist weder sein Blick noch sein zerzaustes Äußeres – sondern das fehlende Shirt.

Ich stehe da und starre ihn an wie ein Teenager, der zum ersten Mal einen nackten Oberkörper sieht. Nur mühsam schaffe ich es, mich loszureißen. Mit einem Räuspern löse ich mich aus meiner Starre und lege das Handtuch auf die Bettkante. Quinns tropfnasses Shirt hängt über der Stuhllehne, während er zumindest so taktvoll war, die Hose anzubehalten.

»Du … bist noch da«, murmle ich leise und versuche zu verbergen, wie erleichtert ich deshalb bin. Er stößt sich ab, nickt leicht und lächelt. Nicht dieses arrogante Lächeln, nicht das gemeine Lächeln, nicht das sarkastische Lächeln. Ein echtes, schönes Lächeln. Das Lächeln, das etwas mit mir macht.

»Du siehst wieder ein bisschen aus wie du«, sagt er und ich schwanke zwischen dem Wunsch, heulend zusammenzubrechen, und dem Bedürfnis, mich für das Kompliment zu bedanken.

»Ich fühl mich auch wieder ein bisschen wie ich.«

Quinn holt tief Luft und kommt näher.

»Wir sollten … reden.«

Ich habe gehofft, nicht reden zu müssen. Ich habe gehofft, er könnte einfach vergessen, was in den letzten Tagen passiert ist. Aber wer würde so was einfach vergessen?

Ich füge mich also in mein Schicksal, lasse mich gehorsam auf die Bettkante sinken und beobachte, wie er sich einen Stuhl heranzieht und mir gegenüber Platz nimmt. *Herrgott, bitte, lass ihn sich etwas überziehen.* Ich weiß nicht, wo ich hinsehen soll.

Doch mit den nun folgenden Worten lenkt er meine Aufmerksamkeit in eine andere Richtung.

»Ich hatte Angst. Um dich.« Seine Stimme ist rau und warm und intensiv. Sie prickelt in meinem Magen. Mit einem solchen Geständnis habe ich nicht gerechnet und bin für einen Moment sprachlos. »Weißt du, ich bin es nicht gewöhnt, mit Menschen ...« Er schnauft leise und verschlingt die Finger miteinander, sucht nach Worten. Wie gern würde ich es ihm einfacher machen, aber ich weiß selbst nicht, was ich sagen soll.

»Du bist unglücklich. Seit dem ersten Tag.« Keine Frage, sondern eine Feststellung. »Ezra war der Meinung, du würdest dich eingewöhnen und die anderen würden dich akzeptieren. Die simple Wahrheit ist, sie akzeptieren niemanden, der nicht so ist wie sie. Es kann verdammt schwer sein, als Außenseiter unter Fremden leben zu müssen. Allerdings hatte wohl keiner von uns erwartet, dass es dir tatsächlich so schwerfallen würde.«

Ich presse nickend die Lippen aufeinander und starre auf meine viel zu langen Fingernägel.

»Ich ... tut mir leid ...«

»Nein, du musst dich nicht entschuldigen. Wirklich nicht. Wir haben dich eingesperrt und erwartet, dass du schon irgendwie damit klarkommst.«

Ich will ihn nicht ansehen und hefte meinen Blick weiterhin auf meine verkrampften Finger. Quinn holt tief Luft und lehnt sich ein wenig zurück.

»Was hältst du von einem Ausflug?«

Zehn

»Sie muss hier einfach mal raus, Ezra!« Quinn steht vor ihm und redet mit ruhigen, besonnen Worten auf einen sehr sturköpfigen Ezra ein.

»Wir haben gesehen, wohin es führt, wenn wir sie einsperren. Das geht doch so nicht weiter. Nur ein paar Stunden unter Leuten, die sie nicht hassen. Mehr verlange ich doch gar nicht!«

»Du verlangst mehr, als gut für uns ist! Gut für sie!«

»Ich werde ihr nicht von der Seite weichen! Und sie braucht endlich mal ein paar Klamotten, die ihr auch wirklich passen.«

Schnaufend schaut Ezra zu mir herüber und ich gebe mir Mühe, möglichst kläglich zu wirken.

»Ich weiß nicht«, knurrt er unglücklich und kratzt sich am Kinn.

Ich will etwas sagen, doch Quinn ist schneller.

»Hier drin ist es die Hölle für sie. Sie braucht eine Auszeit.«

Ezra wirkt noch immer nicht überzeugt und meine Hoffnung sinkt ins Bodenlose. Quinn macht noch einen weiteren Schritt auf ihn zu und senkt die Stimme zu einem Flüstern. So leise, dass ich seine Worte nicht verstehen kann.

Ezras Blick wandert zwischen ihm und mir hin und her und schließlich gibt er brummend nach. Ich kann mein Glück kaum fassen und alles dreht sich.

»Aber …«, wirft Ezra mit ernster Stimme ein und für einen Moment habe ich Angst, er könnte seine Zusage zurücknehmen, »… du tust alles, was Quinn sagt, und du färbst dir die Haare. Wir können es uns nicht leisten, dass dich jemand erkennt.«

Ich nicke. Haare färben ist ein fairer Preis für ein paar Stunden Freiheit.

***

Schon wenig später stehe ich in meinem viel zu kleinen Bad und wische von fast allen Oberflächen dunkle Farbspritzer, während der Inhalt von drei Flaschen schleunigst besorgtem Haarfärbemittel meinem strahlenden Blond den Kampf ansagt. Wenn ich Erfolg habe, bin ich in ein paar Minuten brünett. *Schokobraun mit edlen Goldreflexen* steht auf der Packung, die ich nun seufzend beiseitestelle, ehe ich meinen dunklen, feuchten Haarberg mit einer alten Klammer fixiere.

Quinn hockt derweil auf meiner Bettkante und blättert in einem der Bücher, die sich am Fußende stapeln. »Sinn und Zweck einer Bibliothek ist das Ausleihen. Und das bedeutet, man bringt auch hin und wieder Bücher zurück.«

»Aber erst, wenn man sie gelesen hat.«

»Warum nimmst du denn überhaupt zwei Dutzend Bücher mit? Wäre eines nach dem anderen nicht besser?«

»Ich weiß ja nicht, worauf ich wann Lust habe, und wenn ich von allem etwas hier habe, muss ich nicht mitten in der Nacht durchs Haus wandern, um am Ende noch von Liam aufgeschlitzt zu werden.« Ich lösche das Licht im Bad und ziehe die Tür hinter mir zu.

»Hat er noch was gesagt? Liam?«, fragt Quinn wie beiläufig und ich ziehe die Schultern hoch, während ich hartnäckige Farbreste von einem meiner Nägel kratze.

»Nein, er ignoriert mich. Wie der Rest auch. Ich bin mir ziemlich sicher, das ist besser als die andere Option.« *Aufgefressen zu werden.*

»Ist es.«

Quinn nimmt *Stolz und Vorurteil* in die Hand, liest die erste Seite, klappt es zu und legt es wortlos zurück auf den Stapel. Dann gleitet sein Blick rastlos durch den Raum. Es ist so verdammt still, man könnte eine Stecknadel fallen hören.

»Darf ich dich was fragen?«, murmle ich, unsicher, ob es klug ist, die aktuell nicht allzu schlechte Stimmung zu trüben. Erwartungsgemäß ist er sofort wieder angespannt und beäugt mich misstrauisch, nickt allerdings. »Diese … diese Dämonen. Warum sind die hinter mir her?«

»Wenn wir das wüssten, wären wir schon ein ganzes Stück schlauer.«

Ich lehne mich gegen den Schreibtisch und verschränke die Arme vor der Brust. »Was sind sie? Ich meine, sind sie wie die Celesta?«

Er schnauft und verknotet die Finger ineinander. »Sie sind alle unterschiedlich, würde ich sagen. Manche leben im Untergrund und man bekommt sie nie zu Gesicht. Und einige leben direkt unter den Menschen. Es könnte dein Postbote sein oder die Pflegerin im Krankenhaus. Je nach Art.«

»Ich würde sie nicht erkennen? Auch jetzt nicht?«

»Nicht zwangsläufig, nein.«

Ich nicke und mein Mut verlässt mich ein wenig.

»Sind sie denn alle hinter mir her? Ich meine, sind da draußen nur ein paar oder könnte es jeder sein? Überall?«

Quinn schnauft und reibt sich über den Bart.

»Wie gesagt, es gibt solche und solche. Manche haben sich angepasst, laufen an dir vorbei, wohnen neben dir und andere sind die Verkörperung des Bösen und kennen keine Grenzen und keine Gesetze. Ich denke, die, die hinter dir her sind, gehören eher zur zweiten Gruppe.«

»Das beantwortet nicht meine Frage.«

»Ich weiß es nicht, Emma. Ganz einfach. Ich würde dir gern eine Antwort geben, die dich beruhigt, aber solange wir selbst nicht wissen, was es mit dieser Sache auf sich hat, könnte es tatsächlich jeder sein.«

Ich presse die Lippen aufeinander und nicke.

»Normalerweise halten sie sich aber zumindest aus der Stadt fern. Sie wissen, dass wir hier sind und Jagd auf sie machen, wenn sie Menschen angreifen. Zumal sie wahrscheinlich ohnehin davon ausgehen, dass du tot bist.«

Er versucht, mich zu beruhigen und ich zwinge ein winziges, schiefes Lächeln auf meine Lippen.

»Haben sie denn schon oft Menschen angegriffen?«

Quinn zuckt mit den Schultern. »In den letzten Jahren herrschte größtenteils Ruhe, soweit ich weiß. Die Zahl der Übergriffe ist zurückgegangen.

Nicht zuletzt, weil sie inzwischen wissen, dass sie unterlegen sind. Sie sind bei den Angriffen auf dich bewusst ein großes Risiko eingegangen. Es muss also einen wichtigen Grund geben. Sie sind entweder verzweifelt oder haben eine saftige Belohnung in Aussicht gestellt bekommen.«

»Söldner? Es geht ihnen gar nicht um mich?«

Er knetet seinen Nacken und schüttelt leicht den Kopf. »Nein, ich denke tatsächlich nicht, dass es ihnen um dich ging. Ich denke, sie wussten nicht einmal, wer du bist. Die Dämonen kennen uns und sie sind nicht dumm. Sie haben nichts davon, ein Mitglied der Celesta anzugreifen, außer reichlich Ärger. Es muss jemand anders sein, der ein Interesse daran hat, dich loszuwerden und sie einfach nur benutzt. Mit etwas Glück haben sie mittlerweile sogar herausgefunden, wer du bist, und aufgehört nach dir zu suchen. Wer weiß ...«

Ich knete mein Shirt und eine unangenehme Kälte kriecht durch meine Eingeweide.

»Es ist hellichter Tag, Emma. Und ich werde die ganze Zeit über bei dir sein, in einem vollkommen überfüllten Einkaufscenter. Niemand wird es wagen, dich anzugreifen.« Seine Worte klingen beruhigend und haben überraschenderweise auch genau diese Wirkung auf mich.

»Kannst ... Kannst du dich auch verwandeln? So wie Ezra und Liam?«

Er drückt den Rücken durch und seine Miene ist von jetzt auf gleich wie versteinert. »Das muss ich nicht.«

»Aber könntest du?«

Er wendet den Blick ab und windet sich sichtlich um eine Antwort. »Nein, Emma, ich kann mich nicht verwandeln. Ich bin kein Celesta.«

Ich muss gestehen, das überrascht mich nicht besonders. Irgendwie habe ich mir das fast gedacht. Die Art, wie sie mit ihm umgehen und ihn ausgrenzen ...

»Bist du ein Mensch?«

Er lacht höhnisch und reibt seine Hände aneinander. »Nein.«

»Aber ... Was bist du denn da ...« – »Wie lange braucht das Zeug da noch?«, unterbricht er mich, steht auf und ich weiß, dass das Thema damit beendet ist. Die Unterhaltung wohl im Übrigen auch. Ich entschließe mich, nicht weiter nachzubohren und setze ein freundliches Lächeln auf.

»Ein paar Minuten. Du kannst schon runtergehen, ich finde den Weg allein.«

Er zögert, obwohl ich sehe, dass seine Muskeln bereits Richtung Ausgang zucken.

»Du hast versprochen da draußen auf mich aufzupassen. Die Haartönung bringt mich nicht um.«

Mit verbissener Miene nickt er und verlässt das Zimmer.

Ich stehe da und blicke ihm ratlos nach. Wirklich, ich werde nicht schlau aus ihm. Als würde er sich Mühe geben, möglichst undurchsichtig zu sein. Allein sein Angebot, mich zu begleiten, obwohl er, soweit ich weiß, keine große Sympathie für mich hegt. Er nimmt mir den Tritt noch immer übel und reißt sich nicht um meine Gesellschaft. Warum also die Aktion heute? Warum der Ausflug?

Quinn ist jemand, den ich nicht einschätzen kann. Ich kann keinen seiner Gedankengänge erahnen, nichts an seiner Mimik ablesen. Allerdings bin ich mir ziemlich sicher, dass er sich unwohl fühlt, wenn ich in der Nähe bin. Er kann quasi in der einen Minute nett und in der nächsten ein richtiger Mistkerl sein – ich weiß nie, auf welchen Quinn ich treffe. Und ich weiß nie, was in seinem Kopf vor sich geht, was er von den Dingen hält, die ich sage, oder wie er das, was er sagt, eigentlich meint. Ich kann mit Sarkasmus und Ironie umgehen, aber nur, wenn ich die Person einschätzen kann. Bei Quinn kann ich das nicht. So gut wie jedes Wort könnte zweideutig sein und mehr als einmal habe ich mich in seiner Gegenwart wie ein dummes, kleines Schulmädchen gefühlt. Keine gute Grundlage für Vertrauen. Aber er hilft mir hier raus und ich werde dieses Angebot nicht ablehnen.

***

Als ich mich eine halbe Stunde später im Spiegel betrachte, steht vor mir eine komplett andere Emma. Die veränderte Haarfarbe hat das, was ich da vor mir sehe, in einen vollkommen anderen Menschen verwandelt. Es sieht nicht schlecht aus, nur eben äußerst ungewohnt.

Wenn ich früher rausgegangen bin, habe ich meine Haare immer zu einem Zopf hochgesteckt, geflochten oder sonst irgendwie aus meinem Gesicht herausgehalten – einfach, weil es so viel praktischer ist. Niemand, außer Matt, hat mich je mit offenen Haaren gesehen. Zumindest, seit ich volljährig bin. Im Sinne der perfekten Tarnung entscheide ich mich also dafür, sie heute offen zu lassen. Ich schnappe mir den Zimmerschlüssel, quasi das Einzige, was ich besitze, und ziehe die Tür hinter mir ins Schloss.

***

Wenn ich es darauf angelegt hätte, hätte ich im Foyer einfach an Quinn vorbeilaufen und das Haus allein verlassen können. Denn der braucht ziemlich lange, um mich zu erkennen, und tatsächlich hat er seine Mimik für ein paar Sekunden mal nicht unter Kontrolle.

»Das ist … Wahnsinn«, plappert er drauflos, bemerkt seine Wortwahl, senkt den Blick und hat seine Gesichtszüge schnell wieder im Griff. »So erkennt dich definitiv niemand«, erklärt er gefasster, dreht sich um und übernimmt wie immer die Führung.

Er bietet mir an, mit dem Auto in die Stadt zu fahren, aber ich laufe lieber, genieße die Sonne auf dem Gesicht und das Knirschen von Sand unter meinen Schuhen. Ich sauge den Stadtlärm und das Geplapper der Leute förmlich in mich auf und bin nur und allein deshalb seit Ewigkeiten wieder glücklich.

»Worauf hast du Lust?«, reißt Quinn mich aus meiner allumfassenden Zufriedenheit und ich lächle verklärt.

»Ich könnte stundenlang einfach so herumlaufen.«

»Bei Einbruch der Dunkelheit müssen wir zurück sein, also sollten wir unsere Zeit etwas einteilen.« *Gott, muss er immer so furchtbar vernünftig sein?* Ich rolle mit den Augen, bevor ich mich geschlagen gebe und mich umsehe.

»Da drüben vielleicht?« Ich deute auf einen großen Gemischtwarenladen im Einkaufscenter und Quinn nickt zufrieden. Wir erstehen eine Zahnbürste, Zahnpasta, diverse Cremes, eine Haarbürste, gut riechendes Duschgel und Shampoo, Make-up und noch ein paar andere Dinge, die Frauen eben so brauchen. Mit einer vollen Tüte verlassen wir den Laden und ich freue mich auf eine ausgiebige Körperpflegeeinheit – auch wenn ich dann wieder eingesperrt sein werde.

»So, Klamotten?«, fragt Quinn und greift nach der Tüte, die ich mir gerade über die Schulter hängen wollte. Ich lasse ihn den Gentleman spielen und rümpfe die Nase angesichts seiner Frage. Da ich aber weiß, wie versessen er darauf ist, seinen Plan durchzuziehen, stimme ich zu, den nächsten Klamottenladen aufzusuchen, damit ich es schnell hinter mir habe.

Shoppen gehörte noch nie zu meinen liebsten Beschäftigungen. Aber noch weniger Spaß macht es mit einem brummigen Begleiter, dessen Laune sich zusehends verschlechtert. Wahrscheinlich bereut Quinn bereits, angeboten zu haben, mich zu begleiten.

Ich probiere mich durch etliche Shirts, Pullover, Hosen, Röcke und was der Laden sonst noch so hergibt. Schon nach dem dritten Klamottenwechsel habe ich keine Lust mehr, will nur noch ein paar Sachen einpacken und den Rest des Tages in einem schnuckeligen Café verbringen. Es ist doch sowieso egal, wie ich rumlaufe. Da ich eh nicht raus darf und alle sich an den Schlabberlook gewöhnt haben, kann ich es auch so lassen. Die Idee mit den neuen Klamotten kam von Quinn und so ist er es auch, der ständig etwas Neues anschleppt.

»Ich habe keine Lust mehr«, quengele ich.

»Wir haben nur diese paar Stunden und die werden wir nutzen.«

»Ich wollte raus, Quinn. Stattdessen bin ich jetzt in einer Umkleidekabine gefangen.«

»Wenn wir alles haben, können wir machen, was du willst.«

Ich glaube ihm kein Wort. Und genau deshalb kommt mir ein sehr, sehr unkluger Gedanke, den ich im ersten Moment entschieden zur Seite schiebe. Wenn ich es wage, ihm jetzt zu entwischen, wird er sich rächen. Bitter rächen. Und es wäre ein für alle Mal vorbei mit dem netten Quinn. Ich würde die einzige halbwegs nette Person neben Ezra vergraulen, die ich in diesem furchtbaren Haus kenne.

Mein Verstand fleht auf Knien darum, dass ich mir diesen Unsinn aus dem Kopf schlage, bombardiert mich mit allen möglichen Folgen, schmückt alle erdenklichen Szenarien in den buntesten Farben aus, doch da ich leider noch nie ein besonders vernünftiger Mensch gewesen bin, kann ich dem Drang nicht widerstehen. Ich will ja nicht wirklich abhauen, rede ich mir selbst ein. Wie denn auch? Nein, ich bin weder dumm noch lebensmüde – ich will einfach nur raus und ein paar kostbare Momente lang die Freiheit genießen, die mir so fehlt. Mehr nicht. Und da dieses Vorhaben mit Quinns Vorstellung von *Freiheit* ganz offenbar stark kollidiert, lässt er mir ja quasi gar keine andere Wahl.

Ich schiebe das Wissen über den Ärger, der mich erwartet, von mir und bitte Quinn, mir diesen einen Pullover von dem hintersten Ständer doch eine Nummer kleiner zu holen. Und dann, kaum, dass er mir den Rücken zugewandt hat, renne ich.

***

Mit quietschenden Sohlen türme ich aus dem Geschäft, bleibe kurz stehen, schaue mich wie ein gehetztes Tier um, entscheide mich für links und sprinte los. Kurz vor der Tür, die aus dem Center herausführt, wende ich mich noch einmal um, werde aber nicht langsamer und pralle genau deshalb frontal mit jemandem zusammen. Und zwar so heftig, dass wir beide das Gleichgewicht verlieren und stürzen. Um uns bildet sich sofort eine Traube besorgter Menschen. Einer von ihnen geht auf die Knie und streckt mir die Hand entgegen, um mir aufzuhelfen. Ich nehme sie dankbar an und lasse mich hochziehen. Bis auf einen schmerzenden Hintern bin ich unversehrt.

Zögerlich werfe ich einen Blick auf den Mann, in den ich hineingerannt bin, und schlagartig verliert mein Gesicht alle Farbe. Das ist Will. Der Sanitäter, der mich nach dem Brand behandelt hat. Mein Mund ist augenblicklich staubtrocken und ich schwanke.

Die Frau, die neben mir steht, greift erschrocken nach meinem Arm. »Ist wirklich alles in Ordnung, Kindchen?«

Ich nicke, senke den Kopf, drehe mich um und will gerade davon marschieren, als sich eine warme Hand auf meine Schulter legt. *Bitte lass es Quinn sein,* flehe ich innerlich, hebe den Blick und schaue in Wills funkelnde, grüne Augen. Ein Grün, so viel wärmer als das von Liam.

Elf

Er kneift die Augen zusammen und weicht einen Schritt zurück, zieht die Hand von mir weg, als hätte er sich verbrannt.

»Es tut mir wirklich leid, dass ich in Sie hineingelaufen bin«, nuschle ich. Seine Überraschung ausnutzend drehe ich mich um und bin drauf und dran, abzuhauen, als er mich abermals festhält. Dieses Mal schließt sich seine Hand fest um mein Handgelenk, weshalb ich widerwillig stehen bleibe.

»Ich kenne Sie«, murmelt er erstaunt und mustert mich noch ein wenig eindringlicher. Ich mache mich von ihm los und bringe etwas Abstand zwischen uns.

»Sie müssen sich irren. Sorry, ich hab's eilig.«

»Nein, nein, ich irre mich nicht. Sie sind das Mädchen vom Hausbrand neulich. Ich bin Will, erinnern Sie sich?« Er schließt umgehend wieder zu mir auf und mir gehen die Ausreden aus.

»Sie verwechseln mich.« Meine Stimme schwankt und mein Blick huscht unruhig über die vielen Leute. Sicher ist Quinn hier irgendwo und ich habe keine Ahnung, was passiert, wenn er mich hier mit Will erwischt.

»Was ist los? Verfolgt Sie jemand?« Er folgt meinem panischen Blick über die Menge hinweg.

»Nein!«, antworte ich etwas zu energisch und etwas zu laut, ertappe mich selbst dabei, viel zu überdreht zu handeln und versuche runterzukommen. »Bitte, ich muss wirklich gehen.«

»Wohin?«

Ich schüttle ratlos den Kopf. Was soll ich darauf nur sagen?

»Hauptsache weg von hier?«, rät Will und ich beiße mir auf die Lippe. »Kommen Sie.«

Erneut greift er nach meiner Hand und keine Ahnung, warum, aber ich lasse es geschehen. Er wendet sich um und zieht mich hinter sich her. Immerhin in Richtung Ausgang. Also gut. Entwischen kann ich ihm da draußen auch noch. Offenbar bin ich nur noch auf der Flucht oder eingesperrt. Es ist frustrierend.

***

Nach wenigen Minuten Fußweg ohne direkte Fluchtmöglichkeit erreichen wir eine kleine Gasse, in die er mich hineinschiebt und an deren Ende er ein kleines Gatter öffnet. Als ich eintrete, bleibt mir für einen Moment der Mund offen stehen und ich sehe mich um. Überall grüne Pflanzen, einige davon tragen sogar schon Blüten. Eine richtige kleine Oase inmitten der kühlen Fassaden grauer Betonbauten. Will deutet auf einen der Stühle, die um ein hübsches Tischchen aus Holz angeordnet sind, und als ich mich nicht rühre, geht er einfach an mir vorbei, schließt die große Terrassentür auf und verschwindet im Innern des Hauses.

»Sie können selbstverständlich gehen, wenn Sie wollen«, höre ich ihn von drinnen, begleitet von klapperndem Geschirr und dem Summen eines Wasserkochers. »Aber wenn es Ihnen darum ging, zu verschwinden«, er kommt wieder und verteilt quietschgrüne Kissen auf den Stühlen, »sind Sie hier genau richtig.« Er zwinkert mir zu und verschwindet abermals nach drinnen.

Ich sollte gehen, denke ich. Ich sollte mich umdrehen, durch die Gasse zurück in dieses Geschäft gehen, Quinn um Verzeihung bitten, noch ein paar Klamotten anprobieren und später mit ihm zu Ezra, Liam und all den anderen zurückkehren. Doch allein beim Gedanken daran wird mir schlecht und mein Herz schlägt langsamer. Das hier, ein bisschen Normalität, genau das will ich jetzt. Einen Menschen.

Will kommt mit einem Tablett durch die Tür, auf dem zwei Tassen und eine Kanne stehen, aus der Dampf aufsteigt. Der blumige Duft von Tee steigt mir in die Nase und der Wunsch, mich zu ihm zu setzen, ist übermächtig.

»Wollen Sie dort stehen bleiben?«, fragt er lächelnd und strahlt mich an. Gott, ich hatte vergessen, was sein Lächeln schon damals mit mir gemacht hat. Meine Knie werden weich und ich muss meine gesamte Selbstbeherrschung aufbringen, um nicht dümmlich zurückzugrinsen.

»Ich sollte …«

»Sie sollten gehen, nicht wahr?«, vollendet er meinen Satz und ich nicke betreten. »Ich werde Sie nicht aufhalten. Aber vielleicht möchten Sie vorher noch einen Tee mit mir trinken.«

Unschlüssig stehe ich da und weiß nicht, was ich tun soll.

»Kommen Sie schon. Der Tee ist gut.«

Vorsichtig setze ich einen Fuß vor den anderen, bis ich schließlich am Tisch angelangt bin, den Stuhl zurückziehe und Platz nehme. Mein Herzschlag dröhnt in meinen Ohren und mein schlechtes Gewissen Quinn gegenüber frisst mich auf. Will hingegen ist die Ruhe in Person, schenkt mir Tee ein und bietet mir ein Stück Zucker an. Ich nicke und beobachte schweigend, wie der Zucker die Flüssigkeit aufsaugt und schließlich zerfällt.

»Die neue Haarfarbe steht Ihnen gut. Ich hätte Sie beinahe nicht erkannt. Aber das war sicher der Grund für die Typveränderung, nicht wahr?«

Ich lächle. Als hätte ich plötzlich verlernt, etwas anderes zu tun. »Was hat mich verraten?«, frage ich mit kratziger Stimme und Will lehnt sich schulterzuckend zurück.

»Ihre Augen, wenn ich ehrlich sein soll. Genauso erschüttert haben Sie mich an diesem Abend angesehen.«

Ich nicke. Meine Augen also. Ich hätte mir wirklich eine verdammte Sonnenbrille aufsetzen sollen.

»Ich hab über Sie nachgedacht, wissen Sie?« Sein Geständnis bringt mich kurz aus dem Takt und ich räuspere mich verlegen.

»Über mich? Warum?«

»An diesem Abend sind ein paar Dinge geschehen, die ungewöhnlich waren.«

Mir wird heiß und ich rutsche unruhig auf meinem Stuhl etwas weiter Richtung Ausgang. »Ungewöhnlich?«

»Na ja, der Feuerwehrmann, der Sie gerettet hat, hat Stein und Bein geschworen, Sie aus der Dachgeschosswohnung herausgeholt zu haben. Den Unterlagen, die der Vermieter zur Verfügung gestellt hat, zufolge, war die Mieterin dort eine gewisse Emma Parker. Man fand ihre Leiche am nächsten Tag. Als er Sie fragte, ob noch jemand in der Wohnung war, haben Sie aber den Kopf geschüttelt.«

Meine Zunge fühlt sich an, als würde sie nicht länger zu mir gehören. Ich habe eine Ausrede. In einer der langen Nächte habe ich mir eine perfekte Ausrede zusammengeschustert, falls doch mal jemand dumme Fragen stellen sollte. Doch aus welchem Grund auch immer will ich ihn nicht anlügen. Ich bezweifle außerdem, dass lügen in diesem Fall klug wäre. Er hat sich mit dem Fall beschäftigt und ich möchte mich ungern weiter in Widersprüche verstricken. Also schweige ich, rühre meinen Tee um und nippe an dem heißen Getränk.

»So wie ich das sehe«, fährt er, ungeachtet meines Schweigens fort, »hat sich entweder der Feuerwehrmann geirrt oder Sie.«

Abwartend schaut er mich an, doch ich bleibe dabei. Nichts zu sagen ist momentan der sicherste Weg.

»Was ist an diesem Abend passiert?«, fragt er schließlich und seine Stimme klingt sanft und verständnisvoll. Ich presse die Lippen aufeinander und halte seinem Blick stand.

»Sind Sie Emma Parker?«

Ich zwinge mich, zu lächeln. »Sie sagten gerade, Emma Parker sei gestorben.«

»Ja, das sagte ich. Praktischerweise findet man aber absolut nichts über sie. Keine Fotos, keine Jahrbücher. Nichts, mit dem man sie hätte identifizieren können. Als wäre sie ein Geist gewesen. Alles ein wenig sehr merkwürdig, wenn Sie mich fragen.«

»Warum interessiert es Sie so sehr, was da passiert ist?«

»Ich bin Sanitäter. Ich hab es zu meinem Job gemacht, Menschen zu helfen und ich werde das Gefühl nicht los, dass hier jemand sehr wohl Hilfe gebrauchen könnte. Sie zum Beispiel.«

»Ich brauche keine Hilfe.«

»Das sah eben im Shoppingcenter noch anders aus.«

»Ich hatte es einfach nur eilig.«

»Und jetzt nicht mehr?« *Verdammt, erwischt.*

»Ich ... habe Probleme mit Menschenmengen. Panikattacken. Hin und wieder. Ich musste da raus. Ganz einfach.«

Er lehnt sich zurück und taxiert mich mit seinem Blick. »Wo ist Ihr Verlobter?«

»Mein was?«

»Ihr Verlobter? Der Mann, der Sie an dem Abend mitgenommen hat.«

Ich lache. Das hatte ich ganz vergessen. »Das war nicht mein Verlobter.«

»Er sagte aber, er wäre es.«

»Man sagt viel in einer Situation, die einen überfordert.«

»Fein. Wie ist Ihr Name?«

»Ist das hier ein Verhör?«

»Nur eine ganz einfache Frage. Wie ist Ihr Name?«

Ich stelle die Tasse auf den Tisch und balle die Hände zu Fäusten.

»Sie müssen mir nicht antworten. Sie müssen gar nichts tun. Sie müssen nur wissen, dass ich Ihnen helfen werde, wenn Sie Hilfe brauchen.«

Ich lehne mich ein Stück nach vorn und senke die Stimme.

»Haben Sie schon mal was vom Helfersyndrom gehört? Vielleicht brauchen eher Sie Hilfe?«

Er lacht. Laut, herzlich und echt. Ein Lachen, das ansteckt und das etwas tief in mir berührt. Ich mag ihn. Ich mag es, mit welcher Verbissenheit er versucht, hinter das Geheimnis zu kommen, das ich hüte. Und ich mag es, dass er dabei nett bleibt und mir meinen Freiraum lässt.

Etwas entspannter lehne ich mich zurück und wir sehen einander für ein paar wertvolle Sekunden einfach nur an.

»Gut, Frau ohne Namen, ich genieße Ihre Gesellschaft dennoch und verspreche, das Thema nicht noch einmal anzusprechen. Mein Angebot steht trotzdem. Jederzeit.«

»Vielen Dank«, murmle ich und stimme zu, als er mir eine weitere Tasse Tee anbietet.

Tatsächlich lässt er die Sache auf sich beruhen und wir führen ein nettes, entspanntes, normales Gespräch fernab von Geheimbünden, Morddrohungen, verschwundenen Müttern und Dämonen. Wir scherzen, lachen und für einen Moment vergesse ich, wohin mich mein Weg in wenigen Stunden zurückführen wird und was passiert ist.

Wäre das hier ein echtes Date, würde ich auf Wolke sieben schweben. In einer perfekten Welt würde ich mich ihm anvertrauen und er hätte eine Lösung. Doch die Welt ist nicht perfekt. Das war sie nie und das wird sie nie sein.

Direkt über mir schwebt drohend und dunkel ein nicht zu übersehendes Damoklesschwert und holt mich unbarmherzig auf den Boden der Tatsachen zurück. Ich muss bei jedem Wort, das ich sage, aufpassen, mich nicht zu verraten. Will ist niemand, der mir helfen könnte. Er ist eher jemand, den ich in große Gefahr bringe.

***

Nach etwa zwei, vielleicht auch drei Stunden lehne ich sein Angebot, Abendessen beim Italiener um die Ecke zu bestellen, schweren Herzens ab. Auch wenn er mir mehrfach beteuert, wie grandios die Pasta sei. Ich stehe auf und stelle meine Tasse auf das Tablett, als er seine Hand schnell auf meine legt. »Nein, lass nur, ich mach das nachher. Kein Problem.«

Einen etwas zu langen Augenblick genieße ich diese Berührung und senke den Blick auf unsere Hände. Meine Atmung beschleunigt sich und Will schlingt seine Finger um meine, streicht sanft und unschuldig über meine Hand und obwohl es sich gut anfühlt, normal, ziehe ich meine Finger eilig zurück und räuspere mich.

Er steht nah bei mir, ein klein wenig zu nah, und in seinem Blick verborgen entdecke ich die unausgesprochene Frage nach mehr. Hektisch stolpere ich ein Stück zurück, vermeide weiteren Blickkontakt und versuche, wieder Herr über meine Sinne und mein Denken zu werden. *Das geht nicht, Emma,* ermahne ich mich selbst und diese Erkenntnis trifft mich in diesem Moment wie ein Schlag. *Dein Leben ist ein Scherbenhaufen. Schlimmer als das. Ein tiefes, dunk-*

les Loch, in das du ihn hineinziehen würdest. In das du jeden hineinziehen würdest. Ich blinzle und meine Kehle wird eng.

Ich gehöre nicht mehr hier her. Meine Welt, in die ich so dringend zurückwollte, ist nicht länger meine Welt. Sie haben sie mir genommen, wie sie mir alles andere auch genommen haben. Solange diese Viecher hinter mir her sind, bringe ich alle und jeden in Gefahr. Auch Will.

»Es tut mir leid. Ich wollte nicht aufdringlich sein.« Will lehnt sich ein Stück von mir weg und lächelt schief. Natürlich. Er entschuldigt sich auch noch! Kopfschüttelnd winke ich ab und vermeide es, zu sprechen, aus Angst zu weinen. Eine Reaktion, die er nicht verstehen würde und bei der er erst recht annehmen müsste, dass etwas ganz und gar nicht stimmt.

Ich weiche ihm aus und wanke hinüber zum Gatter, doch er ist vor mir da und öffnet es für mich.

»Ich würde wirklich gern ... deinen Namen erfahren.«

Ich reiße mich zusammen und hoffe, meine Stimme zittert nicht so stark wie ich selbst. »Das nächste Mal vielleicht.«

Seine Augen leuchten und ich begreife erst jetzt, was ich da gesagt habe.

»Was hältst du davon, wenn wir das hier nächste Woche wiederholen? Selbe Zeit, selber Ort? Du musst die Pasta probieren!«

Sag Nein, Emma! Sag verdammt noch mal Nein! Doch stattdessen verlässt ein leises, fast schüchternes »Okay« meinen Mund und ich presse die Lippen fest aufeinander, um zu verhindern, dass ich noch mehr Schaden anrichte.

Innerlich breche ich zusammen, weil ich nicht weiß, was ich will und was ich tun soll. Doch äußerlich bleibe ich stark. Ich reiche ihm die Hand, zucke nicht zurück, als er näherkommt und mir einen zarten Kuss auf die Wange haucht.

»Auf Wiedersehen, Will«, flüstere ich leise und will nicht gehen. Er ist ein Stück Normalität. Er ist ein Stück der alten Welt, die heute weit mehr als nur Risse bekommen hat.

»Auf Wiedersehen, Jane.« Jane. Jane Doe. Der Definition nach ein Platzhalter für nicht identifizierte weibliche Personen. Ein Name, den man angibt, wenn man keinen Namen angeben will. Ein Name, der nicht meiner ist.

Dabei hätte ich so gern *meinen* Namen aus seinem Mund gehört. Trotzdem lächle ich und fühle mich innerlich so tot wie nie zuvor.

***

Will schließt das Gatter hinter mir und von einer Sekunde auf die andere bin ich allein in der dunklen Gasse. Doch es ist nicht etwa die Angst, die mich verfolgt, sondern eine kalte, bodenlose Leere. Nach all den einsamen Wochen, all den Erkenntnissen und Dingen, die ich nun weiß, erscheinen mir die vergangenen Stunden wie eine nostalgische Erinnerung an etwas, das ich lange verloren habe. Man sagt, man wisse die Dinge erst zu schätzen, wenn sie fort sind. Ich hätte vor ein paar Monaten nicht gedacht, dass mir mein stinknormales, verkorkstes Leben einmal fehlen würde, aber das tut es. Mehr als alles andere möchte ich es zurück. Doch das Gespräch mit Will hat mir auch die letzte Hoffnung genommen. *Man findet nichts über sie,* hatte er gesagt. *Als sei sie ein Geist gewesen.* Nein, ich war kein Geist. Aber nun bin ich einer. Gefangen und der Möglichkeit beraubt, etwas dagegen zu unternehmen.

Das da hinter mir ist das, was ich hätte haben können, doch vor mir liegt ein komplett anderes Leben. Eines, das ich nie wollte.

Meine Augen brennen, als ich sie kurz schließe, mich gegen die Hauswand lehne und dreimal tief durchatme. Dann straffe ich die Schultern, hebe das Kinn und bin bereit, Quinn zu suchen und mich seinen vernichtenden Anschuldigungen zu stellen. Auch wenn ich Angst davor habe, die Enttäuschung in seinen Augen zu sehen.

Kaum, dass ich die Gasse verlassen habe, bin ich wieder mitten im Trubel der Stadt. Wortfetzen von vorbeihuschenden Pärchen oder Gruppen von lachenden Menschen streifen mich, doch ich kann mich nicht überzeugen, einen Schritt vor den anderen zu setzen. Hin zum Einkaufscenter. Hin zu Quinn.

Die Sonne steht bereits tief. Ich habe also nicht mehr viel Zeit. Nicht mehr viel Zeit, um mich zu entscheiden. Ich könnte verschwinden. Jetzt. Hier. Einfach so. Ich könnte es drauf ankommen lassen. Ich könnte dasselbe tun, das ich getan habe, seit Mum weg ist. Allein klarkommen, mich durchschlagen. Ich könnte es schaffen. Vielleicht.

Statt nach vorn, setze ich meinen linken Fuß zurück, schlucke schwer und wende mich in die andere Richtung. *Du musst nur einen Fuß vor den anderen setzen, Emma. Nur einen verdammten Fuß vor den anderen.*

»Glaub mir, wir wollen diesen Weg beide nicht gehen.«

Mein Herz rast und gleichzeitig habe ich das Gefühl, es wäre gerade eben stehen geblieben. Augenblicklich setzt der Fluchtinstinkt ein und ich will rennen. Ich will um mein Leben rennen. Um mich herum sind genug Menschen – wenn ich laut schreie, sollte ich genug Aufmerksamkeit erregen können. Ich könnte ihm und Ezra und all den anderen entwischen. Zumindest für den Moment.

Doch die nüchterne Erkenntnis, dass ich weder Geld noch eine Identität oder Verbündete habe, kommt ebenso schnell wie der Gedanke an Flucht. Ich könnte mir nicht einmal ein verdammtes Busticket kaufen, um aus der Stadt zu gelangen.

Also straffe ich die Schultern, hebe den Kopf und lasse mir nicht anmerken, was gerade in mir vorgeht.

»Wie hast du mich gefunden?«, frage ich tonlos und lasse ihn nicht aus den Augen. Quinn lehnt, eine glimmende Zigarette im Mundwinkel, an der Hauswand direkt vor mir und ein arrogantes Lächeln huscht über seine Züge. Er spielt. Ich kenne ihn mittlerweile gut genug, um zumindest das einschätzen zu können. Er überspielt, was wirklich in ihm vorgeht. Das Lächeln ist nur ein Mittel, um eine andere Emotion zu verstecken. Ich tippe auf eine Mordswut.

Er nimmt einen tiefen Zug, stößt sich von der Wand ab, klemmt die Kippe zwischen Mittel- und Zeigefinger und schlendert auf mich zu. Ich bleibe wie angewurzelt stehen und starre ihn an, bis er mich erreicht hat und dicht vor mir stehen bleibt. Ich spüre seine Anspannung in jeder Faser meines Körpers. Rücksichtslos lässt er den Rauch direkt in mein Gesicht entweichen. Er hüllt mich ein und vermischt sich mit der kühler werdenden Abendluft.

»Man muss niemanden finden, den man nie verloren hat«, flüstert er ausdruckslos und ich versteife mich.

»Du warst die ganze Zeit …«

»Dachtest du wirklich, es wäre so einfach, mich abzuhängen?« Seine Stimme wackelt ein wenig, auch wenn er sich Mühe gibt, genau das zu verbergen. Er wirft den Zigarettenstummel auf den Boden und sieht mich von oben herab an. Ich muss all meine Selbstbeherrschung aufwenden, seinem Blick standzuhalten.

»Und? Was wirst du jetzt tun?«, frage ich geradeheraus, während ich versuche, meine Angst zu verbergen. Ziemlich erfolglos allerdings. Quinn lacht und gibt sich nun auch keine Mühe mehr, seine Wut zu überspielen. Seine Augen glitzern gefährlich und er presst die Zähne so fest aufeinander, dass die Muskeln an seinem Kiefer deutlich hervortreten.

»Ich hab mich noch nicht entschieden.« Er will noch mehr sagen. Ich sehe es so deutlich wie die Farbe seiner Augen. Er ringt mit sich und ich warte darauf, dass er mich packt, zurück in die Gasse zerrt, mich anschreit oder zumindest eine Erklärung fordert. Immerhin habe ich sein Vertrauen missbraucht und ich verstehe, dass er wütend ist.

»Beweg deinen Hintern nach Hause«, zischt er bedrohlich leise und noch immer viel zu nah. Ohne ein weiteres Wort wendet er sich ab, doch er hat noch nicht einmal einen Schritt von mir weggemacht, als es aus mir herausplatzt.

»Es ist nicht mein Zuhause.«

Quinn bleibt stehen, ballt die Hände zu Fäusten und augenblicklich möchte ich meine Worte am liebsten zurücknehmen. Ganz langsam dreht er sich erneut zu mir um und ich kann die Mordlust beinahe mit Händen greifen. Es fehlt nicht viel und ich habe es zu weit getrieben.

»Ich sag es nicht noch einmal, Emma. Fordere meine Geduld nicht heraus!«

»Ich weiß, dass du sauer bist. Du hast auch allen Grund, aber …«

»Sauer? Du glaubst, ich bin sauer?« Er lacht höhnisch und dieses Lachen lässt mir das Blut in den Adern gefrieren. »Ich hab meinen verdammten Arsch für dich riskiert. Hast du eine Ahnung, was passiert wäre, wenn ich dich verloren hätte?«

Ich stehe einfach nur da und starre ihn an.

»Geh und lass dich aufschlitzen. Meinst du, es interessiert mich?«

Ich weiß, dass er das nur sagt, weil er wirklich, wirklich wütend ist, doch es trifft mich trotzdem. »Ich will doch nur, dass du …«

»Was, Emma? Was willst du? Die Welt dreht sich nicht nur um dich und dein verkorkstes Leben. Mach die Augen auf! Es gibt noch so viel mehr als dich und deine Probleme. Du denkst, dich hat es schlimm erwischt? Du denkst, wir alle spielen dir übel mit und sind gemein zu dir? Du denkst, du bist ohne uns besser dran?« Er hebt die Hand und tippt sich mehrfach gegen die Stirn. »Warum sollten wir all das tun, Emma? Warum, wenn wir dir nicht helfen wollten? Herrgott, dann lauf doch weg, verdammt! Ein Problem weniger!«

»Quinn …«

»Hab ich dich ungerecht behandelt?«

»Nein«, meine Stimme schwankt.

»Oder war es dir einfach egal? So wie dir offenbar alles egal ist.«

»Quinn, bitte …«

»Nein, Emma. Kein ‚bitte'! Spar dir den Scheiß!«

Damit wendet er sich zähneknirschend von mir ab und ich kann seine Anspannung so deutlich spüren wie den lauen Wind auf meinen Wangen. Auf halbem Weg bleibt er stehen und dreht sich noch einmal zu mir um. In seinen Augen lodern nicht länger hohe, gefährliche Flammen, sondern eher eine ziemlich offensichtliche Enttäuschung und ich wünsche mir augenblicklich die Wut zurück.

»Weißt du, ich dachte, du hättest begriffen, worum es geht. Ich dachte, du wüsstest diese Geste zu schätzen und ich könnte mich auf dich verlassen. Ich wollte nett sein.« Er schaut mich an und ich weiß nicht, was ich sagen soll. »Tja, mein Fehler.«

Damit dreht er sich um, bringt mit weit ausgreifenden Schritten einen gehörigen Abstand zwischen uns, greift sich die dicken Einkaufstüten, die dort stehen und geht voraus.

»Ich habe keinen Platz mehr!«, rufe ich ihm nach und tatsächlich bleibt er stehen. Tränen brennen in meinen Augen und mein Atem geht stoßweise, meine Unterlippe zittert unkontrolliert. Quinns Schultern sind angespannt, als er sich umwendet und zurückkommt.

»Ich gehöre nicht zu euch und ich gehöre nicht mehr zu ihnen«, schluchze ich und meine Brust schmerzt entsetzlich. Kein Celesta und auch kein Mensch mehr. Das ist die einzige Erkenntnis, die ich aus diesem Ausflug mitnehme. Ich dachte, das hier wäre noch immer meine Welt. Die Welt, in die ich zurückkehren und glücklich sein könnte, doch sie ist es nicht mehr. Ich muss mich verstecken, muss fliehen, lügen und ich weiß, dass ich das kaum mein ganzes restliches Leben ertragen würde.

»Ezra denkt, ich könnte irgendwann dazu gehören oder ein neues Leben führen. Aber es wird immer dasselbe sein, oder? Ich bringe die Menschen, die mir wichtig sind, in Gefahr. Und egal, ob ihr diese Dämonen findet oder nicht – es wird von jetzt an immer so sein, nicht wahr?« Ich vermeide den Blick zurück in die kleine Gasse und Quinn presst die Lippen fest aufeinander. »Das weiß ich nicht.«

»Ich kann so nicht weitermachen, Quinn! Ich kann nicht zurückgehen! Zu ihnen! Sie hassen mich!« Ein paar einsame Tränen rinnen über meine Wangen.

»Es tut mir leid, dass ich abgehauen bin. Aber ... ich wollte ... ich wollte mich erinnern, wie es ist, frei zu sein. Noch einmal.«

»Und? Warst du frei?«, fragt er und seine Stimme klingt nicht mehr ganz so anklagend. Ich lasse die Schultern sinken und kämpfe den noch immer spürbaren Kloß in meiner Kehle nieder.

»Freiheit bedeutet nichts mehr, Quinn. Emma Parker existiert nicht mehr. Ezra hat mir alles genommen.«

»Ezra hatte gute Absichten«, knurrt er, sieht mich bei diesen Worten jedoch nicht an.

»Ich weiß. Und? Was haben mir seine guten Absichten gebracht?«

»Du lebst noch!«

»Das ist kein Leben!«, donnere ich und abermals verdrängt eine immense Wut meine Trauer. Quinn presst die Zähne so fest aufeinander, dass seine Kiefermuskulatur deutlich hervortritt. Seine Augen sprühen Funken.

»Ezra meinte, deine Mutter wäre der ausschlaggebende Punkt und dass du wie sie wärst. Er dachte, früher oder später würden es auch die anderen erkennen. Es ist nicht seine Schuld!«

Ich lache höhnisch auf und wische mir ein paar Tränen von den Wangen.

»Ich mag in mancherlei Hinsicht wie sie sein, aber nicht in jeder. Das entscheidende Stück fehlt nun einmal«, flüstere ich trotzig und balle die Hände zu Fäusten.

»Und wenn du es haben könntest?«, fragt er und seine Haltung verändert sich plötzlich. Der Ton in seiner Stimme verändert sich.

»Wie meinst du das?«

»Wenn du zu ihnen gehören könntest? So richtig? Wenn du so sein könntest ... wie sie? Würdest du das wollen?«

Zwölf

»Du hast WAS?« Ezras donnernde Stimme hallt durch den ganzen Raum und die geschlossene Tür bis zu mir – dem Häufchen Elend, das wartend auf dem Flur steht. Wir sind seit wenigen Minuten zurück im Internat und Quinn hat mich ohne Umwege direkt vor Ezras Tür geschleift. Wo ich nun warte und obwohl sich Ezras Groll nicht direkt gegen mich richtet, ziehe ich den Kopf ein und denke für den Bruchteil einer Sekunde darüber nach, abzuhauen. Doch nur wenige Augenblicke später öffnet sich die Tür und die schummrige Flurbeleuchtung erhellt seine grimmige Miene. Ich fühle mich noch ein wenig kleiner, drücke aber demonstrativ den Rücken durch und hebe das Kinn. Mit einem knappen Nicken bedeutet er mir, einzutreten. Mein Nacken prickelt, als ich seiner Aufforderung Folge leiste und an ihm vorbeihusche. Quinn steht in der hinteren, recht schwach beleuchteten Ecke des Raumes und nippt an einem Glas, in dem ich eine golden schimmernde Flüssigkeit ausmachen kann.

Ezra bittet mich, Platz zu nehmen, und ich komme seiner Bitte dankbar nach. Meine Knie sind wie Pudding. »Emma. Du siehst besser aus.«

»Danke«, sage ich und versuche mich an einem Lächeln. Er zieht eine Augenbraue hoch, sagt aber nichts. Ich lasse den Versuch mit dem Lächeln. Ezra räuspert sich und faltet die Hände in seinem Schoß.

»Quinn erzählte mir gerade von seiner«, er schaut Quinn böse an und wendet sich dann wieder mir zu, »Idee. Es tut mir leid, dass er dir einen solchen Floh ins Ohr gesetzt hat. Aber ich kann diesem Vorschlag beim besten Willen nicht zustimmen.«

Quinn schnaubt verächtlich und nimmt kopfschüttelnd einen großen Schluck aus seinem Glas.

»Dann möchte ich gehen«, sage ich mit lauter, fester Stimme, woraufhin er sich verschluckt und hustet.

»Wie bitte?« Ezra blinzelt.

»Ich bin schon seit Wochen hier. Und jedem, wirklich jedem ist klar, dass ich hier nicht hergehöre. Es war als Notlösung gedacht, mehr nicht. Und dass es nicht funktioniert, haben wir alle gesehen. Wenn du nicht willst, dass ich dazu gehöre, lass mich bitte gehen.«

»Aber es ist noch immer nicht sicher da draußen.« Ezras Sorge ist echt und die Bedrohung mit Sicherheit auch. Aber meine Entscheidung steht fest, seit Quinn vorhin mit mir gesprochen hat.

»Ich habe keine Wahl, Ezra. Ich gehöre hier nicht hin und auch nicht zu ihnen. Aber da draußen habe ich zumindest eine Chance. Hier nicht. Ich gehe auf eigene Gefahr. Ich bin euch sehr dankbar für eure Hilfe. Aber ich kann das einfach nicht länger.«

»Emma, wenn du ...«

»Nein, Ezra! Du verstehst das nicht. Du verstehst nicht, was es für mich bedeutet, hier zu sein. Ich ... ich habe keinen Sinn, keine Aufgabe. Und sie hassen mich! Jeder einzelne Blick sagt genau das. Wenn sie denn überhaupt gucken. Ich könnte direkt vor ihnen ersticken und niemanden würde es interessieren. Wenn ich hierbleibe«, mein Blick huscht hinüber zu Quinn, der sein Glas fest umklammert, »bin ich schon tot.«

Ezra reibt sich seufzend über den etwas zu langen Bart, schüttelt den Kopf und füllt sich ebenfalls ein Glas fast bis zur Hälfte. »Ich rede noch einmal mit ihnen.«

»Als ob reden helfen würde«, murrt Quinn und ich sehe die Verzweiflung in Ezras Augen.

»Für sie bin ich eine Bedrohung, eine Fremde. Bitte versteh doch! Seit damals, seit Mum weg ist, habe ich gelernt mein Leben selbst zu bestimmen. Ich hab immer einen Weg gefunden, meine Angelegenheiten zu regeln und auf die Beine zu kommen. Hier nicht. Hier bin ich ... nichts. Weniger als das. Ich kann das nicht mehr. Ich kann so nicht mehr weitermachen. Nenn mich schwach oder«, meine Augen brennen schon wieder, als ich nach den richtigen Worten suche und angesichts meiner offensichtlichen Schwäche auflachen muss, »irre ... Vielleicht bin ich einfach schon ein wenig irre.« Zittrig wische ich mir über die Augen und schniefe leise. »Ein Grund mehr, genau hier einen Schlussstrich zu ziehen.«

Ezra nippt an seinem Glas und schaut mich eine Weile stumm an, als würde er die Möglichkeiten abwägen, die ihm jetzt noch bleiben. »Ich habe deiner Mutter versprochen, auf dich aufzupassen, Emma, und hier ...«

»Hier was?«, unterbreche ich ihn harsch und stehe auf. »Da draußen habe ich zumindest eine Chance auf ein Leben! Wenn du nicht wärst, hätte ich hier drin nicht einmal den ersten Tag überlebt. Egal, wie sehr ich versucht habe, Anschluss zu finden, sie ignorieren mich. Niemand spricht mit mir und der Gedanke, noch eine Woche hier verbringen zu müssen und dann noch eine und noch eine ... Bitte versteht mich! Ich kann nicht mehr, Ezra!«

Er nickt und sein Blick gleitet hinüber zu Quinn.

»Und da hat dir ein gewisser Jemand erzählt, es wäre einfacher, eine von uns zu werden.« Sein Tonfall lässt keinen Zweifel daran, was er von dieser Idee hält.

»Schlimmer kann es kaum werden, oder?«

Ezra tigert im Raum umher und ich kann förmlich hören, wie seine Gedanken sich überschlagen. Er sucht nach einem Argument, um mich von dieser Idee abzubringen. Er könnte sich einfach weigern, mir den Wunsch abschlagen und mich zurück auf mein Zimmer schicken. Aber gleichzeitig ist ihm sicherlich bewusst, dass diese Entscheidung auf genau zwei Möglichkeiten hinauslaufen würde. Eine apathische Emma, die sie irgendwann verhungert aus ihrem Zimmer tragen werden, oder aber eine Emma, die auf der Flucht ihr Leben gelassen hat. So oder so keine besonders sonnigen Aussichten.

»Deine Mutter wollte das nicht! Das ist ein Fakt, den wir nicht außer Acht lassen sollten«, sagt er schließlich und führt damit das Totschlagargument schlechthin an. Meine Mutter.

»Richtig. Sie wollte ein anderes Leben für mich. Wahrscheinlich wollte sie eines, in dem sie eine Rolle spielt. Und in dem mein Dad eine Rolle spielt. Ein Leben auf rosaroten Wolken. Ich bin mir ziemlich sicher, dass kein Tag seit ihrem Verschwinden so verlaufen ist, wie sie es für mich gewollt hätte. Warum also soll das hier einen Unterschied machen?«

»Weil es alles für dich verändern wird.«

Ich lache leise und endlich bleibt er stehen.

»Ist das witzig?«

»Ja, ein wenig. Du sagst, es würde alles für mich verändern. Dabei hat sich doch bereits alles verändert. Ich habe nichts mehr, an dem ich hänge, nichts mehr, das eine Rolle spielt. Du hast gesagt, ich soll ein neues Leben anfangen. Genau das wäre doch eines, oder?«

Quinn stellt das Glas beiseite und verschränkt die Arme vor der Brust. »Sie hat recht, Ezra.«

»Halt den Mund!«, donnert dieser und ich zucke angesichts der Härte in seiner Stimme zusammen.

»Du weißt selbst, dass es das Klügste ist. Ob du es wahrhaben willst oder nicht.« Quinn, gänzlich unbeeindruckt von Ezras offensichtlicher Wut, kommt endlich näher.

»Erzähl mir nicht, was du für klug erachtest. Sie hat keine Ahnung, worauf sie sich da einlässt«, schimpft Ezra in seine Richtung.

»Fein. Erklären wir es ihr und lassen sie verdammt noch mal selbst entscheiden.« Und damit wendet Quinn sich mir zu und die Stimmung sinkt ein wenig weiter gen Nullpunkt. Ezra brodelt.

»Vergiss nicht, wo dein Platz ist, Quinn!«

»Als könnte ich das ...«, knurrt er teilnahmslos. Seine Aufmerksamkeit gilt allein mir. »Alle Celestas kommen ohne Kräfte auf die Welt. So wie du.« Seine Stimme ist weich und leise, fast ein wenig so, als versuche er, ein kleines Kind zu beruhigen. »In der Regel werden sie im Alter von ein paar Monaten eingeweiht und ...«

Ezra unterbricht die Geschichtsstunde jäh, indem er wutentbrannt einen Stuhl quer durch den Raum schleudert. Die beiden sehen einander an wie Raubtiere. Jeder bereit, den anderen auf der Stelle in Stücke zu zerfetzen.

»Du klammerst dich an ein Versprechen, das über zwanzig Jahre alt ist. Emma hat recht! Dieses Versprechen wurde unter gänzlich anderen Voraussetzungen gegeben und sie hat das Recht, genau jetzt für sich selbst zu entscheiden. Es brodelt unter deinen eigenen Leuten, Ezra. Und das weißt du. Worauf, zur Hölle, wartest du? Sie ist eine von euch! Sie hat ein Geburtsrecht und das darfst du ihr nicht verwehren.«

Ezra beißt die Zähne so fest aufeinander, dass es knirscht. »Du hattest schon immer ein verflucht loses Mundwerk, Junge!«

»In den meisten Fällen berechtigt.«

»Okay, können wir uns jetzt wieder beruhigen?« Meine Stimme ist lauter als beabsichtigt und lenkt die Aufmerksamkeit der Streithähne tatsächlich für einen winzigen Moment auf mich. »Danke«, murre ich und fahre mir mit den Fingern durch die noch immer leicht knotigen Haare. »Ich möchte es wissen, Ezra. Bitte.«

Seine Züge entspannen sich ein wenig und er weicht meinem Blick aus.

»Also, alle Celestas werden ohne Kräfte geboren. Woher bekommen sie ihre Kräfte?«, hake ich nach, wohl wissend, dass ich jetzt hartnäckig sein muss. Und ich habe Erfolg. Ezras Schultern sinken herab und er lässt sich müde in einen der Sessel fallen.

»Sie werden eingeweiht. So nennen wir die Zeremonie, in der sie ihre Kräfte erhalten und in die Gemeinschaft aufgenommen werden. Dieser Vorgang verändert die Körperchemie.«

»Inwiefern? Wie wirkt sich das aus?«

»Menschen erkennen andere Menschen nicht allein über das Äußere, auch wenn sie das selbst gern glauben. Jeder Mensch hat etwas Einzigartiges, das ihn umgibt. Etwas, das ihn für andere unverwechselbar macht. Genau das verändert sich. Bei der Einweihung legst du das Menschliche an dir ab und wirst eine von uns. Du bist dann nicht länger Emma, der Mensch. Du wärst eine Celesta. Niemand, den du kanntest, würde dich wiedererkennen.«

»Netter Nebeneffekt: Auch die Dämonen nicht.« Quinn zwinkert mir zu und geht in Deckung. Meine Augen werden groß.

»Aber … das ist doch genau das …«

»Ist es nicht!«, unterbricht Ezra meine Begeisterung und stellt sein Glas auf den Tisch. »Das klingt alles herrlich einfach, nicht wahr? Aber man wird nicht eben so eine Celesta, nur weil es gerade passt oder die beste Lösung wäre. Es ist ein Privileg und es bringt ein großes Maß an Verantwortung mit sich. Du musst dir im Klaren sein, was es heißt, diese Entscheidung zu treffen. Es hatte einen Grund, warum deine Mutter sich etwas anderes für dich gewünscht hat. Du glaubst, du wärst dadurch alle Probleme los, die dich jetzt verfolgen? Mitnichten! Außerdem wissen wir nicht, warum sie dich verfolgt haben. Nichts über die, die dahinterstecken. Nichts über ...«

»Was ist die Alternative?«, frage ich geradeheraus und er zögert einen Moment.

»Hier sitzen und warten, dass du etwas herausfindest? Was, wenn du nichts herausfindest? Nie? Soll ich hierbleiben? Für immer?«

»Gib mir noch einen Monat. Ich habe eine Spur. Wenn wir wissen, wer hinter all dem steckt, kannst du als Mensch weiterleben.«

»Nein. Keinen Monat. Auf keinen Fall.«

»Fein. Drei Wochen.«

»Zwei«, räume ich knurrend ein und bin nicht bereit, auch nur einen Tag mehr hinzunehmen.

Er ringt mit sich. »Es ist sehr schmerzhaft, Emma. Und es gibt keine Garantie, dass es funktioniert. Du könntest sterben.«

»Das ist mir egal.«

Das ist es wirklich. Nach all der Zeit habe ich endlich wieder einen Strohhalm in Reichweite. Ich könnte dasitzen und hoffen, dass Ezra irgendwann eine Spur findet. Ich könnte mein Leben in seine Hände legen und hoffen, dass er herausfindet, wer mich töten wollte. Ich könnte hoffen, dass ich irgendwann zurück in die Welt kann, in ein Leben, in dem ich keine Angst vor Dämonen haben muss. Irgendwann. Vielleicht in zwei Wochen. Oder in einem Monat. In einem Jahr. Oder auch nie. Aber das wäre kein Leben. Und genau deshalb bin ich bereit, alles zu riskieren. Ich will nie mehr zurück in die Dunkelheit, nie mehr aufgeben, und doch weiß ich, dass schon ein paar Tage reichen würden, um mich wieder dorthin zu bringen, wo ich vergesse, wer ich bin. Zwei Wochen. Dann bin ich entweder eine von ihnen oder kämpfe da draußen um mein Leben als Mensch. So oder so. Zwei Wochen. Und. Keinen. Tag. Länger.

Dreizehn

Die Zeit vergeht schleppend langsam. Stunden, Tage, Wochen ... Zeit. Einfach nur Zeit. Noch nie hatte sie so wenig und gleichzeitig so viel Bedeutung für mich. Ich warte darauf, dass sie vergeht, und jede Minute wird zur Ewigkeit. Ich warte auf das Ende der zwei Wochen und was währenddessen geschieht, ist nicht wichtig. Eigentlich ist mir sogar der Ausgang dieser kleinen Geduldsprobe egal. Mir geht es im Moment nur darum, dem Zustand, in dem ich mich befinde, endlich ein Ende zu setzen. Ob nun als Mensch oder eine von ihnen ist mir egal. Ich will nur, dass es ein Ende hat. Ich will hier raus. Weg. Wieder jemand sein, den ich gernhaben kann. Ich will wieder ein Leben führen.

***

Quinn kommt mich nun fast jeden Abend besuchen, so als hätte unsere kleine Auseinandersetzung das Eis gebrochen. Manchmal ist er einfach nur da, so als ob er sichergehen will, dass ich nicht in alte Muster verfalle. Ab und zu kann ich ihm ein kleines Gespräch entlocken, auch wenn er meist wenig Interesse daran hat, maulig und wortkarg ist. Doch ich habe seine Gesellschaft zu schätzen gelernt. Vielleicht sogar ein bisschen mehr als das. Ich erwische mich dabei, dass ich an ihn denke, wenn er nicht da ist, und an Abenden, an denen er nicht da ist, erwartungsvoll die Tür anstarre. Meine Brust wird jedes Mal etwas enger, wenn es klopft und er den Kopf ins Zimmer streckt. Aber ich bin mir bewusst, dass er nicht kommt, weil er gern Zeit mit mir verbringt, sondern weil er mich im Auge behält.

***

Am Abend des vierzehnten Tages stehe ich um Punkt achtzehn Uhr vor Ezras Tür, hebe die Hand und klopfe. Beinahe umgehend öffnet er und ich sehe es an seinem Blick, an seinem ungepflegten Äußeren und dem Glas Scotch in seiner Hand.

»Ihr habt gewonnen«, nuschelt er und ich kann kaum glauben, was diese wenigen Worte in mir auslösen. Eine so große Last fällt von meinen Schultern, dass ich kurz taumle und mich am Türrahmen festhalten muss. »Ich bereite alles für die Einweihung vor.«

Und damit schließt er die Tür direkt vor meiner Nase und lässt mich allein. Doch das ist mir egal. Alles ist egal, denn schon bald beginnt mein neues Leben.

***

Mit diesem Wissen ist die Zeit nicht länger mein Feind. Nein, denn alles, was jetzt noch kommt, ist schlicht und ergreifend eine Probe meiner Geduld.

Übersprudelnd vor neuer Energie und Freude renne ich die Stufen zu meinem Zimmer hinauf, nehme zwei auf einmal und komme, wie sollte es anders sein, kurz vor dem letzten Absatz ins Straucheln. Ich falle allerdings weicher als gedacht – nämlich direkt in Quinns Arme, der mich mit einem waghalsigen Ausfallschritt auf den Stufen vor Schlimmerem bewahrt. »Ist jemand hinter dir her?«, fragt er misstrauisch und wirft einen vorsichtigen Blick hinter mich. Ich rapple mich währenddessen auf und schüttle den Kopf. Meine Wangen glühen vor Freude.

»Er hat zugesagt!«

»Wer hat zugesagt?«, fragt er, noch immer ein wenig irritiert.

»Ezra! Er bereitet alles für die Einweihung vor!«

Ich gehe eigentlich davon aus, dass er sich mindestens so freut wie ich, doch statt des Lächelns, das ich erwartet habe, bekomme ich nur ein müdes Schulterzucken.

»Glückwunsch!«, murrt er und ich weiß nicht so recht, was ich von dieser Reaktion halten soll.

»Ich dachte, du freust dich.«

»Tue ich. Ich hab nur … ich hab noch einiges zu erledigen und den Kopf heute ziemlich voll. Aber ich freu mich für dich. Wirklich.«

Er zwingt ein Lächeln auf seine Lippen, doch es erreicht kaum seine Augen. Ohne ein weiteres, zumindest zum Teil versöhnliches Wort schiebt er mich beiseite und ist wenig später aus meinem Blickfeld verschwunden. Kopfschüttelnd bleibe ich zurück, überlege einen Moment, ihm zu folgen, entscheide mich aber dagegen. Heute ist ein guter Tag und den lasse ich mir auch von Quinns komischen Launen nicht verderben.

Geradezu beschwingt gehe ich an diesem Abend ins Bett und schließe die Augen zum letzten Mal als Mensch.

Vierzehn

Der Tag weckt mich mit herrlichem Sonnenschein, der warm auf meine Wangen scheint und mir in der Nase kitzelt. Ich bin aufgeregt wie ein Schulmädchen an seinem ersten Tag. *Das hier,* denke ich, *könnte es sein.* Das hier könnte tatsächlich das sein, wonach ich immer gesucht habe. Das, was ich niemals gefunden habe. Das Puzzlestück, das meinem Leben bisher gefehlt hat. Vielleicht hatte ich immer das Gefühl, nicht hineinzupassen, weil ich es tatsächlich nicht tat. Vielleicht hatte meine Mutter falsch entschieden, als sie für mich ein Leben als Mensch wählte. Vielleicht ist das hier meine große Chance. Ja, ich habe furchtbare Angst. Ich weiß nicht, was mich erwartet oder wie das Leben als eine von ihnen sein wird, geschweige denn, ob es besser sein wird oder ob sie mich als eine von ihnen akzeptieren werden. Doch selbst wenn nicht und sich nur diese eine Sache ändert: Die Tatsache, dass die Dämonen mich nicht mehr finden werden und ich somit gehen kann, wohin auch immer ich will, ist es wert. Die Freiheit. Meine Freiheit, die ich schon so lange Zeit eingebüßt habe.

Aus dem Schrank nehme ich eins der schönen Kleider, die Quinn für mich gekauft hat, und gebe mir große Mühe, mich herzurichten und meine Haare zu bändigen. Ich will das hier nicht als Abschied ansehen – sondern als Neubeginn, als meine zweite Chance.

Als es an der Tür klopft, bin ich mehr als bereit. Quinn tritt ein und schaut lächelnd auf mich herab. Dabei haben seine Augen wieder diesen merkwürdigen Glanz, sodass ich jeden Moment mit einem dummen Spruch rechne. Doch er bleibt nett.

»Darf ich dich zum Wagen bringen?«

Ich nicke, greife mir den Schlüssel und verlasse mit ihm zusammen das Zimmer.

»Aufgeregt?«, fragt er leise, als wir nebeneinander die Treppen hinuntersteigen, und ich nicke steif.

»Ziemlich.«

»Ich habe keine Zweifel, dass du das schaffst.«

»Wirst … wirst du auch da sein?«

Er räuspert sich und wendet den Kopf ab. »Nein. Diese … Zeremonie ist nur«, er sucht verzweifelt nach Worten und zuckt schließlich mit den Schultern, »nur für die wichtigen Leute gedacht. Aber ich warte danach auf dich.«

Ich muss mir eingestehen, dass ich ihn gern dabeihätte. Er gibt mir ein Gefühl von Sicherheit, das ich bei der Einweihung sicher gut gebrauchen kann.

Als wir das Gebäude verlassen, fallen warme Sonnenstrahlen auf mein Gesicht und es duftet nach Obst. Für einen Moment bin ich versucht, stehen zu bleiben und genießerisch die Nase in die Luft zu recken, doch Quinn legt mir sanft die Hand in den Rücken, drängt mich voran und ich nehme auf dem Rücksitz des eleganten schwarzen Wagens Platz. Er schließt die Tür, umrundet das Auto und lässt sich neben mir in die weichen Sitze gleiten. Kaum dass er die Tür geschlossen hat, setzt sich das Gefährt in Bewegung und ich atme tief durch.

»Ganz ruhig. Alles wird gut!«

Ich schaue ihn an und nicke. Genau, alles wird gut.

***

Etwa eine halbe Stunde später haben wir Thiernan hinter uns gelassen und ich entdecke links und rechts der Straße nichts als Wald und hin und wieder ein Feld.

Kurze Zeit später tut sich am Horizont allerdings ein graues, großes Ungetüm auf und ich spähe zwischen den vorderen Sitzen hindurch auf unser Ziel.

»Ist es das da vorn?«, frage ich und mein Herz schlägt laut und fest in meiner Brust.

Statt zu antworten, nickt Quinn einfach nur und versteift sich zusehends. Als wir ein paar Minuten später auf den nicht befestigten Weg rollen und der Wagen anhält, springt er förmlich heraus und ist blitzschnell auf meiner Seite, um mir die Tür aufzuhalten. Diese übertriebene Art von Freundlichkeit macht mich stutzig. Er hat heute noch kein schnippisches oder gemeines Wort verloren, kein genervter Blick in meine Richtung – wüsste ich es nicht besser, würde ich sagen, dass meine bevorstehende Einweihung der Grund ist. Er wuselt um mich herum, erzählt belanglose Dinge und schürt damit nur noch mehr mein Misstrauen.

»Quinn« Ich packe ihn am Arm und zwinge ihn schließlich, mich anzusehen. Nur widerwillig gibt er nach. »Was ist los? Das hier ... ist doch richtig, oder?«

Er zögert. Warum, zur Hölle, zögert er?

»Quinn!« Ich rucke an ihm und kann den Ausdruck auf seinem Gesicht nicht zuordnen. Bedauern? Angst?

»Miss Parker.« Zwei Damen stöckeln in für die Location absolut unpassenden High Heels vom Tor her auf mich zu und mein Herz rast. Etwas stimmt nicht.

»Quinn, rede mit mir. Du machst mir Angst.«

»Es ist alles okay. Wirklich.« Mit einem falschen Lächeln im Gesicht entwindet er sich meinem Griff und macht hektisch einige Schritte von mir weg, damit ich nicht auf die Idee komme, weiter nachzufragen. »Ich warte hier auf dich.«

Noch bevor ich etwas darauf erwidern kann, sind die beiden Damen an meiner Seite und drängen mich voran. Der Kloß in meiner Kehle wird größer. Das hier ist es, was ich wollte. Warum fühlt es sich dann plötzlich so falsch an? Was ist der Grund für Quinns merkwürdiges Verhalten? Was übersehe ich?

Meine Augen überfliegen die Umgebung. Eine alte Fabrik, so wie es aussieht. Verlassen. Vor Jahren schon. Einige zerstörte Fenster und der wilde Bewuchs auf dem Grundstück sprechen eine ziemlich eindeutige Sprache.

Mit klopfendem Herzen lasse ich mich bereitwillig in das Gebäude führen. Am Eingang steht noch jemand und ich brauche einen kurzen Moment, um sie zu erkennen. Bekka. Die Haare straff nach hinten gebunden und ganz ungewohnt in einen schwarzen Blazer gekleidet lächelt sie mich an. Ich weiß nicht, warum, aber ihre Anwesenheit beruhigt mich ein bisschen.

Bekka nimmt mich in Empfang, prüft grob meine Erscheinung und zupft meine Garderobe ein wenig zurecht.

»Geht's dir gut?«, fragt sie und ich nicke leicht.

»Ich denke schon.«

»Es ist keine große Sache.« *Macht sie mir gerade wirklich Mut?* »Du schaffst das.«

Wesentlich sicherer als ihre Kolleginnen zuvor führt sie mich durch schmale Gänge, morsche Türen und schließlich hinein in eine große Halle. Platten, die bereits an mehreren Stellen beschädigt sind, bilden das Dach und erzeugen ein Spiel aus Licht und Schatten im Raum. Der Boden besteht aus einer Mischung aus Schutt, Moos und allerlei Unrat. Nur eine kreisrunde Stelle ist penibel gesäubert. Hier ist der Boden intakt und um diese Stelle sind sechs Personen in schwarzen Mänteln aufgereiht wie Kerzen auf einer Geburtstagstorte.

Irritiert bleibe ich stehen und lasse die merkwürdige Szene für einen Moment auf mich wirken, als einer von ihnen den Kopf hebt und mich ansieht. Ezra!

Während Bekka sich eilig entfernt, löst er sich aus der Gruppe und kommt zu mir. »Du musst deine Schuhe ausziehen und in den Kreis treten.«

Mein Mund ist plötzlich trocken und ich halte ihn fest, als er sich bereits wieder abwenden will. Mein Magen schmerzt und meine Gedärme verknoten sich. »Was passiert ... genau?«

»Zweifel?« Seine Stimme klingt ein wenig spöttisch und er hebt eine Augenbraue.

»Sag mir einfach, was gleich passieren wird«, sage ich lauter als beabsichtigt und ziehe die Aufmerksamkeit der übrigen Mantelträger auf mich.

»Wir bitten die Obersten, dich in unseren Kreis aufzunehmen. Wenn sie der Meinung sind, dass du dieses Privilegs würdig bist, wird die Einweihung erfolgen.«

»Und wie?«

»Du verwandelst dich.«

»Du hast gesagt, du wüsstest nicht, ob das überhaupt funktionieren würde!«

»Dieses eine Mal ganz sicher, es ist fester Bestandteil des Rituals. Nur mit dieser Verwandlung bist du wirklich eine von uns. Ob du es danach noch einmal schaffst, dafür gebe ich dir keine Garantie.«

»Was ... was passiert, wenn die Obersten nicht bereit sind, mich in euren Kreis aufzunehmen?«

»Dann stirbst du.« Es klingt stumpf, doch ich höre die Anspannung in seiner Stimme. Eine Anspannung, die meine Angst weiter schürt, und plötzlich verstehe ich, warum Quinn nicht zu Scherzen aufgelegt war. Dabei kann ich nicht einmal behaupten, er hätte mich nicht vorgewarnt. Ich erinnere mich, dass er dieses Argument angeführt hat. Zu diesem Zeitpunkt war es mir egal. Weit weg. Eine Gefahr, die ich leicht ignorieren konnte. Doch kann ich das jetzt auch noch? Wie stehen meine Chancen, diese Halle als Celesta zu verlassen?

»Zieh bitte deine Schuhe aus und leg den Schmuck ab. Den Gürtel auch«, raunt Ezra und seine Stimme ist ein wenig rauer als sonst.

Ich hole tief Luft, schließe kurz die Augen und nicke. Gehorsam befreie ich mich von der Kette, dem Gürtel und den Schuhen und betrete den Kreis durch die Lücke, die Ezra anschließend wieder schließt. Mein Herz schlägt Kapriolen und mir ist schwindelig, als die sechs Männer in einen Singsang verfallen, von dem ich kein Wort verstehe.

Nach nur wenigen Augenblicken verändert sich die Stimmung in der alten Halle und die Damen, die mich hergebracht haben, ziehen sich zurück. Wind kommt auf, aber ich kann nicht bestimmen, woher. Er zerzaust meine Haare und lässt mich frösteln. Ich schlinge die Arme um mich und behalte sowohl die Männer als auch das Gebäude im Blick. Alles klappert. Scharfkantige Teile lösen sich und wirbeln umher, haarscharf an meinem Gesicht vorbei. Der Singsang wird lauter und plötzlich zuckt ein tiefes Dröhnen durch mein Hirn. Der Schmerz folgt auf dem Fuße und lässt mich zusammensacken. Ich presse die Handflächen auf meine Ohren, als könnte ich damit meinen Kopf davon abhalten, zu zerbersten.

Da sind Bilder. Nicht um mich herum, sondern in mir drin. Sie zucken wie verzerrte Ausschnitte hinter meinen geschlossenen Lidern durch die Dunkelheit. Ich sehe mich – klein. Unschuldig. Glücklich. Fröhlich. Und ich sehe meine Mum. Sie lacht. Beinahe hatte ich vergessen, wie schön sie war. Der Schmerz der Erinnerung trifft mich fast noch härter als der körperliche. Weitere Bilder brechen über mich herein. Federn. Meine Eltern. Und dann ist meine Mum fort und Einsamkeit hat ihren Platz eingenommen. All die Angst und die Unsicherheit kehren zurück. Sie schleudern mich zurück in eine Zeit, die ich niemals mehr erleben wollte.

Ich hebe den Blick, Hilfe suchend. Ist das normal? Oder gut? Oder ein schlechtes Zeichen? Ich möchte Ezras Namen rufen, doch meine Kehle brennt wie Feuer. Und es breitet sich aus, mein Rückgrat hinab und hinein in alle Organe. Ich habe Mühe zu atmen, meine Muskeln fühlen sich an, als würden sie sich auflösen. Ich will schreien, doch mehr als ein Wimmern bringe ich nicht zustande.

Ich presse die Lider aufeinander und wehre mich gegen den Schleier aus Erinnerungen, doch sie sind erbarmungslos. Und dann sehe ich etwas, das mir buchstäblich das Herz stocken lässt. Ich reiße die Augen auf, falle rückwärts auf den harten Boden und keuche. Das kann unmöglich wahr sein. Nein!

Ich will raus. Nein, ich muss hier raus! Tränen rinnen in Sturzbächen über meine Wangen, als ich auf allen vieren Hilfe suchend auf einen von ihnen zu krieche, doch eine unsichtbare Mauer hält mich auf. Und keiner der Männer schenkt mir Beachtung.

Der Schmerz übermannt mich erneut und ich sacke keuchend auf den Boden, krümme mich unter Krämpfen, die ich nicht beherrschen kann. Mit einem gewaltigen, alles durchdringenden Geräusch gibt irgendetwas in mir nach. Ein Knochen? Gleißender Schmerz presst mir die Luft aus der Lunge. Und er endet nicht – bis ich das Gefühl habe, bei lebendigem Leib zerrissen zu werden. Ich schreie, winsele, flehe, doch noch immer dringt der Singsang erbarmungslos an mein Ohr.

In einem letzten Aufbäumen gebe ich dem Schmerz kreischend nach, erwarte den nächsten, bin bereit. Doch er bleibt aus.

Ich wage kaum zu hoffen, es überstanden zu haben. Wahrscheinlich bin ich einfach tot oder zumindest so gut wie. Vielleicht eine gnädige Ohnmacht oder Ähnliches. Aber ich kann mich fühlen. Es ist anders als sonst, jedoch nicht weniger echt.

Zögerlich öffne ich die Augen und sehe den Boden direkt vor mir gestochen scharf. Ich kann jedes winzige Staubkorn sehen, jedes Partikel in der Luft. Ich rieche das Moos, den strengen Geruch des abgestandenen Regenwassers und sie, die anderen um mich herum. Vorsichtig richte ich mich auf und blicke auf meine Hände hinunter, entdecke statt des gewohnten Bildes allerdings eine Pranke. Erschrocken fahre ich zurück. Das Kleid hängt in Fetzen an einem muskulösen Körper, in dem augenscheinlich *ich* stecke. Hektisch taste ich mich ab, doch es ist wahr. Ich bin kein Mensch mehr. Ich bin wie Ezra. Wie das Wesen, das in seinem Zimmer ganz plötzlich anstelle von ihm vor mir stand. Ich bin eine Celesta.

Und ich spüre eine neue, eine unbeschreibliche Kraft, die mich durchströmt. Für den Moment herrscht absolute Stille in der Halle, als würden alle gebannt auf irgendetwas warten. Ich sehe in ihre Gesichter und als sie den Kopf heben, tue ich es auch. Und von dort oben, aus dem Nichts, regnen plötzlich Federn auf mich herab. Wie in meinen Träumen. Federn. Unmengen von Federn. Und dann, zischend wie ein Pfeil, dringt eine besonders große Feder beinahe einen Zentimeter tief in den massiven Beton direkt vor meinen Füßen ein. Sie glimmt und glüht und glitzernde Partikel regnen um sie herum auf den Boden. Ich weiche zurück, doch Ezra tritt vor, zieht sie heraus und lächelt.

»Willkommen«, flüstert er und rammt mir die Feder ohne Vorwarnung in die Brust.

***

Ich fahre schreiend hoch und weiß weder, wo ich bin, noch irgendwas von dem, was passiert ist. Ich bin verwirrt und nur ein paar Bilder von Federn und Männern in Mänteln wabern durch meinen Kopf. Wo bin ich? Da ist eine Decke, ein Bett, bekannte Wände um mich herum. Und dann erinnere ich mich.

Keuchend starre ich auf meine Finger. Normal. Mit einer beklemmenden Angst in meiner Brust reiße ich das Shirt, das meinen Oberkörper bedeckt, weit genug herunter, um einen Blick auf die Stelle werfen zu können, aus der vor wenigen Augenblicken noch Blut hervorgequollen ist. Nun zeugt nur ein winziger silbriger Punkt davon, dass ich mir das alles nicht nur eingebildet habe.

»Beruhig dich. Du hast es überstanden. Alles ist in Ordnung, hörst du?« Quinns Stimme ist direkt neben mir und ich fahre herum, habe keine Ahnung, ob ich mich an ihn klammern oder ihn umbringen soll.

»Wa… was …?«, stammle ich und rutsche von ihm weg. Mit betont ruhigen Bewegungen stellt er das Wasserglas beiseite, das er mir reichen wollte, und achtet penibel darauf, dass ich jede seiner Bewegungen genau verfolgen kann.

»Du hast das Ritual mit Bravour überstanden.«

»Ezra … er … er wollte mich umbringen.« Mein Blick huscht durchs Zimmer. Ich will sichergehen, dass er nicht hier ist.

»Das gehört dazu. Er wollte dich nicht umbringen. Er hat die Feder mit dir verbunden.«

»Er hat … scheiße, was?«

»Die Feder. Du erinnerst dich?« Schwach leuchtet ein Bild vor meinem inneren Auge auf. »Jeder Celesta hat eine solche Feder. Sie ist von größter Bedeutung für euch. Sie ist die Quelle eurer Macht und muss mit euch verbunden werden. Das geht leider nur auf diese eine Weise. Es muss mit Blut besiegelt werden.«

»Und Blut aus der Fingerspitze hätte es nicht getan?« Ich bin noch immer aufgebracht und nicht bereit, das Ganze einfach so zu vergessen.

»Im Grunde schon, aber Ezra musste dich zurückholen. Da du nicht weißt, wie du das allein bewerkstelligst, war das die effektivste Methode.«

»Indem er mich beinahe umbringt?«

»Es gehört sehr viel mehr dazu, dich jetzt noch zu töten. Es war nur eine Feder, Emma.«

Ich hebe eine Augenbraue. »Wie hoch war die Wahrscheinlichkeit, dass ich sterbe?«

Er schweigt und presst die Lippen zusammen. Antwort genug.

»Deshalb warst du so komisch.«

Er lacht.

»Du hättest etwas sagen können.«

»Hätte dich das von deiner Entscheidung abgebracht?«

Ich schüttle den Kopf. »Warum hat Ezra nichts gesagt? Es wäre ein Argument gewesen, über das ich zumindest nachgedacht hätte.«

Quinn steht von der Bettkante auf und reibt sich über die Augen. Er sieht müde aus. Verdammt müde. »Er hat doch etwas gesagt.«

»Er hat gesagt, es besteht die *Möglichkeit*, dass ich sterbe. Nicht, dass sie die wahrscheinlichere von beiden ist.«

»Frag ihn am besten selbst. Ich habe ehrlich gesagt damit gerechnet, dass er versucht, dich damit von dieser Idee abzubringen.«

»Warum hast du nichts gesagt?«, will ich wissen und meine Stimme ist leiser als zuvor.

»Als du es mir vorgeschlagen hast, hast du gewusst, dass ich sterben könnte. Du bist bewusst das Risiko eingegangen. Du hast gewusst, dass ich verzweifelt genug war, alles zu versuchen.«

Er nickt, hält meinem Blick aber stand.

»Genau, ich hab gewusst, wie verzweifelt du warst. Und ich war nicht bereit, mir weiterhin mit anzusehen, wie du jeden Tag ein bisschen gestorben bist. Ich bin das Risiko eingegangen, dass du draufgehst. Glaub aber nicht, es wäre leicht gewesen.«

Er schiebt die Hände in die Hosentaschen und sein Blick bleibt am Fenster hängen.

»Danke, Quinn.«

Verwirrt schaut er mich an.

»Ezra hätte diese Entscheidung niemals getroffen. Er hätte mir nie davon erzählt. Danke, dass du es getan hast.«

Das meine ich ernst. Er hat eine unbequeme Entscheidung getroffen. Eine, für die er sicher jede Menge Ärger mit Ezra riskiert hat. Er wusste, dass ich in jedem Fall das Risiko eingehen würde und dass Ezra höchstwahrscheinlich ihm die Schuld gegeben hätte, wäre es schiefgegangen.

Quinn nickt einfach nur. Offener Dank und das Gerede über diese Sache scheinen nicht so seine Sache zu sein. Er zieht die Hände aus den Hosentaschen, dreht sich um und schlendert hinüber zum Schreibtisch, wo er vorsichtig eine hölzerne Schatulle in beide Hände nimmt und sie mir fast ehrfürchtig reicht. »Jeder neue Celesta darf sie sehen, bevor sie archiviert wird.«

Ich nehme die Schatulle an mich und entdecke die Feder aus der Lagerhalle hinter einer dicken, glänzenden Glasscheibe. Vorsichtig öffne ich den Deckel und hebe sie aus ihrem schwarzen, samtigen Bett. »Archiviert?«

»Die Arks werden anonymisiert aufbewahrt.«

»Ich versteh kein Wort, Quinn.« Mir brummt der Schädel. »Was ist ein Ark?«

»Die Feder ist ein Ark. Jeder Clan hat einen anderen. Bei euch ist es die Feder.«

»Was ist es bei euch?« Er hat mir zwar nicht verraten, *was* genau er denn nun ist, aber vielleicht ist genau das hier der passende Moment, mehr darüber herauszufinden.

»Ein anderes Mal vielleicht, Emma.«

Er lächelt schief und weiß ganz genau, was ich vorhabe. *Ein anderes Mal* ist einfach nur eine diplomatische Umschreibung für *nie*. Fein, für den Moment hat er gewonnen.

»Warum werden sie weggeschlossen?«

Sichtlich erleichtert, dass ich das Gespräch zurück in sichere Bahnen lenke, setzt er sich neben mich und wir betrachten beide mein Ark.

»Sie sind zu wichtig. Die Feder beherbergt all deine Macht als Celesta. Würde jemand sie zerstören, wärst du nicht länger Teil der Gemeinschaft. Für immer. Du wärst dazu verdammt, das Leben eines Menschen zu führen.«

»Dazu verdammt ... Ich hab bisher genau das getan.«

»Na ja, vor gar nicht allzu langer Zeit war es die größte Strafe, die man einem Celesta auferlegen konnte. Viele wählten freiwillig den Tod.«

Ich senke den Blick auf die Feder und lasse meine Finger die feinen Härchen entlanggleiten. »Sind sie alle grau?«

»Normalerweise sind sie weiß.«

Ich hebe den Kopf und schaue ihn an.

»Dein Vater ist ein Mensch, du bist also nicht rein. Das zeigt auch dein Ark.« Er nimmt mir die Feder vorsichtig aus der Hand, lässt seine Finger beinahe ehrfürchtig über den Kiel streifen. Sie sieht riesig aus. Viel größer als eine normale Feder. »Sie nennen es Staub. Die Graufärbung.«

»Staub«, wiederhole ich und lasse das Wort auf meiner Zunge schmelzen. So wie er es sagt, klingt es nahezu zärtlich – als wäre es nicht der Makel, den alle anderen darin sehen.

Ich kann mir ziemlich gut vorstellen, wie es aus Gwendolyns oder Liams Mund klingen würde. Liam. Sofort tauchen ungebetene Bilder vor meinem inneren Auge auf und ich räuspere mich.

»Als ich ... verwandelt wurde, hab ich Bilder gesehen.«

Quinn nickt und gibt mir die Feder zurück. Behutsam lege ich sie in die Schatulle und schließe den Deckel.

»Das ist normal. Erinnerungen,«, sagt er achselzuckend.

»Wirklich alles Erinnerungen?«

Er wird hellhörig und schaut mich aufmerksam an. »Warum? Was hast du gesehen?«

»Meine Mum. Allerdings lange, nachdem sie verschwunden ist. Es kann eigentlich nicht sein und bis ich diese Bilder sah ... Es ist, als wäre es nicht meine Erinnerung.« Keine Ahnung, warum, aber ich verschweige lieber, dass auch Liam Teil dieser *Erinnerung* war. Und zwar nicht viel jünger als heute.

Quinn erhebt sich und nimmt mir die Schatulle ab. »Vielleicht eine Frau, die ihr ähnlich sah. Du musst sie verwechselt haben. Ein flüchtiger Blick. Nichts, woran du dich erinnern würdest.«

»Quinn, es war sie. Ich bin mir ganz sicher.«

»Du weißt, dass sie mit großer Wahrscheinlichkeit tot ist, oder?«

»Das weiß ich, aber niemand hat es mir jemals bestätigt. Nicht einmal Ezra. Sie ist einfach verschwunden. Was, wenn sie noch lebt? Wenn sie wegen irgendetwas fliehen musste?«

»Woah ... langsam, Emma.«

»Verstehst du nicht? Ich hab irgendwann aufgehört, daran zu glauben, dass sie noch lebt, weil ich immer davon ausgegangen bin, sie wäre zu mir zurückgekommen, wenn das der Fall wäre. Aber was, wenn sie das nicht kann?« Was, wenn *jemand* sie nicht lässt?

»Was meinst du?«

»Ich habe in den letzten Wochen viel mehr gesehen, als ich jemals für möglich gehalten hätte, und ich bin mir sicher, es gibt noch viel mehr. Meiner Erfahrung nach sind die meisten Dinge, über die nicht gesprochen wird, niemals so, wie sie zu sein scheinen. Ich glaube, da ist viel mehr, als Ezra bereit ist, mir zu sagen. Warum auch immer.«

»Emma, du steigerst dich da in etwas rein. Ezra will einfach nur keine alten Wunden aufreißen, das ist alles.«

»Aber ich habe sie gesehen!«

»Du hast *irgendwas* gesehen. Im Wahn. Du hattest wahnsinnige Schmerzen und Unmengen Adrenalin im Blut. Du kannst sonst was gesehen haben.«

»Es war meine Mutter. Und zwar NACH ihrem Verschwinden.«

Er fährt sich schnaufend mit beiden Händen über das Gesicht und die Haare, verschränkt sie im Nacken und schaut an die Decke. »Werde ich den Tag noch erleben, an dem du ein einziges Mal tust, was man von dir erwartet?« Verständnislos blinzle ich ihn an. »Ezra plant bereits dein neues Leben weit weg von hier. Was willst du ihm sagen?«

»Erst einmal gar nichts. Ich werde ihn bitten, noch ein wenig bleiben zu dürfen.«

»Nachdem du eine flammende Rede darüber gehalten hast, wie furchtbar es hier ist?«

»Mein Blickwinkel hat sich eben geändert. Außerdem bin ich keine Gefangene mehr, wenn ich das richtig verstanden habe. Ich könnte ihn bitten, an ein paar Trainingsstunden teilnehmen zu dürfen, um mich an mein neues Ich zu gewöhnen.«

»Kann ich dich von dieser fixen Idee abbringen?«

»Quinn, ich kann das doch nicht einfach so abtun. Kannst du das nicht verstehen?«

Er presst die Lippen fest zusammen und schließt für einen Moment die Augen.

»Das hier«, er greift in die Tasche seiner Jacke und ich erkenne einen glänzenden Anhänger an einer mehrfach um seine Hand geschlungenen, feingliedrigen Silberkette, »war als Abschiedsgeschenk für dich gedacht.« Wie vor den Kopf gestoßen starre ich auf das Geschenk und in Ermangelung einer Reaktion meinerseits spricht er weiter. »Ich war am Tag nach dem Brand noch einmal in deiner Wohnung.«

Ich blinzle und meine Kehle wird eng. »Aber du hast mich doch bewacht.«

»Du hast lange geschlafen.«

»Warum warst du dort?«

»Eigentlich um sicherzugehen, dass die Polizei und die Feuerwehr nichts finden, was uns in Schwierigkeiten bringen könnte. Und dann fand ich das hier.« Er lässt den Anhänger in meine Handfläche sinken und das Licht bricht sich in dessen geschwungenem Glas. Ich kenne dieses filigrane Gebilde. Ich kenne es so gut wie keinen Gegenstand sonst auf der Welt.

»Das ist Mums Parfumphiole.«

Seit ich mich erinnern kann, lag auf dem Nachttisch meiner Mutter diese winzige Phiole mit ihrem liebsten Parfum. Sie enthielt nur ein paar wenige Tropfen und musste ständig nachgefüllt werden, doch sie glänzte und schimmerte immer wie Feenlicht. So hat sie es genannt. Feenlicht. *Jeden Abend einen Tropfen Feenlicht für meinen Engel,* hat sie gesagt und mir immer vor dem Zubettgehen einen Tropfen auf die Stirn getupft. Mit ihrem Geruch in der Nase bin ich eingeschlafen. Als sie fort war, hab ich die Phiole an mich genommen und aufbewahrt, aber niemals mehr geöffnet. Ich hatte Angst, dass auch das Letzte von ihr irgendwann fort sein könnte.

Genau diese Phiole, gefasst in eine schöne, schlichte Halterung, hängt nun an der Kette direkt vor mir und ich greife zögerlich danach. Meine Finger zittern leicht, weil ich es kaum glauben kann. Ich dachte, ich hätte im Feuer alles verloren.

»Ich hatte gehofft, du würdest dich freuen. Sie lag da, als hätte das Feuer sie nicht einmal berührt.«

Das Glas fühlt sich warm an, als ich meine Finger darum schließe und mit tränenverschleiertem Blick auf das *Feenlicht* schaue. Mein Herz schmerzt vor Freude und Rührung.

»Danke«, wispere ich und bin für einen Moment nah dran, aufzuspringen und ihm weinend um den Hals zu fallen. Nur mit Mühe kann ich mich davon abhalten. Niemals hätte ich ihm eine solche Geste zugetraut. Wie konnte er wissen, was dieses unscheinbare Ding für mich bedeutet?

»Soll ich ... sie dir umlegen?«, fragt er mit kratziger Stimme, woraufhin ich zögerlich nicke, aufstehe, die Kette in seine Hand gleiten lasse und ihm den Rücken zudrehe. Mit der rechten Hand fasse ich meine Haare zu einem lockeren Zopf und lege meinen Nacken frei.

Nur Sekunden später spüre ich ihn. Keine Berührung, sondern seine Wärme und eine Spannung, die ich nicht beschreiben kann. Etwas, das sich bekannt und fremd zugleich anfühlt. Es ist das erste Mal, dass ich ihm so nah bin, ohne dass einer von uns kurz davorsteht, den anderen umzubringen. Bisher war ich immer erfüllt von Wut oder Angst, doch nun ist da nur dieses Gefühl, das leicht und weich durch meine Adern strömt und mich wärmt. Wie ein Feuer. Eines, das leise und beständig lodert, berechenbar und gezähmt. Zumindest bis ich seinen warmen Atem auf meiner Haut spüre und die Flammen höherschlagen. Die feinen Härchen in meinem Nacken und auf meinen Armen stellen sich auf, eine zarte, kaum sichtbare Gänsehaut überzieht meinen ganzen Körper und ich schlucke schwer.

»Alles in Ordnung?«, raunt er leise. Seine Stimme ist rau und so verdammt nah, dass ich meine, jeden Moment seine Lippen auf meinem Hals spüren zu können. Etwas, das mich eigentlich zurückschrecken und Abstand suchen lassen sollte. Quinn ist sicher niemand, bei dem solche Gedanken angebracht sind. Er ist ... Ich habe keine Ahnung, was er ist.

Bisher konnte ich ähnliche Empfindungen ihm gegenüber auf die äußeren Umstände schieben. Das Herzklopfen, wenn er dicht vor mir stand, auf Angst oder Wut. Nun aber ist da nichts von beidem und mein Herz stolpert trotzdem wie verrückt. Ich möchte diesen kleinen, diesen winzigen Schritt zurückmachen, mich umwenden, dicht vor ihm stehen, ihn ansehen und ... Ich schließe für einen Moment die Augen und verbiete mir, weiterzudenken oder dieses absurde Vorhaben vielleicht sogar noch in die Tat umzusetzen.

Das leise Klicken des Verschlusses holt mich auf den Boden der Tatsachen zurück und reißt mich aus diesem merkwürdigen Tagtraum heraus. Ich lockere den Griff um meine Haare, sodass sie wieder offen um meine Schultern fallen, und entferne mich etwas zu eilig einige Schritte von ihm. Obwohl ich seinen argwöhnischen Blick auf mir spüre, vermeide ich direkten Blickkontakt und drehe stattdessen konzentriert die Phiole zwischen Daumen und Zeigefinger.

»Ich bin nur unglaublich glücklich, das hier wiederzuhaben. Das ist wirklich ... nett von dir.« Das klingt selbst in meinen Ohren dumm, doch ich bin verdammt verwirrt und weiß nicht, was ich sagen soll. *Der Tag war lang,* rede ich mir ein. *Und dieses Geschenk hat an meinen ohnehin überstrapazierten Nerven gerüttelt. Morgen wird wieder alles so sein wie immer.*

Quinn legt den Kopf schräg und presst die Lippen zu einer schmalen, aber dennoch amüsierten Linie zusammen. Er schiebt die Hände in die Hosentaschen und scheint auf irgendwas zu warten.

»Ich ... sollte mich ausruhen, oder?«, frage ich und wäre ihm wirklich sehr dankbar, wenn er den Wink mit dem Zaunpfahl verstehen und gehen würde. Und tatsächlich nickt er – sehr langsam und mit diesem ganz bestimmten Glanz in den Augen. Allerdings bleibt er genau da, wo er ist, und ich weiß kaum, wohin ich sehen soll.

»Du wirkst nervös, Emma.«

»Mir geht's gut.« Hektisch schüttle ich den Kopf.

»Du zitterst aber.«

»Es war ein langer Tag. Ich bin müde.«

»Deine Wangen sind ganz rot.«

»Ich sagte doch, ich bin müde.«

»Aber ...«

»Herrgott, Quinn, halt einfach die Klappe«, fauche ich patzig und erreiche damit genau das Gegenteil von dem, was ich eigentlich erreichen wollte. Er hat meine Schwäche erkannt und er ist niemand, der das unter den Teppich kehren würde.

»Mache ich Sie nervös, Miss Parker?« Seine Stimme ist noch ein wenig tiefer und vibriert in meiner Magengrube. Ich balle die Hände zu Fäusten und schlucke schwer.

»Mach dich nicht lächerlich«, murre ich leicht angefressen und er grinst schelmisch wie ein kleiner Junge. Ein absolut unverfälschtes Lächeln. Keine Spur von seiner sonst so beherrschten und geheimnisvollen Fassade, auch wenn sie schnell wieder da ist.

»Eine Einweihung kann verwirrend sein«, murmelt er rau und wie zu meiner Beruhigung.

»Ich bin nicht verwirrt.«

Unbedarft macht er einen Schritt auf mich zu und ich weiche hektisch zurück, stoße gegen den Tisch und stemme die Hände gegen seine Brust, um ihn auf Abstand zu halten. Ich spüre seinen Herzschlag unter meinen Fingern und schlucke schwer. Ein Prickeln breitet sich in mir aus, lähmt meine Muskeln, macht sie auf eine angenehme Art schwer, flutet mich von Kopf bis Fuß. Quinn lehnt sich noch etwas weiter vor, sodass unsere Lippen nur noch Millimeter voneinander entfernt sind. Ich halte dem Blick aus seinen viel zu intensiven Augen nur mit Mühe stand und kann nicht denken. Ich weiß nicht, was ich tun soll. Ich weiß nicht einmal, was ich tun will. Quinns Blick senkt sich auf meine Lippen und seine verziehen sich zu einem Lächeln.

»Das hier«, raunt er so nah, dass ich seinen Atem spüren kann, »brauche ich noch.« Er greift nach der hinter mir auf dem Tisch liegenden Schatulle, macht einen Schritt zurück, hält sie hoch und grinst noch breiter. Mit der dämlichen Schatulle unter dem Arm wendet er sich ab und verlässt, ohne ein weiteres Wort oder einen weiteren Blick, mein Zimmer.

***

Ich bin nicht verwirrt. Ganz und gar nicht. Trotzdem liege ich hellwach im Bett und versuche, meine sich überschlagenden Gedanken zu sortieren. Plötzlich ist alles so klar. Als hätte ich bisher im Nebel gelebt und wäre lediglich in der Lage gewesen, einen winzigen Ausschnitt scharf zu sehen. Nun aber erkenne ich alles. Ich höre alles. Rieche alles. Mein Zimmer ist erfüllt von Tausenden neuen Eindrücken und es fiel mir noch nie so leicht, mich zu konzentrieren. Kein Gedanke mehr, der auf Wanderschaft geht. Was natürlich nicht heißt, dass sich auf einmal all meine Probleme quasi von selbst lösen. Nein, sie sind nach wie vor da, allerdings nicht mehr als unordentlicher Haufen, sondern deutlich. Viel zu deutlich. Und zum groß Teil weiterhin unlösbar. Ich weiß weder, was ich in Bezug auf meine Mutter tun soll, noch, welche Rolle Ezra, Quinn und die anderen wirklich spielen. Ich bin nicht schlauer als vorher, aber ich bin bereit, das zu ändern. Ich weiß nun genau, was ich tun will – nein, was ich tun muss, wenn ich meinem Leben eine Richtung geben und diese Chance nutzen will. Ich habe diese unglaubliche Zukunft vor mir. Ich bin nicht länger ein Mensch, sondern Teil einer Gemeinschaft. Einer übernatürlichen Gemeinschaft, die nur so übersprudelt vor Geheimnissen. Allen voran das große Geheimnis, das mein Leben so stark geprägt hat.

Fünfzehn

Irgendwann bringe ich es fertig, einzuschlafen – nachdem ich die halbe Nacht damit zugebracht habe, Fragen in eines der halb leeren Notizbücher meiner Mutter zu kritzeln, sie umzuformulieren, durchzustreichen und erneut aufzuschreiben.

Ich muss versuchen, so etwas wie eine Linie zu finden, einen Plan. Ich muss es verstehen und irgendwo einen Anfang finden. Ich muss herausfinden, wo ich stehe und wer mir helfen kann. Und ich muss schlafen. Das ist mir spätestens zu dem Zeitpunkt klar, als ich mir beinahe ein Auge am Bleistift aussteche.

Gähnend lege ich das Buch beiseite, lösche das Licht und ziehe mir die Decke bis zu den Ohren. Noch ehe ich mich eingerollt habe, schlafe ich und träume meinen ersten Traum als eine von ihnen.

***

Ein ruppiges Klopfen an meiner Tür reißt mich unsanft aus dem Schlaf und ich sitze kerzengerade im Bett, pule mir einige Haare aus dem Mund und wische eine feuchte Stelle von meiner Wange.

»Wer ist da?«, rufe ich verschlafen und gähne herzhaft.

»Quinn. Darf ich reinkommen?«

»Nein!« Sofort bin ich hellwach, springe aus dem Bett und sammle meine Klamotten vom Boden auf. »Was ... willst du so früh hier?«

»Dich zum Frühstück abholen.«

Einbeinig versuche ich, den rechten Fuß in das Hosenbein zu befördern, und kippe dabei auf die Seite. Hmm, einen Zuwachs an Eleganz hat die Verwandlung schon mal nicht mit sich gebracht.

»Seit wann frühstücken wir zusammen?«, will ich am Boden liegend wissen.

»Ezra hat mich gebeten, dafür zu sorgen, dass du dich nicht wieder so gehen lässt.«

Knurrend ziehe ich die Hose hoch und fische nach einem frischen Shirt. »Sind das deine Worte oder seine?«

»Die Kernaussage ist dieselbe.«

»Also deine Worte.«

Vor der Tür herrscht Ruhe, doch ich weiß ganz genau, dass er noch da ist, und versuche vor dem Spiegel meine Haare in Form zu bringen. Schließlich entscheide ich mich für einen simplen Pferdeschwanz und öffne die Tür. Quinn hockt auf der gegenüberliegenden Fensterbank und schaut nach draußen.

»Was, wenn ich keine Lust habe auf gemeinschaftliches Frühstück?«, frage ich schnippisch und kreuze die Arme vor der Brust.

»Du hast dich gestern für die Gemeinschaft entschieden.«

»Das beinhaltet gemeinsame Mahlzeiten?«

»Das beinhaltet noch sehr viel mehr, fürchte ich. Wenn du bleiben willst, musst du dich anpassen.«

»Du klingst schon wieder wie Ezra.«

Er rümpft die Nase und springt federnd vom Fensterbrett. »Ich weiß nicht recht, ob das ein Kompliment ist oder nicht.«

»Ich mache keine Komplimente.«

»Awww, dabei war genau das mein erklärtes Tagesziel!« Theatralisch die Hände gehoben umrundet er mich, greift den Schlüssel vom Tisch, und dann liegt seine Hand ohne weitere Vorwarnung zwischen meinen Schulterblättern und er schiebt mich auf den Flur hinaus. Augenblicklich fällt die Tür mit einem Knall ins Schloss und da stehe ich. Grinsend schwenkt er den Schlüssel vor meiner Nase und zieht ihn zurück, als ich danach greifen will. »Nach dem Frühstück bekommst du ihn zurück.«

»Ich habe keinen Hunger.«

Wie um mich sofort Lügen zu strafen, knurrt mein Magen.

Quinn zieht eine Augenbraue hoch. »Kein Hunger, hmm?«

Wütend verschränke ich die Arme vor der Brust und überlege, ob ich streiten soll, aber er hat gute Laune und eine Diskussion mit mir scheint ihm viel zu großen Spaß zu machen. Also werde ich dieses dämliche Frühstück einfach hinter mich bringen und dann die ersten Punkte auf meiner Liste abarbeiten.

Ich schiebe mich wortlos an ihm vorbei und gönne ihm nicht den Triumph einer Auseinandersetzung. Trotzdem recht selbstzufrieden folgt er mir und wir stiefeln schweigend die Treppenstufen hinab.

***

Der große Saal ist bereits gut gefüllt. Der Lärm von klapperndem Geschirr und den Gesprächen etlicher Schüler schallt uns schon entgegen, lange bevor wir die Tür erreicht haben. Ich hole tief Luft und mache mich auf das übliche Prozedere gefasst – abwertende Blicke, Getuschel und Gekicher hinter meinem Rücken. Doch heute nicht. Heute scheinen sie gar nicht zu bemerken, dass ich da bin.

Ein bisschen verblüfft bleibe ich stehen und wage einen Blick in die Runde. Nur wenige Köpfe heben sich, einige Augenpaare streifen mich und ich registriere ein verhaltenes Lächeln von ein paar mehr oder weniger bekannten Mädchen. Hier und da nehme ich große Augen wahr, vereinzelt auch ungläubiges Starren, aber für die Mehrheit bin ich scheinbar unsichtbar.

Quinn stupst mich unauffällig an und ich löse mich, noch immer irritiert, aus meiner Starre, durchquere den Raum bis hinüber zur Essensausgabe, befördere ein paar Kleinigkeiten auf einen Teller und folge ihm zu einem der Tische in der hinteren Ecke. Und die ganze Zeit über lasse ich meine Umgebung nicht aus den Augen. Als ich mich setze, bemerke ich seinen amüsierten Blick. Er hat mich beobachtet.

»Du siehst aus, als würdest du auf etwas warten«, murmelt er leise und lehnt sich leicht vor.

»Sie sind so ganz anders als sonst.«

Quinn verzieht einen Mundwinkel spöttisch nach oben, greift nach dem kleinen Löffel neben der Schüssel vor sich und beginnt sein Müsli mit der Milch zu vermischen. Sehr gewissenhaft.

Endlich hört er damit auf und schaut mich wieder an. »Als du noch ein Mensch warst, haben sie deine Anwesenheit praktisch sofort gespürt, wenn du den Raum betreten hast. Sie haben dich gerochen, dich gehört. Den Klang deines Herzschlags, deinen Gang – alles ganz anders als bei ihresgleichen. Jede Faser deines Körpers hat förmlich *Mensch* geschrien. Du warst ein Fremdkörper«, erklärt er und ich brumme bei dem Wort »Fremdkörper«.

»Klingt nicht schön, beschreibt aber sehr gut das, was ich meine.«

»Und jetzt ist das anders?«

»Du bist jetzt wie sie. Erstens nehmen sie dich kaum noch wahr und zweitens wissen sie nun, dass keine Gefahr mehr von dir ausgeht. Ihr sitzt seit heute im selben Boot, könnte man sagen. Nicht nur Menschen versuchen das zu eliminieren, wovor sie Angst haben. Dieser Urinstinkt ist überall präsent. Auch hier. Du bist nicht wie sie gewesen, deshalb warst du eine Gefahr. Jetzt bist du wie sie und puff – du wirst viele neue Freunde finden.«

»Puff?«, wiederhole ich mit hochgezogener Augenbraue.

»Puff«, bestätigt Quinn grinsend und beginnt sein Müsli zu essen. Ich werfe einen Blick zur Seite und fünf oder sechs Augenpaare senken sich hektisch zurück auf die Frühstücksteller. Hhm, so unscheinbar, wie er denkt, bin ich wohl trotzdem nicht.

»Nette Theorie, aber ich hege dennoch meine Zweifel.«

»Ach ja …?« Er lehnt sich zurück und nimmt einen großen Schluck Kaffee. Dabei gleitet sein Blick über den Rand des Bechers hinweg an mir vorbei und ich folge ihm, wende mich um und entdecke Liam samt Gefolge an der Tür. Seine Aufmerksamkeit gilt eindeutig mir. Ich ziehe automatisch den Kopf ein und drehe mich sofort wieder um.

»Sonst ist er nie zu meiner Frühstückszeit aufgetaucht«, raune ich Quinn zu.

»Ist ja auch meine Frühstückszeit, nicht deine. Er kommt her.«

»Er macht WAS?«

Doch da spüre ich schon all die Blicke in meinem Rücken und wünsche mich zurück in mein Zimmer. Gestern noch habe ich gegrübelt, wie ich es anstellen soll, ein Gespräch mit ihm anzufangen, ohne dass er mir vor dem ersten Wort das Genick bricht, aber das hier geht mir dann doch ein wenig zu schnell.

»Miss Parker.«

Meine Hände sind feucht und mein Magen dreht sich um, als er meinen Namen sagt und mich angesichts der Lautstärke seiner Stimme gleich erreicht hat. Er klingt selbst jetzt nicht bedrohlich, obwohl er lediglich meinen Namen gesagt hat.

Im gesamten Saal herrscht nun Ruhe, mit Ausnahme einiger klappernder Besteckteile und eines verlegenen Räusperns irgendwo in der Nähe der Tür. Mein Herz rast und ich möchte mich am liebsten hinter Quinn verstecken, um dieser Situation auszuweichen. Was, zur Hölle, hat er vor? Warum jetzt und hier? Vielleicht will er mir im Beisein aller Schüler nahelegen, dieses Gebäude endlich zu verlassen. Was dann? Was zur Hölle mache ich dann? Meine Gedanken überschlagen sich, als ich seine immer lauter werdenden Schritte hinter mir höre und Quinn mit versteinerter Miene den Kaffeebecher zurück auf den Tisch stellt. Ich hole tief Luft, wende mich um und stehe auf. Keine Ahnung, warum. Es erscheint mir einfach höflich, nicht sitzen zu bleiben, auch wenn wir trotzdem keinesfalls auf Augenhöhe sind. Liam steht wie ein riesiger, bedrohlicher Fels vor mir. Breite Schultern. Ausgeprägte, dunkle Augenbrauen, die seine grünen Augen noch furchteinflößender wirken lassen. Augen, deren bedrohliches Funkeln entschieden dazu beitragen, dass sich die feinen Härchen auf meinen Armen aufrichten und mir ein klein wenig kälter wird.

»Miss Parker!«, wiederholt er, als wir uns nun direkt gegenüberstehen, streckt die rechte Hand aus und nimmt meine in seine. Elegant haucht er einen Kuss auf meinen Handrücken. Absolut übertrieben, aber wirksam. Ein Raunen geht durch den Saal und Quinn schnauft leise. Während ich es einfach nur höre und ignoriere, huscht Liams Blick kurz zu ihm hinüber und ein Flackern der Belustigung umspielt seine Lippen.

»Ich bin sehr erfreut, Sie nach so langer Zeit endlich förmlich begrüßen zu dürfen.«

Ich verkneife mir eine pampige Antwort und nicke nur. Noch immer hält er meine Hand fest.

»Es ist außerordentlich erfreulich, dass Sie sich dazu entschieden haben, in die Fußstapfen Ihrer Mutter zu treten und Teil der Gemeinschaft zu werden. Ich wollte Ihnen gern persönlich gratulieren und Sie offiziell willkommen heißen. Natürlich im Namen aller hier.« Er wendet sich um, will sich den Zuspruch der anderen holen und gehorsam nicken sie. Diesen Moment nutze ich, um ihm meine Hand endlich zu entziehen.

Liam bemerkt mein Unbehagen und seine Stimmung schlägt ein klein wenig um. Weniger beschwingt, ernsthafter und auch nicht mehr ganz so laut. So, als wolle er das Gespräch nur noch auf uns beide beschränken und nicht mehr den ganzen Saal daran teilhaben lassen. »Ich hoffe, wir können über den etwas ruppigen Start hinwegsehen und dass Sie Verständnis für unsere Vorbehalte gegenüber Menschen haben.«

Ich weiß, ich sollte meinen Ärger herunterschlucken und meine Rolle spielen. Aber mal ehrlich: Verständnis? Ist das sein Ernst? »Soweit ich mich erinnere, war der ‚ruppige Start' eine recht deutliche Morddrohung.«

Liam zieht scharf die Luft ein und seine Augen verengen sich zu Schlitzen. Ich beiße mir auf die Unterlippe und verfluche mich augenblicklich für diese spitze Bemerkung, doch ich halte seinem Blick stand. Im Augenwinkel sehe ich Quinn, der uns aufmerksam beobachtet. Doch ohne den geringsten Hauch von Belustigung. Im Gegenteil. Er wirkt ziemlich angespannt. Das entgeht auch Liam nicht, allerdings scheint ihm dieser Umstand zu gefallen.

Er drückt den Rücken durch und nimmt die Schultern zurück – was einen gefühlten Größenunterschied von einem halben Meter ausmacht. Aus seinem Gesicht ist jede Art von Belustigung verschwunden und er presst die Lippen zu einer schmalen Linie zusammen. Okay, ich bin offiziell eingeschüchtert.

»Die Umstände waren alles andere als optimal. *Das* verstehen Sie doch sicher?«, zischt er.

Ich räuspere mich und nicke. »Natürlich.«

»Allerdings haben Sie recht. Ich hätte Ihnen gegenüber nicht so respektlos auftreten dürfen, Mensch oder nicht. Immerhin wissen wir alle, *wer* Ihre Mutter war und welch großen Verlust ihr Verschwinden für uns alle bedeutet hat.« Seine Worte versetzen mir einen Stich und ich bin kaum in der Lage, mich zu bewegen. Er spielt mich aus. Und zwar ziemlich gut. »Ich kann mir kaum vorstellen, wie groß Ihr Verlust war, Miss Parker. Die Mutter in einem so zarten Alter zu verlieren ...« Seine Stimme trieft vor Betroffenheit. Das Problem ist nur: Ich glaube ihm nicht.

»Danke für die Anteilnahme«, knurre ich leise und meine Hände ballen sich zu Fäusten. Ein Umstand, der ihm nicht entgeht.

»Als kleine Wiedergutmachung und Zeichen meiner guten Absichten würde ich Sie gern an unserem Tisch begrüßen. Was denken Sie?«

»Oh ich ... ich bin schon mit Quinn ...«

»Ich wollte gerade gehen. Ich hab noch zig Dinge zu erledigen«, unterbricht er mich harsch und steht einen Tick zu hektisch auf. Die Hälfte seines Tabletts ist noch gefüllt.

»Na, wie passend. Miss Parker?« Liam grinst zufrieden.

Ich stehe da, lächle ihn unsicher an und schaue Quinn hinterher, der sich in Richtung Tür davonmacht, ohne mich eines weiteren Blickes zu würdigen.

»Einen klitzekleinen Moment bitte.« Eilig laufe ich ihm nach, etliche Augen im Rücken, und erwische ihn, kurz bevor er sein Tablett über den Tresen schiebt. »Was soll das?«

»Er hat dich eingeladen.«

»Ja. Und?«

»Emma, du bist jetzt eine von ihnen. Und Liam ist deine Chance, dazuzugehören. Vermassle es nicht. Und beherrsch dein loses Mundwerk ein wenig.« Damit drückt er mir meinen Zimmerschlüssel in die Hand, vermeidet jeglichen weiteren Blickkontakt, dreht sich um und geht. Er lässt mich einfach so allein in der Höhle der Löwen.

***

Das Frühstück am Tisch von Liam und seinen Speichelleckern ist ziemlich genau so, wie ich es mir vorstellt habe. Klischeehaft bis zum Umfallen. Er gibt den Ton an. Wenn er spricht, herrscht Ruhe. Wenn er einen Scherz macht, lachen sie.

Gwendolyn stochert lustlos auf ihrem Teller herum und wirft mir hin und wieder vernichtende Blicke zu. Ich sitze keine fünf Minuten bei ihnen und möchte schon schreiend davonlaufen oder mich zumindest unsichtbar machen.

Ich bin niemand, der ein Problem mit Aufmerksamkeit hätte – nicht übertrieben schüchtern oder zurückhaltend. Ich sage meistens das, was ich denke, egal, wer am Tisch sitzt. Jetzt allerdings käme ich nicht einmal dann zu Wort, wenn ich könnte, schlicht und ergreifend, weil es nicht zu Liams Plan gehört.

Ich durchschaue ihn. Es geht hier nur am Rande um mich. Es ist ihm egal, wer ich bin oder wie ich über bestimmte Dinge denke. Er hat auch kein großes Interesse daran, welche Meinung ich zu Themen habe, die er anspricht. Nein, ich sitze hier, weil ich Emma Parker bin. Die Tochter meiner Mutter. Ich bin ein Accessoire, eine Marionette, die er geschickt vorführt. Was immer Liam sich davon verspricht, er hat keinerlei Interesse an mir als Person. Wohl aber daran, es genau danach aussehen zu lassen. Und keinesfalls ist er einfach nur nett. Vor ein paar Wochen hätte er mir wahrscheinlich, ohne mit der Wimper zu zucken, das Herz aus der Brust gerissen und jetzt fragt er mich nach meiner Lebensgeschichte.

Er stellt belanglose Fragen. Nett verpackt und unverfänglich. Nichts, wodurch er Schaden nehmen könnte, nichts, was zu einer Auseinandersetzung führen könnte. Ich antworte vorsichtig und einsilbig, versuche die Waage zu halten. Nicht zu wenig sagen, um nicht unhöflich zu wirken, aber auch nicht zu viel. Meine Rettung ist der ziemlich synchrone Aufbruch der Schüler, bevor der Unterricht beginnt. Gwendolyn steht auf und eine ihrer Freundinnen greift sofort nach ihrem Tablett, um es wegzubringen, während sie sich ihr kleines Täschchen über die Schulter schwingt und Liam anstrahlt.

»Begleitest du mich?«

Statt sie anzusehen, wendet er sich allerdings mir zu. Dabei hatte ich doch tatsächlich die Hoffnung, ich wäre aus dem Schneider. »Was denken Sie, Miss Parker, oder darf ich Emma sagen?«

Gwendolyn bläht die Nasenflügel auf und ihre Augen werden klein.

»Emma ist okay«, nicke ich notgedrungen.

»Würden Sie gern am Unterricht teilnehmen? Sie werden sicher ein wenig Hilfe brauchen, um sich mit all den neuen Umständen in Ihrem Leben zurechtzufinden.«

»Nun, darüber wollte ich noch mit Ezra sprechen.«

»Wie schön. Ich begleite Sie!«

»Liam!«, faucht Gwendolyn empört und ich wittere einen handfesten Streit.

»Das ist ... sehr nett, wirklich. Aber ich muss heute noch so viele Dinge erledigen, dass ich gar nicht weiß, was ich zuerst machen soll. Ich brauche wohl erst einmal ein wenig ... Zeit für mich.« Eine Abfuhr. Wenn auch eine für meine Verhältnisse sehr nette.

»Natürlich«, ist seine knappe Antwort und er neigt ganz leicht den Kopf. »Wenn Sie Hilfe brauchen, stehe ich Ihnen gern zur Verfügung. Jederzeit.«

»Danke sehr.«

Mit einem knappen Nicken wendet er sich ab und Gwendolyn nimmt ihn sofort in Beschlag. Ich kann ihr Gekeife noch hören, als sie den Saal schon längst verlassen haben.

***

Anstatt zurück ins Zimmer zu gehen, mache ich mich gleich auf den Weg zu Ezra. Zu meinem großen Glück ist er da und erkundigt sich in seiner gewohnt besorgten Art nach meinem Wohlergehen. Ob ich mich gut fühlen würde oder Schmerzen hätte, irgendwelche untypischen Veränderungen beobachtet hätte. Mhh, was sind wohl »untypische Veränderungen«?

Ich erzähle ihm von meiner veränderten Wahrnehmung und er weist mich darauf hin, dass das nur vorübergehend sein wird. Eine Art Nachwirkung der Verwandlung und ein Privileg, das den Celesta nur in ihrer nichtmenschlichen Gestalt zur Verfügung steht und normalerweise wenige Stunden danach verschwindet. Das enttäuscht mich. Immerhin ist es nicht wahrscheinlich, dass ich mich jemals wieder werde verwandeln können.

Ansonsten kann ich ihm glaubhaft versichern, dass es mir gut geht und ich mich bester Gesundheit erfreue. Als ich ihm vorsichtig eröffne, dass ich nun doch gern noch ein Weilchen bleiben würde, nimmt er es weit weniger misstrauisch auf als erwartet.

»Ich wollte dich ohnehin darauf ansprechen«, räumt er ein und schiebt einen Stapel Unterlagen in ein Fach unter seinem Schreibtisch. »Es schadet wohl nicht, wenn du dich zumindest ein paar Tage mit deinem neuen Dasein auseinandersetzt. Vielleicht ein bisschen Training, ein paar wichtige Hinweise. Das alles wird den Einstieg in dein neues Leben viel einfacher machen.«

Ich bin so erleichtert, dass ich aufpassen muss, nicht dümmlich zu grinsen. Der Vorwand, mich an mein neues Ich gewöhnen zu müssen, verschafft mir Zeit. Vielleicht sogar ein wenig Zeit mit ihm, um ihn nach meiner Mutter auszufragen. Nicht jetzt gleich, denn das wäre wohl etwas zu offensichtlich. Um ihr Verschwinden wird ein solches Geheimnis gemacht, dass ich keineswegs plump danach fragen darf. Ich muss vorsichtig sein und meine Augen und Ohren von nun an überall haben.

***

In den folgenden Tagen bekomme ich ein Gefühl für mein neues Leben. Ich führe plötzlich Gespräche, darf an einigen Unterrichtsstunden teilnehmen und werde nicht länger gemieden, als sei ich ansteckend. Es fühlt sich langsam wieder wie ein Leben an. Fast normal. Fast … richtig.

Bekka, sonst ja eher distanziert und geschäftig, setzt sich eines schönen Tages beim Essen sogar freiwillig neben mich und zieht damit einige neugierige Blicke auf sich. Ja, die Stimmung ist entspannter, seit ich eine von ihnen bin, aber neben mich gesetzt hat sich noch keiner.

»Bist du sicher, dass du dir das antun willst?«, frage ich leise und will ihr die Möglichkeit geben, einfach wieder zu verschwinden.

»Ist dir meine Gesellschaft unangenehm?«, fragt sie mit hochgezogener Augenbraue und schiebt sich einen Bissen ihres Brötchens in den Mund. Schnell schüttle ich den Kopf.

»Also, dann erzähl mal. Wie war die Einweihung?«

Ich lache auf und entspanne mich langsam. »Schmerzhaft. Ja wirklich, ziemlich schmerzhaft.«

»Und war es das wert?«

Ich sehe sie fragend an und sie zuckt mit den Schultern. »Ich meine, jetzt, wo du nicht mehr die große Außenseiterin bist und so.« Sie ist lauter als normal und zwinkert mir verschwörerisch zu. Ich hebe den Kopf, werfe einen Blick in die Runde und etliche Augenpaare senken sich rasch zurück auf die Teller. Ich schmunzle und Bekka lacht leise.

»So, was hast du jetzt also vor? Du siehst nicht aus, als müsstest du deinen Schulabschluss erst noch machen.« Sie schlürft ein wenig Suppe und tunkt ihr Brötchen tief in die vor Fettaugen triefende Flüssigkeit.

»Sag bloß, das hier ist eine echte Schule?«

»Was denkst du denn?«

»Keine Ahnung, Tarnung?« Bisher habe ich tatsächlich angenommen, es sei mehr eine militärische Einrichtung als eine richtige Schule.

»Nein, wir alle hier machen ganz regulär unseren Abschluss. Mit ganz normalen Schulfächern. Das Training und alles, was sich um die Celesta speziell dreht, kommt einfach nur obendrauf.«

»Eine Schule nur für Celesta«, sinniere ich und wage noch einmal einen Blick zu den anderen um uns herum. Tatsächlich sind fast alle Altersgruppen ab etwa zwölf Jahren aufwärts vertreten.

»Auch nicht für alle. Es ist eine Ehre und ein Privileg, auf die Griffin zu gehen. Die meisten können sich das nicht leisten.«

»Also alles Glückspilze hier?«

»Mehr oder weniger. Wenn du deinen Abschluss hier machst, hast du gute Chancen auf eine führende Position innerhalb der Hierarchie unseres Clans. Genau das, was Eltern sich für ihre Kinder wünschen, oder?«

Ich beobachte sie eingehend, doch sie schaut mich nicht an.

»Klingt nicht, als wäre es das, was du dir wünscht?«, mutmaße ich und Bekka lehnt sich angespannt zurück.

»Ich hab vier Geschwister – zwei ältere Schwestern, einen kleinen Bruder und noch eine kleine Schwester. Dummerweise bin ich nicht nur einigermaßen gut in der Schule gewesen, sondern hab auch noch Talent für den Nahkampf, wie es scheint. Die große Hoffnung der Familie also.« Der Sarkasmus trieft aus ihren Worten. »Dad kennt Ezra. Und er hat es doch tatsächlich geschafft, hier einen Platz für mich zu ergattern. Weil wir uns die Schulgebühren nicht leisten könnten, helfe ich Ezra hin und wieder beim Schreibkram. Oder bei solchen Angelegenheiten wie deiner Einweihung.«

Ich bin satt und schiebe mein Tablett von mir weg.

»Und dann? Ich meine, nach deinem Abschluss?«

»Wenn es nach meinen Eltern geht, folgt direkt ein Studium und dann vielleicht die Leitung des Ordens in meiner Heimatstadt. Das wäre das Größte für sie.«

Versonnen rührt sie in ihrer Suppe herum und legt den Löffel schließlich neben die Schüssel. »Ich wollte immer Lehrerin werden, weißt du?«, murmelt sie und ein Lächeln überzieht ihr Gesicht. »Ich meine, wenn es nach mir gegangen wäre.«

»Warum tust du, was sie wollen, wenn es dich nicht glücklich macht?«

»Aus Loyalität. Sie wollen das Beste für mich. Und ich habe die Voraussetzungen, es zu etwas zu bringen. Nur daran zu denken, was mich glücklich machen würde, wäre ziemlich egoistisch, nicht wahr?«

Eine interessante Sichtweise, die ich nur schwer teilen kann.

»Was ist mit dir? Ich hab gehört, du hast in einer Bar gearbeitet?«

Ich lache auf und senke den Blick. Was sich hier nicht so alles herumspricht. »Ja. Nicht besonders aufregend, ich weiß.«

»Unsinn. Das klingt so herrlich rebellisch.« Und ihre Augen leuchten, als würde sie das tatsächlich ernst meinen.

»Na ja, von irgendwas muss man ja schließlich die Miete zahlen, oder?«

»Ist sicher eine ganz schöne Umstellung für dich gewesen. Plötzlich hier zu sein. Vermisst du deine Freunde?«, fragt Bekka und ich senke abermals den Blick.

»Ich hatte nicht viele Freunde.« Das Lächeln, das ich auf meine Lippen zwänge, schmerzt beinahe und Bekka ist so taktvoll, nicht weiter nachzufragen.

»Du hast vorhin gesagt, du könntest Leiterin eures Ordens werden. Was ist ein Orden?« Ich wittere meine Chance, etwas mehr über die Strukturen der Celesta in Erfahrung zu bringen. Bereitwillig steigt Bekka ein.

»Wir, also die Celesta, sind der Clan. Die einzelnen Gruppen, die sich in den Städten gebildet haben, nennen wir Orden. Meistens ein paar Familien, manchmal aber auch viel mehr. Der Zusammenhalt ist sehr eng, weißt du. Wir pflegen in der Regel keine engen Kontakte zu Menschen. Unser Netzwerk sind die Orden untereinander. Man könnte sagen, sie sind überlebenswichtig.«

»Und Ezra ist der Kopf des ganzen Clans?«

Bekka nickt und nimmt einen Schluck Wasser aus ihrem Glas.

»Und da hat er seinen Sitz in einer Schule? Warum zur Hölle?«

»Weil es praktisch ist. Er hat Kontakt zur jungen zukünftigen Führungsriege des Clans und deren Eltern. Daran liegt ihm viel, wirklich.«

»Ja, schon. Ich dachte nur immer, als Anführer hätte man ... keine Ahnung, ein protziges Büro in einem großen Hochhaus oder so.«

»Und was schreibst du an die Tür? Hauptsitz der Celesta? CEO Ezra Moore?« Sie kichert in sich hinein und auch ich kann ein Schmunzeln nicht unterdrücken.

»Das heißt, Ezra kümmert sich um den gesamten Clan mit allem, was dazu gehört, und auch noch um die Leitung der Schule?«

Bekka schüttelt den Kopf und lehnt sich ein wenig vor, stützt sich mit verschränkten Armen auf der Tischplatte ab.

»Nein, den ganzen Schulkram übernimmt Cooper. Der Typ da hinten mit der Nickelbrille und der Tweetjacke.« Sie deutet an mir vorbei. Ich drehe mich um, folge ihrem ausgestreckten Finger und entdecke einen Herren mittleren Alters, dem gerade der Apfel vom Tablett gerollt ist.

»Er ist ein Freak, aber er macht seine Sache gut. Geschichtslehrer übrigens.«

Ich ziehe eine Augenbraue hoch und wende mich ihr wieder zu.

»Ich sehe schon, es gibt einiges, das ich lernen muss.«

Bekka lacht ein durchaus schönes, herzliches Lachen und greift nach ihrem Tablett. »Ich stehe für Fragen gern zur Verfügung.« Sie zwinkert mir zu, steht auf und kaum, dass sie sich einige Schritte vom Tisch entfernt hat, ertönt die Klingel und beendet die Pause.

***

In manchen Momenten, wie bei den Gesprächen mit Bekka, muss ich mir hartnäckig ins Gedächtnis rufen, was der eigentliche Grund dafür ist, dass ich noch hier bin. Es ist leicht, zu vergessen. Zu leicht. Nach all der Zeit in meiner persönlichen Hölle, nach allem, was ich verloren habe, ist dieses Fünkchen Normalität so kostbar wie Gold. Zu gern würde ich einfach so tun, als sei ich tatsächlich wirklich wie sie. Eine weiße Feder – keine graue. Ich würde zu gern lernen, was es heißt, eine Celesta zu sein. Ich möchte eine Aufgabe haben, ein Leben, einen echten Platz. Und vielleicht habe ich das auch irgendwann.

Vielleicht jage ich etwas hinterher, das es gar nicht gibt. Einem Mythos. Einer alten, verstaubten Geschichte. Mehr nicht. Aber vielleicht habe ich auch recht. Vielleicht ist das Verschwinden meiner Mutter mehr als der tragische Schicksalsschlag, an den ich immer geglaubt habe. Jahrelang, bis zu dem Tag in der alten Fabrikhalle, an dem ich sie sah, obwohl sie längst fort sein sollte. Ich kann nicht so tun, als wäre es egal. Und ich kann es nicht vergessen, mir nicht einreden, dass alles ist, wie es sein sollte. Ich kann nicht neu anfangen, wenn ihr Schatten stärker als jemals zuvor über mir schwebt. Ich muss herausfinden, was damals passiert ist, um Frieden zu finden.

Doch egal, wie geschickt ich frage, wen ich frage oder wo ich suche, wie genau ich suche – sobald ich meine Mutter anspreche, sind alle verhalten, abweisend und sehr wortkarg. Ein Fakt, der mich noch weiter in meiner Annahme bekräftigt, dass ich lange nicht alles weiß, was es über dieses Thema zu wissen gibt.

Sechzehn

Quinn geht mir aus dem Weg. Man muss kein Genie sein, um das zu bemerken. Seit dem Tag im Speisesaal meidet er mich so gut es geht. Wenn wir uns zufällig begegnen, grüßt er knapp und geht weiter. Wenn ich ihn bitte, kurz stehen zu bleiben, schiebt er irgendeine wichtige Aufgabe vor. Er kommt nicht mehr vorbei. Er taucht weder zum Frühstück noch zu sonst einer Mahlzeit auf.

Als ich Ezra nach ihm frage, legt er mir ziemlich wortkarg ans Herz, es einfach hinzunehmen. Quinn sei eben niemand, dem sonderlich viel am Kontakt mit anderen gelegen sei. Das wäre schon immer so gewesen und sei eben Teil seiner Art. Es läge ganz sicher nicht an mir. Er hätte eben gemerkt, dass seine Anwesenheit nicht länger erforderlich sei.

Nicht länger erforderlich. Seine Anwesenheit war zu keiner Zeit »erforderlich«, aber ich habe mich an ihn gewöhnt. Und auch wenn ich ein Problem damit habe, es mir einzugestehen, er fehlt mir. Irgendwie. All die anderen sehen mich erst, seit ich wie sie bin. Er ist neben Ezra der Einzige, der mich bereits vorher gesehen hat. Und es trifft mich, dass er es jetzt nicht mehr tut.

Nun könnte ich das einfach so hinnehmen. Tun, was ich eben tun muss, und akzeptieren, dass er lieber seine eigenen Wege geht und wahrscheinlich froh ist, mich los zu sein. Oder aber ich bin, wie ich nun einmal bin, und suche die direkte Konfrontation.

***

Ziemlich genau zwei Wochen nach meiner Einweihung verbringe ich die Hälfte des Tages auf einer Bank nahe dem Eingang zum Speisesaal und warte. Die Bank steht im Schatten und ich bemühe mich darum, unauffällig zu bleiben. In der Tat laufen die meisten einfach vorbei.

Und irgendwann entdecke ich ihn. Gedankenverloren schlendert er die Treppen hinunter, die Hände in den Hosentaschen und den Blick auf die eigenen Schuhspitzen geheftet. Er ignoriert all die anderen um sich herum ebenso, wie sie ihn ignorieren. Ein geübter Einzelgänger, dem die Einsamkeit offenbar nicht das Geringste ausmacht.

Als ich jedoch aufstehe und mich ihm bis auf wenige Schritte nähere, fährt er wie von der Tarantel gestochen zusammen und weicht augenblicklich ein Stück zurück.

»Was hab ich dir getan, hmm?«, presche ich los, packe ihn am Ärmel und ziehe ihn unsanft an den Rand. Weg von den neugierigen Blicken und weg von jeglicher Fluchtmöglichkeit.

»Emma ...«

»Nichts *Emma*. Glaub ja nicht, dass du dich wieder rausreden kannst. Warum gehst du mir aus dem Weg?«

»Ich geh dir nicht aus dem Weg!«

»Ach nein?« Ich baue mich vor ihm auf, verschränke die Arme vor der Brust und es ist mir egal, wie lächerlich oder erbärmlich ich wirke.

»Ich tue dir einen Gefallen«, murmelt er etwas weicher und wesentlich leiser. Das bringt mich allerdings doch ein wenig aus der Fassung.

»Einen Gefallen?«

»Ich hab jetzt keine Zeit für Erklärungen, okay?«

»Nein, verdammt, das ist nicht okay, Quinn!«

Er will sich an mir vorbeidrängen, doch ich kralle die Finger in sein Shirt.

»Bleib gefälligst hier und erklär's mir!«

»Lass mich los, Emma.«

»Erklär's mir!«, wiederhole ich lauter und denke nicht daran, ihn loszulassen.

»Du hast doch jetzt alles, was du brauchst!«, keift er mich an und ich schrecke zurück, als hätte ich mich verbrannt. Ich löse meine Hand von seinem Arm und seine Worte schmerzen doch um einiges mehr, als ich gedacht hätte.

»Ist alles in Ordnung?«

Ich erkenne die tiefe, vibrierende Stimme, noch bevor ich den feinen Glanz in Quinns Augen entdecke.

»Alles okay, keine Sorge.« Hektisch blinzelnd mache ich einen Schritt nach hinten, setze ein falsches Lächeln auf und hebe den Blick hinauf zu Liam, der nur wenige Schritte neben mir steht.

Er wirkt wenig überzeugt und rückt noch ein bisschen dichter heran. Quinn gibt sich Mühe, unbeeindruckt zu wirken, doch seine rechte Hand ist zur Faust geballt und die Muskeln seines Kiefers treten leicht hervor.

»Gut, dass ich dich hier treffe, Emma. Ich hab dich ohnehin gesucht.« Liams Tonfall ist arrogant, während er einen Seitenblick zu Quinn wirft und ein Lächeln seine Mundwinkel umspielt.

»Ach ja?« Ich muss mich zusammenreißen, um meine Abneigung nicht allzu deutlich durchklingen zu lassen. Es widerstrebt mir noch immer, zu lange in seiner Nähe zu sein.

»Ich habe für heute Abend einen Tisch in einem kleinen Lokal in der Stadt reserviert, aber Gwendolyn kann mich leider nicht begleiten. Ich dachte, du hättest vielleicht Lust, mal ein wenig hier rauszukommen?«

Jede Faser in mir wehrt sich gegen die Vorstellung, einen ganzen Abend allein mit Liam zu verbringen. Allerdings ist DAS die Chance, ihm ein paar Fragen über meine Mutter zu stellen. Er wird innerhalb dieser Mauern belagert wie ein Star, da ist es alles andere als leicht, ein einigermaßen ungestörtes Gespräch zu führen.

»Entschuldige, das klingt jetzt natürlich, als seist du die Ersatzbegleitung. So meine ich es nicht. Ich dachte nur ...«

»Schon gut!«, unterbreche ich ihn und zwinge mich, ihm nett lächelnd eine Hand auf den Arm zu legen. Obwohl ich weiß, dass Quinn noch immer hinter mir steht und ich nach wie vor dringend mit ihm reden will, wünsche ich mir in diesem Moment, er würde gehen. Ich will ihn nicht durch das eifersüchtig machen, was ich Liam vorspiele. Und ich will nicht, dass er einen falschen Eindruck von mir bekommt. Aber das hier ist meine Chance. Vielleicht meine einzige. »Ich begleite dich gern. Vielen Dank für die Einladung.«

Das ist der Punkt, an dem Quinn leise, aber zumindest für mich deutlich hörbar die Luft einzieht und verschwindet. Ohne, dass ich noch etwas sagen kann. Ohne, dass ich das hier relativieren kann. Liam lächelt sein übliches, triumphierendes Lächeln und eine Gänsehaut kriecht über meinen Rücken, während eine kleine, leise Stimme in meinem Kopf mir zuflüstert, vorsichtig zu bleiben.

***

An diesem Abend sitze ich in meinem Zimmer vor dem Spiegel, lege ein wenig Make-up auf und starre das Mädchen an, das mir entgegenblickt. Abermals komme ich mir fremd vor. Abermals habe ich das Gefühl, die Emma verraten zu haben, die ich einmal war. Immer und immer wieder. Und selbst wenn die Verabredung mit Liam keinen romantischen Gefühlen entspringt, bin ich mir doch bewusst, dass es für alle anderen genau danach aussieht, dass es für Quinn genau danach aussieht. Ich habe es in seinen Augen gesehen und es macht ihm mehr aus, als er zugeben wollte. Für ihn muss es den Eindruck erweckt haben, ich hätte ihn verraten. Im Grunde genommen habe ich genau das ja auch getan.

Ich bin, solange ich lebe, niemals manipulativ, intrigant oder berechnend gewesen. Wenn ich etwas zu sagen hatte, hab ich es gesagt. Darauf bin ich immer ziemlich stolz gewesen. Schön, ich habe ein loses Mundwerk, bin vorschnell, unüberlegt, manchmal vielleicht auch verletzend, aber ich bin immer ehrlich gewesen. Ich trage mein Herz auf der Zunge.

Aber nun mache ich mich für jemanden zurecht, mit dem ich eigentlich keine einzige Sekunde allein verbringen will. Und was noch schlimmer ist: Dass ich es doch tue, verletzt jemanden, den ich nicht verletzen will. Was, wenn Liam gar nichts weiß? Was, wenn er einfach nur ein eingebildeter Schnösel ist? Ein cooler, gut aussehender Kerl, dem alle Mädchen nachrennen? Tja, was dann?

Ich schließe die Augen und atme tief durch.

Ich habe Quinn gegenüber keinerlei Verpflichtungen. Er hat entschieden, mir aus dem Weg zu gehen. Er, nicht ich. Er hat keinen meiner Versuche, mit ihm zu reden, angenommen. Ich bin ihm also nichts schuldig und es sollte mir verdammt noch mal egal sein, was er denkt. Er sollte mir verdammt noch mal egal sein.

Dass es mir nicht egal ist, das ist das eigentliche Problem.

***

Meine Gedanken kreisen noch immer um Quinn, als Liam mich vor der Zimmertür abholt und wir gemeinsam die Treppen hinabsteigen. Ich komme nicht umhin, daran zu denken, dass das Schweigen mit Quinn nicht bedrückend ist, während das mit Liam mich beinahe erstickt. Dennoch halte ich den Kopf oben und lächle, wenn er mich ansieht. Nervös nestle ich an meiner Hose, als wir die Tür nach draußen erreichen, und ignoriere das überlaute Klopfen meines Herzens.

Bei der katastrophalen Shoppingtour mit Quinn habe ich auf festliche Kleidung keinen Wert gelegt, weshalb ich heute nicht mit dem kleinen Schwarzen punkten kann. Stattdessen trage ich eine cremefarbene Bluse, eine schwarze Stoffhose und einen legeren Blazer.

Das Auto, in dem ich mich wenig später wiederfinde, ist vollgestopft mit sinnlosem technischen Spielkram, über dessen Sinn und Funktion Liam auf dem Weg zum Restaurant einen intensiven Monolog hält. Ich heuchle Interesse, verstehe jedoch nicht einmal die Hälfte dessen, was er mir da erzählt. Als das Auto keine neuen Gesprächsthemen mehr hergibt, langweilt er mich mit aufregenden Anekdoten über Beinahekollisionen und damit, wie heldenhaft er sie zu verhindern wusste. Ich nicke höflich und weiß schon jetzt, dass der Abend furchtbar werden wird.

***

Etwa zwei Stunden später wünsche ich mir nichts sehnlicher, als die Zeit zurückzudrehen, um auf die Bitte, ihn zu begleiten, mit einem deutlichen Nein zu antworten.

Liam ist der mit Abstand am meisten von sich selbst eingenommene Mann, der mir je untergekommen ist. Und ich habe einige kennengelernt.

Unser Gespräch – wenn man es denn so nennen möchte – dreht sich vordergründig um seinen Vater, Ezras Vorgänger, und Liams Empörung darüber, noch nicht dessen Platz eingenommen zu haben. Zum Zeitpunkt seines tragischen Todes, zu dem ich ihm mein echtes Mitgefühl ausspreche, sei er noch zu jung gewesen, um seine direkte Nachfolge anzutreten. Nur deshalb hat der Rat Ezra als Oberhaupt des Clans eingesetzt. Ein Anführer auf Zeit. Nur so lange, bis Liam sich als Nachfolger würdig erwiesen hätte. Zwischenzeitlich habe er sein Studium fast beendet und sei mehr als bereit dafür, versichert er mir. Außerdem sei ihm zu Ohren gekommen, dass mehrere Eltern sich über Ezra beschwert hätten. Ein Grund mehr, warum er früher als erwartet das aktuelle Semester beenden und hier nach dem Rechten hatte sehen müssen.

Das erste Mal horche ich auf: Er ist also nicht dauerhaft im Internat? Kein Schüler! Und es kam mir nicht nur so vor, als würde er Ezra Konkurrenz machen. Quinn hatte also recht: Es brodelt.

Liam macht seinem Unmut über Ezra sehr deutlich Luft und verwickelt mich wie beiläufig in moralische und politische Diskussionen, die mich schon bald unheimlich ermüden. Ich kann ihm unmöglich sagen, wie ich wirklich denke, wenn ich mir keine Zielscheibe auf die Stirn malen will, und nicht zum ersten Mal beschleicht mich die Vermutung, dass das hier kein Date ist – kein nettes Beisammensein, um einander kennenzulernen. Es ist viel mehr und ich muss verdammt vorsichtig sein.

Ein paar Mal versuche ich, das Gespräch direkt auf seinen Vater zu lenken, doch ich erfahre weder Details zu seinem Tod noch sonst etwas Wissenswertes. Schon gar nichts über meine Mutter. Er scheint sogar noch weniger zu wissen als ich. Ich bin frustriert. Mehr als das. Immerhin hatte ich mir Antworten erhofft. Und wenn schon keine Antworten, dann zumindest Hinweise. Hinweise auf eine Lüge, auf eine Verschwörung, irgendwas, das meine Theorie unterstützen würde. Ich habe sie mit ihm gesehen, verdammt! Er muss etwas wissen! Ich muss einfach etwas herausfinden!

Beim dritten Glas Wein angekommen haben wir endlich auch das Dessert hinter uns gebracht und ich stürze den Rest der blutroten Flüssigkeit mit einem Mal hinunter. Ich will gehen, und zwar so schnell wie möglich.

»Was hast du vor? In Zukunft, meine ich?«, fragt er, als der Kellner nach unserer Bitte, zu bezahlen, davonhuscht.

Ich stocke. Die erste Frage des Abends, die sich nicht auf ihn bezieht. Betont vorsichtig zucke ich mit den Schultern und drehe den filigranen Glasstiel zwischen den Fingern. »Lernen, mit all dem umzugehen, und dann hoffentlich irgendwo ein neues Leben anfangen, schätze ich.«

»Hat Ezra herausgefunden, wer für die Anschläge verantwortlich ist?«

»Nein, bislang nicht. Aber wir hoffen, dass sich dieses Problem durch die Einweihung erledigt hat.«

Liam schnalzt missbilligend mit der Zunge. »Er ist so naiv, was das angeht. Wirklich leichtsinnig.«

»Findest du?«

»Er ist dieses ganze Thema sehr halbherzig angegangen, denkst du nicht? Er hat dich von einer extremen Situation in die nächste geworfen. Ohne das kleinste bisschen Aufklärung. Die Absicht, dich zu schützen, in allen Ehren, aber zu welchem Preis?« Er lehnt sich zurück und nippt an seinem Weinglas. »Die erste Zeit bei uns muss furchtbar gewesen sein.«

»Das war sie.« Und du hast sie nicht unbedingt besser gemacht, füge ich in Gedanken hinzu.

»Bitte glaub mir, dass meine Entschuldigung neulich aufrichtig war. Wir alle haben nicht nachvollziehen können, was Ezra vorhatte, als er dich zu uns geholt hat. Er hat uns bezüglich seiner Beweggründe vollkommen im Dunkeln gelassen.«

»Er wollte mich schützen.«

»Er hätte deine Einweihung nicht so lange aufschieben sollen.«

»Er wollte ein normales Leben für mich. Das Leben, das ich kannte.«

»Du bist eine von uns. Das kann er nicht leugnen. Jemand wie du kann niemals ein Leben als Mensch führen und damit glücklich sein. Er hat sich und dir etwas vorgemacht. Damit hat er nicht nur dich, sondern uns alle in große Gefahr gebracht.«

»Ich denke, er war sich des Risikos bewusst.«

Liam schnaubt abschätzig und leert sein Glas. »Versteh mich nicht falsch, Emma, aber einen Menschen mitten in unsere Gemeinschaft hineinzuwerfen, noch dazu einen, der nichts über uns weiß und eine unschätzbare Gefahr darstellt, ist nicht einfach nur töricht oder dumm – es ist Wahnsinn. Am ersten Abend, als du fliehen wolltest, hätte nicht viel gefehlt und Gwendolyn hätte dich umgebracht. Er hat dich damit in größere Gefahr gebracht als uns. Du glaubst gar nicht, wie stark die Unruhen deinetwegen waren. Ezra hat die Folgen seines Handelns unterschätzt. Das tut er immer. Er ist ungeeignet als Anführer.«

Womit wir wieder beim Ausgangsthema wären. Ich lächle und lehne mich vor. »Was hättest du an seiner Stelle getan?«

»Ich will ehrlich sein, Emma. Ich hätte dich nicht in die Schule bringen lassen. Ich hätte den Schutz meines Clans über dein Wohlergehen gestellt. Ich schätze Ezras Loyalität gegenüber deiner Mutter, aber in diesem Fall hat er falsch entschieden.«

»Du hättest mich also sterben lassen?«

»Ich hätte dir die Wahrheit erzählt und dir die Wahl gelassen. Die Einweihung oder die Dämonen. Ich bin mir sicher, du hättest richtig gewählt. Doch er hatte ja nicht einmal den Schneid, dir persönlich gegenüberzutreten. Stattdessen schickt er den Hund.«

»Den Hund?« Erst, als ich es ausspreche, wird mir bewusst, wen er meint. Ich fühle förmlich, wie das Blut aus meinen Wangen weicht.

»Quinn. Er ist unberechenbar, doch Ezra scheint einen Narren an ihm gefressen zu haben. Es ist nur eine Frage der Zeit, bis er sein wahres Gesicht zeigt. Er ist ein Tier und sollte als solches behandelt werden.«

Mir wird schlecht und Liam scheint tatsächlich genug Empathie zu besitzen, um zu registrieren, dass seine letzte Bemerkung nicht besonders einfühlsam war. Er richtet sich auf und neigt seufzend den Kopf zur Seite.

»Es tut mir leid, Emma. Das klang ein wenig harsch. Aber da du jetzt eine von uns bist, sollten wir aufhören, dich in Watte zu packen. Du musst die Wahrheit erfahren und endlich den Blick auf die Zukunft richten. Auf deine Zukunft als Celesta.«

Ich schlucke schwer und mein Schädel brummt. »Die ... die Wahrheit?«

»Du hast keine Ahnung, wer oder was er ist, nicht wahr? Er war nie dein Freund und wird es nie sein. Also egal, was du tust, vertrau ihm nicht. Vertrau am besten niemandem.«

Da sind sie wieder. Die Worte, die ich damals schon von Quinn gehört habe.

»Niemandem?«, frage ich mit gepresster Stimme und das Sprechen schmerzt in meiner Kehle. »Auch dir nicht?«

Er lehnt sich ein wenig vor und nickt mild, greift über den Tisch und nimmt meine Hand in seine. Nur mit Mühe kann ich mich zwingen, sie nicht sofort zurückzuziehen.

»Doch, Emma, mir kannst du vertrauen. Ich kümmere mich um meine Leute.«

Mein Mund ist staubtrocken und ich höre das Blut durch meine Adern rauschen. Meine Handflächen beginnen zu brennen und mein Atem geht flach, während ich mit zittrigen Knien den Stuhl zurückschiebe.

»Ist alles in Ordnung?«, fragt er besorgt und ich nicke viel zu hektisch.

»Ich ... bin gleich wieder da.«

Solange er in Sichtweite ist, gebe ich mir Mühe, langsam zu gehen. Ich konzentriere mich darauf, einen Fuß vor den anderen zu setzen, verschwinde um eine Ecke, sinke gegen die dunkel gestrichene Wand und lasse stoßweise die angehaltene Luft entweichen. Ein vorbeieilender Kellner beäugt mich einen Moment und macht Anstalten, nach meinem Befinden zu fragen, doch ich nicke, lächle, rapple mich auf und gehe weiter in Richtung Bad. Dort angekommen lasse ich minutenlang kaltes Wasser über meine Hände laufen und versuche, mich zu beruhigen.

Mein Plan war, ihn zu manipulieren. Ich habe angenommen, er sei leicht zu durchschauen. Ein gut aussehender Angeber, der nichts auf dem Kasten hat. Die Wahrheit ist jedoch komplizierter. Liam ist zwar ohne Zweifel ein Angeber, aber er ist clever. Er studiert jede einzelne Reaktion meinerseits auf alles, was er sagt. Er prüft meine Loyalität gegenüber Ezra und Quinn. Nicht ich manipuliere ihn, sondern er mich. Das hier ist eine einzige Farce! Vielleicht aber auch der Versuch, mich auf seine Seite zu ziehen. Unter ihnen herrscht Krieg und ich bin mittendrin. Ezra gegen Liam. Throneigner gegen Thronfolger.

Weiß Ezra davon? Weiß er, dass Liam plant, ihn möglichst bald zu ersetzen? Und wenn nicht, was soll ich tun? Ich weiß weder genug, um mich auf eine Seite schlagen zu können, noch kann ich einfach zu ihm gehen und ihm von all dem hier berichten. Es könnte ein Test sein. Ein Vertrauenstest. *Erzähl der Neuen irgendeine haarsträubende Geschichte und stell ihre Loyalität auf die Probe. Beobachte, wie sie reagiert, wenn du jemanden beleidigst, dem sie offensichtlich nahesteht.* Ich war den ganzen Abend über seine verdammte Laborratte. Er hat kleine, wohl platzierte Bomben gezündet und nun ist es an mir, zu entscheiden, wie ich darauf reagiere. Was mache ich also? Welchen Weg schlage ich ein? Was ist taktisch klug und was bricht mir, vielleicht sogar wortwörtlich, das Genick?

***

Als ich, etwas erfrischt, aber kein bisschen schlauer, zum Tisch zurückkehre, drückt Liam gerade dem Kellner das Geld in die Hand, lächelt höflich und als ich mich dazu geselle, studiert er aufmerksam und ein wenig besorgt mein Gesicht.

»Alles in Ordnung? Du warst so schnell fort«, fragt er und rückt ein wenig näher an mich heran.

»Ich fürchte, ich bin so gutes Essen nicht mehr gewöhnt. Mir wurde plötzlich übel.«

»Geht's dir besser?«

Ich nicke und setze ein wohldosiertes Lächeln auf. »Ich würde gern zurück, wenn das in Ordnung ist.«

»Natürlich.« Er nickt, holt meine Jacke und hilft mir hinein.

Ich schlüpfe nacheinander in die Ärmel und registriere, dass er meine Finger beobachtet, als ich die Knöpfe schließe. Zu meiner großen Erleichterung zittere ich nicht.

»Ich hoffe, ich war nicht zu direkt, Emma. Bitte verzeih, wenn ich ein wenig übers Ziel hinausgeschossen bin. Ich werde schnell unbedacht bei diesem Thema.«

»Nein, schon okay. Ich bin dankbar für deine Offenheit.«

»Freut mich, das zu hören.« Er legt mir seinen Arm um die Schulter und geleitet mich hinaus. Ein leichtes Frösteln überfällt mich, als ich mich zwinge, diese Nähe zu dulden. *Mach keinen Fehler, Emma. Mach jetzt nur keinen Fehler.*

***

Als das Internatsgebäude in Sichtweite kommt, bin ich mehr als erleichtert. Ich kann es kaum erwarten, seiner Nähe zu entkommen. Sicher, Liam ist höflich, nett, zuvorkommend und aufmerksam, doch gleichzeitig haftet eine gewisse Kälte an ihm. Jedes Wort wirkt wie auswendig gelernt, jeder seiner Blicke gibt mir das Gefühl, nackt zu sein. Nicht eine Minute des heutigen Abends war dem Zufall überlassen, nicht ein einziges Lächeln spontan. Alles, jeder Blick, jedes Wort, war so wohlplatziert, dass es mir eigentlich gar nicht aufgefallen wäre – hätte er nicht diesen letzten Satz gesagt. *Doch, Emma, mir kannst du vertrauen. Ich kümmere mich um meine Leute.*

Der Wagen hält und der sanfte Ruck reißt mich aus meinen Gedanken. Liam steigt aus, umrundet das Fahrzeug, öffnet meine Tür und reicht mir die Hand. Mit einem kurzen, verräterischen Zögern ergreife ich sie und steige aus. Er geleitet mich die Stufen hinauf und wie von Geisterhand öffnen sich die Türen, als wir sie erreichen. Wohlige Wärme umfängt mich, doch die Gänsehaut hält sich dennoch hartnäckig auf meinen Armen.

»Ich begleite dich noch aufs Zimmer«, bietet er ohne Umschweife an und ich bewundere abermals seine nahezu perfekte Darbietung des besorgten, freundlichen jungen Mannes, der einzig und allein um mein Wohlergeben bemüht ist. Vorsichtig entziehe ich ihm meine Hand und weiche ein Stück zurück.

»Das ist sehr nett, aber ich ...« Mein Blick gleitet durch die Fenster hinaus in den Park und ich neige den Kopf leicht in genau diese Richtung. »Ich gehe noch ein wenig frische Luft schnappen.«

»Soll ich ...?«

»Ich wäre ... wirklich gern noch etwas allein, wenn das okay für dich ist. Ich bleibe auch auf dem Gelände. Keine Sorge.«

Er ist definitiv nicht sonderlich glücklich mit meiner Abfuhr, auch wenn ich versucht habe, sie möglichst nett zu formulieren. Liam bringt seine Mimik jedoch sofort wieder unter Kontrolle, setzt ein eher geschäftlich-freundliches Lächeln auf und nickt. Seine Augen blitzen gefährlich im Halbdunkel der Flurbeleuchtung. Er macht einen Schritt auf mich zu, wohlwissend, dass die Wand in meinem Rücken ein weiteres Zurückweichen meinerseits unmöglich macht. Meine Finger beginnen zu prickeln und ich blinzle zu schnell, atme zu schnell. Ein Umstand, der Liam nicht entgeht. Allerdings deutet er ihn vollkommen falsch.

»Nun, dann bleibt mir wohl nur noch, mich für den netten Abend zu bedanken. Ich habe deine Gesellschaft sehr genossen.« Seine Stimme ist kaum mehr als ein raues Flüstern, sein Körper viel zu nah an meinem. Dennoch zwinge ich mich zu einem freundlichen Lächeln.

»Ich auch. Danke für das Essen.«

Er hebt die Hand und stemmt sie nur wenige Zentimeter neben mir gegen die Wand. »Gute Nacht«, murmelt er leise und lehnt sich vor. Nah, viel zu nah! Ich habe definitiv einen Punkt erreicht, über den ich nicht hinausgehen will. Energisch presse ich meine Handflächen gegen seine Brust und halte ihn kokett lächelnd auf Abstand.

»So ein Mädchen ... bin ich nicht.«

Einen kleinen Augenblick herrscht peinliche Stille, in der ich förmlich hören kann, wie er seinen verletzten Stolz zu besänftigen versucht. Ich tippe mal darauf, dass er es nicht gewohnt ist, abgewiesen zu werden.

»Gute Nacht«, wiederholt er schließlich freundlich nickend, löst sich lächelnd von mir und steigt dann langsam die Treppenstufen hinauf.

Ich stehe da, schaue ihm einen Moment nach und überlege, ihm einfach mit ein wenig Abstand zu folgen, um ungesehen in mein Zimmer zu gelangen.

Doch die Herren am Eingang beäugen mich neugierig und ich befürchte, sie würden ihm von meiner Notlüge berichten. Also lächle ich ihnen zu, ziehe die Jacke um meine Schultern etwas fester und drücke dann leise die Tür auf, die auf eine kleine Terrasse hinausführt.

»Emma!«

Eine bekannte Stimme hallt durch die nächtliche Ruhe und ich halte inne. Bekka beschleunigt ihre Schritte, sieht sich um und schlüpft mit mir auf die Terrasse hinaus.

»Du bist zurück«, sagt sie und ich nicke. *Natürlich bin ich zurück.*

»Ja, wieso?«

»Wo ist Liam?«

»In seinem Zimmer, nehme ich an. Wir haben uns eben verabschiedet. Warum fragst du?«

Sie wühlt in ihren Taschen, kramt eine Packung Zigaretten daraus hervor und zündet sich eine an. Erst nach dem ersten Zug antwortet sie. »Es war verdammt mutig von dir, seine Einladung anzunehmen. Und mindestens genauso dumm.«

»Und warum?«

»Gwendolyn hat getobt wie eine Furie, als sie davon erfahren hat. Du bringst deinen Hintern gern in Gefahr, oder?« Sie lacht und doch erkenne ich Sorge in ihrem Blick.

»Ich wusste nicht, dass es zu einem Problem werden könnte. Es war ja auch nichts.«

»Gwen ist nicht unbedingt bekannt dafür, tolerant und besonnen zu sein. Ich wollte dich nur bitten, ein wenig vorsichtiger zu sein.«

Ich nicke und verschränke die Arme vor der Brust.

»Stehst du auf ihn?«, fragt Bekka geradeheraus und scheinbar nicht einmal besonders interessiert. Ich starre sie vollkommen überrumpelt an.

»Nein! Natürlich nicht.«

»Warum hast du seine Einladung dann angenommen?«

Ich zögere einen Moment.

»Es erschien mir unklug, abzulehnen. Ich wollte ihn nicht verärgern.«

»Mehr nicht?«

»Mehr nicht.«

Sie nimmt noch einen tiefen Zug und lässt den Rauch als kleine Wölkchen in den Nachhimmel aufsteigen.

»Und was hast du so spät noch hier gemacht?«, frage ich dieses Mal und mein Tonfall klingt nicht weniger anklagend als zuvor ihrer. Sie bemerkt es und grinst.

»Ezra brauchte noch Hilfe bei den Unterlagen.«

Hilfe bei den Unterlagen. Ich erinnere mich, dass sie mir davon erzählt hat, ihm hin und wieder zu helfen. Ich vermeide es allerdings, auf die Uhr zu sehen, und verkneife mir einen spitzfindigen Kommentar. Bekka zieht ein letztes Mal an ihrer Zigarette und drückt sie dann am Rand des Müllbehälters aus.

»Also, ich halt mal die Ohren offen, was die gute Gwen betrifft. Und du passt auf dich auf.«

»Mach ich. Danke!«

Sie lächelt und ist wenige Sekunden später wieder im Schulgebäude verschwunden.

***

Die Nacht ist kühl, aber dafür sternenklar und ich atme tief durch, schüttle die Anspannung ab und schaffe es sogar, Bekkas Warnung zu verdrängen. Die Nachtluft strömt in meine Lunge und ich spüre förmlich, wie sich meine Muskeln entspannen. Langsam streife ich die Schuhe von den Füßen, setze vorsichtig einen vor den anderen, bis ich die Terrassenstufen erreicht habe und das Gras schließlich meine Haut kitzelt. Neben dem Fliederbusch ein Stück rechts von mir, halb verdeckt von einem überhängenden Ast, steht die alte Bank, die ich vor wenigen Tagen entdeckt habe und nun geradewegs ansteuere. Hier duftet es nach Gras und der angebrochenen Nacht. Obwohl mir ein wenig kalt ist, bin ich froh, hier und nicht in meinem Zimmer zu sein. Hier wirkt mein Käfig weniger einengend. Hier bin ich ganz allein und weit weg von all dem, was mich im Innern dieses riesigen Gebäudes erwartet. Hier draußen gibt es nur mich und die zirpenden Grillen. Ich lausche einen Moment, ziehe die Beine an und lehne meine Stirn gegen die Knie, verweigere jeden Gedanken an all das, was heute schiefgelaufen ist.

»So schlimm?«

Mein Herz macht einen kleinen Satz und verrutscht offenbar Richtung Magen, denn genau dort nehme ich dessen heftiges Klopfen jetzt am deutlichsten wahr. Ich hasse mich dafür und tue ihm nicht den Gefallen, zu reagieren. Trotzdem lässt er sich nur wenig später neben mir nieder und ich hebe nun doch den Kopf von den Knien. Quinn sitzt da, teilweise von der Dunkelheit verschluckt, nur seine Augen schimmern im fahlen Licht des Mondes. Er schaut mich nicht einmal direkt an, sondern quer über den Park auf die andere Seite.

»Hast du dich verlaufen?«, frage ich schnippisch und rechne mit einer dummen Antwort, doch er sagt einfach gar nichts. *Ich sollte nicht so eklig zu ihm sein,* denke ich. Ich sollte es ihm erklären und doch kann ich mich nicht überwinden, denn ich bin immer noch genauso sauer wie bei unserem letzten Gespräch. Und noch immer aus denselben Gründen. »Ahh, inzwischen gehst du mir also nicht mehr nur aus dem Weg, sondern weigerst dich auch noch, mit mir zu reden.«

Quinn beugt sich ein wenig nach vorn, zupft einen Grashalm ab und dreht ihn zwischen den Fingern. »Ich hab gesehen, dass ihr zurück seid. Und dass du noch lebst. Eigentlich war das alles, was mich interessiert hat.«

»Fein. Warum also bist du dann noch hier?«

Er wendet sich mir ganz kurz zu und zuckt mit den Schultern. »Wäre es dir lieber, wenn ich wieder gehe?« Sein Blick sickert in meinen und er kennt die verdammte Antwort bereits. Dieses Mal bin ich es, die schweigt, und wir starren beide auf das wogende Grün zu unseren Füßen.

»Du dachtest, er bringt mich um?«

»Ich dachte gar nichts. Ich schließe nur nichts aus. Vor allem bei Liam.«

»Tja, tut mir leid, dich enttäuschen zu müssen, aber ich bin noch hier«, murre ich streitlustig und hoffe inständig, dass er darauf anspringen wird. Mein Plan geht auf. Er lässt den Grashalm fallen und ich sehe an seiner Körperhaltung, dass ihn meine indirekte Anschuldigung getroffen hat.

»Du glaubst, das hätte ich gewollt?«

»Ich glaube gar nichts. Ich schließe nur nichts aus«, wiederhole ich seine Worte. »Vertraue niemandem, nicht wahr? Deine eigenen Worte, Quinn.« Ich klinge bitterer, als ich will. Doch im Moment ist mir das egal. Ich bin sauer auf ihn. Verdammt sauer. Und bevor ich, angestachelt von diesem furchtbaren Tag, Dinge sagen kann, die ich später bereuen könnte, stehe ich knurrend auf und marschiere zielstrebig zurück zur Treppe. Doch Quinn ist schnell auf den Beinen und ist neben mir, noch ehe ich die Hälfte des Weges hinter mich gebracht habe. Er packt mein Handgelenk und reißt mich zu sich herum.

»Nach allem, was passiert ist, vertraust du mir wirklich so wenig?«

»Ich tue genau das, was du von mir erwartest!«

Er weicht zurück, kopfschüttelnd und mit einem Ausdruck in den Augen, den ich zuvor noch nie an ihm gesehen habe. Ich habe ihn verletzt.

»Was willst du von mir, Quinn?«, zische ich aufgebracht und dieses Mal bin ich es, die auf ihn zugeht. »Was? Sag's mir!«

»Was willst du von mir hören?«

»Es geht nicht darum, was ich hören will! Das ging es nie. Ich will die Wahrheit.«

Er lacht höhnisch und dreht sich von mir weg.

»Warum gehst du mir aus dem Weg?«

»Mein Job ist erledigt. Du bist jetzt eine von ihnen.«

»Ein Job, ja?«

»Ja, Emma! Ein Job!«

»Und was, Quinn, tust du dann genau jetzt hier? Wo dein Job doch erledigt ist?«

Er schweigt und senkt den Blick, während ich langsam bis drei zähle und tief durchatme, um mich zu beruhigen.

»Ich habe nie und werde nie zu ihnen gehören. Genauso wenig wie du. Ich dachte eigentlich, das wäre uns beiden klar.«

»Du wolltest doch unbedingt eine von ihnen sein.«

»Ich wollte hier weg!«

»Und jetzt, wo du das könntest, bleibst du hier. Wegen eines Traumes. Einer Wahnvorstellung!«

»Es ist mehr als das!«, rufe ich und meine Stimme bebt. »Es ist mehr als ein Traum. Und es bedeutet nicht, dass ich weniger dringend wegwill.«

Er lacht höhnisch. »Du lügst. Und das wissen wir beide. Es gefällt dir, dazuzugehören.«

»Es gefällt mir, wieder so was wie ein Leben zu haben. Es gefällt mir, dass sie mich nicht behandeln, als wäre ich niemand. Und nichts anderes. Was ist eigentlich los? Es wundert mich, dass ich das ausgerechnet dir erklären muss. Du wolltest das doch!«

Er presst die Zähne zusammen und sieht über mich hinweg, ignoriert meine letzte Anschuldigung.

»Du wolltest, dass ich dazugehöre. Du hast die Einweihung angeleiert. Du hast gemeint, ich solle mich an Liam halten.«

»Weil es die beste Chance ist, zu überleben. Stattdessen verrennst du dich in etwas und bringst dich in Gefahr. Schon wieder!«

»Ich habe nicht vor, mich in Gefahr zu bringen.«

»Ach ja? Warum hast du dann seine Einladung angenommen?«

»Weil …«, hebe ich an, doch das Wackeln einer Gardine in einem der Fenster hinter uns lässt mich innehalten. Quinn bemerkt es ebenfalls und senkt den Blick.

»Bist du müde?«, fragt er leise und ich blinzle verständnislos.

»Ob ich … was?«

»Ob du müde bist.«

»Nein, aber warum …«

Noch ehe ich weitersprechen kann, zieht er mich die Treppenstufen hinauf und rein ins Gebäude. Allerdings schlagen wir nicht den Weg zu den Zimmern ein, sondern marschieren ungerührt an den Wachmännern vorbei und hinaus auf die Straße.

»Was soll das? Wohin gehen wir?«, frage ich ein wenig unsicher.

»Die verdammte Schule hat überall Augen und noch mehr Ohren.«

»Haben wir denn etwas zu besprechen, was man nicht hören sollte?« Ich stemme mich gegen sein Gezerre und bleibe mitten auf der Straße stehen, entreiße ihm meine Hand und reibe mein leicht schmerzendes Handgelenk. Quinn presst die Lippen zusammen und weicht meinem Blick schon wieder aus. »Okay, pass auf. Ich gehe keinen einzigen Schritt weiter, bevor du mir nicht sagst, was das alles überhaupt …«

»Sie akzeptieren dich nicht, wenn wir uns weiterhin …« Er bricht ab, wendet mir den Rücken zu und lehnt sich schließlich gegen eines der geparkten Autos. Er verschränkt die Arme vor der Brust und starrt ins Nichts. »Als du noch ein Mensch warst, war es ihnen egal, was du tust, mit wem du sprichst oder deine Zeit verbringst. Sie hielten nichts von dir und sie halten nichts von mir. Es war ihnen egal. Aber die Einweihung und dass Liam am Tisch aufgetaucht ist und dich sogar vor allen um Verzeihung gebeten hat … Du wolltest dazugehören, Emma, und genau das war deine Chance. Das hat alles verändert. Ein Celesta gibt sich nicht mit jemandem wie mir ab. Und wenn doch, erregt das Aufmerksamkeit, die du nicht gebrauchen konntest – nicht gebrauchen kannst.«

Ich stehe da wie vor den Kopf gestoßen und mir fehlen die Worte. Ich schließe für einen Moment die Augen, ohrfeige mich innerlich für meine schier grenzenlose Dummheit und schleiche dann schnaufend zu ihm hinüber.

Ich lasse mich neben ihm gegen das Auto sinken und wir schweigen eine Weile.

»Sag mal«, murmelt er schließlich und strafft die Schultern, »wann warst du zuletzt auf einer Party?«

Siebzehn

Die Querstraße, in die wir schließlich einbiegen, gehört zu der Sorte Straße, um die ich allein einen großen Bogen gemacht hätte. Die Nacht erscheint mir dunkler als sonst und ich wünsche mir für einen Moment die inzwischen fast vertraute Sicherheit der Schule zurück. Hier scheint alles anders zu sein. Ich entdecke finstere Gestalten im Schatten, manche menschlich, andere eindeutig nicht. Glühende Augen verfolgen jeden unserer Schritte.

Eine der Straßenlampen flackert und das unstete Licht lässt alles noch bedrohlicher wirken. Um uns herum ragen gigantische Häuser bis hoch hinauf in den dunklen Nachthimmel. Während sie von Weitem immer so majestätisch scheinen, beschert mir ihr Anblick von hier unten und aus unmittelbarer Nähe eine unangenehme Gänsehaut. Unwillkürlich rücke ich etwas näher an Quinn heran und frage mich, ob es eine gute Idee war, ihm hierher zu folgen.

Schließlich stoppt er und zieht mich nach kurzem Zögern in einen knapp zwei Meter breiten Spalt zwischen zwei Häusern. Hier gibt es keine Straßenlampen oder vorbeifahrende Autos. Hier gibt es Geräusche, die aus tiefen Schatten an mein Ohr dringen und mein Herz schneller schlagen lassen. Meine Angst wächst und als wäre genau das ein natürlicher Auslöser für meine Kräfte, beginnen meine Handflächen zu glühen. Kein Feuer, aber der fahle Schein reicht aus, um zumindest Konturen erkennen zu können – und Quinns Grinsen.

»Eine eingebaute Taschenlampe«, flüstert er amüsiert, während ich nicht weiß, ob ich mich an ihn klammern oder lieber vor ihm davonrennen soll. So oder so, ich mag diesen Ort nicht.

»Lass uns wieder gehen, ja?«

»Wir sind noch nicht mal da, wo wir hinwollten. Vorsicht!« Er streckt die Hand aus und kann mich gerade so davor bewahren, die wenigen Stufen herunterzufallen, die sich plötzlich vor mir auftun. Ich stoppe abrupt und starre in den kleinen, dunklen Niedergang seitlich des großen Gebäudes rechts von mir. Es geht fünf Stufen hinunter in einen modrigen Vorbau, dessen Ecken vollständig zugemüllt sind. Die Tür, die von dort unten ins Haus führt, ist mit roter Farbe beschmiert. Ich hebe die Hand, um besser sehen zu können.

»Quinn, wo sind wir?«

»Dort, wohin sich Menschen normalerweise nicht verirren.« Er schiebt sich an mir vorbei, springt die Treppen hinab und bleibt vor der Tür stehen. »Kannst du das da sehen?«

Wenn er mit »das da« das verschmierte, missglückte Etwas an der Tür meint, ja, das kann ich sehen. »Ja, warum fragst du? Was ist das?«

Blinzelnd bleibe ich direkt vor der Tür stehen, starre auf die abblätternde rote Farbe und warte auf eine Erklärung für unsere Anwesenheit hier.

»Jeder Clan hat sein Symbol. Das da ist deines. Das Zeichen der Celesta.«

Ungläubig wende ich mich wieder der Tür zu. Ich identifiziere einen Kreis, eine senkrechte Linie, die eben diesen von oben nach unten teilt, und auf der linken Seite der Linie ein paar wirre Kleckse, die mit viel Fantasie Flügel sein könnten.

»Warum ist es ausgerechnet hier? Was ist hinter dieser Tür?«

»Keine Ahnung.« Schulterzuckend grinst er mich an. »Ich bin schon sehr lange in dieser Schule, Emma. Irgendwann habe ich angefangen einigen von euch zu folgen. Und eine ganze Menge kamen hierher.« Die Art und Weise, wie er *von euch* sagt, lässt meinen Nacken kribbeln. Es war mir lieber, als er uns noch nicht so offensichtlich in zwei Arten unterteilt hat.

»Wozu ist es gut? Ich meine, warum malt man so was auf Türen?«

»Nun ja, man könnte sagen, es ist ein Hinweis. Wo immer du ein solches Zeichen findest, wirst du Schutz finden oder Hilfe bekommen. Deine Leute wissen auf diese Weise, welchen Menschen sie vertrauen können. Wenn du drauf achtest, wirst du genau dieses Symbol häufiger wiederfinden, als du denkst. Als Anhänger an einer Kette, als Aufnäher auf einer Tasche, als Tattoo oder wie hier als Willkommensgruß an einer Tür.«

»Willkommensgruß … Klingt ja fast wie eine Suppenküche für Celesta.«

Quinn zieht einen Mundwinkel nach oben und hebt die Hand. Den Blick weiterhin auf mich geheftet klopft er dreimal laut gegen die Tür. »Ich habe nicht die geringste Ahnung, aber endlich die Möglichkeit, es herauszufinden.«

Ich reiße die Augen auf, packe sein Handgelenk und will ihn die Stufen hochzerren und verschwinden, doch ich höre bereits das Klicken des Schlüssels im Schloss und nur einen Herzschlag später steckt ein grimmig dreinschauender junger Mann den Kopf durch den soeben entstandenen kleinen Türspalt. Sein Blick gleitet von Quinn zu mir und zurück.

»Du bist keiner«, murrt er unfreundlich und will die Tür schon wieder zudrücken, doch Quinn stemmt sich mit einem Arm gegen das bunt bemalte Metall und deutet mit dem Kopf auf mich.

»Ich nicht. Aber sie.«

Zögernd öffnet der Mann die Tür wieder ein Stück und winkt mich heran. Ich starre meinen absolut wahnsinnigen Begleiter bitter an und folge der Aufforderung widerwillig. »Gehört er zu dir?«

Ich könnte diese Frage verneinen. Einfach so. Ich könnte Quinn hier stehen lassen und allein nachsehen, was hinter dieser Tür ist. Die traurige Wahrheit ist aber, dass ich mich schlicht und ergreifend nicht traue. Nachdem ich nun weiß, was es da draußen alles zu fürchten gibt, bin ich nicht sonderlich versessen auf geheimnisvolle Türen mit Zeichen.

»Ja, tut er«, antworte ich seufzend.

Der Mann beäugt mich misstrauisch und länger, als es dem guten Ton entspräche. Schließlich aber nickt er und tritt zur Seite. Allerdings nicht, ohne Quinn noch einmal am Oberarm festzuhalten. »Benimm dich, hörst du? Mit deiner Sorte wird hier ganz schnell kurzer Prozess gemacht.«

Während ich mich zusammenreiße und gerade noch verhindern kann, dass mir die Kinnlade runterklappt, scheint diese außergewöhnlich taktlose

Bemerkung Quinn nicht im Mindesten aus der Fassung zu bringen. Er lächelt, nickt und legt seine Hand vorsichtig an meinen Rücken. Langsam, aber bestimmt schiebt er mich voran.

Hinter mir fällt die Tür wieder ins Schloss und der Mann lässt sich murrend auf einen kleinen Stuhl daneben fallen. Ich zucke zusammen und überlege ernsthaft, gleich wieder rauszulaufen, doch Quinn bleibt in meiner Nähe und auf eine merkwürdige, geisteskranke Art und Weise beruhigt mich das.

Stickige, rauchgeschwängerte Luft erfüllt den scheinbar endlosen, schmalen Gang, dem wir nun folgen. Er windet sich um etliche Ecken, die mit Pfeilen markiert sind, und bald höre ich Musik, zunächst gedämpft, doch dann immer deutlicher. Wir bewegen uns auf eine weitere Kreuzung zu und bunte Lichtblitze zucken über eine mit Graffiti beschmierte Wand. Ein dröhnender Bass lässt den Boden unter meinen Füßen erzittern, und als ich um die letzte Ecke gebogen bin, trifft er mich mit voller Wucht.

Wie festgenagelt stehe ich da und starre auf einen riesigen Raum, angefüllt mit dunklen Gestalten, deren Gesichter nur gelegentlich im vorbeihuschenden Lichtschein etlicher Strahler aufleuchten. Ich entdecke Celesta in ihrer nichtmenschlichen Form und jede Menge anderer Gestalten, die ich noch nie zuvor gesehen habe. Pranken, Klauen, Flügel – Gestalten, die ich unmöglich für real gehalten hätte, würde ich sie nicht unmittelbar vor mir sehen.

Hilfe suchend wende ich mich Quinn zu und zucke leicht zusammen, als ich registriere, dass er mich sehr interessiert beobachtet. Angelehnt an eine Wand studiert er jede einzelne Regung.

»Wusstest du das?«, frage ich gegen den dröhnenden Lärm angehend.

»Was denn?« Schon wieder dieses unschuldige Grinsen.

»Na, was das hier ist.«

»Ich hatte keinen Schimmer.« Abwehrend hebt er die Hände und gibt sich noch nicht einmal Mühe, überzeugend zu wirken. Entsprechend ablehnend verschränke ich die Arme vor der Brust und versuche den Krach hinter mir zu ignorieren. »Komm schon, Emma. Wann warst du zuletzt auf einer Party?« Dieselbe Frage hat er mir vorhin schon gestellt. Also selbst wenn er nicht wusste, was genau das hier ist, so hatte er wohl doch eine recht genaue Ahnung.

»Wer sagt dir, dass ich ein Partygänger bin? Vielleicht finde ich es hier ja furchtbar.«

»Deine Augen haben geleuchtet, als du die Musik gehört hast.«

»Es ist dunkel, Quinn. Du kannst gar nicht sehen, ob ...«

Ehe ich weitersprechen kann, packt er mein Handgelenk und zieht mich, trotz lautstarker Proteste, mitten hinein in das Gewirr aus fremdartigen Körpern, zuckenden Lichtern, Rauch und Musik.

Ich finde mich schließlich ein wenig hilflos irgendwo mitten auf der Tanzfläche wieder, schaue mich irritiert um und hoffe, niemanden zu kennen und von niemandem erkannt zu werden. Quinn lässt meine Hand los und bleibt mir gegenüber stehen, beobachtet mich. Das Licht fängt sich immer und immer wieder in seinen bestechend blauen Augen und während um uns herum die Party tobt, stehen wir einfach nur da und starren einander an.

Obwohl ich angerempelt werde, zur Seite gedrängt, vorangeschoben – ich halte den Blickkontakt. Es ist, als würde er mit mir reden, ohne dass sich seine Lippen bewegen. Ohne Worte stellt er mir die Frage, warum ich hier bin und doch nicht hier bin, warum ich nicht loslassen und Spaß haben kann. Und die Wahrheit ist: Ich weiß es nicht. Ich will es, aber angesichts all der Dinge, die gerade passieren, angesichts des Rätsels um meine Mum, erscheint mir im Moment nichts so unwichtig, wie hier zu sein und mich zu amüsieren.

Mit einem Kloß im Hals wende ich mich ab und will mich zurück nach draußen kämpfen, als sein Arm mich unverhofft von hinten umfängt und sanft zurückzieht. Er lässt mir genug Raum, mich von ihm loszumachen und wegzulaufen – wenn ich denn will. Die Wahrheit ist allerdings: Ich will nicht. Ich will das hier. Nicht die Party oder die Musik oder all das, von dem er glaubt, es hätte mir gefehlt. Ich will ihn. Ich will seine Nähe.

Es liegt nichts Drängendes in seiner Umarmung, nichts Gewalttätiges oder Drohendes. Nicht einmal etwas übermäßig Erotisches. Dennoch überläuft mich ein Prickeln und ich gebe sofort jede Gegenwehr auf.

Ich lasse zu, dass er mich sacht an sich zieht, bis ich seinen warmen, festen Körper an meinem Rücken spüre. Ich lege vorsichtig meine Hand auf seine und dort bleibt sie liegen, während ich versuche, das Zittern meiner Finger unter Kontrolle zu bringen.

Sein Atem streift meinen Nacken. Schwer und heiß und schneller als sonst. Warme Haut drängt sich an meine und ich schließe die Augen, neige den Kopf ein wenig zur Seite und spüre die sanfte, furchtbar zarte Berührung seiner Lippen auf meinem Hals. Gleichzeitig schreit mein Verstand mich an, zu gehen. Jetzt. Auf der Stelle!

»Es ist wichtig, hin und wieder loszulassen, Emma«, flüstert er dicht an meinem Ohr und ein Schauer rieselt über meinen Rücken. Quinn beginnt, sich langsam im wogenden Takt der Musik zu bewegen und ich folge ihm. Mein Körper folgt ihm. Seine Hand gleitet an meiner Taille entlang und bleibt auf meiner Hüfte liegen, während seine Lippen einen weiteren zarten Kuss auf meinen Hals hauchen.

Ich weiß nicht, was mit mir passiert. Ich weiß nicht, warum wir hier sind oder warum Quinn tut, was er tut. Ich weiß nur, dass ich nicht länger Herr über mein Handeln bin. Ich weiß, dass es sich gut anfühlt. Und es ist verdammt lange her, dass sich etwas gut angefühlt hat. Es ist verdammt lange her, dass ich etwas so sehr wollte wie das hier. Ich presse mich an ihn, höre sein leises Knurren, das mir ein Prickeln tief in der Magengrube beschert. Ich will mehr. Diese Erkenntnis durchzieht mich intensiv wie ein Blitz. Meine Kehle ist trocken, als ich seinen Arm von mir löse und mich zu ihm umdrehe.

Seine Augen sind verschleiert, dunkel und intensiv. So habe ich ihn noch nie gesehen. Kein amüsiertes, selbstgefälliges Grinsen, sondern genau das, was ich sehen will: Verlangen. Ich stelle mich auf die Zehenspitzen, lasse die Finger durch die drahtigen und doch weichen Haare seines Barts gleiten, fahre mit dem Daumen die Kontur seiner Lippen nach und will dem fast schmerzhaften Verlangen, ihm nahe zu sein, endlich nachgeben.

Doch plötzlich legt sich eine große Hand auf meine Schulter und reißt mich so energisch zurück, dass ich taumle und beinahe zu Boden gehe. Nur die schnelle Reaktion eines fremden Mannes bewahrt mich davor, Bekanntschaft mit den klebrigen, biergetränkten Dielen zu machen.

Keuchend komme ich auf die Beine, rapple mich auf und versuche, Quinn in der Menge auszumachen. Einen Moment später habe ich ihn entdeckt. Auge in Auge mit einem verwandelten Celesta.

In gewohnt furchtloser Manier bietet er ihm die Stirn, doch ich bezweifle, dass seine Art hier die angebrachte Reaktion ist. Ich stürze nach vorn und gerate dadurch auch wieder ins Blickfeld unseres aufgebrachten Angreifers.

»Er ist nicht von deiner Art!«, bellt er mit der verzerrten Stimme, die die Verwandlung mit sich bringt. Quinn presst die Zähne aufeinander und ballt die Hände zu Fäusten.

»Kümmere dich um deinen eigenen Kram!«, schreie ich, gegen die Musik und das Gejohle der Umstehenden angehend.

»Das ist mein Kram!« Er streckt die gigantische Pranke nach mir aus und drängt mich abermals wenig einfühlsam zur Seite, weg von Quinn. Doch ich bin kein Püppchen, das sich herumschubsen lässt. Ich schlüpfe unter seiner Hand hindurch und funkle ihn wütend an.

»Hör zu! Ich weiß ja nicht, für wen du dich hältst, aber wenn du nicht sofort …«

Weiter komme ich nicht, denn er unterbricht mich mit einem markerschütternden Gebrüll, das mich kurzfristig etwas irritiert. »Schweig!«

Sprachlos stehe ich da und starre diese Ausgeburt eines augenscheinlich falschen Jahrhunderts an, während er sich unbeirrt Quinn zuwendet.

»Verschwinde! Hier ist kein Platz für deinesgleichen.«

Sichtlich widerwillig nickt er und ich bin dankbar für seine Einsicht. Er hätte keine Chance gegen dieses Ungetüm. Zähneknirschend eile ich an seine Seite und ergreife seine Hand.

»Sie bleibt hier!«

Quinn wird bleich und seine Finger schließen sich fester um meine. »Nein, tut sie nicht.«

Die Augen des Celesta leuchten gefährlich. »Ich sagte, sie bleibt hier. In Sicherheit.«

»Ich werde ganz sicher nicht …«

In diesem Moment schießt eine gewaltige Pranke vor, trifft Quinn vor die Brust und reißt ihn fort. Ich blinzle und starre auf den Fleck, an dem Quinn eben noch gestanden hat. Jetzt, nur einen Herzschlag später, liegt er begraben unter einer massigen, grauen Gestalt umringt von Schaulustigen auf dem dreckigen Boden unweit von mir. Der Celesta ist über ihm, drückt ihn scheinbar mühelos zu Boden. Die schwere, klauenbewehrte Pranke liegt auf seiner Brust und hindert ihn daran, zu atmen. Quinn zerrt an seinem Angreifer, versucht sich unter ihm herauszuwinden, doch der Celesta ist stark. Zu stark und augenscheinlich bereit, ihn zu töten. Ich erinnere mich an die Worte des Türstehers und Panik überfällt mich. Er *wird* ihn töten. Einfach so, als sei es nichts.

Ohne weiter zu überlegen, stürme ich vor, hole aus und treffe den Giganten mit aller Wucht, die ich aufbringen kann. Und all diese Wucht verpufft, als hätte ich mit einem Wattebausch nach ihm geworfen.

»Lass ihn gehen!«, brülle ich, doch ohne jede Reaktion. Quinn kämpft gegen das erdrückende Gewicht, doch jeder kann sehen, dass er verlieren wird. Seine Gegenwehr wird schwächer, seine Bewegungen langsamer, kraftloser und obwohl ich schreie und bettle – niemand hilft mir.

Mein Kopf dröhnt. Ich weiß nicht, was ich tun soll. Ich stolpere rückwärts, hebe die Hände und starre meine Handflächen an. Alles, was mir einfällt. *Komm schon*, flehe ich. *Komm schon! Komm schon!*

Doch meine Haut bleibt dunkel und kalt. Warum kann ich es nicht? Warum funktioniert es nicht, wenn ich es wirklich brauche? Mit vor Wut feuchten Augen wende ich mich um und schreie all diese Fremden an, zu helfen, doch alle stehen sie nur da und sehen zu, wie Quinns Atemzüge flacher werden. Der Celesta genießt es, das Leben langsam aus ihm schwinden zu sehen. Er erdrückt ihn. Millimeter für Millimeter.

»Helft ihm doch, verdammt noch mal!«, brülle ich und renne in Ermangelung irgendeiner anderen Idee hilflos abermals blindlings gegen das Ungetüm, das dabei jedoch nicht einmal schwankt. Doch ich rapple mich auf und versuche es wieder und wieder, bis er schließlich kurz von Quinn ablässt, um mich vergleichsweise sanft abzuschütteln. Dieses Mal lande ich nicht in den Armen eines aufmerksamen Besuchers, sondern pralle mit dem Rücken gegen eine massive Stahlstütze. Schmerz jagt durch meine Knochen und die Traube, die sich um die Szene gebildet hat, schließt sich augenblicklich wieder. Meine Wahrnehmung flackert und Punkte tanzen vor meinen Augen, doch noch etwas geschieht: Die Flammen sind wieder da!

Ich kämpfe mich auf die Beine, ignoriere den Schmerz. Die Flammen lodern nun höher, lecken am Stoff meiner Bluse und des Blazers, doch es ist mir egal. Rücksichtslos dränge ich mich durch die Masse, die sich bald freiwillig teilt, um mich passieren zu lassen.

Und dann sehe ich ihn: Quinn. Mit halb geschlossenen Augen und erschlaffenden Gliedern liegt er noch immer unter dem Celesta und ich zögere nicht einen einzigen Moment. Ohne Vorwarnung, ohne Drohung, ohne ihm Zeit zu geben, sich zu wappnen, feuere ich eine gewaltige Salve auf ihn ab. Ich habe keine Ahnung, ob meine Flammen etwas bewirken werden. Immerhin greife ich gerade ein Wesen an, das vermutlich die gleichen Kräfte besitzt wie ich.

Doch mein Versuch gelingt. Der Celesta brüllt gequält auf – ein animalisches Brüllen, das mir durch Mark und Bein geht und die Musik verstummen lässt. Ich unterbreche meinen Feuersturm und entdecke rohe, verbrannte Haut am Rücken unseres Angreifers. Er lässt von Quinn ab, stolpert zur Seite und stürzt. Ein Raunen geht durch die Menge und alle Aufmerksamkeit gilt dem verwundeten Celesta. Meine jedoch nicht – meine gilt Quinn, der sich hustend auf dem Boden windet und Atemzug um Atemzug in seine Lunge zwingt. Noch während alle Augen in Schockstarre auf den brüllenden Celesta gerichtet sind, renne ich zu Quinn und zerre ihn auf die Beine. Teile seiner Kleidung sind angesengt, doch der massige Körper des Celestas hat ihn vor schlimmeren Verbrennungen bewahrt.

»Raus hier!«, presse ich atemlos hervor.

»Nicht … durch die Tür«, keucht er und ich folge seinem Blick. Eine Armada an verwandelten Celesta strömt durch den schmalen Flur in den Raum und versucht die Unruhestifter auszumachen. Mir ist klar, dass sie ihn töten werden, sollten sie ihn in die Finger kriegen. Aber wohin sollen wir fliehen?

»Die Treppe!« Hustend löst er sich von mir, taumelt ganz leicht, fängt sich aber sofort wieder und zerrt mich mit sich durch die noch immer geschockte Menge, die nicht weiß, wie sie reagieren soll. Immerhin versucht niemand, uns aufzuhalten und dafür bin ich dankbar.

»Wo lang?«, brülle ich und vermeide den Blick zurück.

»Aufs Dach.«

»Aber … aber da sitzen wir doch erst recht in der Falle.«

»Vertrau mir.«

Vertrau mir. Warum fordert er das gerade jetzt? In dieser Situation? Doch entgegen aller Vernunft komme ich seiner Bitte nach und wir rennen, erreichen keuchend die Treppenstufen und ich nehme immer zwei auf einmal. Als Quinn sich umwendet, um einen Blick in den Raum zu werfen, werden seine Augen für einen Moment groß und er greift unwillkürlich nach meiner Hand. Sie haben uns entdeckt.

Erbarmungslos zieht er mich, fast schneller als mich meine Beine tragen, die Treppen hinauf. Noch eine Etage und noch eine. Lange schon liegt der Club hinter uns. Das Treppenhaus ist hell erleuchtet und mit den Namen von Firmen, Kanzleien und Praxen versehen. Alles wirkt so sicher, so wenig bedrohlich, dass ich mir immer und immer wieder ins Gedächtnis rufen muss, wer da hinter uns her ist. Das Krachen von versperrten Türen hilft mir dabei.

Meine Lunge pfeift und die Muskeln in meinen Beinen zittern, doch ich schaffe es, Geschoss für Geschoss hinaufzusprinten. Ich werde nicht langsamer. Ich bleibe nicht stehen. Ich blicke nicht zurück. Die Angst, dass wir beide dieses Gebäude vielleicht nicht lebend verlassen werden, treibt mich voran.

Endlich sind wir oben angekommen. Der Weg endet vor einer unscheinbaren, grauen Metalltür. Quinn reißt sie, ohne zu zögern, auf und kalte Nachtluft umfängt mich, als er mich ins Freie zieht.

Wir haben das Dach erreicht. Um mich herum ragen noch weitaus höhere Gebäude in den Himmel und alles wirkt beinahe friedlich – könnte ich nicht das Poltern unserer Verfolger hören.

Quinn zieht mich abermals erbarmungslos voran, bis an den Rand des Daches. Er sieht sich um, bevor sein Blick zurück zur Tür huscht. Sein Atem geht schwer. Er ist noch immer angeschlagen.

»Emma, vertraust du mir?«

»Ich schwöre, wenn du das noch ein einziges Mal …«

»Antworte!«

»Ja! Ja, Quinn, ich vertraue dir! Okay? Sag mir, was ich machen soll und ich tu's!«

Er nickt, zieht mich ein wenig zurück und umfängt meine Hand fest mit seiner. Und da ist wieder dieses Leuchten in seinen Augen.

»Spring!«

Dann rennt er los. Nein, *wir* rennen los. Direkt auf den gähnenden Abgrund zu.

Achtzehn

Ich falle. Während mein Körper mich mit Adrenalin zuschüttet und mich meine Synapsen auf das bevorstehende Ende vorbereiten, schießt mir so einiges durch den Kopf.

Wie unbedarft dieser Tag angefangen hat, zum Beispiel. Wie perfekt das Date mit Liam gewesen ist – gemessen am Ausgang des Dates mit Quinn. Ich wundere mich, wie dehnbar doch die Zeit ist, wie lang die wenigen Sekunden bis zum Aufschlag sind. Ich hoffe, dass es nicht wehtun wird. Ich hoffe, dass es ein schnelles Ende sein wird.

Der Boden kommt unaufhaltsam näher. Ich erkenne vorbeirauschende Autos, das Grau der Straße und dann ... lande ich mit beiden Beinen fest auf dem Asphalt. Ich rechne mit einem stechenden Schmerz, brechenden Knochen, doch statt mir gibt der Asphalt nach. Ich starre auf den zersplitterten, eingedellten Boden rund um meine Füße und für einen Moment dreht sich die Welt langsamer.

Ich lebe noch! Wie kann das sein? Ich bin über dreißig Meter in die Tiefe gestürzt und auf einer Straße gelandet! Wieso lebe ich noch?

Das wilde Hupen eines herannahenden Lasters reißt mich aus meiner Verwunderung und Quinn kann mich gerade noch zur Seite stoßen, sodass wir als Knäuel auf den Fußweg fallen und der Laster nur Zentimeter an uns vorbeibrettert. Einige Passanten bleiben stehen und starren uns mit offenen Mündern an. Haben sie etwa gesehen, was passiert ist?

»Komm schon! Wir müssen weg!«

Quinn wagt einen flüchtigen Blick hinauf zum Dach, doch ich habe keine Lust, herauszufinden, ob sie wütend genug sind, um uns zu folgen. Quinn gibt die Geschwindigkeit und die Richtung vor und ich folge. Mein Körper funktioniert nur noch, doch das zu meiner eigenen Überraschung außergewöhnlich gut.

Ausdauer war nie meine Stärke. Nun aber scheint sie es zu sein. Ich renne, als hätte ich nie etwas anderes gemacht. Im Treppenhaus brannten meine Muskeln, schmerzte meine Lunge. Doch nun kostet es mich kaum noch Kraft. Ich renne ohne jede Mühe, ohne die geringste Anstrengung. Mein Herz schlägt schnell und gleichmäßig und während ich mich umdrehe, um sicherzugehen, dass niemand hinter uns ist, trifft mein Blick Quinns. Und er lächelt, als wüsste er, was ich gerade fühle. Grenzenlose Begeisterung. Das hier ist fantastisch! Vor wenigen Minuten war ich dem Tod näher als dem Leben. Ich sollte aufgebracht sein, ängstlich, verwirrt. Stattdessen aber habe ich mich noch nie lebendiger gefühlt. Es ist wie ein Rausch und ich finde Gefallen daran.

Wir bringen viel Abstand zwischen uns und unsere Verfolger, rennen durch Quergassen, Menschenmengen auf überfüllten Gehwegen, zwischen Autos hindurch und über Grünflächen hinweg. Wir rennen und rennen und rennen. Er voraus und ich hinterher. Und ich vertraue ihm. Vertraue darauf, dass er weiß, wo wir sicher sein werden.

***

Eine gefühlte Ewigkeit später verlangsamt er das Tempo und bleibt schließlich vor einem kleinen, recht verfallenen Gebäude stehen. Quietschend gibt das Schloss, das die morsche Tür beschützt, unter der Gewalt seiner Finger nach und wir schlüpfen in einen tiefschwarzen Flur. Unter meinen Füßen knarrt, knackt und knirscht es, während ich mich langsam vorantaste.

»Wo sind wir?«

»Ziemlich nah am Stadtrand. Hoffentlich weit genug weg.«

»Meinst du, sie suchen nach uns?«

»Schlecht zu sagen. Der Große wird sich schnell erholen und sie investieren hoffentlich nicht mehr Zeit als unbedingt nötig. Aber es könnte sein, dass Ezra bald von unserem Ausflug erfährt.«

Quinn drückt eine der Türen auf und diffuses Licht fällt auf den Boden. Die Straßenlampen erhellen den dahinter befindlichen Raum spärlich, aber ausreichend. Die Scheiben sind fast blind vor Dreck, allerdings sind wir dadurch quasi unsichtbar, solange wir kein Licht entzünden.

»Wir bleiben erst mal hier, bis die Sonne aufgeht«, beschließt Quinn und auch wenn er der Meinung ist, sie würden uns nicht verfolgen, macht er auf mich einen recht gehetzten Eindruck. Ich stehe in der Tür, starre auf seine dunkle Silhouette und nicke schwach. Nun, da die Aufregung langsam verfliegt und ich nicht mehr um mein Leben renne, sickert die Erschöpfung in meine Glieder.

»Scheint so, als sei der Besitzer schnell aufgebrochen, hmm?«, murmle ich angesichts der fast vollständigen Einrichtung, die zwar arg unter der Zeit und ungebetenen Besuchern gelitten hat, aber zumindest eine Sitzgelegenheit bietet. Das Sofa ächzt leise, als ich mich niederlasse und einen flüchtigen Blick auf die Graffitis an den Wänden werfe. Leere, teilweise zerdrückte Bierdosen bevölkern den Tisch und einen Großteil des Bodens.

Quinn steht am Fenster, späht hinaus und reibt sich gedankenverloren über die Brust. Ich bin sicher, er hat noch immer Schmerzen.

»Sie sind uns bestimmt nicht gefolgt. Komm vom Fenster weg, ja?«

Schnaufend kommt er meiner Bitte nach und lässt sich wenig später auf den kleinen Zweisitzer fallen, der unmittelbar neben der Couch steht, auf der ich sitze. Eine muffige Wolke erreicht mich und ich huste.

»Tut mir leid, dass der Abend so eskaliert ist. Ich wollte nicht, dass wir Probleme bekommen«, sagt er unsicher und es ist schwer, seine Mimik im Halbdunkel des Raumes zu deuten.

»Schon okay.«

»Schon okay?«

»Ja, schon okay. Es war so ziemlich das Aufregendste, das ich je erlebt hab.«

»Du hattest keine Angst?«

»Oh doch, und wie!«, lache ich und ziehe die Beine an. »Ich hatte furchtbare Angst. Ich dachte, wir sind erledigt. Ein für alle Mal. Aber dann … Ich hatte keine Ahnung von dem, was ich jetzt kann.«

»Doch nicht so schlecht, die Entscheidung, hmm?«

»Ezra meinte, es würde nicht anhalten. Diese neuen Fähigkeiten, meine ich.«

»Einige bleiben, andere vergehen und kommen nur wieder, wenn du dich verwandelst.«

Ich zucke mit den Schultern und schaue hinüber zum Fenster, genauso wie Quinn. Der pessimistische Teil von mir erwartet dunkle Schatten, die vorüberziehen. Auf der Suche nach uns. Doch alles ist ruhig. Nur vereinzelt huschen die Lichter vorbeifahrender Autos über die Wände hinweg und Quinn verfolgt jedes einzelne misstrauisch und angespannt.

Ich schaue ihn an und eigentlich möchte ich gern fragen, was da im Club passiert ist, bevor der Celesta angegriffen hat. Ich kann seine Haut, seine Lippen noch immer unter meinen Fingern spüren, doch ich verdränge den Gedanken und beschließe, dieses Thema vorerst nicht zur Sprache zu bringen. Ich bin aufgewühlt und gleichzeitig so müde, dass mir die Augen zufallen.

»Darf ich dich was fragen?« Quinns warme, tiefe Stimme unterbricht nach etlichen Minuten des Schweigens die Stille und reißt mich aus dem leichten, unruhigen Schlaf, in den ich bereits versunken war.

»Mhh …«, brumme ich leise und blinzle ein paar Mal schnell, um das Brennen meiner Augen zu vertreiben.

»Warum hast du so verdammt hartnäckig an deinem alten Leben gehangen? Ich hab versucht, es zu verstehen, aber …« Er zuckt erneut mit den Schultern und das Leuchten seiner Augen in der Dunkelheit ist durchdringender als üblich.

»Tja, weißt du, ich denke, es ist inzwischen kein Geheimnis mehr, dass ich manchmal ein wenig Zeit brauche, was Veränderungen angeht«, weiche ich ihm aus, während Quinn den Blick unverwandt auf mich geheftet hält und angesichts meiner Erklärung den Kopf schüttelt.

»Da ist mehr. Das ist es nicht.«

Das Lächeln gefriert auf meinen Lippen. Als würde ich die Maske wieder aufsetzen, die ich so lange getragen habe. Die Maske von damals, als man mich fragte, ob alles okay sei. Die Maske, die lächelt, obwohl es schmerzt.

»Du musst es mir nicht sagen, Emma.«

Ich starre auf meine Finger und balle sie schließlich zur Faust, während ich kopfschüttelnd an die Decke sehe. »Ich hatte damals alles, und als Mum verschwand, war innerhalb eines Tages alles weg. Nicht nur meine Familie, sondern alles. Ich habe seit diesem Tag gekämpft. Erst nur, um ein wenig Normalität, um Dads Anerkennung, um etwas, das mich glauben lassen würde, dass alles wieder gut werden kann. Jeder Tag war ein Kampf. Und alles, was ich erreicht habe ... Nüchtern betrachtet war das ganz sicher nicht viel, aber ich hatte Pläne, verstehst du? Ich wollte irgendwann einen Punkt erreichen, an dem alles gut ist, und dann wollte ich zurückblicken und sagen können: ‚Sieh dir die Scheiße an, die ich hatte. Ich hab's geschafft. Ich bin daran gewachsen. Das hier hab ich mir aufgebaut. Das hab ich geschafft. Niemand hat es mir geschenkt.'« Meine Fingernägel bohren sich in das Fleisch meiner Hand und ich entspanne meinen Griff. »Ich bin ganz sicher keine einfache Person, das weiß ich. Ich habe ein Problem damit, anderen zu vertrauen oder mein Schicksal in fremde Hände zu legen. Und selbst wenn ich Brief und Siegel gehabt hätte, dass alles, was ihr mir erzählt habt, wahr ist, wollte ich niemandem etwas schuldig sein. Ich wollte nicht, dass Ezra mir das nimmt, wofür ich so lange so hart gekämpft habe.«

»Er wollte dir nichts wegnehmen, Emma.«

»Er wollte nicht, aber er hat es trotzdem getan. Er hat mir die Möglichkeit genommen, es allein zu schaffen. Ich habe nichts in meinem Leben jemals auch nur annähernd gut gemacht. Ich war nie jemand, der mit Erfolg hätte angeben können, aber ich wollte immer so jemand sein. Jetzt bin ich einfach nur ein Mädchen, das Glück hatte. Jemand, der die passenden genetischen Voraussetzungen hatte und mit der richtigen Frau verwandt ist. Ich bin einfach nur ihre Tochter. Ich bin eine Celesta. Ich bin niemand« Ich stehe auf und stemme die Hände in die Seiten. Ich hätte nicht damit anfangen sollen. Wie kann ich verlangen, dass er es versteht? Wie soll jemand, der nicht ich ist, das verstehen können? »Tut mir leid. Vergiss es einfach.« Ich wische mir über die Augen, drehe mich beschämt von ihm weg und lache innerlich über meine Schwäche, als ich seine Anwesenheit direkt hinter mir spüre.

»Ich kenne niemanden, der weiter davon entfernt ist, ein Niemand zu sein, als du, Emma«, murmelt er leise und seine Hand legt sich locker auf mein Handgelenk. Vorsichtig wende ich mich zu ihm um und begegne seinem Blick. »Du hast recht. Du bist keine einfache Person, aber du bist mehr als nur ihre Tochter. Mehr als nur eine Celesta. Du bist etwas Besonderes und dass du jetzt hier bist, hast du ganz allein dir selbst zu verdanken. Es waren deine Entscheidungen, die dich hergebracht haben.« Lächelnd schwenkt er den Kopf von einer Seite auf die andere. »Nun ja, zum großen Teil.«

Ich lache und er stimmt ein. Sein Lachen klingt warm, tief und auf eine ganz besondere Art und Weise echt. Es lässt meinen Magen ein klein wenig tanzen. Und da ist es wieder, dieses Gefühl von vorhin, von dem ich ganz genau weiß, dass es mir Ärger einbringen wird. Doch noch bevor ich auch nur eine Idee habe, was ich als Nächstes tun soll, reißen uns Stimmen aus diesem Moment. Nahe Stimmen.

Quinn zögert nicht und drängt mich sofort zurück, presst mich eng gegen die Wand und Putz rieselt auf uns herunter. Als wir uns im Schatten einer maroden Anbauwand verstecken, werden die Stimmen lauter und dunkle Silhouetten huschen am Fenster vorbei, verweilen einen Moment und ziehen schließlich weiter. Die Gesprächsfetzen und das Gelächter verschwinden mit ihnen. Mein Herz hämmert in der Brust, während ich lausche.

»Nur Passanten«, raune ich leise und kann kaum verbergen, wie erleichtert ich bin. Die Gruppe lacht, johlt und entfernt sich. Teenager auf dem Heimweg vielleicht. Keine Bedrohung.

Die Anspannung weicht ganz langsam aus seinen Muskeln, doch er rührt sich trotzdem nicht von der Stelle. Im Gegenteil. Er steht da und schaut aus dunklen Augen auf mich herunter, hebt eine Hand seitlich an mein Gesicht und sein Daumen streicht über meine Haut und hinterlässt eine brennende, prickelnde Spur. Seine Lippen sind so nah an meinen, dass ich beinahe ihre federleichte Berührung spüren kann. Die Wärme seines Körpers dringt durch meine Kleider und ich atme flach und schnell, während wir dastehen und uns ansehen. Unser beider Atem ist das einzige Geräusch zwischen uns. Laut und schnell und intensiv wie ein Gewitter. Seine Pupillen sind weit. So weit, dass von dem eindringlichen Blau mit dem schwarzen Rand kaum noch etwas zu sehen ist. Seine Lippen sind leicht geöffnet, fast wie eine Einladung, doch da ist etwas in seinem Blick, das mich davon abhält, die letzten Millimeter zu überbrücken und ihn zu küssen.

Im nächsten Moment weicht er so ruckartig von mir zurück, dass ich erschrecke. Quinn blinzelt und macht hektisch etliche Schritte rückwärts, bis er die Couch erreicht hat und sich nach einer kurzen, irritierenden Pause darauf niederlässt. Seine Augen sind abgewandt, als ich zu meinem Platz zurückkehre und versuche, gegen die Trockenheit in meiner Kehle anzuschlucken.

»Darf ich dich auch was fragen?«, bringe ich mühsam hervor und weiß, dass er eigentlich lieber schweigen würde. Die Atmosphäre ist angespannt und tausend unausgesprochene Fragen liegen in der Luft.

Entsprechend fahrig senkt er den Blick auf seine Finger und spannt den Kiefer an. Ich erahne seine Ausrede schon, bevor er sie sich ausgedacht hat, und gebe ihm gar nicht erst die Chance, auszuweichen. Doch ich stelle auch nicht die Frage, mit der er rechnet.

»Was genau bist du?«

»Wie bitte?«

»Du bist kein Celesta, so viel weiß ich ja schon. Du hast heute beim Auto gesagt, sie würden mich nicht akzeptieren, wenn wir uns weiterhin treffen. Und Liam hat heute ein paar wirklich unschöne Dinge über dich gesagt, genauso wie ein paar Mädchen in der Schule und der dämliche Freak von vorhin. Du gehörst offensichtlich nicht dazu, bist aber trotzdem jeden Tag da. Erklär es mir.«

Er lacht gequält auf und lässt sich gegen die Lehne sinken. »Vielleicht wäre es besser, wenn wir …«

»Ich will es wissen, Quinn!«

Schnaufend verschränkt er die Finger und vermeidet nach wie vor jeden Blickkontakt. Stattdessen starrt er wieder an die Decke. »Ich bin ein Cinder. Eigentlich Cindertint, aber so nennt uns niemand.«

»Was hab ich mir darunter vorzustellen?«

»Emma, das ist eine unheimlich lange Geschichte. Lass uns die Erklärung doch einfach verschieben.«

»Auf wann? Auf einen Zeitpunkt, an dem du Lust hast, mich über all das hier aufzuklären? Inzwischen kann ich dich ganz gut einschätzen, Quinn. Du wirst es mir niemals freiwillig erzählen.«

Er grinst leicht und ich denke, ich könnte gewonnen haben. Er schnauft übertrieben und sackt ein wenig in sich zusammen. Ich habe gewonnen. »Außer den Celestas gab es seit jeher auch noch uns und einen dritten Clan. Wir existieren schon sehr lange und die Menschen haben uns über die Jahrhunderte hinweg die absurdesten Namen gegeben. Wir waren Engel, Dämonen, Geister, alles, was du dir vorstellen kannst. Immer, wenn etwas Unerklärliches passierte, tauchte irgendwo eine neue Geschichte auf. Wir lebten in den Schatten, in der Nacht, und uns zu verbergen war immer schon unsere oberste Priorität. Die neuen Medien und die Kameras überall machen es allerdings nicht gerade einfacher.« Er gluckst, doch glücklich sieht er nicht aus. »Jahrhundertelang haben wir über die Menschen gewacht. Die Celesta waren dabei diejenigen von uns, zu denen wir aufblickten. Sie waren und sind den Menschen am ähnlichsten und am mächtigsten. Sie waren unsere Anführer und wir ihre Gefolgschaft. Irgendwann aber kippte dieses Verhältnis und wir waren kaum mehr als das Fußvolk für sie. Generation um Generation wuchs mit anderen Werten auf und irgendwann sahen sie sich als den einzig wahren Clan an und verlangten schließlich unsere Unterwerfung, unsere Treue, unsere uneingeschränkte Loyalität.«

Ich habe Fragen, doch ich wage es nicht, ihn zu unterbrechen.

»Mein Clan begehrte gegen sie auf. Sie bestanden auf ein Miteinander, auf ihre Unabhängigkeit. Tausende von uns bezahlten dafür mit ihrem Leben. Die Celesta haben seither immer darauf geachtet, uns kleinzuhalten. Wir brauchten sogar ihre Genehmigung, um Kinder zu zeugen. Wir wollten unsere Freiheit und haben so viel mehr verloren. Sie wissen, wo welcher Clan lebt und wer ihm angehört. Für sie sind wir Hunde. Wir werden geduldet, mehr nicht.«

Ich schlucke schwer und nur nach und nach wird mir klar, was das bedeutet. »Warum bist du dort? Im Internat. Bei Ezra?«

»Vor einiger Zeit gab es ein Umdenken. Einige Celesta waren nicht einverstanden mit der Art, wie man uns behandelte. Sie waren der Meinung, dass man uns als Verbündete betrachten sollte, nicht als Untergebene. Sie wollten unsere Freiheit. Es endete allerdings in einem Blutbad. Der Widerstand wurde niedergekämpft. Liams Vater war damals in der Position, die Ezra nun bekleidet. Er nahm mich als Pfand für ihre Loyalität mit und schwor meinem Clan, dass er mich sofort töten würde, sollte auch nur einer von ihnen es wagen, noch einmal aufzubegehren.«

»Und seitdem bist du hier?«

»Die erste Zeit verbrachte ich in einer kleinen Zelle. Er war jemand, der seine Wutausbrüche gern am lebenden Objekt auslebte.« Seinem Blick nach zu urteilen ist er gerade weit weg. Vermutlich in dieser winzigen Zelle und es tut mir leid, gefragt zu haben. Quinn räuspert sich und drückt den Rücken durch. »Er starb überraschend und Ezra wurde zu seinem Nachfolger. Er befreite mich und bot mir ein annähernd normales Leben. Ich weiß dennoch zu jeder Zeit, wo mein Platz ist.«

»Aber du darfst dich doch frei bewegen. Warum bist du nie geflohen?«

Er richtet sich auf, greift nach dem Saum seines Shirts und zieht es ein wenig hoch. Seitlich an seinem Oberkörper, kurz unterhalb der Rippen, entdecke ich ein merkwürdiges Objekt, das sich unter seiner Haut hervorwölbt.

Ich strecke die Finger aus, um es zu berühren, doch er zieht sich augenblicklich zurück und lässt das Shirt wieder sinken.

»Damit kann er mich überall finden. Und auch wenn Ezra andere Werte vertritt, die Ehre der Celesta würde es von ihm verlangen, die Drohung von damals einzulösen. Wenn ich verschwinde, könnten sie mich ohne Weiteres töten. Das da ist eine perfekte Rückversicherung und niemand, außer Ezra selbst, kann sie entfernen. Mit dem Ding in mir kann ich mich nicht verwandeln und ich kann nicht fliehen. Ich kann nichts tun, außer zu bleiben, wo ich bin, und mit der allgegenwärtigen Abneigung zu leben. Kein Celesta, der etwas auf sich hält, schenkt mir mehr Aufmerksamkeit als unbedingt nötig. Das solltest du auch nicht tun.«

»Ich entscheide ganz gern selbst, was ich tue und was nicht.«

»Du hast dich für sie entschieden, Emma.«

»Da hatte ich doch keine Ahnung, was …«

»Das ist unwichtig!«, donnert er und springt auf. »Liams Vater hat seinesgleichen umgebracht, nur weil sie anderer Meinung waren als er. Ich werde nicht riskieren, dass dir etwas zustößt, nur weil du meinst, Starrköpfigkeit würde dir hier weiterhelfen. Das hier ist eine andere Welt!«

»Warum hast du dann zugelassen, dass ich ein Teil davon werde?«

»Es war deine beste Chance, zu überleben.«

»Ich will aber nicht sein wie sie. Ich will nicht denken wie sie und ich werde nicht handeln wie sie!« Nun stehe ich ebenfalls auf, postiere mich direkt vor ihm und starre ihm unverwandt in die blitzenden Augen. »Stell dich meinetwegen auf den Kopf, Quinn, aber ich schwimme nicht mit dem Strom und ich werde nicht anfangen, dich zu ignorieren, weil du nicht bist wie ich.« Schwer atmend halte ich seinem wutschnaubenden Blick stand und lege schließlich, ganz vorsichtig, meine Hand auf seine Brust. »Das kannst du nicht von mir verlangen, Quinn.«

Sofort beruhigt er sich, hebt den Blick und presst die Lippen zusammen. Und dann liegt seine Hand, warm und fest, auf meiner. »Du solltest versuchen, noch ein wenig zu schlafen. Bei Sonnenaufgang gehen wir zurück.«

Damit wendet er sich ab und nimmt seinen Beobachtungsposten am Fenster wieder ein. Ich stehe da, sehe ihn an und weiß, dass es sinnlos ist, jetzt mit ihm zu diskutieren. Also lasse ich mich auf das Sofa sinken, ziehe die Beine an und schließe die Augen.

Neunzehn

Die ersten Sonnenstrahlen wecken mich und blinzelnd öffne ich die Augen. Flirrende kleine Staubpartikel hängen in der Luft über mir und leuchten wie winzige Glühwürmchen, drehen und winden sich. Für einen Moment liege ich einfach nur da, beobachte das wilde, chaotische Treiben und genieße die Ruhe, die Wärme auf meiner Haut und den Frieden, der mich noch aus meinem Traum herausbegleitet. Viel zu schnell allerdings stürmen all die Erinnerungen von gestern wieder auf mich ein und hinterlassen ein ungutes Gefühl in meiner Magengrube. Mehr als das, mein Weltbild und alles, was ich dachte über die Celesta zu wissen, steht kopf. Die Vorstellung, was Quinn all die Jahre erdulden musste … und ich verliere schon nach ein paar wenigen Wochen beinahe den Verstand.

Die Couch ächzt leise, als ich mich aufsetze und das, was gestern noch eine Frisur war, sowohl aus meinem Mundwinkel als auch der gesamten rechten Gesichtshälfte streiche. Quinn lehnt, ein wenig eingefallen und mit leichten Ringen unter den Augen, noch immer an der Wand neben dem Fenster und mich beschleicht die Ahnung, dass er die ganze Nacht über kein Auge zugemacht hat. Er bemerkt, dass ich aufgewacht bin, zeigt jedoch nicht die geringste Reaktion. Verbissen starrt er aus dem Fenster und die deutlich hervortretende Kiefermuskulatur verrät mir den Grad seiner Anspannung. Er scheint genauso erpicht darauf zu sein, unser Gespräch von gestern fortzusetzen, wie ich.

»Warst du die ganze Zeit wach?«, frage ich mit trockener Kehle und vermeide es, ihn direkt anzusehen.

»Es waren nur vier Stunden«, ist seine knappe Antwort und ich nicke träge, obwohl mich das hier weiß Gott zur Weißglut treibt. Ein Teil von mir will zu ihm gehen, ihn vor die Brust stoßen, ihn anschreien, ihn zwingen, einzusehen, dass ich das hier unmöglich hinnehmen kann. Nach dem, was ich gestern erfahren habe, kann ich einfach nicht so weitermachen wie bisher.

»Wir sollten aufbrechen«, murrt er leise, stößt sich von der Wand ab und marschiert ohne einen weiteren Blick an mir vorbei. Als hätte er geahnt, dass ich Redebedarf habe. Glaubt er wirklich, weglaufen würde ihn retten?

Nun, zumindest für den Moment sehe ich ein, dass wir die Gunst der Stunde nutzen und uns schnellstmöglich auf den Heimweg machen sollten. Ich halte also den Mund, folge ihm auf den Flur hinaus und nach einem kurzen, prüfenden Blick verlassen wir das alte Gebäude.

Die Straßen sind weitestgehend menschenleer, nur hin und wieder rauscht ein Auto vorbei. Einige Vögel begrüßen lautstark den neuen Tag und die ein oder andere Person passiert, zumeist mit gesenktem Blick, unseren Weg. Quinn hüllt sich weiterhin in hartnäckiges Schweigen und vermeidet jeden Blickkontakt. Und er hat es so eilig, dass ich sein Tempo nicht lange werde mithalten können.

»Okay, das reicht!« Ich bleibe stehen und nach wenigen Schritten hält er ebenfalls inne, dreht sich jedoch nicht zu mir um. »Was zur Hölle ist los mit dir?«

»Wir sollten nicht hier sein. Es ist gefährlich und ich will dich möglichst schnell in Sicherheit wissen. Das ist los mit mir. Also komm schon.«

Energisch schüttle ich den Kopf. »Nein, das ist nicht der Grund.«

»Ach nein?« Er ballt die Hände zu Fäusten und ich weiß, dass ich mich auf dünnem Eis bewege.

»Wir sind uns gestern nicht einig gewesen, deshalb ...«

»Jetzt nicht, Emma!«, wiegelt er ab und läuft einfach weiter, doch ich schließe auf und bekomme ihn am Arm zu fassen.

»Lass und darüber reden, Quinn. Wir finden eine Lösung!«

»Nein, Emma. Wir *haben* bereits eine Lösung!«

»Wegsehen und alles so lassen, wie es war?«

Er presst die Lippen zu einer schmalen Linie zusammen und starrt über mich hinweg. »Ja. Wegsehen.«

»Das kannst du nicht von mir verlangen!«

»Doch, genau das verlange ich. Bevor du es gewusst hast ...«

»Ich weiß es jetzt aber, Quinn! Du selbst hast es mir erzählt!« Mittlerweile ist meine Stimme hoch und laut und mein Blut kocht förmlich.

»Ich habe einen Fehler gemacht. Ich habe dich falsch eingeschätzt.«

Ich lache hysterisch auf. »Falsch eingeschätzt? Was genau hast du denn gedacht, wie ich reagiere?«

»Vernünftig!«, schleudert er mir entgegen und Wut verzerrt seine Augen zu schmalen Schlitzen. »Du bist nur mit Glück dem Tod entkommen und das mehr als einmal! Und jetzt bist du bereit, dein Leben einfach so wegzuwerfen. Das ist nicht dein Kampf, Emma. Er war es nie und er wird es nie sein. Du magst ihre Gene haben, aber du bist keine von ihnen.« Eindringlich legt er seine Hände auf meine Schultern und sieht mich an. »Tu das, was du von Anfang an hättest tun sollen: Nimm diese Chance an und werde irgendwo anders glücklich.«

Tränen brennen in meinen Augen, als ich zaghaft den Kopf schüttle und seine Hände schwach von meinen Schultern sinken. »Das ist nicht richtig!«

Blinzelnd lässt er seinen Blick in die Ferne schweifen und geht dann, einfach so, an mir vorbei. Irritiert schließe ich zu ihm auf.

»Quinn, bitte. Versteh mich doch, ich kann nicht ...«

»Hör! Auf!«, brüllt er so plötzlich, dass ich abrupt stehen bleibe und für einen Augenblick das Gezwitscher der Vögel verstummt. Doch ich fange mich schnell. Er ist nicht der erste Mann, der meint, durch lautes Gehabe könne man mich zum Schweigen bringen.

»Wenn du glaubst, dass mich dein Gebrüll einschüchtert, muss ich dich enttäuschen, Quinn. Diese Masche zieht bei mir nicht.«

»Ich hätte es dir niemals erzählen dürfen. Ich hätte dich verflucht noch mal gar nicht mitnehmen dürfen.« Er hadert mit sich und ich mit mir. Vor der letzten Nacht war alles einfacher, obwohl sich eigentlich nichts geändert hat.

»Warum hast du es denn dann getan? Warum hast du zugelassen, dass das im Club passiert? Das zwischen uns?« Sein Gesicht ist wie versteinert.

Er wird mir darauf keine Antwort geben. »Weiß du was? Tu einfach, was du für richtig hältst. Und ich … ich tue, was ich für richtig halte.« Damit überhole ich ihn und halte seine Geschwindigkeit, auch wenn es mir schwerfällt.

»Was hast du vor?« Und schon ist er wieder neben mir, nun deutlich besorgt.

»Geht dich nichts an.«

»Emma, verdammt!« Er packt meinen Arm und zwingt mich, stehen zu bleiben.

»Lass mich los! Auf der Stelle!«

Doch anstatt meiner Aufforderung nachzukommen, starrt er mich an. Seine Nasenflügel sind gebläht und sein Atem geht schnell. Sein Blick ist dunkel und gehetzt, als er sich, mein Handgelenk noch immer fest umklammernd, wieder in Bewegung setzt. Allerdings in die andere Richtung.

»Was soll das? Wo bringst du mich hin?«

Doch ich erhalte keinerlei Reaktion auf meine Fragen. Er ignoriert mich geflissentlich, ebenso jeden meiner Versuche, mich zu befreien. Irgendwann gebe ich auf und trotte einfach stur hinter ihm her.

Mein Interesse kehrt erst zurück, als er ein großes, gusseisernes Tor aufdrückt und mich auf einen schmalen, dunklen Weg zerrt, gesäumt von Grabsteinen. Das hier ist ein Friedhof, einer der wenigen Orte, an denen ich mich wirklich unwohl fühle. Sofort kriecht mir eine Gänsehaut über den Rücken und ich zerre etwas energischer an seiner Hand.

»Was soll das?«

Keine Antwort.

»Quinn, verdammt noch mal, was machen wir hier?«

Immer noch keine Antwort.

»Quinn!«

Endlich stoppt er, lässt mich los und starrt regungslos und mit versteinerter Miene auf das Grab, vor dem wir stehen. Irritiert folge ich seinem Blick und für einen Moment bleibt mir das Herz stehen.

Emma Sofia Parker steht dort.

Geliebte Tochter und Freundin.

Mir wird schlecht. Punkte tanzen in meinem Blickfeld, das plötzlich kleiner zu werden scheint, und obwohl ich nichts gegessen habe, stolpere ich zurück und mein Magen windet sich in Krämpfen. Ich bringe so viel Abstand wie nur möglich zwischen mich und dieses Grab, laufe den grasbewachsenen Hügel hinauf, der sich direkt vor mir erhebt, und halte erst inne, als ich kühlen Wind auf meinem Gesicht spüre und die Kälte der Grabstätte nicht mehr wie ein Tuch über mir liegt. Die Hände in den Hosentaschen vergraben taucht Quinn wenig später fast geräuschlos neben mir auf. Wir stehen zusammen auf dem Hügel, von dem aus man fast die ganze Stadt überblicken kann.

»Wenn du auch nur einen einzigen Fehler machst, wird das da bald mehr sein, als ein leerer Sarg und ein Stein, auf dem dein Name steht.«

Mir ist noch immer schlecht und ich habe nicht die Kraft, jetzt mit ihm zu streiten. »Bring mich zurück.«

»Ich werde Ezra bitten, schnellstmöglich einen Platz für dich zu finden. Du wirst ein Leben haben, Emma. Ein echtes, ein gutes Leben!«

Ich schweige und zwänge nur mit Mühe die Luft in meine Lunge.

»Du könntest ... ich meine ... dieser Will ...« Als er den Namen ausspricht, verlässt mich meine Gleichgültigkeit. »Du mochtest ihn doch. Ich meine, du könntest dann ...«

»Kein Wort mehr, Quinn«, unterbreche ich ihn harsch und versuche zu verbergen, wie tief mich seine Worte getroffen haben. Sicher, Will hat mir etwas bedeutet. Er hat Normalität bedeutet. Er hat das verkörpert, was ich mir damals so sehnlich gewünscht habe. Und auch wenn ich hin und wieder an ihn gedacht habe – dass Quinn offenbar annimmt, sein Verlust sei mit Will auszugleichen, macht mich unsagbar wütend.

»Bring mich zurück.«

Damit drehe ich mich um, gehe an ihm vorbei und verlasse diesen verfluchten Ort. Ich muss nachdenken. Über mehr, als mir lieb ist.

Zwanzig

Nachdem wir den Rückweg in erdrückendem, fast schmerzhaftem Schweigen hinter uns gebracht haben, steht die Sonne bereits hoch am Himmel und das Thermometer zeigt sommerliche Temperaturen. Nicht genug also, dass unsere Kleider nach unserer Flucht gestern quasi vor Dreck starren und getrocknetes Blut daran klebt, ich kann Quinn mittlerweile riechen und er mich sicher auch. Insofern bin ich froh, als endlich das alte Backsteingebäude in Sichtweite kommt und damit auch die Chance auf eine Dusche und saubere Klamotten. Wobei ich nach dem, was ich seit letzter Nacht weiß, tatsächlich unsicher bin, was meine Sicherheit angeht. Einzig die Annahme, dass ich längst tot wäre, wenn es dort jemand auf mich abgesehen hätte, hält meine sich überschlagenden Gedanken im Zaum. Nachdem wir die Treppenstufen erklommen und brav an die Tür geklopft haben, wird diese umgehend aufgerissen – viel schneller als üblich. Das Gesicht des Wachmannes ist bleich und das Flackern in seinem Blick, als er uns erkennt, beschert mir ein flaues Gefühl in der Magengegend. Etwas stimmt nicht.

Alle sind in heller Aufruhr, fluten den Flur, murmeln leise und starren uns an. Ich fühle mich augenblicklich noch ein klein wenig unwohler als zuvor. Als Quinn auch noch einen Schritt auf mich zu macht, scheinbar bereit, sich zwischen mich und all diese Celestas zu werfen, manifestiert sich dieses Gefühl als dumpfes Pochen hinter meinem Brustbein. Alles kann jetzt passieren. Wer weiß, was sie gehört haben. Wer weiß, was sie denken.

Die Tür fällt hinter uns krachend ins Schloss und ich zucke zusammen. Als schließlich schwere Schritte von den Wänden widerhallen, verstummt das Gemurmel und alle Blicke richten sich auf den Mann, der nun ebenfalls diese merkwürdige Bühne betritt. Ezra.

Augenscheinlich nur mühsam beherrscht bittet er uns recht wortkarg, ihm zu folgen. Wir kommen seiner Aufforderung, von neugierigen Blicken und Getuschel begleitet, ohne Umschweife nach und an seinem Zimmer angelangt schließt er geräuschvoll die Tür hinter sich. Während ich unsicher stehen bleibe und nicht weiß, was mich erwartet, fällt die Anspannung sichtlich von Quinn ab und er marschiert direkt hinüber zu der kleinen Bar, wo er sich einen Drink einschenkt. Ich starre ihm hilflos hinterher, während Ezra schweigend an seinem Schreibtisch Platz nimmt und nach einer kurzen, kaum zu ertragenden Pause explodiert.

»Habt ihr zwei eigentlich den Verstand verloren?«, donnert er und seine Stimme dröhnt geradezu in meinen Ohren. Ich ziehe den Kopf ein, während Quinn all das herzlich wenig zu interessieren scheint. Ezras Blick klebt im Moment allerdings auch nur auf mir, weshalb ich mich verpflichtet fühle, etwas zu meiner Verteidigung zu sagen, auch wenn ich – genau genommen – ja noch gar nicht weiß, weshalb er so furchtbar sauer ist. Ich öffne den Mund und im selben Moment hebt er mir drohend einen Finger entgegen. »Wag es nicht, auch nur ein Wort zu sagen!«

Es gibt nicht viele Personen, die jemals auf diese Art mit mir gesprochen haben – ungestraft und ohne, dass ich sie nicht schon auf halber Strecke unterbrochen hätte. Im Moment stehe ich aber tatsächlich einfach nur da, klappe den Mund wieder zu und weiß, dass ich wahrscheinlich großen Mist gebaut und diese Standpauke redlich verdient habe.

»Ich habe dir vertraut, Emma! Du hattest etliche Freiheiten!« Die deutliche Enttäuschung in seiner Stimme lässt mich den Kopf noch etwas weiter einziehen.

»Es tut mir leid. Es war nicht geplant, dass wir so lange wegbleiben.«

Entgegen meiner Erwartung, lacht er auf und schaut mich verständnislos an.

»Du denkst, ich bin sauer, weil du über Nacht weg warst?«

»Bist du nicht?«

Mit zusammengepressten Lippen klappt er seinen Laptop auf, tippt ungehalten darauf herum und dreht ihn mir zu. Das endlich scheint nun auch Quinn zu interessieren, denn er gesellt sich zu uns. Gemeinsam starren wir auf den Bildschirm und sehen, in schönen, klaren Bildern, unseren gestrigen Sprung vom Dach, inklusive des Aufpralls auf der Straße und unserer Flucht.

»Ach du heilige …«, entfährt es mir und selbst Quinn bleibt ausnahmsweise mal stumm. Ezra hingegen ist nach wie vor ein brodelnder Vulkan. »Habt ihr eine Ahnung, was es für ein Aufwand war, das da ungeschehen zu machen?«

Er klappt den Laptop so wütend zu, dass ich für einen Moment Angst um dessen Unversehrtheit habe.

»Habt ihr es gelöscht?«, fragt Quinn und nimmt noch einen Schluck aus seinem Glas. Obwohl er seine Nervosität recht gut überspielt, merke ich sie ihm deutlich an. Er hält das Glas fester umklammert, sodass seine Knöchel weiß werden.

»Dafür war es bereits zu spät«, erklärt Ezra mit zusammengebissenen Zähnen, steht auf und holt sich ebenfalls ein Glas. »Wir haben es bearbeitet und in mehreren Versionen ins Netz gestellt. Die Fälschung verbreitet sich rasant. Alles was wir vom Original finden, löschen wir.«

»Und wie lautet die offizielle Erklärung?«, will Quinn wissen und stürzt den letzten Rest der bernsteinfarbenen Flüssigkeit in einem Schluck herunter.

»Ein Sprecher vom Straßenbauamt hat bestätigt, dass die plötzlich abgesackte Fahrbahn von einem ausgespülten Hohlraum verursacht worden ist. Jemand konnte den Moment filmen und hat zwei Menschen hineinmontiert. Ein Fake.«

Ezra lehnt sich brummend in seinem Stuhl zurück und beruhigt sich ganz langsam. »Für den Schaden werden wir selbstverständlich aufkommen und einigen wichtigen Leuten für die nächsten Wochen mit Sicherheit Rede und Antwort stehen müssen. Habt ihr überhaupt die leiseste Ahnung, wie haarscharf ihr und wir alle hier an einer Katastrophe vorbeigeschlittert sind?«

Ich presse die Lippen zusammen und könnte jetzt natürlich behaupten, gar nichts dafür zu können. Ich könnte Quinn eiskalt ans Messer liefern. Trotzdem schweige ich. Ezras Blick wandert dennoch direkt zu ihm.

»Emma hat mit Sicherheit nicht gewusst, was dort ist. War das deine Idee?«

Quinn gibt sich nach wie vor unbeeindruckt.

»Quinn! Was, zur Hölle, habt ihr dort gewollt? Was ist passiert?«

Wieder keine Reaktion. Die Ader auf Ezras Stirn ist prall und pocht bedrohlich, als er die Finger in die Lehne krallt und sich anschließend erhebt, den Blick noch immer stur auf Quinn geheftet.

»Es war meine Idee!«, rufe ich kurz entschlossen und balle die Hände zu Fäusten. Ezra hält augenblicklich inne und Quinn taxiert mich mit einem undefinierbaren Lächeln auf den Lippen. Als hätte er gewusst, dass ich einknicke.

»Was sagst du da?« Ezra lässt von ihm ab, umrundet den Schreibtisch, verschränkt die Arme vor der Brust und lehnt sich gegen die Tischplatte.

»Ich habe ihn gebeten, mich zu begleiten. Ich wollte mal raus.«

Auch wenn er sich Mühe gibt, seine Wut zu verbergen, kann ich sehen, wie Ezra innerlich brodelt. Ich untergrabe gerade meine Integrität und reiße alles an Vertrauen ein, was ich mir mühsam aufgebaut habe. Und wofür? Für den Typen, der dort hinten steht und seit Stunden kein Wort mit mir spricht.

»Okay. Und was ist passiert?«

»Einer der Celestas hat sich an der Tatsache gestört, dass er«, ich vermeide den Blick hinüber zu Quinn und schlucke schwer, »anders ist. Er hat versucht, ihn umzubringen, aber wir konnten auf das Dach fliehen. Sie haben uns verfolgt und der Sprung war die einzige Möglichkeit, zu entkommen.«

»Der fremde Mann hat also einfach so versucht, Quinn umzubringen? Grundlos?«

Ich nicke. Ich meine, was soll ich ihm denn sonst erzählen? Zu meiner großen Erleichterung beruhigt Ezra sich endlich und die rote Färbung seiner Wangen verfliegt allmählich.

»Ich werde mich darum kümmern. Und ihr beide sorgt dafür, dass so etwas nicht noch einmal geschieht. Der Schutz unserer Identität hat oberste Priorität.«

Damit ist das Thema für ihn beendet. Er steht auf, setzt sich wieder an seinen Schreibtisch und winkt uns ohne ein weiteres Wort hinaus. Den Ringen unter seinen Augen nach zu urteilen, hat er in der letzten Nacht ebenfalls nicht viel geschlafen und seine Nerven liegen blank. Trotzdem mache ich einen Schritt auf ihn zu, öffne den Mund und genau in diesem Moment schließen sich starke Finger um meinen Oberarm und ziehen mich nach draußen. Quinn sagt nicht ein einziges Wort. Doch sein Blick genügt als Drohung.

Ist es nur ein schlechter Zeitpunkt, mit Ezra zu reden, oder allgemein eine dumme Idee? Nachdem wir das Büro verlassen haben, erwarte ich eine Erklärung. Ich will reden, eine Lösung finden, doch Quinn lässt mich einfach so stehen und marschiert ohne ein weiteres Wort die Treppe hinauf. Ratlos und ziemlich sauer bleibe ich zurück und starre ihm nach.

Was soll ich mit all dem neuen Wissen tun? Ist Ezra der richtige Ansprechpartner? Kann ich ihm vertrauen? Kann ich Quinn vertrauen?

Ich könnte mir vorstellen, dass es nicht unbedingt in Ezras Interesse liegt, mich dabei zu unterstützen, eine uralte Fehde wieder aufzurollen. Wer bin ich denn überhaupt, hier irgendwem etwas sagen zu wollen? Zumindest in diesem Punkt hat Quinn nämlich recht. Ich habe vielleicht ihre Gene, aber ich bin keiner von ihnen. Ich bin nicht mit ihren Werten aufgewachsen, habe bestenfalls den Hauch einer Ahnung, was ihr Leben und ihre Geschichte betrifft. Außerdem kenne ich genau eine einzige Sicht der Dinge. Bevor ich also losstürme und wild mein Urteil fälle, habe ich einiges zu tun. Und ich weiß schon genau, wo ich damit anfangen werde.

***

Die Bibliothek ist definitiv einer der Orte, denen ich bei Weitem noch nicht genug Aufmerksamkeit geschenkt habe. Seit ich hier bin, sind zwar etliche der Bücher in meinem Zimmer gelandet und ich habe sogar einen Großteil davon gelesen, doch einzig und allein, um mir die Zeit zu vertreiben, mich berieseln zu lassen, zu vergessen. Jetzt aber will ich nicht vergessen.

Frisch geduscht und mit einer großen Tasse Kaffee bewaffnet suche ich mir eine ruhige Ecke und arbeite mich Stück für Stück durch die vielen Seiten Geschichte, die hier lagern. Da ich nicht weiß, wo ich anfangen soll und wen ich fragen könnte, versuche ich mein Glück einfach mittendrin. Buch um Buch klaube ich aus den Regalen, entstaube es, überfliege die Seiten. Die meisten entpuppen sich als wenig informativ, zumindest für das, was ich wissen möchte. Wer weiß, ob ich überhaupt fündig werde. Gibt es ein Buch über die Geschichte der Celesta? Gibt es jemanden, der zu Papier gebracht hat, was geschehen ist? Schwarz auf weiß? Für alle nachzulesen?

Meine Suche dauert mittlerweile Stunden an. Einige Exemplare, die vielversprechend klingen, stapeln sich auf dem Tisch vor mir, der Großteil allerdings verharrt wieder an seinem Platz im Regal. Zumindest sind die guten Stücke vom Staub befreit, auch wenn mich das nicht wirklich weiterbringt. Ich habe das letzte Regal erreicht und meine Hoffnung, noch fündig zu werden, schwindet ebenso wie das Tageslicht.

Dieses Regal ist nur zu etwa einem Viertel gefüllt und nachdem ich die wenigen Bücher mit inzwischen geübtem Blick durchforstet habe, weiß ich, dass all das hier umsonst war. Ich lasse mich schnaufend auf den Boden sinken und starre hinüber zum Tisch. Fünf Bücher, in denen ich vielleicht ein paar Informationen finden kann. Aber auch nur vielleicht.

Ich lehne den Kopf zurück und schließe müde die Augen. Ein pochender, dröhnender Schmerz zuckt hinter meinen Augäpfeln im Takt meines Herzschlags und der Wunsch, mich mit einer Tablette und einer Wärmflasche ins Bett zu verkrümeln, ist übermächtig. Stöhnend klammere ich mich an das unterste Regalbrett und ziehe mich daran hoch. Vollkommen typisch für mich stoße ich dabei die gesamte Reihe der eilig durchstöberten Bücher um und der Knall lässt meinen ohnehin empfindlichen Kopf förmlich explodieren.

Fluchend richte ich die Bücher wieder auf und stocke. Denn hinter ihnen finde ich eines, das mir bis eben nicht aufgefallen ist. Ganz schmal und aufrecht an der Rückwand stehend. Ich schiebe die dicken Wälzer beiseite und fische das unscheinbare Ding hervor. Es ist in dunkles, vergilbtes Leder eingeschlagen. Kein Titel. Keine Prägung. Nichts. Vorsichtig schlage ich es auf. Ich rechne mit einer Einleitung, dem Namen eines Autors, gedruckten Buchstaben, aber stattdessen starre ich auf eine mit einer kleinen, ordentlichen Handschrift dicht beschriebene Seite. Die Tinte ist ein wenig verblasst, das Papier gelb und leicht muffig.

Manche Dinge sollten nicht niedergeschrieben werden, steht dort in der ersten Zeile. Manche Dinge sollte die Welt vergessen, wenn diejenigen fort sind, die davon berichten können. Manche Dinge werden erlebt, um danach vergessen zu werden. Vielleicht gehört auch unsere Geschichte dazu. Wer weiß das schon? Vielleicht wird diese schreckliche Zeit irgendwann enden und vielleicht lernen wir dazu. Vielleicht werden wir besser und das hier wird zu einem dunklen Kapitel unserer Geschichte. Ich wünsche es mir. Ich wünsche mir, dass wir diese Tage irgendwann vergessen dürfen, weil wir jetzt besser sind, weil wir es verdient haben, zu vergessen.

Bis dahin jedoch muss irgendwie festgehalten werden, was jeden Tag meine Wahrheit ist – so lange, bis sie zu Geschichte und schließlich zu Staub werden darf.

Auf den folgenden Seiten berichtet der namenlose Autor über alles, was er für wichtig hält. Ich lese, was ihm, ebenfalls ein Celesta, über den Umgang mit den anderen Clans beigebracht wird. Ich lese vom Verhaltenskodex gegenüber den *Anderen*, wie er sie nennt. Er berichtet über seinen Unmut, sein Unverständnis und die Ablehnung, auf die er stößt, sobald er unangenehme Fragen stellt. Selbst im Kreis seiner Familie. Vergessen sind meine Kopfschmerzen und meine Müdigkeit. Das hier ist genau das, wonach ich gesucht habe. Die ganze Zeit über. Es ist ein Beweis dafür, dass Quinn die Wahrheit gesagt hat. Und es zieht mich so sehr in seinen Bann, dass ich nicht einmal aufsehe, als jemand den Raum betritt.

»Sieh an. Hier hast du dich versteckt.«

Die Stimme reißt mich so ruckartig aus der Stille, die mich all die Stunden lang umgeben hat, dass ich einen Moment brauche, ehe ich sie zuordnen kann. Blinzelnd blicke ich von den Seiten hoch und mitten hinein in dieses unglaublich perfekte, kleine, gehässige Gesicht. Gwendolyn. Und hinter ihr Abigail, Neela und Christa. Die Clique ist nicht annähernd komplett, aber diese vier reichen mir vollkommen. Sie sind sicher nicht zufällig hier, nein. Sie haben mich gesucht und das allein verheißt nichts Gutes. Ein Prickeln im Nacken lässt mich die Schultern ein wenig höher ziehen, als könnte ich damit das ungute Gefühl abschütteln. Doch es bleibt und mahnt mich zur Vorsicht. Betont ruhig hebe ich den Blick, blinzle, um meine Augen nach dem Lesen der winzigen Schrift wieder an das räumliche Sehen zu gewöhnen, klappe das Buch zu und stehe auf.

»Wie kommst du darauf, dass ich mich versteckt habe?«

»Wir haben dich überall gesucht.«

»Ja und? Nur weil du mich nicht gefunden hast, heißt das noch lange nicht, dass ich mich versteckt habe. Ich war den ganzen Tag hier, aber das dürfte nicht der Ort sein, an dem du dich für gewöhnlich aufhältst, nicht wahr?« Ich lächle freundlich, doch sie hört den leicht gehässigen Unterton in meiner Stimme und presst die Lippen aufeinander. »Tja, du hast mich jedenfalls gefunden. Also?« Ich schiebe das Buch so gelassen wie möglich zurück zwischen die anderen, weit nach hinten, und vermeide alles, was sie auf die Idee bringen könnte, es sei anders, als die vielen anderen. Als wäre es nur eines von Hunderten. Nichtssagend. Absolut gewöhnlich.

»Was tust du hier? Sieht aus, als würdest du etwas suchen.« Sie geht hinüber zu dem kleinen Tisch, auf dem sich meine Fundstücke stapeln, und lässt ihre blassen, schlanken Finger über die Einbände wandern. »Plötzlich geschichtsinteressiert?«

»Tja, ich dachte immer, ich würde meine Geschichte kennen. Das hat sich in letzter Zeit ja ziemlich drastisch geändert. Ich war neugierig.«

»Und bist du fündig geworden?« Das Lächeln, das mittlerweile wie eingefroren auf ihren Lippen klebt, verursacht mir eine Gänsehaut.

»Ich habe eine kleine Auswahl getroffen, wie du siehst.«

Nickend studiert sie abermals die Titel der vor ihr liegenden Bücher. »Sterbenslangweilig, wenn du mich fragst.«

»Mag sein.«

»Dabei schien deine Lektüre eben viel interessanter zu sein. Was war es doch gleich, Abby?«

Abigail macht einen Schritt auf mich zu und erwartet offensichtlich, dass ich zur Seite gehe, doch ich denke nicht daran.

»Was soll diese kleine Show? Du bist nicht hier, um mit mir über Bücher zu reden«, fauche ich, nun deutlich weniger Geduld in der Stimme, und ich weiß augenblicklich, dass ich einen Fehler gemacht habe. Gwendolyn ebenfalls. Während Abigail still und leise auf ihren Platz zurückhuscht, baut sie sich nur wenige Zentimeter vor mir auf. Da sie größer ist und ich bereits gesehen habe, wie rasant sie sich verwandeln kann, sollte ich eingeschüchtert sein – bin ich aber nicht. Ich bin sauer.

Stur und vielleicht ein wenig leichtsinnig bleibe ich nach wie vor, wo ich bin, und starre sie unverwandt an. Die ganze Schule fürchtet sie und sie ist es offensichtlich nicht gewohnt, dass man nicht sofort tut, was sie verlangt. Ihr rechtes Augenlid zuckt verdächtig und ihre Stimme schwankt vor zurückgehaltener Wut.

»Richtig. Ich bin hier, um mit dir darüber zu reden, warum du dich plötzlich für all die Dinge interessierst, die dir vor Kurzem noch herzlich egal waren.«

»Ob es dir gefällt oder nicht, ich bin jetzt eine von euch. Und ich habe das Recht …«

»Du wirst niemals eine von uns sein!«, zischt sie bedrohlich, packt mich am Arm und schleudert mich mit einer solchen Wucht zur Seite, dass ich mich nicht auf den Beinen halten kann. Ich pralle gegen das Bücherregal, spüre einen scharfen Schmerz an meiner Schläfe und sehe für einen Moment schwarze Punkte, die vor meinen Augen tanzen. Meine Beine geben nach und ich rutsche am Regal zu Boden. Schwere Bücher regnen auf mich herab und ich reiße schützend die Arme hoch, bis es aufhört. Stöhnend rapple ich mich hoch, schwanke und spüre, wie etwas Warmes meinen Hals hinabrinnt. Vorsichtig taste ich danach und als ich die Hand zurückziehe, entdecke ich Blut.

Abigail und die beiden anderen wirken ein wenig eingeschüchtert, weichen zurück und schauen unsicher zwischen mir und ihr hin und her. Gwendolyn allerdings begutachtet, ungeachtet meines Zustands, in aller Ruhe die Buchrücken und zieht schließlich das schmale Buch heraus. Mit einem triumphierenden Seitenblick zu mir schlägt sie es auf.

»*Sie sind wie Tiere*«, liest sie und ein diabolisches Lächeln erhellt plötzlich ihr ganzes Gesicht.

Halt suchend kämpfe ich mich in die Senkrechte und ignoriere den pochenden Schmerz in meiner Schläfe.

»*Sie versuchen mir zu erklären, die Cinder und die Amber wären die Tiere, dabei sind sie es. Sie ganz allein.*« Sie klappt das Buch so ruckartig zu, dass alle im Raum, inklusive mir selbst, zusammenzucken. Blanker Hass spiegelt sich nun in ihrem Blick. »Ich wusste, dass du eine von denen bist.«

»Ich weiß nicht, was du meinst«, murre ich mit zusammengebissenen Zähnen und mache mich bereit, mich zu verteidigen, wenn es sein muss. Gwendolyn kommt näher und genießt sichtlich ihre Wirkung auf mich.

»Ach nein? Ist es nicht genau das, was du hier gesucht hast? Ist es nicht genau das, was du wissen wolltest?« Ihre Stimme ist leise, fast zu einem Flüstern gesenkt, und ich weiß, dass ich mich auf furchtbar dünnem Eis bewege.

»Es ist nur ein Buch. Ich bin drüber gestolpert. Mehr nicht.«

Sie zieht eine Augenbraue hoch, bringt rückwärtsgehend etwas Abstand zwischen uns und plötzlich, ohne den Blick von mir abzuwenden, lässt sie das Buch in Flammen aufgehen. Lichterloh brennend gleitet es auf den Steinboden hinab und die Flammen verschlingen die Seiten, fressen die Tinte und all meine Antworten.

Gwendolyn beobachtet mich genau und ich weiß, dass ich meine Gesichtszüge nicht annähernd so gut unter Kontrolle habe, wie ich es gern hätte. Sie sieht die Wut. Sie sieht den Hass. Und sie sieht die Enttäuschung.

Der Rauchmelder springt an und es wird nicht lange dauern, bis wir Besuch bekommen. Das weiß sie und das weiß ich. Schnellen Schrittes ist sie abermals bei mir, umschließt mein Handgelenk mit ihren bleichen Fingern und drückt so fest zu, dass es schmerzt. Sie ist kurz davor, mir mehrere Knochen zu brechen, und sie will, dass ich mir dieser Tatsache bewusst bin. Sie ist stärker als ich. Und in einem direkten Kampf hätte ich keine Chance.

»Lass die Finger von Liam und sieh zu, dass du von hier verschwindest.«

»So unsicher, Gwendolyn?«, fauche ich boshaft und gehe angesichts des Schmerzes, der nun durch mein Handgelenk schießt, in die Knie.

»Du legst dich mit den Falschen an, Schätzchen«, flüstert sie in mein Ohr, nur Sekunden bevor mehrere Schüler den Raum stürmen und verdattert zuerst zu uns und dann zu dem Häufchen Asche auf dem Boden starren.

Unter ihren ist auch Bekka, die sich rücksichtslos zu mir vorkämpft und Gwendolyn mit einer harschen Bewegung von mir wegstößt. »Ich hab dir schon einmal gesagt, dass du dich lieber mit deinesgleichen anlegen sollst«, keift sie aufgebracht und ich kann das angriffslustige Glitzern in Gwendolyns Augen deutlich erkennen.

Sie öffnet den Mund, um etwas zu erwidern, als abermals Bewegung in die Zuschauer kommt. Augenblicklich verändert sich ihr Gesichtsausdruck und ich ahne, was jetzt kommt.

»Was ist hier los?«, donnert Ezra über die Köpfe der Schaulustigen hinweg. Es dauert nicht lange, bis er uns erreicht hat. »Emma. Was ist passiert?«

»Sie ... sie hat wohl nach Büchern gesucht und ist dabei von der Leiter gestürzt. Sie muss sich dabei so erschreckt haben, dass sie eines der Bücher versehentlich angezündet hat. Wir kamen gerade dazu, nicht wahr, Abby? Geht's dir gut, Emma?«

Verdammt, sie ist eine großartige Schauspielerin! Ich hocke einfach nur da, halte mein schmerzendes Handgelenk und sie macht mit besorgter Miene einen Schritt auf mich zu. Eine stille Warnung, dass selbst Ezra mir nicht helfen kann, wenn ich jetzt falsch entscheide. Es hilft auch nicht, dass Bekka einschreitet und sie daran hindert, näher zu kommen. Bekka ist nicht rund um die Uhr bei mir und ich will sie außerdem nicht in Schwierigkeiten bringen. Nicht wegen so eines Unsinns.

In diesem Punkt muss ich mich einfach geschlagen geben, so gern ich Gwendolyn auch eine Lektion erteilen möchte. Ezra würde mich sofort wegschicken, wenn er von diesem Zwist wüsste. Und auch wenn genau das wahrscheinlich das Beste für mein Leben und meine Gesundheit wäre, – ich kann jetzt nicht aufgeben. Denn dass ich auf etwas gestoßen bin, von dem sie nicht wollen, dass ich es weiß, ist nun sicher.

»Stimmt das, Emma?«

»Ich ... hab dieses verdammte Feuer einfach nicht im Griff, fürchte ich. Tut mir leid. Ich hab das Buch«, ich funkle Gwendolyn an und senke den Blick angesichts ihres triumphierenden Strahlens, »komplett zerstört.«

Bekkas Blick entgeht mir nicht. Sie presst die Lippen fest aufeinander, wendet sich ab und steht auf. Ich würde ihr zu gern sagen, wie leid es mir tut.

»Hauptsache dir geht's gut.« Ezra entdeckt das Blut an meiner Schläfe und drängt Gwendolyn unwirsch zur Seite. Bekka hingegen legt er behutsam eine Hand auf die Schulter und sie macht freiwillig einen Schritt zur Seite. »Wir sollten einen Blick auf deinen Kopf werfen. Komm schon.«

Er hilft mir auf und geleitet mich durch die Menge hinaus, wobei er laut darum bittet, diesen furchtbaren Rauchmelder gefälligst abzustellen.

***

»Also, was hast du dort gesucht?« Seine Frage ist direkt, doch genau damit habe ich gerechnet. Sorgsam reinigt Ezra die kleine Platzwunde an meiner Schläfe und ich ertrage es stumm. Als er damit fertig ist, kann ich ihm meine wohlüberlegte Ausrede auftischen.

»Ich konnte nicht schlafen und wollte mich ablenken. Ich hab nichts Bestimmtes gesucht.«

»Aha. Und die Bücher auf dem kleinen Tisch?«

»Ich wollte mich eben ein wenig weiterbilden.«

Schnaufend legt er den Tupfer beiseite und klebt ein Pflaster über die Wunde. Da er nun nichts mehr zu tun hat, zieht er sich einen kleinen Stuhl heran und setzt sich. »Wonach hast du gesucht?«

»Ich sagte doch schon, ich habe nichts gesucht.«

»Du kannst mit mir reden. Ich will dir nur helfen. Ich ...«

»Ich habe nichts gesucht!«, rufe ich etwas zu laut, um noch glaubwürdig zu wirken, und kralle die Finger so fest in die Pritsche, dass mein Handgelenk erneut schmerzt. Ezra studiert mich genau und er weiß, dass ich lüge. Ich kann in seinem Gesicht ebenso lesen wie er in meinem und ich wünschte, ich könnte mich ihm anvertrauen.

»Was hat Gwendolyn damit zu tun?«, fragt er ernst und ich wende den Blick ab.

»Es war, wie sie gesagt hat. Ich bin gestürzt, sie war da und ... und hat mir geholfen.« Ich ersticke beinahe an meiner Lüge.

»Sie hat also der Frau geholfen, die mit ihrem Freund ausgegangen ist, ja? Jeder anderen hätte sie die Augen ausgekratzt und dir hilft sie?«

Er zieht ungläubig eine Augenbraue hoch und ich zucke mit den Schultern. Wortlos. Ich will mich nicht in Ausreden verstricken. Ich will gar nichts mehr sagen oder tun. Ich will einfach nur ins Bett und auf die Kissen einschlagen. Wütend auf mich selbst, auf Gwendolyn und auf diese ganze miese Geheimniskrämerei.

»Emma, bitte. Deine Mutter hätte sicher ...«

»Sind wir hier fertig?«, unterbreche ich ihn harsch, als er meine Mutter anspricht. Dieses Thema trifft einen Nerv, der heute bei Weitem genug gereizt wurde.

»Emma, rede mit mir. Bitte.«

»Ich bin müde.«

»Ich kann dir nicht helfen, wenn du ...«

»Sind wir hier fertig?«, wiederhole ich stur. Und auch wenn es mir das Herz zerreißt, seine Fürsorge derart mit Füßen zu treten, will ich einfach nur weg. Resigniert rückt er ein Stück von mir ab und steht auf.

»Die Wunde dürfte morgen schon viel besser aussehen. Deine Verletzungen heilen jetzt schneller. Dein Handgelenk auch.«

Ich nicke und rutsche von der Pritsche herunter. »Danke.« Mit schnellen Schritten bin ich an der Tür und habe bereits die Klinke in der Hand, als seine Stimme mich noch einmal innehalten lässt.

»Du kannst jederzeit zu mir kommen. Ich hoffe, das weißt du.« Abermals schlucke ich, kämpfe mit mir und nicke schließlich einfach nur. »Ach und Emma? Es scheint ganz so, als hätte ich die perfekte Bleibe für dich gefunden. In ein paar Tagen kannst du dein neues Leben beginnen.«

Er lächelt und ich weiß, dass er mir genau das wirklich von ganzem Herzen wünscht. Mit einem großen, dunklen Loch in der Brust ziehe ich die Tür hinter mir zu, starre den schwarzen, langen Flur entlang und fühle mich so hilflos wie nie zuvor.

Einundzwanzig

Die nächsten beiden Tage verbringe ich fast ausschließlich in meinem Zimmer. Ich studiere die Bücher, die Gwendolyns Attacke nicht zum Opfer gefallen sind. Doch wie erwartet finde ich nichts über die Cinder und die Amber oder die Auseinandersetzungen zwischen den Clans. Obwohl ich kaum Hoffnung habe, dass eine Onlinesuche erfolgreich sein wird, versuche ich es und bin zumindest nicht wirklich enttäuscht, als ich schlicht und ergreifend nichts finde.

Seufzend werfe ich mich an diesem Abend aufs Bett und schließe meine schmerzenden Augen für einen Moment. Ich bin frustriert. Nein, das ist nicht der richtige Begriff, er beschreibt nicht annähernd die Zerrissenheit, die mich von innen heraus auffrisst.

Ich bin eine Celesta. Eine von ihnen. Und meine Mutter ebenfalls. Hat sie ähnlich gedacht wie sie? Hat sie sich für die Krone der Schöpfung gehalten? Besser als die Menschen oder die Cinder und Amber und wie sie noch heißen mögen? War meine Mutter eine solche Frau? Ist Ezra ein solcher Mann oder denkt er anders? Und selbst wenn: Ist er mutig genug, diese Überzeugung auch nach außen zu tragen? Ist er mutig genug, Quinn eine Chance auf ein echtes Leben zu geben? Diesem Denken ein Ende zu setzen? Ist er mutig genug, mich diesen Weg gehen zu lassen? Mich vielleicht sogar zu unterstützen?

Mein Kopf brummt schon wieder und diese Unsicherheit, diese vielen Fragen fühlen sich an, als würde ich gegen eine unüberwindbare, riesengroße Mauer rennen. Kein Weg daran vorbei, darüber hinweg oder darunter hindurch. Alle, selbst Quinn, erwarten, dass ich es akzeptiere. Weil es schon immer so war. Weil es ein Weg ist, den sie gefunden haben, um miteinander klarzukommen. Nicht gut, aber annehmbar. Ein Pakt. Und an genau diesem Pakt will ausgerechnet ich nun rütteln. Quinn ist bereit, sich zu opfern, damit diese Art Frieden erhalten bleibt. Er hat sich aufgegeben. Sich und jeden Anspruch auf ein eigenes Leben. Seine tägliche Qual sichert seinem Clan ein recht zweifelhaftes Überleben. Wenn sie denn überhaupt noch leben. Ist es falsch von mir, dass ich all das gern ändern würde? Überheblich? Größenwahnsinnig? Ich, diejenige, die von all dem am wenigsten Ahnung hat? Alle scheinen mit dieser Lösung ja wunderbar zurechtzukommen. Aber ich betrachte ja auch nur diese eine Seite der Medaille und ich bin mir sicher, dass das Einverständnis mit dieser Situation bei Quinns Clan ganz anders aussieht.

Quinn. Ich öffne die Augen und starre unwillkürlich hinüber zur Tür. Ich könnte hinübergehen, sie öffnen und wäre in ein paar Minuten bei ihm. Doch was soll ich sagen? Dass ich es hasse, ihn zu hassen? Dass mir seine Anwesenheit fehlt? Dafür müsste ich mir erst einmal eingestehen, dass er mir etwas bedeutet. Und ob das tatsächlich so ist, weiß ich ja selbst nicht. Vielleicht ist es nur das Abenteuer, der Reiz des Verbotenen, die Sehnsucht nach diesem besonderen Gefühl, das er in manchen Momenten in mir auslöst? Momente wie diesem.

Noch ehe sich das bekannte Prickeln in meinen Eingeweiden festsetzen kann, verdränge ich die Gedanken an ihn. An ihn und den Abend im Club, an seinen Körper, der sich an meinen gedrückt hat, und seine Lippen, die die Haut in meinem Nacken berührt haben. Und ich verdränge den Gedanken daran, wie sehr ich seine Nähe gewollt habe. Energisch richte ich mich auf, atme mehrmals tief durch und marschiere schließlich mit festen Schritten hinüber zum Tisch, um mir ein Glas mit Wasser zu füllen. Ich lehne mich gegen die Tischplatte und starre ratlos die Zimmerdecke an, versuche meinen Kopf von all den unnützen Gedanken zu befreien. Recht erfolglos allerdings. Grummelnd stelle ich das Glas beiseite und will mir ein Paar Socken aus dem Schrank holen. Meine Füße sind eiskalt. Doch auf dem Weg dahin, noch immer in Gedanken, übersehe ich die achtlos an den

Rand geschobene Kiste mit den Notizbüchern meiner Mutter, bleibe an einer Ecke hängen und stürze polternd zu Boden. Fluchend komme ich auf die Beine und trete vor lauter Wut gleich noch mal dagegen. Die Kiste kracht gegen die Wand, die Seitenwand platzt auf und etliche Notizbücher verteilen sich im Raum.

»Na großartig!«, knurre ich. Mit zusammengebissenen Zähnen gehe ich auf die Knie und sammle die Bücher ein. Wie von selbst überfliegen meine Augen die Zeilen des Buches, das aufgeschlagen direkt vor meinen Füßen gelandet ist. Szenen aus Mums Alltag, Gedanken, kleine Geschichten, nichts, was mir jetzt weiterhelfen würde. Leider. Melancholisch streiche ich über die raue Seite und die vergilbte Schrift – stumme Zeugen längst vergangener Zeiten. Ich bin drauf und dran, das Buch zuzuklappen, als mein Blick auf den letzten Satz der Seite fällt, der irgendwie völlig deplatziert wirkt. Die Schrift scheint jünger als der Rest. Dunkler. Als wäre sie später ergänzt worden.

Am Rand der Welt, in Feuers Rot 54.

Ich stutze und lese es noch mal. Was soll das heißen? *Am Rand der Welt? Feuers Rot?* Und die Zahl? Ratlos starre ich den rätselhaften Satz an, blättere vor und zurück, doch stoße nirgendwo auf einen ähnlichen Satz oder eine ähnliche Schrift.

Ich schlage das Buch auf der ersten Seite auf und zähle bis zur Seite 54, lese den Text und kann auch hier nichts Besonderes entdecken. Sie berichtet über ein Treffen mit ihrer Freundin. Vielleicht bedeutet die Zahl doch etwas anderes? Gedankenverloren spiele ich mit dem Anhänger, Mums Anhänger, während ich die Zeilen ein weiteres Mal aufmerksam studiere. Seit dem Tag, an dem Quinn mir den Anhänger zurückgebracht hat, ist er mein täglicher Begleiter, gut verborgen und nah an meinem Herzen. Mehr als einmal musste er bisher schon herhalten, um meinen Stresspegel zu senken. Das bekannte Gefühl an meinen Fingern und die Erinnerungen beruhigen mich wie nichts anderes. Doch heute hilft er mir nicht. Denn egal, wie oft ich die Sätze lese, egal, in welcher Reihenfolge – auf dieser Seite ist nichts außer dem relativ langweiligen Bericht eines Teenagers, der sich mit einer Freundin über Jungs unterhalten hat.

Da mir bereits die Augen brennen, lege ich das Buch schließlich zur Seite, hole mir die verdammten Socken, lösche das Licht und krieche todmüde ins Bett. Fast augenblicklich bin ich eingeschlafen, doch ich träume wirr und wälze mich hin und her. Erinnerungsfetzen begleiten mich. Bilder von mir und meinem Dad, von der Zeit nach Mums Verschwinden, von Tränen und Angst. Ich taumle zwischen Traum und Realität, schlage schnaufend die Augen auf und starre an die Zimmerdecke. Mein Mund ist trocken und mein Kopf schmerzt ein wenig. Grummelnd stehe ich auf, trinke etwas, kuschle mich zurück ins Bett und drehe mich auf den Bauch. Mit brennenden Augen starre ich aus dem Fenster, verdränge die dunklen Gedanken und als ich wieder wegdämmere, sind die Farben heller.

Ich sitze mit Mum am Küchentisch. Sie hat ein braunes Fläschchen neben sich stehen und taucht eine große, weiße Feder hinein. Kratzend gleitet der angespitzte Kiel über das faserige Papier, das vor ihr liegt, hinterlässt jedoch nur eine leicht schimmernde, feuchte Spur, die bald verschwunden ist.

»Die Tinte ist kaputt«, sagt mein pausbäckiges, vorlautes Mini-Ich aufgeregt und Mum lacht.

»Nein, Schatz. Schau.« Sie greift nach dem zurechtgelegten Fön und richtet den heißen Luftstrom direkt auf das Papier. Wie von Zauberhand erscheint deutlich ihre wunderschöne, fein geschwungene Handschrift in roten Lettern auf dem Papier. Ich staune Bauklötze.

»Du kannst zaubern!«, rufe ich verblüfft und bringe sie damit erneut zum Lachen.

»Nicht zaubern. Für manche Dinge braucht man keine Magie.« Sie dreht das braune Fläschchen zu mir und auf dem Etikett steht in einer ordentlichen, breiten Handschrift *Feuers Rot.*

Schlagartig bin ich wach, keuche und blicke wirr im Zimmer umher. Wie von der Tarantel gestochen fahre ich hoch, strample die Bettdecke fort, springe auf und bleibe dabei beinahe mit dem Fuß im Bettzeug hängen. *Feuers Rot! Natürlich! Wie konnte ich das nur vergessen?* Wir haben damals auch mit Zitronensäure geschrieben, doch die braune Flüssigkeit, die die schöne rote Farbe aufs Papier zauberte, hatte es mir besonders angetan. *Feuers Rot.* So hatte

Mum das Zeug getauft, als sie selbst noch ein Kind war. Der echte Name klang so ähnlich, aber sie konnte ihn sich nie merken.

Ich stürze ins Badezimmer, greife nach dem Fön, den Quinn und ich gekauft haben, suche mir eine freie Steckdose, zerre das Buch heran und schlage Seite 54 auf. Mit zittrigen Fingern schalte ich das Gerät ein und richte den Luftstrom auf die Seite. Ich halte den Atem an und allmählich überdeckt eine andere Schrift die fast verblasste Tinte. Eine blutrote Schrift.

Mein lieber Freund,

steht dort in Mums Handschrift und ich schluchze beinahe vor Freude,

wir müssen vorsichtiger sein, wenn wir unentdeckt bleiben wollen. Das Treffen ist zu wichtig, um so kurz vor dem Ziel zu scheitern. Laura weiß, was auf dem Spiel steht. Sie wird uns unterstützen. Tu nichts, bevor du von mir hörst.

Mit klopfendem Herzen hocke ich da und mein Blick klebt an der verblassenden Nachricht. Ich habe zwar weder eine Ahnung, wen sie hier angeschrieben hat, noch wer Laura ist, aber ich weiß jetzt, dass sie auf diese Weise kommuniziert hat. Sie hat ihre Nachrichten in den Büchern versteckt.

***

Am darauffolgenden Abend hocke ich, bewaffnet mit dem Fön und umzingelt von allen Notizbüchern in meinem Zimmer auf dem Boden und bin damit beschäftigt, die filigranen Linien in Mums Buch mit einem roten Stift nachzuzeichnen. Die Bücher sind übersät mit Klebemarkierungen. Hier eine Nachricht, dort ein ominöser Text, den ich zwar nicht deuten kann, dessen Sinn sich mir aber hoffentlich irgendwann erschließen wird. In dem vor mir liegenden Buch habe ich soeben eine Art Karte entdeckt. Dass sie den dargestellten Ort auf diese Weise verschlüsselt, statt ihn einfach aufzuschreiben, sagt mir, dass er wahrscheinlich wichtig ist. Also gebe ich mir alle Mühe, die

Linien akkurat nachzuzeichnen, um so vielleicht einen Anhaltspunkt zu haben, wo ich nach weiteren Hinweisen suchen muss.

Leise Musik schallt aus den Boxen eines uralten Radios und ich befinde mich quasi in meiner eigenen Welt, bin so konzentriert auf das, was meine Mutter mir hinterlassen hat, dass ich heftig zusammenzucke, als es urplötzlich klopft. Als die Tür ohne lange Wartezeit aufgeht, werfe mich, einem Impuls folgend, über die Bücher und bin drauf und dran, sie kurzerhand unters Bett zu schieben oder die Decke drüberzuwerfen. Quinn schaut zunächst über mich hinweg und scheint mich dann, mit ein paar Sekunden Verzögerung, inmitten dieses gigantischen Haufens Papier gefunden zu haben. Sein Blick bleibt an mir hängen und er zieht langsam eine Augenbraue hoch, lehnt sich in den Türrahmen und verschränkt, leise schnaufend, die Arme vor der Brust. Seine Lippen sind zu einer schmalen Linie zusammengepresst und ich weiß sofort, was in seinem Kopf vor sich geht.

Wortlos wendet er sich um, schließt die Tür und dreht den Schlüssel im Schloss herum. *Mhh, abschließen. Tolle Idee. Hätte auch von mir sein können.*

»Lass mich raten. Du bist auf etwas gestoßen, das deine Theorie unterstützt.« Er klingt müde, steigt mit großen Schritten über die Bücher hinweg und lässt sich träge auf den Stuhl beim Schreibtisch nieder. Ich weiß, dass es momentan viele Dinge zwischen uns gibt, die geklärt werden müssen, wichtige Dinge. Ich weiß, dass er wahrscheinlich genau deshalb hier ist, doch ich kann meine Aufregung über den vor mir liegenden Fund kaum zügeln und alles andere rückt in den Hintergrund.

»Nicht direkt. Ich meine, nichts, das beweisen würde, dass sie noch lebt. Aber«, ich stehe auf und greife nach einem Buch rechts von mir. Aufgeregt halte ich ihm die markierte Seite unter die Nase, auf der man – von meinem Klebezettel und der blassen Tinte mal abgesehen – nichts Außergewöhnliches sieht, »sie hat geheime Botschaften in ihren Notizbüchern versteckt. Deshalb ist mir nichts aufgefallen, als ich sie gelesen hab. Das war der Trick. Verstehst du?«

Mein Herz klopft wie wild und ich bin so aufgeputscht, dass ich nicht eine Sekunde darüber nachdenke, ob es klug ist, ihm das alles zu erzählen und zu zeigen. Immerhin ist er nicht gerade begeistert von meinem Versuch, Licht ins Dunkel zu bringen. Aber jetzt habe ich etwas! Ich habe mehr als nur ein Gefühl. Das hier ist etwas!

»Sie ... sie war in eine Art ... Aufstand verwickelt, glaub ich. Eine Gruppe, ein ... ein Widerstand! Sie haben mit diesen Büchern kommuniziert. Termine vereinbart und so. Sie haben etwas geplant, Quinn!«

»Emma, wann hast du zuletzt geschlafen?«

Ich ignoriere seine Frage, lege das Buch zurück und greife erneut nach dem mit der Karte. »Sie bleibt immer vorsichtig, nennt nie Orte und nur ganz selten Namen. Und selbst wenn ... Ich nehme an, das sind nicht ihre richtigen Namen.«

Quinn atmet tief ein. Ich sehe ihn nicht an, doch ich kann es hören. Unmittelbar danach rutscht er von dem Stuhl herunter und geht vor mir in die Hocke. Behutsam schiebt er die Bücher etwas zur Seite.

»Ich verspreche dir, dass wir die Bücher in Ruhe durchgehen werden. Aber zuerst musst du ein wenig schlafen und etwas essen, hörst du?«

»Ich hab keinen Hunger.« Habe ich wirklich nicht. Und ich bin auch nicht müde. Aber er tut so, als stünde ich am Rand des Hungertods.

»Ich hätte dir niemals davon erzählen sollen. Wenn ich gewusst hätte, dass du so ...«

»Dass ich was?«, unterbreche ich ihn harsch und meine Stimme klingt rauer als beabsichtigt. Es gefällt mir nicht, dass er mich wie ein Kleinkind behandelt. Es gefällt mir nicht, dass er schon wieder diesen verständnisvollen, ruhigen Tonfall hat, als hätte ich nicht alle Tassen im Schrank.

Er legt seine Hände auf meine und zwingt mich damit, für einen Moment innezuhalten. Ich hebe den Blick.

»Es ist lange vorbei, Emma. Wenn deine Mutter Teil des Aufstands war, ist sie ebenso gescheitert wie Hunderte anderer. Ich kann verstehen, dass du wissen möchtest, was passiert ist, aber du wirst es nicht herausfinden, indem du«, er deutet auf die Bücher, »Geheimbotschaften in Büchern suchst und darüber vollkommen vergisst zu essen oder zu schlafen. Dadurch kommt sie nicht zurück.«

Ich klemme den roten Stift zwischen die Seiten und klappe das Buch zu. »Meinst du, das weiß ich nicht? Ich bin nicht irre, Quinn. Ich mache das hier nicht, weil ich mir erhoffe, sie zu finden, oder besonders große Hoffnung hege, dass sie noch lebt.«

»Ach nein?«

»Nein. Ich ...« Ich fahre mir durch die strohigen Haare und bleibe prompt hängen. Resignierend lasse ich die Hände auf meine Knie sinken. »Ich will es nur verstehen! Ich will verstehen, was passiert ist. Ich will verstehen, warum sie nicht zurückgekommen ist. Ich will, dass es«, meine Stimme schwankt bedrohlich und ich wende den Blick ab, nehme mir einen Moment, um mich zu fangen, »einen Sinn hatte.« Ich halte inne und vermeide den Blick zu ihm. »Ich hab mich immer gefragt, was wohl passiert ist. Ich wollte nie glauben, dass ihr etwas Schlimmes zugestoßen sein könnte. In meiner Welt, damals als Kind, war sie eine Heldin für mich. Und Helden sterben nicht. Ich hab mir eingeredet, dass sie fortmusste. Menschen retten vielleicht. Oder so was in der Art. Ich hab mir gedacht, dass der Grund ziemlich wichtig sein muss. Wichtiger, als zu mir zurückzukommen.«

Eine einzelne Träne stiehlt sich nun doch auf meine Wange und ich wische sie so schnell fort, dass er sie vielleicht gar nicht bemerkt hat. Ein nervöses Lachen verbirgt meinen Schmerz.

»Irgendwann hab ich das natürlich nicht mehr geglaubt, aber jetzt ... mit allem, was ich nun weiß ...« Ich deute auf all die Bücher. »Ich muss wissen, dass der Grund es wert war, Quinn. Ich muss wissen, dass sie Dad und mich nicht leichtfertig aufgegeben hat. Ich muss wissen, auf welcher Seite sie stand, welche Rolle sie gespielt hat. Ich muss das wissen, um zu wissen«, ich schniefe abermals, »wer ich wirklich bin.«

Er steht da, nickt und ich kann keine einzige Gefühlsregung in seinem Gesicht erkennen. Nichts, außer dem leichten Glanz in seinen Augen. »Du weißt, wer du bist. Unabhängig davon, wer sie war.«

»Quinn, bitte versteh mich doch, ich ...«

»Nein!«, donnert er und für einen Moment bröckelt seine Fassade. Für einen Moment lässt er mich sehen, wie verdammt wütend er ist und wie viel

Mühe es ihn kostet, genau diese Wut im Zaum zu halten. Jeder Muskel ist angespannt, die Hände zu Fäusten geballt. »Du willst nicht einfach nur wissen, was passiert ist. Du wirst nicht aufhören, wenn du es weißt. Du wirst irgendwas anderes finden und weitersuchen. Immer weiter und weiter. Du wirst niemals aufhören zu suchen! Und zwar bis zu dem Zeitpunkt, an dem du zu weit gegangen bist.«

»Gott!«, rufe ich und möchte ihn am liebsten schütteln. »Warum willst du es nicht verstehen?«

»Ich verstehe es. Ich verstehe es sogar sehr gut!«

»Nein, Quinn, du verstehst gar nichts! Nicht das Geringste! Du kennst mich nicht! Du weißt nicht, wer ich bin!«

»Ich kenne dich gut genug, um zu wissen, dass du einen Fehler machen wirst.«

In einer einzigen, schnellen Bewegung beugt er sich hinab, greift nach dem Buch zu meinen Füßen und nimmt es an sich. Meine Augen weiten sich und als ich erkenne, was er im Begriff ist zu tun, springe ich ihm entgegen, um ihm das Buch zu entreißen.

»Nein! Gib es zurück! Was hast du vor?«

»Ich rette dein verdammtes Leben!« Mit diesen Worten reißt er die Seite mit der rot leuchtenden Schrift heraus und streckt die Hand weit nach oben. Er kann sich gegen meine Versuche, ihm die Seite zu entreißen, ohne Mühe zur Wehr setzen. Er schafft es sogar, von irgendwoher ein Feuerzeug hervorzuzaubern und binnen Sekunden meinen ersten und einzigen richtigen Hinweis vor meinen Augen in Flammen aufgehen zu lassen. Ungerührt wirft er das brennende Papier aus dem Fenster. Ohne zu überlegen, klettere ich auf das Fensterbrett und bin bereit hinterherzuspringen, als er mich am Arm packt und so unsanft vom Fenster fortzieht, dass ich ins Straucheln gerate und gegen das Bett pralle.

Wutentbrannt schließt er das Fenster und zieht den Schlüssel ab. Seine Augen sprühen Feuer und die Adern an seinen Schläfen treten deutlich hervor.

»Schluss damit!«, brüllt er schwer atmend und beginnt die Bücher auf dem Boden zusammenzuklauben. Ich springe auf und stoße ihn mit aller Kraft fort. Er gerät ins Schwanken und kippt zur Seite.

»Verschwinde!«, fauche ich und spüre ein bekanntes Kribbeln in meinen Handflächen.

»Merkst du nicht, was du tust, Emma? Du wärst eben beinahe aus dem Fenster gesprungen für eine zwanzig Jahre alte Seite aus einem Buch!«

»Weil ich weiß, dass ich es kann.«

»Nein, weil du einem Geist hinterherjagst!«

»Raus hier. Sofort!«

»Emma ...«

»Ich sagte, raus hier!« In diesem Moment hege ich keinerlei romantische Gefühle für ihn. Nein. In diesem Moment hasse ich ihn mit derselben flammenden Leidenschaft wie an dem Tag, an dem er mich eingesperrt hat.

»Gut. Wie du willst«, antwortet er gelassen, doch ich erkenne deutlich, wie sehr er mit sich kämpft. »Ich habe zwar angenommen, wir wären über diesen Punkt hinaus, aber ich habe kein Problem damit, diese Tür von außen abzuschließen und davor zu warten, bis du vernünftig geworden bist.«

»Versuch's doch!«, knurre ich mit gepresster Stimme und habe nicht übel Lust, es drauf ankommen zu lassen. Was erlaubt er sich eigentlich? Selbst wenn seine Sorge tatsächlich meinem Wohlergehen gilt, selbst wenn ich ihm das glauben würde – und ich bin wirklich geneigt, ihm nicht zu glauben – dieser Alleingang ist unverzeihlich.

Zu meiner Erleichterung verlässt er ohne weitere Diskussion mein Zimmer und ich werfe ihm, noch immer kochend vor Wut, eines der Bücher hinterher.

Den Rest des Abends verbringe ich damit, über den anderen Büchern zu brüten, doch ich finde nichts, das mir helfen könnte. Als die Sonne längst untergegangen ist, liege ich frustriert auf meinem Bett und male Kästchen auf die letzte Seite des Buches, das er zerstört hat. Ich habe nicht übel Lust, ihn im Schlaf zu besuchen und mich zu rächen.

Mein Bleistift schabt sacht über das Blatt und ich lege ihn schräg, um die Fläche gleichmäßig schwärzen zu können. Ganz schwach werden die Buchstaben der vorherigen Seite in der Schattierung erkennbar. Ich stocke, richte mich auf und blättere zu der Seite, die er herausgerissen hat. Ich habe die

Linien nachgezeichnet. Mums Schrift ist zu weich oder sie hat beim Schreiben eine Unterlage benutzt, um – vorsichtig wie sie war – das Durchdrücken zu verhindern. Die Geheimschrift hat sich in keinem der Bücher auf die nachfolgende Seite übertragen. Aber meine! Ich lege den Bleistift flach auf und beginne, mit gleichmäßigen Bewegungen die Seite mit einem zarten Grauschleier zu bedecken. Und tatsächlich bilden sich die Linien kaum sichtbar ab. Nicht alle. Die Karte ist nicht halb so gut wie das Original, aber vielleicht reicht es. Ich stehe auf, schalte den Laptop an, rufe eine Karte unserer näheren Umgebung auf und vergleiche charakteristische Merkmale. Doch erst, als ich die Karte zufällig im Handspiegel betrachte, der an der Wand meines Schreibtisches lehnt, erkenne ich die Region, die hier dargestellt ist.

Eine unbändige Genugtuung regt sich in meinen Eingeweiden. Ich werde Quinn zeigen, dass ich keineswegs den Verstand verloren habe. Irgendwas ist dort und ich werde herausfinden, was.

Zweiundzwanzig

Ganz früh an diesem Morgen verlasse ich mein Zimmer und schleiche die Treppen bis zu Ezra hinab. Die Tür zu seinem Büro ist nur angelehnt und da ich keine Stimmen höre, klopfe ich leise und drücke die Tür vorsichtig auf. Ich will gerade nach ihm rufen, als ich ihn entdecke. Ihn und Bekka. Sie stehen dicht beisammen und heben zeitgleich den Kopf, als ich eintrete.

»Entschuldigt, ich wollte nicht stören«, stammle ich und bin schon drauf und dran, mich zurückzuziehen, als Ezra mich hereinwinkt.

»Alles in Ordnung. Wir sind fertig, nicht wahr, Rebekka?«

Sie nickt, klappt die vor ihr liegende Mappe zu, nimmt sie an sich und verlässt lächelnd das Zimmer. Ich drücke die Tür hinter ihr ins Schloss und beobachte Ezra, der sich nun geschäftig auf seinen Stuhl fallen lässt.

»Es ist noch ziemlich früh für ein Schülergespräch, hmm?«

»Was willst du mir unterstellen?«, fragt er amüsiert und scheint meine Gedanken erraten zu haben.

»Nun, das geht mich absolut nichts an.«

»Sie könnte meine Tochter sein, Emma. Also wirklich.«

»Wie gesagt, es geht mich nichts an.« Doch ich lächle.

»Sie erledigt hin und wieder etwas Schreibkram für mich. Eine der wenigen, auf die ich mich verlassen kann. Ich kenne ihren Vater ziemlich gut – kein Grund also für dieses anzügliche Lächeln, meine Liebe.«

Ich lache und nehme ihm gegenüber Platz.

»Überhaupt: Was tust du so früh hier? Bist du aus dem Bett gefallen? Es ist erst kurz nach sechs.«

»Ich habe eine Bitte.«

Die halbe Nacht habe ich wach gelegen und überlegt, ob und wie ich Ezra mein Vorhaben anvertrauen soll. Schließlich, aus Gründen, die mir im Moment partout nicht mehr einfallen wollen, habe ich mich dafür entschieden, einfach die Wahrheit zu sagen – zumindest einen kleinen Teil davon. Also erzähle ich ihm von der Karte im Mums Notizbuch und meinem damit verbundenen Vorhaben, allerdings erwähne ich nichts von meiner Vermutung, sie könne Teil einer Verschwörung gewesen sein, und schon gar nichts von dem Chaos, das zum Streit mit Quinn geführt hat.

»Was denkst du, wirst du dort finden?«

»Ich weiß nicht. Wahrscheinlich gar nichts. Aber ich möchte eben nichts unversucht lassen. Und so wie es scheint, werde ich wohl bald nicht mehr die Möglichkeit haben, die Gegend nach Hinweisen abzusuchen, nicht wahr?« Damit spiele ich natürlich auf meinen bevorstehenden Umzug an und er senkt wissend den Blick.

»Ich verstehe deinen Wunsch, etwas mehr über sie zu erfahren. Aber die Gefahr, der du dich damit aussetzt ...«

»Ezra, niemand außer dir und mir weiß, wohin ich will.«

»Wenn du beobachtet wirst ...«

»Ich war schon häufiger außerhalb dieses Gebäudes unterwegs. Wenn ich beobachtet werden würde, hätten sie bereits genug Chancen gehabt, mich umzubringen, denkst du nicht?«

Er legt den Stift aus der Hand und seine Brauen ziehen sich so weit zusammen, dass die ansonsten unscheinbare Falte auf seiner Stirn deutlich hervortritt. »Was denkst du, wie lange du brauchen wirst?«

»Vielleicht zwei, drei Stunden hin und dieselbe Zeit zurück. Ich bin heute Abend wieder da, versprochen.«

»Vielleicht sollte Quinn dich lieber ...«

»Nein!«, falle ich ihm hektisch ins Wort und verschränke bockig die Arme vor der Brust. Meine übertriebene Reaktion weckt seine Neugier.

»Habt ihr euch gestritten?«

»Streiten wir uns jemals nicht?«

Ein zartes Lächeln überzieht sein Gesicht und ich spüre, dass meine Wangen wärmer werden.

»Gut, dann eben Liam. Ich ...«

»Ezra! Auch nicht Liam. Ich würde gern zur Abwechslung mal wieder ein wenig allein sein. Mir passiert schon nichts. Außerdem kann ich mich verteidigen. Komm schon. Gib mir den Schlüssel, bitte!«

Ich kann seinen Widerstreit mit sich selbst förmlich spüren. Doch schließlich zieht er eine Schublade auf, greift hinein und hält mir einen matten, schwarzen Autoschlüssel entgegen. Kurz bevor ich ihn greifen kann, zieht er ihn jedoch zurück.

»Der Wagen verfügt über GPS. Schalt es ja nicht aus. Tu nichts Dummes. Und das meine ich verflucht ernst. Im Handschuhfach ist ein Wegwerf-Handy. Falls du Hilfe brauchst, ruf mich sofort an und entsorg es dann. Keine Abstecher sonst wohin, keine Planänderungen. Du fährst dorthin, siehst dich um und kommst zurück. Verstanden?«

»Verstanden.«

»Ich lass die Kavallerie anrücken, wenn du heute Abend nicht glücklich und zufrieden in deinem Bett liegst.«

»Ich werde da sein. Versprochen.«

Und damit reicht er mir, sichtlich widerwillig, endlich den verdammten Schlüssel.

***

Eine Stunde später lenke ich einen schnittigen Wagen auf die Schnellstraße. Da die Sonne viel zu hell am Himmel steht, klappe ich die Blende des Autos herunter und lehne mich zurück. Und lasse mich vom Navi zu dem Ort lotsen, an dem ich vielleicht nichts, vielleicht aber auch alles finden könnte.

Das Gebiet, das auf Mums Karte abgebildet ist, umfasst gut und gerne einen Hektar und ist bis auf ein einziges Gebäude unbebaut. Da gibt es viel Wald, einen kleinen See, Wiesen und ein altes, verlassenes Gebäude, das früher eine Klinik war. Genau dorthin führt mich mein Weg. Laut meiner

Onlinerecherche steht das Gebäude seit mehreren Jahren leer. Die damaligen Betreiber seien in einer Nacht- und Nebelaktion Hals über Kopf verschwunden. Steuerbetrug, hieß es im Artikel. Die wenigen Patienten, die zu diesem Zeitpunkt dort behandelt wurden, seien verlegt worden und das verbliebene Personal hätte plötzlich auf der Straße gestanden. Einige Zeitungsartikel berichteten von einem Sturm der Empörung, der ebenso schnell verschwand, wie er aufgekommen war.

Ein wenig mulmig ist mir schon, denn alles, was ich habe, ist dieser Abklatsch einer Karte in einem verdammt alten Buch. Und genau deshalb habe ich keine Ahnung, ob ich dort überhaupt richtig bin. Aber immerhin ist die Klinik das einzige Gebäude weit und breit. Doch wer weiß, ob Mum nicht vielleicht auf einen geheimen Treffpunkt im Wald anspielte oder ob etwas im See versenkt werden sollte oder ... Ich halte inne, schüttle kurz den Kopf und vertreibe die Zweifel. Es stimmt, ich habe keine Ahnung, ob die Klinik der Ort ist, an dem ich suchen muss. Aber selbst wenn ich tatsächlich nichts finden sollte, entfliehe ich zumindest für diesen einen Tag dem bedrückenden Gefühl, Quinn über den Weg laufen zu können – inklusive aller verwirrenden Gefühle, die momentan damit einhergehen. Ich drehe die Musik lauter, setze meine Sonnenbrille auf und beschleunige.

***

Knapp zwei Stunden später habe ich das Gebäude erreicht. Die Zufahrt ist mit einem schweren Tor versperrt. Als ich aussteige, um nachzusehen, ob es sich öffnen lässt, fällt mir auf, dass das Vorhängeschloss bereits seinen Dienst versagt hat. Es befindet sich zwar noch an Ort und Stelle, doch der Bügel macht absolut keinen stabilen Eindruck. Völlig mühelos kann ich das Schloss öffnen und das Tor aufschieben. Es quietscht verräterisch in den rostigen Angeln, doch da niemand außer mir hier ist, dürfte sich auch niemand an dem Krach stören.

Die Sonne steht noch immer hoch am Himmel, doch als ich den schmalen, fast vollständig verwilderten Weg zum ehemaligen Haupteingang der Klinik emporsteige, überkommt mich ein Frösteln. Das Gebäude ist riesig und wirkt mit den teilweise zerstörten, dunklen Fenstern wie ein gigantischer, bedrohlicher Totenkopf.

Die Zeit hat hier überall ihre Spuren hinterlassen. Bäume und Sträucher wachsen an Orten, an denen ihre Anwesenheit fast ein wenig grotesk wirkt. Die ehemals sicher imposante Fassade bröckelt an mehreren Stellen und dort, wo die Regenrinnen ihren Dienst versagt haben, ist das Mauerwerk von der Feuchte dauerhaft dunkel gefärbt und brüchig.

Den Blick auf die leeren Fenster geheftet steige ich die wenigen Stufen empor und entdecke hier und da Anzeichen von Vandalismus, jedoch weit weniger als erwartet. Die Tür selbst ist, abgesehen von ein paar Kratzern und fehlender Farbe, unbeschadet. Ich drücke die Klinke herunter und wackle daran, doch das Schloss ist intakt und erfüllt seine Aufgabe noch immer zuverlässig. Langsam und aufgrund der Glassplitter darauf bedacht, wohin ich meine Füße setze, mache ich ein paar Schritte zur Seite und spähe durch eines der Fenster. Außer einem großen, dunklen Flur und ein paar Tischen weiter hinten kann ich allerdings nicht viel erkennen.

Herabgefallene Putzreste und Scherben knirschen unter meinen Füßen, als ich die Treppen wieder hinabsteige und links am Gebäude entlangwandere, um eine andere Möglichkeit zu finden, ins Innere der Klinik zu gelangen. In der Ferne zwitschern ein paar Vögel und ein lauer Wind kitzelt meinen schwitzigen Nacken, als ich mir einen Weg durch dichtes, hohes Gras bahne. Trotz der sommerlichen Temperaturen überzieht eine Gänsehaut meine Arme und kalter Schweiß sickert in mein Shirt. Etwas an der Atmosphäre, die dieses Haus verbreitet, ist beklemmend und sogar ein wenig angsteinflößend. Es wirkt nicht, als hätte sich das tote Gemäuer wieder in die friedliche Natur integriert, sondern vielmehr, als trotze die Dunkelheit dort drinnen dem Licht hier draußen. Die Kälte, die von dem Haus ausgeht, ist wie eine stumme, unterschwellige, aber doch sehr deutliche Warnung, die Ruhe dieses Ortes nicht zu stören. Alles ist so ruhig. Viel zu ruhig.

Allein meiner Neugier und der innerlichen Weigerung, wieder ins Auto zu steigen, ohne zumindest einen echten Versuch gestartet zu haben, etwas herauszufinden, ist es zuzuschreiben, dass ich doch weitergehe. Um die Ecke, durch hüfthohes Gras und wie ein Storch über große Brocken Mauerwerk hinweg. Ich komme allerdings nicht weit, denn schon an der zweiten Ecke ist der Bewuchs so stark und dicht, dass ich nur noch mit schwerem Gerät vorankäme. Ich gehe also zurück und versuche es andersherum. Und tatsächlich stoße ich hier auf eine Tür, die weniger stabil wirkt als die am Haupteingang. Bei näherer Betrachtung fällt mir auf, dass das ursprüngliche Türschloss offenbar vor einiger Zeit bereits anderen Besuchern zum Opfer gefallen ist. Die Spur der doch recht groben Zerstörung ist nicht zu übersehen – abgeplatztes Holz, zugenagelte Fenster, Spuren eines Brecheisens oder etwas ähnlichem. Doch wer auch immer nun ein Auge auf das Gebäude hat, hat sich mit einem eindrucksvollen und komplett überdimensionierten Vorhängeschloss des Problems vorerst entledigt. Versuchsweise rüttle ich daran und hege die leise Hoffnung, dass es, ebenso wie sein kleiner Bruder am Tor, einfach aufgeben würde. Doch meine Hoffnung wird enttäuscht. Dieses hier hält.

Zähneknirschend trete ich ein paar Schritte zurück und lasse meinen Blick an der Fassade hinaufwandern. Ich habe Ezra versprochen, keine Dummheiten zu machen. Gehört Einbruch in die Rubrik »Dummheiten«? Nun ja, ich bin allein hier. Wenn ich also ein Fenster einschlagen würde, wäre das sicherlich kein Weltuntergang und würde den Grad der Zerstörung nicht wesentlich verschlechtern.

Mit dem nötigen schlechten Gewissen marschiere ich also zurück zum Haupteingang und sammle unterwegs einen schönen, großen Brocken des herabgefallenen Mauerwerks ein. Ohne lange nachzudenken oder mir Ezras vorwurfsvolles Gesicht vorzustellen, hole ich aus und donnere den Stein in das Fenster gleich neben der Eingangstür. Laut klirrend zersplittert das Glas und ich lausche einen Moment in die nachfolgende Stille, um sicherzugehen, dass nicht doch irgendwo irgendwer von diesem Geräusch aufgeschreckt wurde. Doch alles bleibt ruhig und die Vögel setzen nach einer kurzen Pause ihr Pfeifkonzert fort. Darauf bedacht, wohin ich trete oder taste, schiebe ich mit den Füßen den Großteil der Scherben beiseite und greife vorsichtig durch das große Loch im Fenster, um es von innen zu öffnen. Die Flügel schwingen schließlich leise quietschend auf und ich kann gefahrlos ins Innere klettern.

Auch hier knirscht es unter meinen Schuhen und der Geruch nach Moder und Feuchtigkeit dringt sofort in meine Nase. Ich mache vorsichtig ein paar unsichere Schritte und fahre keuchend zusammen, als etwas aus dem Schatten einer Ecke hervorhuscht.

Das Etwas entpuppt sich als Maus, die so schnell in irgendeiner Ritze verschwunden ist, dass ich nur noch ihren Schwanz erkennen kann. Erleichtert atme ich aus und erinnere mich daran, dass das hier nur ein altes Haus ist. Mehr nicht. Dennoch durchzucken mich Erinnerungen an die Zusammenstöße mit den Dämonen und für ein paar Sekunden kann ich meinen eigenen Herzschlag laut und deutlich hören. *Es ist niemand hier,* sage ich mir, lausche in die Stille und fühle mich ein wenig besser.

Ich bin außerdem eine Celesta! Zwar eine, die sich nicht verwandeln kann und deren andere ach so tolle Fähigkeiten auch nicht unbedingt zur Verfügung stehen, wenn man sie braucht, aber hey ... immerhin.

Von neuem Mut beflügelt gehe ich mit festen Schritten vorwärts und passiere den Vorraum, von dem aus man durch einen ehemals eleganten gemauerten Bogen zur Anmeldung gelangt. Hier sieht tatsächlich alles nach dem Hals-über-Kopf-Aufbruch aus, von dem ich gelesen habe.

Klobige, antik anmutende Computer stehen auf den vollständig verstaubten Schreibtischen. Davor liegen aufgeschlagene Akten und Stifte. Sogar eine ranzige Kaffeetasse entdecke ich, mache allerdings einen großen Bogen um den mittlerweile haarigen Inhalt. Man könnte fast meinen, die Schwester, die hier vor Jahren die Patienten begrüßt hat, käme in wenigen Sekunden durch eine der Türen gepoltert und ließe sich schwungvoll auf den schief stehenden Bürostuhl fallen.

Ich ziehe mit dem Finger eine Spur in den Staub und versuche mir vorzustellen, wie es wohl ausgesehen haben mag, als das alles noch nicht tot war. Vor meinem geistigen Auge sehe ich helle Flure und rieche Desinfektionsmittel, spüre die Hektik, höre Lachen, Scherze und die Gummisohlen der Schwestern auf dem abgewetzten Linoleum quietschen. Nun allerdings gibt es hier nichts weiter als Leere, Dunkelheit, Staub und Erinnerungen, die bald vollständig vergessen sein werden.

Ich umrunde den Tresen und hege wenig Hoffnung, dass die Computer noch funktionsfähig sind, selbst wenn der Strom noch liefe, also probiere ich es gar nicht erst aus.

Aber mir gegenüber an der Wand entdecke ich große, säuberlich beschriftete Aktenschränke. Meine Schritte knirschen, als ich die kurze Distanz überwinde und die Schublade aufziehe, die den Buchstaben »P« trägt. Etliche, ebenfalls sorgsam beschriftete Patientenakten starren mich an und ihr modriger Geruch steigt mir in die Nase. Mein Finger gleitet an den Hängeregistern entlang, doch eine Elaina Parker finde ich nicht.

Enttäuschung macht sich in mir breit, obwohl ich mich eigentlich darauf vorbereitet hatte. Ich schließe die Schublade wieder, schnaufe und überfliege noch einmal alles. Die Aktenschränke sind nicht groß. Gut möglich, dass hier nur die Akten der Patienten gelagert wurden, die zum Zeitpunkt des Aufbruchs in Behandlung waren. Vielleicht gibt es weitere Akten?

Ich schnipse mit den Fingern, um meine Ungeduld zu überspielen, und überlege, wo ich danach suchen soll, als mein Blick auf eine Akte fällt, die einsam neben der Kaffeetasse liegt. *Nein, das wäre ein zu großer Zufall.* Trotzdem greife ich danach und streiche die Staubschicht vom Etikett. *Betty Smith, geb. Baker,* steht dort. Ich habe natürlich keine Ahnung, wer Betty Smith ist … oder war. Ich klappe die Akte zu und will sie wieder weglegen, als mein Blick abermals an dem Etikett hängen bleibt. Betty Smith. Smith. Der Mädchenname meiner Mutter ist Smith. Nicht Parker. Smith!

Ich werfe die Akte zurück auf den Tisch neben die Kaffeetasse, von der wütend brummend eine dicke Fliege aufsteigt, wende mich um, lasse meine Augen über die Aktenschränke wandern und finde die Schublade mit dem Buchstaben »S«. Mein Herz klopft heftig, als ich sie aufziehe, obwohl ich mich bemühe, ruhig zu bleiben. Ich muss allerdings nicht einmal suchen – ihr Name springt mich förmlich an.

Zitternd greife ich nach der Akte und beginne aufgeregt zu lesen. Allgemeine Daten füllen die erste Seite, geschrieben in einer schnellen, aber ordentlichen Handschrift. Name und Geburtsdatum, Wohnort, Blutgruppe und andere Dinge, die mir absolut nichts sagen. Ich blättere weiter.

Schlaflosigkeit, Kopfschmerzen, allgemeine Schwäche, Appetitlosigkeit, Gewichtsverlust.

Ich runzle die Stirn. Ich dachte, Celesta plagen sich nicht mit solch menschlichen Beschwerden herum? Und selbst wenn ... Warum hat sie sich in einem ganz normalen Krankenhaus behandeln lassen? Ich bin bisher davon ausgegangen, dass ich als übernatürliches Wesen die Untersuchung durch einen menschlichen Arzt lieber umgehen sollte. Ich dachte, es gäbe sicher etwas in meinem Blut, in meiner Physiologie, das mich als *nicht menschlich* entlarven würde.

Die folgenden Seiten sind gefüllt mit Ergebnissen diverser Untersuchungen, alle ohne Befund, jedenfalls so weit ich das korrekt deute. Weiterhin sind Behandlungen und Medikamente verzeichnet. Und schließlich die von meiner Mutter unterzeichneten Entlassungspapiere. Keine Diagnose. Nichts, das mir weiterhelfen könnte. Ich blättere alles noch einmal durch, suche nach Hinweisen, nach Namen ... irgendwas! Doch da ist nichts. Nur eine dünne, nichtssagende Krankenakte.

Ich bin enttäuscht. Ich könnte behaupten, ich hätte damit gerechnet, doch was bringt es, mich selbst zu belügen? Ja, sie war hier. Aber wie es scheint, eben doch nur aus einem ganz simplen Grund. Doch wozu dann die Zeichnung, verdammt? Vielleicht hat sie ihre Symptome nur vorgetäuscht, um hier jemanden zu treffen? Ein Treffen fernab des Internats und neugieriger Blicke.

Ich seufze und lasse meine Finger über ihre Unterschrift wandern. Selbst wenn das der Grund war, werde ich hier nichts mehr finden. Meine Hoffnung, auf etwas zu stoßen, das mir weiterhilft, eine echte Spur zu finden, eine Antwort, ist zerstört und ich stehe wieder am Anfang.

Verbissen starre ich diese letzte Seite an und weiß, dass ich mich losreißen und zurückfahren sollte. Dennoch bringe ich es nicht fertig. Immerhin war meine Mum hier! Sie war hier! Mein Blick fällt auf das Datum und erst jetzt regt sich etwas in mir.

Sie war offenbar eine der letzten Patientinnen. Sie hat eines dieser Zimmer als Letzte bewohnt. Ich blättere zurück auf die erste Seite zu den allgemeinen Daten und bleibe in der Zeile hängen, in der ihre Zimmernummer vermerkt ist. Zweite Etage, Zimmer 234.

Ich klappe die Akte zu, lege sie oben auf den Schrank und schaue hinüber zur Treppe, die hinauf in das unbekannte Terrain führt. Mein Blick wandert zwischen den Stufen und dem Ausgang hin und her, durch den fast schon einladend das Sonnenlicht hineinscheint. *Du wirst ohnehin nichts finden!*, mosert eine leise Stimme in meinem Kopf. *Das ist ein verdammtes Krankenhaus. Alles, was man mitbringt, packt man bei der Abreise auch wieder ein. Also, hau endlich ab hier!*

Ich weiß, dass ein kleines Fünkchen Vernunft tief in mir diese Gedanken verursacht. Und ich kann nicht leugnen, dass der Drang, dieses Gebäude zu verlassen, mindestens genauso groß ist wie der, einen Blick in ihr Zimmer zu werfen. Auch wenn ich mit leeren Händen von hier verschwinden sollte: Ich muss mir zumindest nicht vorwerfen, gegangen zu sein, ohne alle Möglichkeiten geprüft zu haben.

***

Das Holz der Stufen knarzt und knackt bedenklich, als ich mir den Weg nach oben bahne. Filigrane Spinnenweben schmücken den Großteil der Ecken, meistens mit einer dicken, schwarzen Bewohnerin mittendrin. Angewidert mache ich einen Bogen um die Biester und achte darauf, nicht mitten in eines dieser *Kunstwerke* hineinzulaufen. Offenbar war schon seit Jahren niemand mehr hier oben. Während unten nur der Staub stummer Zeuge der Zeit ist, scheint hier oben alles, außer den Spinnen, in einer Art Dornröschenschlaf zu liegen.

Die Fenster im Flur und in den Zimmern, in die ich einen flüchtigen Blick werfe, sind größtenteils intakt. Die Luft ist kühl und durchzogen vom charakteristischen Geruch nach Moder, Schimmel und faulem Holz. Meine Schritte verursachen das einzige Geräusch, mal abgesehen von meinem unnatürlich laut erscheinenden Atem. Nicht einmal das Zwitschern der

Vögel dringt bis hierhin vor. Als würde die zunehmende Dunkelheit die Welt einfach verschlucken.

Eine Gänsehaut kriecht über mich hinweg und ich versuche sie zu vertreiben, indem ich meine Arme vor meiner Brust verschränke. Beinahe hätte ich angefangen, gegen die drückende Stille angehend ein lautes und lustiges Lied anzustimmen. *Old McDonald* vielleicht? Eine quakende Ente oder eine muhende Kuh sind doch genau das Richtige gerade, oder?

In dem Moment, in dem ich tatsächlich anfangen will, meinen – zumindest nicht körperlich anwesenden – Begleitern singend zu erklären, wie das Schaf macht, erreiche ich das Zimmer mit der Nummer aus der Akte. Die Tür ist verschlossen. Ich stehe da und starre die dunkel angelaufene Klinke an, als wäre sie giftig. Noch immer sind meine Arme um mich selbst geschlungen, noch immer liegt leise und ohne Worte diese dämliche Kindermelodie auf meinen Lippen, noch immer will ich mir nicht eingestehen, dass hinter dieser Tür höchstwahrscheinlich nichts ist. Und ich habe keine Ahnung, ob ich darüber enttäuscht oder erleichtert wäre.

Ich löse meine verkrampften Finger von meinem Shirt, atme tief durch, strecke die Hand aus und kann die Kälte der Messingklinke schon spüren, als ein markerschütternder Knall durch das Gebäude geht. Ich erschrecke so sehr, dass ich einen Satz zurückmache und mitten in einer dieser elendigen Spinnenweben lande. Die Spinne selbst springt förmlich auf mich zu und ich kreische in absolut übertriebener Panik auf und wedle mit den Armen die klebrigen Fäden weg, sodass das Biest schließlich hektisch das Weite sucht. Ich starre ihr keuchend nach und pflücke Fetzen ihrer ehemaligen Behausung aus meinen Haaren, während Wellen von Ekel über mich hinwegrollen und ich mich anwidert schüttle. Was zur Hölle war das?

Auf der Suche nach dem Verursacher meiner Panikattacke lasse ich meinen Blick den Flur entlanggleiten und bleibe schließlich an einer der Türen hängen, die durch einen Windhauch ein paar Mal hin- und herschwingt, um dann mit einem weiteren Knall gegen den Rahmen zu donnern. Das Schloss scheint kaputt zu sein, denn nach einer kurzen Pause schwingt sie wieder auf und das Spiel beginnt von vorn.

Ich lehne mich vor, stütze mich auf die Knie und hole tief Luft. *Reiß dich zusammen, verdammt!*

Trotzdem rinnt mir kalter Schweiß aus jeder Pore. Ich spüre ihn zwischen den Schulterblättern und als salzigen Film auf meinem Gesicht. Mit entschlossenen Schritten marschiere ich dennoch abermals auf Mums Tür zu, greife nach der Klinke, drücke sie herunter und stoße sie schwungvoll auf.

Dreiundzwanzig

Keine Ahnung, was ich erwartet habe, aber sicher nicht das, was ich nun betrachte. Vor mir erstreckt sich ein vollkommen normales Krankenzimmer. Zwei Fenster mit zerfetzten Vorhängen an der mir gegenüberliegenden Wand, zwei Betten an der Wand rechts von mir. Ich wage vorsichtig ein paar Schritte in das Zimmer hinein, hinüber zu den Fenstern, und bleibe prompt mit dem Fuß an etwas hängen. Einen Schrei schon auf den Lippen identifiziere ich meinen Angreifer allerdings als recht harmloses Bettzeug, das in einem unordentlichen Haufen halb verborgen zwischen Bett und Wand liegt und aussieht, als hätte hier schon einmal jemand übernachtet. Erleichtert schnaufe ich und lasse meinen Blick über die Matratzen wandern, zumindest über den löchrigen, schmutzigen Rest davon. Meine Brust ist eng, als ich langsam registriere, dass es hier absolut nichts von Wert oder Bedeutung gibt. Egal, wohin ich sehe: Alles ist alt, kaputt und wartet nur darauf, vergessen zu werden.

Ich drehe mich einmal um meine eigene Achse, lasse meine Augen über die wenigen Dinge gleiten, die dieses Zimmer füllen, und muss aufpassen, mit dem Kopf nicht gegen die kaputte Lampe zu stoßen, die von der sich allmählich auflösenden Decke herabbaumelt. Putzbrocken und Mäusekot verteilen sich auf dem Boden und dem kleinen Tisch, der neben dem halb zerfallenen Schrank mir gegenübersteht.

Noch immer weigert sich ein kleiner Teil von mir, zu glauben, dass das alles war. Und dieser Teil versucht nun hartnäckig, doch noch etwas zu finden. Ich durchschreite wider besseren Wissens abermals den Raum und stampfe hier und da mit dem Fuß auf, um zu testen, ob eine der Dielen lose ist und als Versteck für etwas dient. Ich hebe die keimigen Matratzen hoch und spähe hinter den Schrank. Ich prüfe sogar, ob er über einen doppelten Boden oder eine doppelte Rückwand verfügt. Und dann, ganz langsam, verabschiede ich mich endlich von dem Gedanken, etwas zu finden. Für wen auch immer die Karte gedacht war, der Besuch hier wird nicht zur Lösung meiner Probleme beitragen.

Obwohl ich damit gerechnet habe, ist meine Enttäuschung unerwartet groß und ich muss mehrmals blinzeln, um das Brennen meiner Augen und die Enge in meiner Kehle zu vertreiben. Ich kann Quinns höhnisches Lachen geradezu hören, begleitet von einem dämlichen *Hab ich doch gesagt.*

Stöhnend lehne ich mich gegen das Fensterbrett und streiche mir die schwitzigen Haare aus dem Gesicht. Alles umsonst. Ich werde von hier fortgehen und nicht mehr wissen, als …

Mein Kopf ruckt hoch und meine Augen fokussieren die offen stehende Tür. Etwas ist anders. Mein Gehör ist mit einem Schlag schärfer, all meine anderen Sinne ebenso. Ich stoße mich geräuschlos ab und richte mich auf. Ich bin nicht länger allein in diesem Haus. Es ist kein Geräusch, das mich aufgeschreckt hat. Es ist nicht einmal etwas, das ich benennen könnte. Es ist nur einfach … da und weckt etwas in mir, das ich von meinem Menschendasein nicht kenne. Ich bin hellwach. Mehr als das. Es fühlt sich an, als würde ich innerlich vibrieren, als würde die Welt um mich herum verschwimmen, bis auf einen einzigen, deutlichen, scharf umrissenen Fokus. Hören, Fühlen, Riechen und Sehen überlagern sich zu einem einzigen Bild, das sich irgendwo tief in mir formt. Meine Handflächen beginnen zu prickeln und meine Muskeln sind angespannt.

Lautlos gleite ich über das Holz zu meinen Füßen hinaus auf den Flur. Links und rechts von mir erstreckt sich weiterhin der einsame, dunkle Flur. Die Tür schwingt noch immer hin und her, aber sanfter als zuvor. Objektiv betrachtet hat sich nichts verändert und doch ist alles anders. Ich gehe weiter, hinüber zu dem großen Schrank, der an der gegenüberliegenden Wand steht. Langsam und in der Hoffnung, hier eine Waffe zu finden, ziehe ich die Tür auf und spähe hinein, entdecke allerdings nur jede Menge Decken, ein paar

Döschen und Fläschchen. Lautlos fluchend spähe ich um die Ecke und muss ein Lachen unterdrücken, als mich ein einsamer, recht lachhafter Besenstiel anschaut. Besser als nichts. Ich greife danach, drehe den Besen ab und halte den porösen Stiel wie einen Baseballschläger vor mich.

Das merkwürdige Gefühl ist noch immer da, sogar sehr deutlich. Mit vorsichtigen Schritten gehe ich den Weg zurück, den ich gekommen bin, als es hinter mir knirscht. Augenblicklich fahre ich herum, den Besenstiel zum Angriff erhoben und mit vor Angst schlotternden Knien. Ich starre in einen leeren, dunklen Flur.

»Wenn ich gewusst hätte, dass du putzen willst …«

Keuchend reiße ich meine Waffe abermals herum, kralle die Fingernägel in den Stiel und alle meine Sinne stehen auf Kampf. Doch dort erwartet mich nicht etwa ein angriffslustiger Dämon oder ein nervöser Wachmann, sondern Quinn. Grinsend.

Mein Herz rast und für einen Moment bin ich wirklich, wirklich versucht, ihm mit meinem ach so lächerlichen Besenstiel eins überzuziehen. Doch stattdessen feuere ich das Ding wutentbrannt auf den Boden, mache auf dem Absatz kehrt und drehe ihm demonstrativ den Rücken zu, als ich in das elendig leere Zimmer zurückkehre.

»Was zur Hölle willst du hier?«, brülle ich ihm entgegen und der Drang, ihm an die Gurgel zu gehen, ist kaum zu bändigen.

»Auf dich aufpassen.«

»Ich kann allein auf mich aufpassen«, zische ich und will ihm die Tür vor der Nase zuwerfen, doch er steht schon im Rahmen und stemmt die Hand gegen die Tür. Ich gebe nach, obwohl ich innerlich koche vor Wut.

»Das sehe ich. So einen Besenstiel sollte man immer dabeihaben. Wirkt sicher wahre Wunder.«

»Niemand ist hier!«, brülle ich, die Arme demonstrativ seitlich ausgestreckt. »Niemand außer mir, dir und jeder Menge Mäusen.« Ich will ihn nicht hören lassen, wie enttäuscht ich darüber bin, doch meine Stimme verrät mich.

»Ich hätte auch jemand sein können, der dich töten will.«

»Niemand weiß, dass ich hier bin.«

Er zieht eine Augenbraue hoch und deutet auf sich.

»Ezra hat es dir erzählt, oder?«, rate ich ins Blaue.

»Nein. Ich hab Augen im Kopf.«

»Du bist mir also gefolgt?«

»Ehrlich gesagt, nein.«

Nun ziehe ich eine Augenbraue hoch.

»Bevor ich deine Karte verbrannt hab, hab ich selbst einen Blick drauf geworfen.«

»Sie war spiegelverkehrt. Du hättest niemals ...«

»Ich bin hier, oder?«, unterbricht er mich grinsend und es bereitet ihm offensichtlich großes Vergnügen, sich derart vor mir profilieren zu können. Seine Augen blitzen amüsiert. »Ich dachte, ich komm mal her und schau für dich nach, ob ich was finden kann.«

»Du hast es *mir* verboten, Quinn.«

»Und wie wir sehen, hältst du dich ja sehr zuverlässig an gut gemeinte Ratschläge.«

»Gut gemeinte ...« Ich blähe meine Backen auf und lasse lautstark die Luft daraus entweichen. »Du wolltest mich einsperren! Du ... du warst ... rasend vor Wut!«

Er zuckt mit den Schultern, als sei meine Empörung übertrieben, und ich verschränke die Arme vor der Brust.

»Du willst mir also erzählen, du hast nicht gewusst, dass ich hier bin? Du bist rein zufällig am selben Tag und fast genau zur selben Zeit hier?«

»Ja«, antwortet er knapp, geht unbeeindruckt an mir vorbei und schaut aus dem Fenster. »Irgendwas gefunden?«

Ich lehne mich gegen das hohe Fußende von einem der Betten und weiß nicht, ob ich mich auf eine nette, normale Unterhaltung mit ihm einlassen will. Wobei ein Teil von mir tatsächlich froh ist, nicht mehr allein hier herumzuspuken.

»Eine Krankenakte und ein gammeliges Zimmer. Sie war hier, aber ich glaube nicht, dass sie ...« Ich will es nicht aussprechen, weil das hieße, er wäre die ganze Zeit über im Recht gewesen. Auch wenn er gerade nicht den Eindruck macht, sich in seinem Triumph sonnen zu wollen.

Er nimmt alles, ähnlich wie ich zuvor, genau unter die Lupe und hört mir dabei aufmerksam zu, während ich von der Krankenakte und den Eintragungen berichte.

»Werden Celesta eigentlich krank?«, frage ich, als ich fertig bin und er noch immer das Zimmer inspiziert.

»Schon, aber eher nicht auf die beschriebene Art und Weise.«

»Warum war sie dann hier? Dürfen wir uns von normalen Ärzten behandeln lassen?«

»Mhh, lieber nicht. Aber das ist ja kein normales Krankenhaus gewesen. Insofern ...«

»Wie meinst du das?«

»Hast du das Zeichen nicht gesehen? Am Eingang? Auf dem Fußboden?«

Ich schüttle ahnungslos den Kopf.

»Das gleiche Zeichen wie neulich an der Tür. Die Ärzte und sicher auch einige der Schwestern, die hier gearbeitet haben, wussten über euch Bescheid. Was immer deine Mutter hierhergeführt hat, die Akte war Tarnung, nehme ich an. Vielleicht wurde sie verletzt und hat sich hier erholt. Wo ist sie?«

Ich schaue ihn ratlos an.

»Die Akte! Wo ist sie?« Der Groschen fällt, wenn auch langsam.

»Ich hab sie unten auf den Schrank gelegt.«

»Wir holen sie nachher. Vielleicht hast du doch was übersehen.«

Ich deute seine Worte nicht als Kritik, sondern als ehrlichen Versuch, mir zu helfen, auch wenn ich nicht ganz verstehe, woher der plötzliche Sinneswandel kommt.

»Warum hat sie gerade diesen Ort in das Buch gemalt?«

»Keine Ahnung. Vielleicht hat sie hier jemanden kennengelernt. Vielleicht hat sie bei einem Spaziergang etwas entdeckt. Vielleicht hat sie Verbündete getroffen, ein Versteck gefunden ... Die Möglichkeiten sind zahllos und ohne einen weiteren Hinweis oder jemanden, der sie ...«

Er unterbricht plötzlich seinen Redeschwall und starrt an mir vorbei auf die Wand, vor der der Schrank steht. Doch sein Blick gilt nicht dem alten Ungetüm, sondern der Ecke.

»Was? Was ist los?«

Er marschiert an mir vorbei und seine Finger tasten über die arg mitgenommene Tapete.

»Was«, schnauft er, packt den Tisch und zerrt ihn beiseite, »wenn sie hier jemanden getroffen hat, der die gleichen Ansichten teilte. Was, wenn sie diesem Jemand eine geheime Botschaft übermitteln wollte, die in keinem Buch auftauchen durfte?« Er bleibt vor mir stehen und seine Augen glänzen gefährlich. »Was, wenn sie niemandem vertrauen konnte und erst prüfen wollte, mit wem sie es zu tun hatte?«

»Ich fürchte, ich kann dir nicht folgen.«

»Versetz dich in ihre Lage, Emma. Du bist hier und erholst dich von einem Kampf oder vielleicht auch von einer Bestrafung. Vielleicht ist dein Aufenthalt hier eine Bestrafung? Und dann lernst du jemanden kennen, der so tickt wie du. Was würdest du denken? Dein allererster Gedanke?«

Mein Hirn arbeitet und plötzlich bin ich da, wo meine Mum vor Jahren war. In genau diesem Zimmer.

»Eine Falle. Ich würde denken, es ist eine Falle. Eine Prüfung.«

»Ganz genau. Aber wenn du allein wärst oder annimmst, allein zu sein, hättest du Hoffnung, nicht wahr? Also hinterlässt du eine Nachricht, auf die du zurückgreifen könntest und die nur von einer einzigen Person richtig gedeutet werden könnte. Von jemandem, der mit dir zusammen hier war.«

Er packt die Tapete an der unteren rechten Ecke der Wand und erst jetzt sehe ich, was er lange vor mir entdeckt hat: Sie ist lediglich an den Rändern verklebt. Als er daran zieht, tritt darunter die ursprüngliche Tapete zutage – und auf ihr ein Geflecht aus Linien und Buchstaben und Zahlen. Quinn reißt die komplette Tarnung herunter und wir betrachten beide sprachlos dieses Wirrwarr von ... ja, wovon?

»Was, zur Hölle, ist das?« Ich mache einen Schritt auf die Wand zu und berühre mit den Fingerspitzen ehrfürchtig die Linien, die mit ziemlich großer Wahrscheinlichkeit meine Mutter gezeichnet hat. Vor über zwanzig Jahren.

»Ich habe keine Ahnung«, murrt er, zückt sein Handy und schießt ein Foto.

»Wie zur Hölle hat sie das gemacht? Woher hatte sie das Material und das …« Ich halte inne und auch er wird plötzlich stocksteif und seine Augen weiten sich, als unsere Blicke sich treffen. Ganz langsam steckt er das Handy weg und tritt neben mich. Beide starren wir regungslos zur Tür und spüren, dass wir nicht länger allein sind. Und das Gefühl von vorhin kehrt zurück. Es war nicht Quinn, dessen Anwesenheit ich gespürt habe. Es war jemand anderes. Oder etwas anderes.

»Geh zum Fenster. Öffne es! Aber leise!«, flüstert er eindringlich und ich schaue ihn mit einer Mischung aus Panik und Fassungslosigkeit an.

»Was?«

»Spring aus dem verdammten Fenster und lauf, so schnell du kannst!«

Ich sehe hinüber zum Fenster und dann zur Tür, die er behutsam und nahezu geräuschlos ins Schloss drückt. Seine Augen sind fast schwarz und eine steile Falte hat sich auf seiner Stirn gebildet. Selbst seine Lippen sind blasser als noch vor wenigen Sekunden. Das hier ist bitterer Ernst.

»Ich gehe nicht ohne dich«, zische ich aufgebracht und mache einen Schritt auf ihn zu.

»Das ist absolut nicht der richtige Zeitpunkt, um zu diskutieren.«

»Das sehe ich genauso«, entgegne ich trotzig und das flaue Gefühl in meinem Magen wird stärker. Wir stehen da, fechten unseren üblichen kleinen Kampf aus, der jäh unterbrochen wird, als ich schwere Schritte vor der Tür höre. Quinns Gesicht verliert schlagartig alle Farbe. Er wendet mir den Rücken zu und ich schließe für einen Moment angsterfüllt die Augen, versuche, meinen rasenden Herzschlag unter Kontrolle zu bringen. Meine Kehle ist trocken und meine Zunge klebt an meinem Gaumen. Es ist eine Sache, sich einzureden, man würde schon mit einem Dämon fertig werden – erst recht als Celesta. Es ist allerdings eine ganz andere, zu wissen, dass einer nur wenige Schritte entfernt darauf lauert, dich eiskalt zu ermorden. Wie in Fetzen erscheinen Bilder der Nacht in der Bar vor meinem inneren Auge und mein Puls wird noch einmal schneller, meine Handflächen werden feucht.

Quinn, der mittlerweile neben mir steht, legt sacht eine Hand auf meine Schulter, rüttelt an mir und deutet wortlos auf das hinter mir befindliche Fenster. Ich komme seiner stummen Aufforderung schließlich nach. Mit langsamen, bedachten Handgriffen öffne ich es und bete, dass es nicht quietschen wird. Zum Glück lässt es sich leise, fast lautlos aufdrücken. Ein lauer, warmer Wind weht mir entgegen und es wirkt so friedlich, dass der Gegensatz beinahe grotesk ist.

»Emma, verschwinde schon. Lauf zum Wagen.«

»Noch mal: Ich gehe nicht ohne dich.«

»Ich halte sie auf und komme nach. Bitte, Emma, geh.«

Energisch schüttle ich den Kopf. »Komm mit.« Und nach einer kurzen Pause füge ich hinzu: »Bitte!« Keine Bitte. Eher ein Flehen.

Am Fenster stehend strecke ich die Hand nach ihm aus und zögerlich macht er ein, zwei Schritte auf mich zu. Mein Herz ist leichter, ein klein bisschen, als seine Hand meine berührt.

Er steckt zögerlich den Kopf hinaus und seine Augen gleiten suchend über die Umgebung.

»Sind da noch mehr?«, frage ich leise und selbst diese wenigen Worte gehen mir nur mit großem Widerwillen über die Lippen. Ich wage es kaum, zu atmen, denn jedes Geräusch, das ich mache, überlagert die, die von außerhalb des Zimmers zu uns dringen. Dort ist es verdächtig ruhig. Vielleicht doch nur …

Die Tür zersplittert in Abermillionen kleine Teile, begleitet von einem ohrenbetäubenden Dröhnen. Ich blinzle und die Zeit steht plötzlich still. Das Dröhnen ist fort. Kein Geräusch erreicht mich mehr. Nur mein Herzschlag. Und mein Atem. Wie in Zeitlupe sehe ich die Splitter auf uns zurasen. Jeden einzelnen so gestochen scharf, dass ich sie zählen könnte. Und ebenfalls gestochen scharf erkenne ich die Gestalten dort auf dem Flur, eingehüllt in Staub, Splitter und Dunkelheit. Doch ich brauche kein Licht, um zu wissen, wer das ist. Oder besser, *was* das ist. Ich blinzle abermals. Etwas in mir wächst, füllt mich aus, lässt mich brennen und pulsieren, als sei ich meine eigene Sonne.

Quinns Arm schnellt nach vorn, reißt mich hinter sich, und auch wenn ich weiß, dass gerade eigentlich alles furchtbar schnell geht, ist es, als stünde ich neben mir. Als könnte ich uns beide in diesem Bruchteil einer Sekunde umrunden, als könnte ich die vielen kleinen tödlichen Splitter völlig mühelos aus der Luft pflücken. Ich balle die Hände zu Fäusten, spüre das Prickeln, das nun meinen gesamten Körper erfasst, und es ist, als würde mich das Feuer vollständig ausfüllen und nur auf meine Erlaubnis warten. Ich stemme mich gegen Quinns festen Griff, trete stattdessen vor ihn und gebe dem Feuer den Raum, den es verlangt. Ich lasse es zu und im selben Moment explodiere ich förmlich.

Ein Feuerschwall ergießt sich in den kleinen Raum, pulverisiert die Splitter und schleudert mich in einer gewaltigen Druckwelle rückwärts. Direkt gegen Quinn und mit ihm zusammen aus dem Fenster und zwei Stockwerke in die Tiefe. Hart pralle ich mit dem Rücken auf den Boden, doch ich brauche nur einen winzigen Moment, um wieder zu Atem und dann auf die Beine zu kommen. Die Geräusche dringen noch immer nur gedämpft an meine Ohren, doch die Zeit scheint zumindest wieder in normalem Tempo zu verrinnen. Ich starre hinauf zu dem Fenster, das nun von einem schwarzen Ring aus Rauch umgeben ist. Mein zweiter Blick gilt der Umgebung und unweit von mir entfernt entdecke ich Quinn, sprinte auf ihn zu und zerre an ihm. Die Erleichterung, die durch meine Eingeweide schießt, als er sich hustend aufrappelt, ist kaum zu beschreiben.

»Geht's?«

Er nickt, stützt sich jedoch schwer auf mich. Ich kann das Klopfen seines Herzens deutlich spüren. Und es nimmt an Intensität zu, als das schneidende Geräusch einer Kugel die Luft zerteilt, kurz bevor der zugehörige Knall die Vögel verstummen lässt.

Wir reißen beide den Kopf herum und im schwarzen Rahmen des Fensters steht eine makaber entstellte Kreatur, in der qualmenden Pranke eine Waffe – gerichtet auf uns.

»Lauf! Lauf!«, brüllt Quinn, lässt mich los und wir rennen. Ich höre einen weiteren Knall. Und noch einen. Instinktiv ziehe ich den Kopf ein und weiß nicht einmal, ob ich es merken würde, wenn er mich erwischt. Als wir um die Ecke biegen, verstummen die Schüsse und das Tor sowie das Auto kommen in Sicht. Im Sprint fummle ich nach dem Autoschlüssel, als abermals Schüsse die Luft zerfetzen. Dieses Mal jedoch von vorn.

Ich stemme die Füße in den weichen Boden, rutsche aus und stürze. Quinn packt mich, zerrt mich hoch und reißt mich mit sich. Weg vom Haus und weg vom Wagen. Hinüber zum Waldrand. Im Augenwinkel kann ich noch die Umrisse der schwarzen Gestalt erkennen, die hinter dem Auto auftaucht, die Waffe in ihrer Hand auf uns gerichtet. Wir sind schnell, unser einziger Vorteil. Und ich gedenke, ihn zu nutzen. Ich renne, wie ich noch nie gerannt bin, und der Wald kommt rasend schnell näher.

Wo sollen wir hin? Ich wage es nicht, mich umzudrehen, doch es würde mich doch sehr wundern, wenn sie jetzt aufgeben würden. Aber hier gibt es nichts, wo wir Schutz suchen könnten. Weit und breit keine Zivilisation, kein Unterschlupf. Wir können einfach nur in Bewegung bleiben und hoffen, dass sie aufgeben.

Als wir den Waldrand erreichen, schlagen drei Kugeln knapp neben uns in die Bäume ein und dann verstummen die Schüsse vorerst.

»Wohin?«, keuche ich, so schnell rennend, so panisch, dass die Umgebung verschwimmt. Quinn antwortet nicht, er wird einfach nur schneller und überholt mich. In Ermangelung einer Alternative folge ich ihm.

Irgendwann wird das Bild vorbeihuschender Bäume plötzlich von etwas anderem abgelöst: einer kleinen Hütte. Mitten im Nirgendwo. Quinn hält darauf zu, reduziert das Tempo, reißt die Tür auf und stolpert hinein. Er hält sie offen, bis auch ich im Inneren bin, und lässt sie dann ins Schloss krachen.

»Was soll das? Sie finden uns! Wir müssen weiter!«, keuche ich, allerdings weniger, weil ich aus der Puste bin, sondern weil noch immer Panik meinen Körper flutet.

»Den Anhänger. Gib mir den Anhänger!«

»WAS?!«

»Den Anhänger deiner Mutter. Gib ihn mir!« Seine Stimme vibriert vor Anspannung und ohne weiter nachzufragen, fummle ich die Phiole hervor, ziehe sie samt Kette über meinen Kopf und werfe sie ihm zu. Er zieht den winzigen Korken heraus und noch bevor ich etwas sagen kann, lässt er einen Tropfen der leuchtenden Flüssigkeit, die sie beherbergt, auf den Boden direkt vor die Tür fallen. Ohne Zeit zu verlieren, drängt er mich beiseite und macht das gleiche an den drei Fenstern, durch die schmutziges Licht ins Innere dringt. Als der letzte Tropfen die letzte Fensterbank berührt, leuchten sie alle für einen Moment so grell auf, dass ich die Augen schließen muss. Ein merkwürdiger Geruch hängt in der Luft, als ich sie wieder öffne.

»Was ... war das?«, frage ich atemlos und sehe zu ihm hoch. Sein Atem geht ebenso schwer wie meiner und er steht schwankend inmitten dieser winzigen Hütte. Noch ehe er antworten kann, kippt er mir entgegen und ich habe Mühe, ihn zu fangen, bevor er aufprallt. Unter seinem Gewicht gehen wir beide zu Boden.

In genau diesem Moment erschüttert ein gewaltiger Knall die Hütte und ich kralle mich mit einem spitzen Schrei an Quinn fest, warte darauf, dass diese lächerliche Tür jeden Moment aufspringen und uns erbarmungslos ausliefern wird. Doch außer weiteren, immer wütenderen Angriffen tut sich nichts.

»Warum ...«

»Das Zeug in der Flasche«, antwortet er gepresst und deutet mit dem Kinn auf die Tür. »Das hält sie uns eine Weile vom Hals. Es ...« Er unterbricht sich mitten im Satz, presst die Zähne aufeinander und seine Finger graben sich fast schmerzhaft in meinen Arm, während seine Füße sich gegen die dreckigen Dielen stemmen.

»Was ist los mit dir?«

Kopfschüttelnd löst er sich von mir und will aufstehen, zieht sich an dem knorrigen, alten Tisch direkt neben ihm hoch und schafft es, zumindest kurz stehen zu bleiben.

»Quinn!« Ich rapple mich ebenfalls hoch. Und dann sehe ich es. Ein Blutfleck breitet sich langsam hinten auf seinem Shirt in Höhe der Schulter aus und färbt es dunkel. »Sie haben dich getroffen«, entfährt es mir und meine Stimme klingt dünn.

»Scheint so«, murrt er und verdreht den Kopf in dem dummen Versuch, die Verletzung an seiner Schulter zu betrachten. »Ich werd's überleben. Keine Sorge.« Er lässt sich kraftlos auf einen der Stühle fallen und sein Gesicht glänzt fahl und blass im faden Licht.

»Lass mich mal sehen, ja?«

Widerwillig nickend stimmt er zu. Tausend Gedanken rasen durch meinen Kopf, tausend Ängste und Fragen. Doch das Wichtigste im Moment ist, ihm zu helfen.

Ich streiche mir die verklebten Haare aus der Stirn, befeuchte meine trockenen Lippen und befehle meinen zittrigen Fingern, ihre Arbeit aufzunehmen. *Geh logisch vor, Emma. Ein Schritt nach dem anderen. Eine Verletzung an der Stelle bereitet Schmerzen, erst recht, wenn ich ihn bitte, das Shirt auszuziehen. Ich werde also ein Messer oder eine Schere brauchen.* Mein Atem flattert, als ich mich in der trüben Dunkelheit der Hütte umsehe. Ein weiterer Knall erschüttert den Boden zu meinen Füßen und treibt meinen Puls in die Höhe. Ich schließe für einen Augenblick die Augen, rede mir ein, dass alles gut werden wird, öffne sie wieder und durchsuche den Raum. Hinten an der Wand steht eine Anrichte. Schnell laufe ich darauf zu und ziehe wahllos eine Schublade nach der anderen auf. Töpfe, Besteck, stumpfe Messer, Kerzen, Streichhölzer. Ich schiebe sie wieder zu und widme mich der nächsten Reihe. Bereits bei der ersten Schublade halte ich inne. Kugeln. Lose verteilt rollen sie am Boden des Faches leise klackernd vor und zurück. In der hinteren Ecke entdecke ich die dazugehörige Waffe. Ich schlucke schwer und reiße mich los, schiebe die Schublade zu und öffne die nächste. Endlich. Ein Erste-Hilfe-Kasten und darin eine Schere. Als ich ihm meinen Fund präsentiere, nickt er zufrieden und gibt keinen Ton von sich, als ich vorsichtig den Stoff des Shirts zerschneide.

Die Wunde ist größer, als ich erwartet habe. Und ich habe bisher schon einiges gesehen. Wilde Kneipenschlägereien, üble Platzwunden, mehr Blut, als mir lieb ist, aber noch nie eine Schussverletzung. Vorsichtig lege ich meine Finger auf die unversehrte Haut zu beiden Seiten der Wunde. Quinn zieht scharf die Luft ein und macht sich steif.

»Sie steckt nicht tief. Ich kann sie sehen, glaub ich.« Und zwar direkt in seiner rechten Schulter. Die Eintrittswunde ist groß und blutet, doch ich erkenne einen Fetzen Metall und hoffe, dass die Kugel noch ganz ist.

»Hol sie raus«, sagt er tonlos und für einen Moment stehe ich nur da, in der rechten Hand die Schere, die linke Hand auf seine intakte Schulter gestützt, und warte darauf, dass er diese Aufforderung zurücknimmt.

»Ich ... ich glaube nicht, dass ich das ...«

»Emma, bitte, hol sie raus. So bin ich dir keine Hilfe.«

»Aber ... ich ... ich hab nicht mal was zum Desinfizieren hier.«

»Schau in den Kasten oder noch mal in die Schränke. Das ist eine Hütte für Wanderer. Ich bin mir sicher, hier gibt es irgendwelche medizinischen Utensilien. Vielleicht findest du auch eine Pinzette oder so was.«

Ich nicke, lege die Schere weg und durchwühle wenig feinfühlig die Kiste mit den Pflastern und Verbänden. Das noch immer regelmäßige Donnern, das die Hütte erschüttert, macht meine Aufgabe nicht gerade einfacher.

»Wie dicht kommen sie heran?«

»Kommt darauf an«, raunt er flach, scheint jedoch noch nicht allzu besorgt.

Endlich fühle ich Glas und fummle eine kleine Flasche zwischen all dem Zeug hervor. Das Etikett ist abgegriffen, grau angelaufen und löst sich an den Ecken bereits ab, doch ich kann die Aufschrift noch lesen. Jod.

»Wird so was schlecht?«, frage ich mit zittriger Stimme und weiß nicht, ob ich die Antwort wirklich wissen will.

»Ist egal.«

Ich drehe den Deckel ab und gieße eine großzügige Menge direkt auf die Wunde. Quinn sagt kein Wort.

»Ich hab keine Pinzette gefunden.«

»Nimm die Finger.«

»Quinn ich ...«

»Mach einfach, Emma. Bitte!«

Ich nicke, reibe mir die Hände großzügig mit dem Jod ein und lege meine linke Hand wieder auf seine Schulter. Schweiß rinnt von meiner Stirn und dringt in meine Augen. Es brennt fürchterlich und ich kneife sie zusammen, ermahne mich zu Ruhe und Konzentration. Langsam führe ich Daumen und Zeigefinger der rechten Hand konzentriert an die Wunde heran. Ich kann sein Blut riechen und meine Finger zittern wie wild. Ich kneife abermals die Augen zusammen, presse die Lippen aufeinander und kämpfe die aufsteigende Übelkeit nieder. Mit angehaltenem Atem überwinde ich mich und greife nach der Kugel. Quinns Laut, als meine Finger in die Wunde eindringen, werde ich niemals vergessen. Er atmet flach und schnell, doch er bewegt sich keinen Millimeter.

»Tut mir leid, tut mir so, so leid«, wiederhole ich immer und immer wieder, bis er mir schließlich androht, die Tür zu öffnen und unseren Verfolgern freiwillig in die Arme zu laufen, wenn ich diesen Satz noch einmal sage.

Also halte ich die Klappe, bekomme das glitschige Ding von Kugel endlich zu fassen und ziehe sie heraus. Der Blutstrom, der folgt, ist stark und ich presse eine dicke Mullbinde darauf, so fest ich kann. Als das warme Blut meine Handfläche erreicht, wechsle ich sie gegen eine neue. Als die Blutung endlich nachlässt, liegen drei dunkelrote Mullbinden zu meinen Füßen und ein kalter, zitternder Quinn sitzt vor mir auf dem Stuhl. Ich habe keine Ahnung, wie dramatisch sein Blutverlust oder wie schlecht sein Zustand ist. Allerdings kann ich jetzt absolut nichts anderes machen als das, was ich schon getan habe. Ich lege ihm eine Bandage an und ziehe eine der Decken zu mir, die oben auf der Anrichte liegen, um sie um seine Schultern zu legen. Er hat Mühe, die Augen offen zu halten.

»Gib … gib mir die Phiole, ja?«

Ich gehorche augenblicklich, springe auf und hole sie vom Fensterbrett. »Sie ist leer.«

»Nicht ganz.« Mit zittrigen Fingern greift er danach, hebt sie mit der winzigen Öffnung an seine Lippen und schluckt den letzten Tropfen hinunter.

»Man kann es trinken?«

»Es ist ein starkes Heilmittel. Allerdings wirkt es nur bei euch wirklich gut. Bei mir ist die Wirkung um einiges schwächer. Aber besser als nichts.«

Angesichts der winzigen Menge, die noch in der Phiole war, ist die Wirkung also wahrscheinlich gleich null.

Kraftlos lasse ich mich ihm gegenüber auf den Stuhl sinken, starre auf meine blutverkrusteten Finger und den Boden.

»Wie lange haben wir?«, frage ich mit zittriger Stimme.

»Wenn wir Glück haben, finden sie uns, bevor die Wirkung nachlässt.«

»Ezra erwartet mich heute Abend zurück. Es würde mich aber nicht wundern, wenn er doch bis morgen früh wartet, ehe er nach mir sucht.«

Sein Gesichtsausdruck sagt mir, dass wir nicht so lange durchhalten werden.

***

Die Angriffe erfolgen in größeren Abständen, aber in gleichbleibender Regelmäßigkeit. Sie wissen, dass wir in der Falle sitzen, und haben alle Zeit der Welt. Sie sind in der vorteilhaften Situation, einfach abwarten zu können, bis unser Schutz versiegt.

Obwohl die Bedrohung noch immer nur wenige Meter von uns entfernt lauert, kriecht die Anspannung, die mich auf den Beinen gehalten hat, langsam, aber sicher aus meinen Gliedern und lässt mich müde und träge zurück. Ich kämpfe mit mir. Ich kämpfe darum, wach zu bleiben, damit ich eine Lösung finden kann.

Ich rutsche vom Stuhl, fummle Quinns Handy aus seiner Hosentasche und schalte es an, stumm flehend, dass es vielleicht funktioniert. Doch umsonst, denn hier draußen haben wir keinerlei Empfang. Fluchend lege ich es auf den Tisch, stehe auf, schüttle den Kopf, um das Schwindelgefühl zu vertreiben, und taumle umher. Ich reiße alle Schranktüren auf, schaue in jede Ecke und hoffe auf irgendeine Kommunikationsmöglichkeit. Im Schatten neben dem Fenster werde ich fündig. Ein altes, verstaubtes Telefon. Freudestrahlend stürze ich darauf zu, hebe den Hörer ab und halte ihn an mein Ohr. Doch außer dem harten Dröhnen meines Herzschlags höre ich absolut nichts. Kein Freizeichen, kein Rauschen, kein Knacken. Nichts. Ich drücke wild irgendwelche Tasten, obwohl ich weiß, dass es absurd ist. Ich tue es trotzdem und werde mit jeder Sekunde wütender, mit jeder Taste, die dieses dämliche Ding nicht wieder zum Leben erwecken kann.

Schließlich schlage ich mit dem Hörer darauf ein, trete gegen den dämlichen Schrank und die Wand. So lange, bis zersplitterte Telefonteile auf den Boden zu meinen Füßen regnen und ein Scharnier den Geist aufgibt. Wackelig hängt die Schranktür in den Raum hinein und schwingt leise quietschend hin und her. Mit Tränen der Wut in den Augen stehe ich da, atme schwer und will nicht akzeptieren, dass das hier mein Ende sein könnte. Ich knalle die Schranktür zu und habe wenige Sekunden später die Schublade erreicht, in der die Waffe liegt. Ehrfürchtig starre ich sie an, greife danach und wiege sie in meiner Hand. Es ist Ewigkeiten her, dass ich so ein Ding in den Fingern hatte.

Mum hatte eine. In einer Holzkiste in ihrem Schreibtisch. Durch Zufall ist sie mir mal aufgefallen und weil ich neugierig war, habe ich sie in die Hand genommen. Ich kann mich noch gut an Mums Gesichtsausdruck erinnern, als sie mich erwischte. Angsterfüllt. Fast panisch. Doch nach der ersten Schrecksekunde fand sie ihre Ruhe wieder und beantwortete mir alle meine Fragen. Warum sie so etwas habe und wie es funktionieren würde. Ich sehe vor meinem geistigen Auge, wie sie die Trommel seitlich herausdrückt und mir die Kugeln zeigt, die dort in den dunklen Löchern sitzen. Ich sehe ihre großen Augen und höre ihre eindringliche Stimme, die mir das Versprechen abverlangt, niemals wieder eine Waffe anzufassen.

Sorry, Mum, denke ich und die Kälte des Metalls dringt durch meine Haut. Ich halte den Revolver mit dem Lauf von mir weg und drücke seitlich gegen die Trommel, die mit einem leisen *Klick* aufspringt. Alle Löcher sind leer. Ich greife in die Schublade, fülle sie mit Kugeln, drücke die Trommel zurück und fühle das neue Gewicht in meiner Hand. Es ist nicht so, dass ich mich nun sicherer fühle. Keineswegs. Ich weiß, dass selbst diese Waffe mir nur einen winzigen Moment mehr Lebenszeit verschaffen wird – wenn überhaupt. Dennoch sitze ich nicht tatenlos herum. Und das ist ein gutes Gefühl.

Ohne zu zögern, stopfe ich mir alle Kugeln in die Hosentasche, die noch in der Schublade sind.

Ich erinnere mich, dass Mum mir damals eingebläut hat, wie gefährlich eine Waffe ist. Als ich das nächste Mal in der Nähe ihres Schreibtisches war und nachsehen wollte, war das Holzkästchen weg und ich habe es niemals mehr gesehen.

Schnaufend nehme ich nun wieder auf dem Stuhl Quinn gegenüber Platz, den Revolver in der Hand, Quinn und die Tür im Blick. Und dann warte ich.

Vierundzwanzig

Draußen bricht die Nacht an und die Dunkelheit verschluckt bald jedes Detail in unserer kleinen Hütte. Mit schweren, steifen Muskeln stehe ich auf, schlurfe hinüber zu der Schublade mit den Streichhölzern und Kerzen und zünde ein paar davon an. Nur so viele, dass die Schatten nicht die Oberhand gewinnen. Doch die Flammen tanzen unruhig über die Wände, als wüssten sie, was dort draußen lauert.

Quinn schläft tief und fest – zumindest hoffe ich, dass es der Schlaf ist und keine Ohnmacht oder Schlimmeres. Ich bin versucht, meine Finger an seinen Hals zu legen, in der Hoffnung, dort einen starken, regelmäßigen Puls ertasten zu können. Ich stehe vor ihm, schaue auf die langen, dunkelblonden Wimpern, die regungslos auf seinen Wangen ruhen, starre auf seinen Brustkorb und rede mir ein, dort ein verhaltenes Heben und Senken zu sehen, doch ich kann mich ebenso gut irren. Ich strecke die Hand aus, zögere und ziehe sie zurück. Was werde ich tun, wenn ich keinen Puls finde? Der Gedanke bestürzt mich und lässt meinen Magen auf Kirschkerngröße zusammenschrumpfen, doch ich weiß, dass ich nichts tun könnte, um ihm zu helfen. Ich kann niemanden holen oder anrufen, geschweige denn, mehr medizinische Hilfe leisten, als ich es bisher getan habe. Es gibt nichts, außer hier zu sein und zu hoffen, dass Ezra mich sucht.

In diesem Moment gibt Quinn ein leises, unbehagliches Geräusch von sich und verändert seine Position ein klein wenig. Ich zucke zurück, stolpere gegen einen der Schränke und mein Atem geht viel zu schnell. Schwankend zwischen grenzenloser Erleichterung und der Schwere, die mich begleitet, seit wir diese Hütte betreten haben, starre ich ihn an. Denn – bei allen widerstreitenden Gefühlen, die in mir toben – wenn ich ihn ansehe, steigt ein ungutes Gefühl in mir auf, das einen bitteren Nachgeschmack auf meiner Zunge hinterlässt. Ein Gefühl, das mir so fremd ist, dass ich es am liebsten weit von mir wegschieben möchte und doch nistet es sich immer wieder in meinen Gedanken ein und verschafft sich mehr und mehr Platz: Was, wenn Quinn nicht der ist, für den ich ihn halten will?

Wieder sinke ich auf den Stuhl und lasse meinen Daumen über das blanke Metall des Revolvers wandern, während ich Quinn ansehe. Immer und immer wieder. Und währenddessen gehen meine Gedanken auf Wanderschaft. Ich begebe mich ganz zurück an den Anfang und versuche den Fehler zu finden.

***

Nach etlichen Stunden – irgendwann mitten in der Nacht oder vielleicht auch schon kurz vor Sonnenaufgang – beginnt Quinn sich zu regen. Dieses Mal ist es mehr als nur ein Positionswechsel.

Ich zucke zusammen und bin von jetzt auf gleich wieder wach, denn auf diesen Moment habe ich gewartet und ihn gleichzeitig gefürchtet.

Er blinzelt, verzieht das Gesicht und richtet sich stöhnend auf. Genau so weit, bis sich sein trüber Blick auf mich richtet und er mitten in der Bewegung innehält. Seine Augen sind schlagartig groß und klar.

»Emma?«

Der Lauf der Waffe, die nun auf ihn gerichtet ist, zittert nicht. Nicht einmal, als ich den Hahn spanne und das leise Klicken den Raum erfüllt. Quinn starrt auf die Waffe in meiner Hand und die Verwirrung steht ihm deutlich ins Gesicht geschrieben.

»Was soll das?«, fragt er mit rauer Stimme und bringt sich langsam in eine aufrechtere Position.

»Warum warst du da?« Meine Stimme wackelt ein wenig. Die einzige Frage, die sich aus all den Fragen herauskristallisiert hat, die mir in den letzten Stunden durch den Kopf gegeistert sind. Die einzige, die mich im Moment wirklich interessiert.

Ein Muskel an seinem rechten Auge zuckt. Ich kann es nur schwach erkennen, aber ich habe mich sicher nicht getäuscht. Er wendet für einen winzigen Moment den Blick ab, sein Brustkorb hebt und senkt sich schneller, als seine Augen erneut ein wenig dunkler werden. Er kneift sie zusammen und hebt leicht das Kinn.

»Was genau meinst du?« Er ist verdammt überzeugend. Unschuldig. Verwirrt. Vom Schmerz geschwächt. Aber ich durchschaue seine Taktik. Er will ablenken, mich in Sicherheit wiegen. Doch bei diesem Spiel spiele ich nicht länger mit.

»Warum warst du da?«, wiederhole ich lauter und, um alle Unklarheiten zu beseitigen, setze ich hinzu: »An der Klinik?«

»Das hab ich doch schon gesagt, ich ...«

»Komm mir nicht wieder mit der Geschichte, du hättest in diesem verdammten Bruchteil einer Sekunde die spiegelverkehrte Karte lesen können!«, donnere ich und stehe so ruckartig von meinem Stuhl auf, dass dieser umkippt und das Scheppern laut durch die Hütte hallt. Quinn presst sich etwas fester gegen den Stuhl und seine Augen sind weit, die Pupillen trotz des schlechten Lichts winzig. Ich stehe da, die Waffe auf ihn gerichtet, und mein Atem geht schwer. All die Wut und die Unsicherheit, die sich in den letzten Stunden in mir aufgestaut haben, bahnen sich nun ihren Weg an die Oberfläche.

Ich sehe Panik in seinen Augen. Ich kann sehen, wie sein Verstand arbeitet und er überlegt, was wohl passiert sein könnte. Womit er sich verraten haben könnte? *Aber was,* mahnt mich die leise Stimme der Vernunft, *wenn du einfach nur Geister siehst und er unschuldig ist?*

Ja, vielleicht habe ich mich in etwas verrannt. Vielleicht ist diese Situation zu viel für mich. Vielleicht war die Flucht oder dass ich ihm eine Kugel aus dem Körper gepult habe schlicht und ergreifend zu viel für mein sowieso schon angegriffenes Nervenkostüm. Vielleicht waren es aber auch zu viele Lügen und viel zu viele Intrigen.

»Ich will wissen, warum du da warst«, sage ich ruhiger, lasse die Waffe allerdings nicht sinken. »Und wag es nicht, mich noch mal anzulügen!«

»Emma, das ist ein verdammt schlechter Zeitpunkt für so was. Wir sollten …«

»Wir sollten warten und das in Ruhe klären? Willst du mir das vorschlagen? Vielleicht wenn wir gerettet wurden und du dich wieder vor mir verkriechen kannst?« Ich lache und es klingt selbst in meinen Ohren ein bisschen irre. »Oder vielleicht sind wir ja in wenigen Minuten Dämonenfutter. Wer weiß das schon, hmm?« Ich schwenke die Waffe kurz von ihm weg und hinüber zur Tür. »So wie ich das sehe, haben wir gerade jede Menge Zeit.«

Er schweigt und presst die Lippen aufeinander, den Blick auf den staubigen Boden gesenkt.

»Ich habe genau einer Person gesagt, wohin ich will. Und diese Person warst nicht du. Trotzdem bist du hier. Und plötzlich tauchen diese Viecher da draußen auf. Sie sind erst gekommen, als auch du da warst. Also entweder sind sie dir gefolgt oder du hast sie mitgebracht.«

»Emma, das kannst du doch nicht wirklich glauben! Ich wurde angeschossen, verdammt!«

»Ja, wie praktisch, nicht?«

»Emma, du kannst nicht klar denken. Leg die Waffe weg und wir …«

»Sag mir die Wahrheit, Quinn, oder ich schwöre, ich bring dich auf der Stelle um!«

Abermals stehen Tränen in meinen Augen, denn das Letzte, was ich will, ist, ihn umzubringen. Ich kann nicht abdrücken, das ist ihm wahrscheinlich ebenso klar wie mir.

Quinn ist in den vergangenen Wochen vieles gewesen: bedrohlich, ungehobelt, angsteinflößend und rücksichtslos. Doch er war eben auch ein Vertrauter. Ein Freund. Jemand, dem ich mich nah gefühlt habe und für den ich noch weit mehr gefühlt habe. Selbst jetzt, in dieser aberwitzigen Situation, kann ich ihn kaum ansehen, ohne dass mein Körper reagiert.

Doch betrachte ich die Fakten nüchtern, spricht mehr gegen als für ihn. Die logische Konsequenz lautet also, stark zu bleiben und meinem Instinkt zu vertrauen. Dennoch schreit jede einzelne Faser in mir danach, die Waffe runterzunehmen und einer weiteren grandiosen Lüge zu lauschen, mit der er sich rausreden wird. Mein Herz verlangt danach und alles schmerzt.

Quinn deutet meinen Gesichtsausdruck richtig. Er sieht die Tränen, er bemerkt das leichte Zittern, wittert seine Chance und hebt mir vorsichtig die Hand entgegen.

»Du musst mir vertrauen!«

»Wie denn?«, brülle ich so laut, dass sie mich sicher sogar draußen hören können. »Wie soll ich dir vertrauen? Wie, wenn du mich belügst?«

»Es ist zu deinem Besten!«

Ich schniefe und wische mir die Augen mit der freien Hand trocken, nehme einen stabileren Stand ein und recke ihm trotzig das Kinn entgegen. »Zeit, dass ich selbst entscheide, was zu meinem Besten ist. Also, du sagst mir jetzt …«

Weiter komme ich nicht, denn vollkommen ohne verräterische Vorzeichen springt er plötzlich auf, schlägt mir mit einer einzigen, schnellen Bewegung die Waffe aus der Hand und reißt mich zu Boden. Der Revolver rutscht unter den Tisch, außerhalb meiner Reichweite, und als ich mich aufrappele, um ihn zu erreichen, packt Quinn mich am Bein und zieht mich zurück. Einen Herzschlag später ist er über mir, nagelt meine Handgelenke links und rechts von mir förmlich am Boden fest und hält mich mit seinem Körpergewicht unten. Doch er ist merklich geschwächt und darauf bedacht, mich nicht ernsthaft zu verletzen.

»Beruhig dich, Emma!«, flüstert er und ich komme seiner Aufforderung für einen winzigen Moment nach, nur um gleich darauf einen fiesen Treffer gegen seine verletzte Schulter zu landen.

Augenblicklich lässt er mich los und rollt keuchend zur Seite. Ich kann mich befreien und krieche auf allen vieren hinüber zum Tisch, doch er packt abermals meinen Fuß und ich trete nach ihm. Er weicht aus, ich rolle zur Seite, drehe mich aus seinem Griff heraus und ziehe mich an der Anrichte hoch. Während ich noch nach etwas suche, mit dem ich mich gegen ihn wehren kann, ist er bereits hinter mir und schleudert mich – nun mit weitaus weniger Feingefühl – gegen die Wand seitlich von mir. Als mein Hinterkopf auf das unnachgiebige Holz trifft, durchfährt mich ein markerschütternder Schmerz und meine Wahrnehmung flattert kurz.

»Hör endlich auf!«, keucht er, seinen Unterarm gegen meine Kehle gepresst und Feuer in den Augen. Ich sehe ihn an und auch mein Atem geht schwer. Meine Glieder schmerzen, mein Kopf pulsiert und gerade, als er den Arm von meinem Hals nehmen will, reiße ich das Knie hoch und ramme es ihm zwischen die Beine. Er geht zu Boden und ich mit ihm. Ich robbe unter den Tisch, bekomme die Waffe zu fassen und noch bevor er wieder nach mir angeln kann, ist der Lauf erneut auf ihn gerichtet.

Seine Augen werden schmal und sein Gesicht verliert jeglichen Ausdruck. Er weiß, dass er verloren hat und ich ihn töten könnte, wenn ich das wollen würde. Resigniert hebt er die Hände und das raue Geräusch unserer rasselnden Atemzüge durchdringt den Raum.

»Du hast gewonnen«, murrt er und es liegt so viel Sarkasmus in diesen Worten, dass es mich kurz schüttelt. Keuchend krieche ich unter dem Tisch hervor, richte mich auf und achte peinlich genau darauf, die Waffe die ganze Zeit über zielgerichtet auf ihn zu halten. »Was nun?«

»Du erzählst mir, was ich wissen will.« Ich stehe nun direkt vor ihm, der Lauf der Waffe zeigt auf seine Brust. Weniger als ein halber Meter trennt uns.

»Und wenn ich mich weigere?«

»Erschieße ich dich!« Mein Atem ist abgehackt und seine Nähe ist zu viel. Ich fühle mich schuldig und furchtbar unbehaglich in meiner neuen Rolle. Die Erinnerung an seine zärtliche Berührung im Club durchzuckt mich, zieht mir die Kehle zu und ich weiche zurück. Doch Quinn folgt mir. Sein Blick ist starr und kalt und fest entschlossen, seine Lippen sind zu einer schmalen Linie zusammengepresst. Ich weiche zurück, bis ich gegen die Wand in meinem Rücken stoße und er mit der Brust den Lauf berührt.

»Du erschießt mich?«, fragt er leise, seine Stimme kaum mehr als ein Rumpeln tief in seiner Kehle. Ich sehe ihn nicht an. Ich kann nicht. Ich halte den Blick stur auf seine Brust gerichtet, nage an meiner Lippe, blinzle verräterische Tränen weg und hasse ihn für das, was er hier tut.

»Bitte, Quinn, sag es mir. Ich muss es wissen. Ich muss. Bitte!« Ich fordere nicht mehr – ich flehe.

»Du darfst niemals jemanden mit einer Waffe bedrohen, wenn du dir nicht ganz sicher bist, ihn auch töten zu wollen«, murmelt er bedrohlich, greift nach dem Revolver und zieht ihn fast ohne Gegenwehr aus meinen schlaffen Fingern. »Es könnte nämlich sonst gut sein, dass jemand deine Waffe gegen dich richtet.«

Und genau das tut er jetzt. In seinen Händen wirkt dieses Ding allerdings nicht wie ein Fremdkörper. Er führt nicht zum ersten Mal eine Waffe. Alles an ihm wirkt in diesem Moment durch und durch angsteinflößend und ich muss erkennen, dass er gewonnen hat. Träge lasse ich mich gegen die Wand sinken und verdränge den Kloß in meinem Hals.

Er kommt näher, drückt mir den Lauf der Waffe unters Kinn und sein Gesicht ist meinem so nah, dass ich seinen warmen Atem auf meinen Lippen schmecken kann. Doch dieses Mal löst seine Nähe ein anderes Gefühl aus. Ich schäme mich und habe Angst, ihn anzusehen. Angst, die Enttäuschung in seinen Augen zu entdecken.

»Hast du wirklich geglaubt, ich würde dich töten wollen? Oder zusehen, wie sie es tun?«, fragt er und seine Stimme bebt. Ich zittere und schaffe es kaum, den Kopf zu schütteln. »Ich hab nur eine verfluchte Sache von dir verlangt, Emma. Nämlich dein Vertrauen.«

»Das hattest du die ganze Zeit über. Keiner so sehr wie du, und trotzdem hast du mich angelogen!«, wispere ich und schaffe es endlich, ihm in die Augen zu sehen. Gefährlich funkeln sie im Halbdunkel der Hütte und spiegeln wider, wie unglaublich wütend er im Moment ist. Ruckartig löst er sich von mir, macht ein paar Schritte in den Raum hinein und wirft den Revolver wutschnaubend auf den Tisch. Er rutscht nur ein paar Zentimeter über das unebene Holz, ehe er schließlich liegen bleibt. Quinn fährt sich durch die kurzen Haare und feuert den Stuhl, auf dem er eben noch gesessen hat, wie ein Sielzeug zur Seite. Er knallt gegen die Tür und zersplittert. Ich zucke zusammen und presse mich noch etwas fester gegen die Wand.

»Ich wusste von den Hinweisen in den Büchern«, sagt er schließlich, wendet sich wieder mir zu und lehnt sich an die gegenüberliegende Wand. »Ich hab sie lange vor dir entdeckt. Noch bevor du überhaupt bei uns warst.« Dieses Geständnis lässt mich ein wenig schwanken, denn mit dieser vermeintlichen Wahrheit habe ich nicht gerechnet. »Ich war sogar schon einmal hier, aber ich hab die Akte deiner Mum nicht gefunden.«

»Warum heute?«, frage ich und meine Stimme zittert.

»Weil ich wusste, dass du dich nicht um mein Verbot scheren würdest. Als ich gesehen habe, dass du die Hinweise gefunden hast, war mir klar, dass du herkommen würdest.«

»Aber warum hätte Ezra mir die Bücher geben sollen, wenn sie geheime Botschaften enthalten?«

»Er weiß nichts davon. Ich hab es ihm nicht gesagt, und als er sie dir gegeben hatte, konnte ich sie dir ja schlecht wieder wegnehmen.«

»Warum hast du es ihm nicht gesagt?«

»Warum hätte ich das tun sollen? Ich hab dem Ganzen keinerlei Bedeutung beigemessen, bis du aufgetaucht bist. Es war nicht mehr als ein Zeitvertreib. Damals zumindest.« Sein Gesicht ist ausdruckslos. Er wirkt fast ein wenig gelangweilt und ich weiß, dass ich diese seltene Offenheit ausnutzen muss.

»Warum bin ich wirklich bei euch? Wozu das alles?«

»Das weißt du. Ezra hat es dir erzählt.«

»Aber noch lange nicht alles, oder?«

»Vielleicht solltest du es bei ihm auch mal mit vorgehaltener Waffe versuchen!« Wieder sein typischer Sarkasmus, mit dem er gekonnt überspielt, wie sehr ihn meine Aktion verletzt hat.

»Warum hast du mich angelogen, Quinn? Warum hast du mir nicht gesagt, dass du die Hinweise in den Büchern kennst? Warum bist du nicht mit mir zusammen hergekommen? Warum all die Lügen?«

»Um dich zu schützen, verdammt noch mal! Emma, begreifst du das nicht?«, brüllt er.

»Nein!«, gebe ich ebenso aufgebracht zurück und wage es, mich ein Stück von der Wand zu entfernen, an der ich lehne. »Nein, ich begreife all das nicht. Also, bitte, erklär es mir!«

Er dreht sich von mir weg und ich entdecke mit Schrecken die frischen Blutflecken auf seinem Verband.

»Deine Mutter ist der Schlüssel zu allem, Emma. Deshalb will dir niemand etwas sagen. Deshalb bleiben all deine Fragen unbeantwortet.«

»Weil sie Teil dieses Aufstands war?«

»Nein, weil sie diesen Aufstand angeführt hat!«, donnert er, starrt mich an, die Hände zu Fäusten geballt, und seine Worte hängen wie Kanonenschläge im Raum. Schließlich entspannt er sich etwas, lässt die Schultern sinken und fährt sich müde durch das Gesicht. Mit verkniffener Miene massiert er sich die schmerzende Schulter und ich habe ein schlechtes Gewissen.

»Das ergibt keinen Sinn«, flüstere ich kopfschüttelnd.

»Doch, tut es.« Er sieht mich nicht an und seine Stimme ist so leise, dass ich ihn kaum verstehe. »Sie hat viele von euch hinter sich versammeln können. Der Aufstand war stark. Und die Erinnerung an sie dauert bis heute an. Nach dem, was damals geschehen ist, wagt es allerdings niemand, öffentlich mit ihr zu sympathisieren, aber ihr Einfluss ist noch immer spürbar. Und du, als ihre Tochter, stehst unter strenger Beobachtung.«

»Wer beobachtet mich?«

»Alle, Emma! Sie wollen sehen, auf welcher Seite du stehst. Sie wollen sehen, ob du wie deine Mutter bist. Und wenn sie der Meinung sind, dass du eine Gefahr darstellst, werden sie dich töten. Einfach so. Genau wie sie damals.«

Mein Atem stockt und meine Muskeln versteifen sich. »Was sagst du da?«

Seine Schultern spannen sich an und ein dunkler Schleier legt sich auf seine Züge. »Sie haben sie in der Nacht getötet. Ich hab es nicht gesehen, aber …«

»Du … du warst dabei? Bei dem Aufstand?«

»Ja, war ich.«

»Aber warum … ich meine … du … du warst noch ein Kind.«

»Liams Vater, Ian, hat die Zerschlagung des Aufstands lange geplant. Er ließ nicht nur alle sogenannten Verräter aus seinem eigenen Clan versammeln, sondern auch meinen Clan und die Amber. Selbst Frauen und Kinder, einfach alle. Er lockte sie in einen Hinterhalt, trieb sie zusammen wie Vieh. Das war der letzte Abend des Aufstands und nur wenige haben ihn überlebt. Deine Mutter gehörte nicht dazu.«

Meine Augen brennen und meine Kehle schmerzt entsetzlich, als ich verzweifelt versuche, meine Stimme wiederzufinden.

»Elaina hat ihr Privatleben streng von ihren Verpflichtungen im Clan getrennt. Lediglich Ezra und einige wenige Eingeweihte wussten, dass sie eine Tochter hat. Er hat dich nach ihrem Tod all die Jahre im Blick behalten. Als die Dämonen auftauchten, steckte er allerdings in der Klemme. Er wusste, er würde dich nur im Internat wirklich beschützen können. Er wusste allerdings auch, dass du dann Fragen stellen würdest.« *Geschickter Themenwechsel.* »Er wusste, dass Liam erfahren würde, wer du bist. Und dass er dich einer großen Gefahr aussetzt, indem er dich zu sich holt. Trotzdem hatte er keine Wahl.«

»Woher … willst du das alles wissen?«

»Tja, ich bin eben ein cleveres Kerlchen!«, raunt er und ein böses Lächeln umspielt seine Lippen. »Ezra hat sich betrunken und mir sein Herz ausgeschüttet. Er fragte, ob ich ihm helfen würde, da er keinem Celesta trauen kann, was dich angeht.«

Ich verschränke die Hände hinter dem Kopf und wandere vor meiner Wand hin und her.

»Warum hat er zugelassen, dass ich eine von ihnen werde? Ich wäre kaum eine Bedrohung gewesen, wäre ich ein Mensch geblieben.«

»Aber du wärst zeit deines Lebens angreifbar gewesen. Die Verwandlung war notwendig.«

»Warum hat er mich so lange bei euch gelassen? Warum hat er zugelassen, dass ich dir«, ich muss schlucken und all meinen Mut zusammennehmen, »näherkomme?«

»Er hat sicher nicht damit gerechnet, dass wir uns näherkommen«, sagt er leichthin und zuckt mit den Schultern. Aus seinem Mund klingt es nicht annähernd wie das, was ich meine. »Davon abgesehen wollte er sicher auch nicht, dass du so lange bleibst. Aber es ist eben nicht leicht, für jemanden mit deiner Geschichte ein neues Leben aufzubauen. Er wusste nicht, wem er vertrauen kann, und hat sich um alles selbst gekümmert. Neue Identität, Wohnung, Job. Das alles nebenher und ohne Eingeweihte. Noch dazu hat er versucht herauszufinden, woher die Dämonen kamen, die dich angegriffen haben.« Ein feines Prickeln überläuft meine Arme, als er den Kopf zur Seite legt und abermals lächelt. »Außerdem hatte er die Hoffnung, du könntest dich einfügen, eventuell sogar die richtigen Überzeugungen teilen. Er hatte die Hoffnung, dass Liam und die anderen in dir keine Gefahr sehen würden.«

»Hat ja wunderbar funktioniert«, murre ich und er lehnt den Kopf gegen die Wand.

»Du durftest immer nur das absolut Notwendigste über deine Mutter erfahren. Deshalb haben wir dich im Dunkeln gelassen. Deshalb bin ich dir gefolgt und deshalb ...«

»... war es nicht klug, Zeit mit dir zu verbringen«, ergänze ich seinen Satz leise.

»Das Date mit Liam diente wahrscheinlich dazu, herauszufinden, wie leicht du zu beeinflussen bist. Er wollte wissen, ob er in dir jemanden gefunden hat, der seine Sache unterstützt, oder jemanden, den er als Gegner ansehen muss. Ich schätze, er hat seine Entscheidung gefällt.«

»Deshalb hast du mich nach dem Date abgefangen. Du hattest wirklich Angst, er könnte mich umbringen.«

Er nickt ganz leicht und eine Gänsehaut rinnt über meinen Rücken. »Genau. Es ist nur eine Frage der Zeit, wenn du weiterhin bei uns bleibst. Nicht zuletzt auch«, er presst die Zähne aufeinander, »meinetwegen. Deshalb, Emma, hör auf zu suchen. Nimm Ezras Angebot an und starte irgendwo ganz von vorn.«

Ich lege den Kopf in den Nacken und bin kurz davor, mir summend die Finger in die Ohren zu stecken, weil ich diesen furchtbaren Rat nicht mehr hören kann. Und plötzlich kommt mir ein Gedanke. Ich bleibe abrupt stehen und wende mich ihm zu.

»Könnte Liam uns diese Viecher auf den Hals gehetzt haben?«

Er zuckt die unverletzte Schulter und nickt leicht. »Gut möglich. Ein netter Weg, uns beide loszuwerden. ‚Leider ist unsere geliebte Emma Dämonen zum Opfer gefallen. Wir müssen davon ausgehen, dass Quinn, den wir wie einen von uns aufgenommen haben, für ihren Tod verantwortlich ist.'« Seine nahezu perfekte Imitation des trauernden Liam entlockt mir sogar ein kleines Lachen, doch es versiegt so rasch, wie es gekommen ist. Ich begreife, dass all dieses Wissen jetzt wahrscheinlich absolut nutzlos ist, und die Frage, ob alles anders gelaufen wäre, wenn er mir von Anfang an die Wahrheit gesagt hätte, geht mir nicht aus dem Kopf.

»Warum hast du mir nicht einfach die Wahrheit gesagt?«, frage ich leise und schaue ihn an. Er schaut zurück und unser beider Blicke sind angsteinflößend leer.

»Es hätte nichts geändert, Emma.« Er drückt den Rücken gegen die Wand und starrt an die Decke. »Du hättest nichts anders gemacht. Wir haben versucht, dich im Dunkeln zu lassen, damit du unwichtig bleibst. Wir haben versucht, dich mit so wenig Informationen wie möglich zu versorgen. Nur so viele, dass du nicht misstrauisch wirst. Und trotzdem stehen wir jetzt hier, oder? Es wäre das Gleiche gewesen, hättest du es von Anfang an gewusst. Du hättest erst recht versucht, deiner Mutter nahe zu sein. Du hättest wissen wollen, was sie warum getan hat. Du hättest die Hinweise gesucht und gefunden, und wir beide stünden genau jetzt genau hier.« Er klingt so unendlich müde. »Es liegt in deiner Natur. Du hörst nicht auf, bis du hast, was du willst. Selbst wenn es nicht gut für dich ist und alle dich davor warnen. Sogar, wenn du sterben könntest. Entgegen aller Vernunft.«

Ich atme schnell und die Erkenntnis, dass er recht hat, tut weh. Der verzweifelte Wunsch, etwas über meine Mutter herauszufinden, ihr nahe zu sein, etwas zu tun, das sie stolz machen würde, hat mich die ganze Zeit über angetrieben. Weiter und immer weiter. Gegen alle Vernunft – und gegen Quinn.

Ich werfe einen Blick hinaus auf den Himmel, der sich langsam blau verfärbt und den nahenden Morgen ankündigt. Einen Morgen, den wir vielleicht nicht mehr erleben werden. Wortlos lasse ich mich an der Wand hinabgleiten und setze mich auf den kalten Boden. »Danke«, raune ich und das zu sagen ist schwerer als erwartet. »Und bitte entschuldige. Ich … ähm … ich war …« Meine Stimme bricht und ich hebe eine Hand an meine Augen, um verräterische Tränen fortzuwischen.

»Du bist nur meinem Rat gefolgt.«

»Ein guter Rat.« Ich lache, obwohl dieses Geräusch furchtbar deplatziert wirkt. »Quinn?«

Er hebt abermals den Kopf. Seine Augen leuchten, sind jedoch blutunterlaufen und geschwollen. Seine Gesichtshaut ist fahl und blass und ein dünner Schweißfilm liegt auf seinem Körper.

»Was … ist passiert … in dieser Nacht?«

Sein Kopf ruckt hoch und er wird noch ein wenig blasser. Er rappelt sich auf und ein leichtes Zischen entfährt ihm, als er seine Schulter bewegt.

»Ich sagte doch, ich hab nicht gesehen, wie sie …«

»Ich frage nicht ihretwegen«, unterbreche ich ihn schnell und versuche zu erahnen, wie er reagieren könnte. »Sondern deinetwegen.«

Seine Schultern werden steif und er schaut weg. Wie so oft. »Ich habe keinen Redebedarf. Danke.«

»Niemand hat dich je danach gefragt, oder?« Ich schlucke schwer.

Seine Kiefermuskulatur arbeitet und er tigert hin und her wie ein eingesperrtes Tier.

»Warum ist es wichtig? Warum fragst du, Emma?« Er klingt angriffslustig und ich werde vorsichtiger.

»Es ist für dich wichtig. Und … du«, ich hole ganz tief Luft und kratze all meinen Mut zusammen, »bist mir wichtig.«

Schnaubend wendet er sich ab und stützt sich auf die Anrichte. Den Rücken mir zugewandt und bis zum Zerreißen angespannt. Minutenlang sagt er kein Wort, doch dann, wie aus dem Nichts, füllt er den Raum mit seiner rauen, warmen Stimme, die plötzlich jede Härte verloren hat.

»Es war dunkel. Später Abend, denke ich. Außerdem hat es geregnet und wir alle waren vollkommen durchnässt. Überall um mich herum habe ich sie weinen gehört. Fast alle haben geweint. Nur meine Mutter nicht. Sie und mein Vater, Anführer unseres Clans, standen da, starrten in die Leere des Raumes, in dem sie uns gefangen gehalten haben, und trösteten allein durch ihre stoische Ruhe und bloße Anwesenheit.« Er klingt stolz, als er das sagt. »Irgendwann erschien Ian mit jeder Menge Kriegern. Er sprach viel, doch ich kann mich an nichts davon erinnern. Alle hatten Angst und allen war klar, dass wir geschlagen waren. Die meisten Männer waren in der Schlacht gestorben und er hätte uns einfach unserem Schicksal überlassen können. Doch er hat jedes Kind, jede Frau, jeden überlebenden Mann, den er finden konnte, dorthin bringen und in diesem Raum zusammenpferchen lassen. Und dann ließ er meine Mutter nach vorn treten.«

Quinns Schultern beben leicht und er gräbt seine Finger in das unnachgiebige Holz der Anrichte, bis die Knöchel weiß werden. Eine Anspannung, die sich auch auf mich überträgt.

»Sie kam seiner Aufforderung mit hoch erhobenem Haupt nach und mein Vater war sofort an ihrer Seite.« Ein Lächeln umspielt seine Lippen, kurz bevor sein Gesicht jeglichen Ausdruck verliert. »Ich rief nach ihnen«, sagt er und ich schlucke schwer. »Ich wusste, dass das falsch war. Fremde Hände hielten mich fest, versuchten mich zurückzuziehen, aber Ian hatte mich gehört. Seine Augen leuchteten kurz auf, so als habe er gerade eine großartige Idee gehabt. Lächelnd fragte er nach mir – nach ihrem Kind – und genoss die Angst, die meiner Mutter alle Sicherheit und allen Stolz nahm.« Er räuspert sich und versucht die Finger zu entspannen, die er bis eben zur Faust geballt hatte. »Sie sagte, ich sei nicht ihr Sohn. Nur ein Junge, der früh seine Mutter verloren hätte und um den sie sich hin und wieder gekümmert hätte. Unwichtig. Doch Ian wusste es besser und ließ mich holen. Ich sehe heute noch manchmal im Traum ihren Blick. Als habe sie in dem Moment alles verloren, in dem seine Männer mich aus der Menge herauszogen.«

Ich erwarte, dass die Erinnerung ihn übermannt, erwarte ein Beben in der Stimme, irgendwas, doch seine Worte sind plötzlich kalt und fern.

»Er drückte meinem Vater eine Waffe in die Hand und forderte ihn auf, zwischen seiner Frau und mir zu wählen. Da ich ein wertloser kleiner Streuner sei, wäre das sicher nicht weiter schwer. Mein Vater … er konnte mich nicht einmal ansehen und ich wusste, was er dachte.«

Er stockt kurz und ich bin versucht, zu ihm zu gehen. Doch er spricht weiter. Ebenso kühl, ebenso sachlich.

»Sie ging vor mir in die Knie, umarmte mich und sagte mir, wie sehr sie mich lieben würde. Als sie anfing zu weinen, wusste ich, dass es nie mehr so werden würde, wie es war. Sie stand auf, Dad zog mich an sich und das Letzte, was ich sah, bevor der Schuss durch den Raum hallte, war ihr Lächeln.«

Eine Enge erfasst meine Kehle und presst mir Tränen in die Augen. Ich will all das nicht zu nah an mich heranlassen und doch ist die Vorstellung von dieser grausamen Entscheidung bereits tief in meinem Kopf.

»Er warf die Waffe weg und drückte mich fest an sich. Ian hob sie auf, kniete sich vor mich und lächelte. Und dann sagte er, ich müsse nun die gleiche Entscheidung treffen. Das Leben meines Vaters gegen das meines Clans.«

Ich schließe die Augen und eine stumme Träne rinnt über meine Wange. Ich weine nicht laut, doch jeder Muskel meines Körpers zittert und meine Kehle schmerzt entsetzlich. Ich weiß, wie er sich entschieden hat. Natürlich weiß ich es.

Endlich dreht Quinn sich um und schaut mich aus leeren Augen an. Die Härte, mit der er diese Geschichte erzählt hat, ist tief in seine Züge gegraben und für einen Moment erschrecke ich vor diesem Anblick.

»Du bist die Einzige, der ich jemals davon erzählt habe.«

Ich nicke und stehe auf, wische mir über das Gesicht. »Ich … ich weiß das zu schätzen«, murmle ich und beobachte irritiert, wie er den Kopf zur Seite legt und sich seine Hände zu Fäusten ballen.

»Du weißt es zu schätzen?« Er lacht, doch dieses Lachen klingt überhaupt nicht nach ihm. »Emma. Ich will dein Mitleid nicht, hörst du? Ich will nicht, dass du es ‚zu schätzen weißt'. Ich hab es dir nicht erzählt, damit du meine Hand halten und mich trösten kannst. Nicht, damit du mich so ansiehst, wie du es gerade tust.« Er kommt auf mich zu, packt mich an den Schultern und drängt mich abermals gegen die Wand. Ziemlich energisch und ziemlich rücksichtslos. »Ich habe es dir erzählt, damit du endlich einsiehst, wie ernst das hier ist! Sie gehen über Leichen. Einfach so. Sollten wir es hier rausschaffen, setzt Ezra dich in den erstbesten Wagen, der dich wegbringt, und du wirst den Mund halten und nie mehr zurückkommen. Hast du verstanden?« Ich balle die Hände zu Fäusten und presse die Zähne zusammen. Deshalb hat er es mir erzählt? Deshalb diese Geschichte? Damit ich sehe, wie schlecht sie sind und wie viel Angst ich eigentlich haben müsste? »Du wirst nicht versuchen, noch mehr herauszufinden oder Kontakt zu deinem Vater aufzunehmen oder sonst was, das mit diesem Leben hier zu tun hat.«

»Bist du fertig?«, frage ich bissig, als er kurz Luft holt, und stemme ihn von mir weg. Mit mäßigem Erfolg. »Darf ich atmen?«

»Das ist kein verdammtes Spiel, Emma!«, brüllt er, doch ich blinzle nicht einmal.

»Meinst du, das weiß ich nicht? Das wusste ich bereits vor deiner Geschichte. Ich wusste, dass sie dich und deinesgleichen verachten, weil ich es jeden Tag *gesehen* habe!«

»Es geht hier aber nicht um mich, sondern um …«

»Genau! Es geht nicht um dich! Und deinen Wunsch, mich zu beschützen in allen Ehren, aber es geht dich nichts an, Quinn! *Ich* gehe dich nichts an!«

Er weicht ein klein wenig zurück.

»Ich hab es satt, Quinn. Ihr habt mir nichts gesagt, um mich zu schützen. Ihr habt mich im Dunkeln gelassen, um mich zu schützen. Euch wäre es sogar recht gewesen, wenn ich Liams beknackte Ansichten geteilt hätte, weil ich dann sicherer gewesen wäre. Dir wäre es lieber gewesen, wenn ich dich wie einen Hund behandelt hätte, statt wie jemanden, der mir tatsächlich etwas bedeutet!« Ich werde mit jedem Wort lauter und lasse ihn dadurch spüren, wie sehr mir diese Bevormundung stinkt. »Es ist mir so was von egal, was du bist, Quinn! Das war es von Anfang an. Als ich dich gehasst habe, ebenso wie jetzt.«

Er schüttelt den Kopf und abermals sind seine Lippen zu einer schmalen Linie zusammengepresst. »Nein!«, brummt er, doch ich ignoriere ihn.

»Fein. Lehne ich mich eben gegen diese eingefahrenen, uralten Ansichten auf. Vielleicht sollte ich Gwen und Liam mal gehörig die Meinung geigen, denn – und da bin ich mir verdammt sicher – ich bin nicht die Einzige, die so denkt!«

»Nein!«, wiederholt er, dieses Mal energischer.

»Stell dich meinetwegen auf den Kopf, aber ich schwöre dir, dass ich dieser Stadt, dieser Schule, Ezra und dir unter gar keinen Umständen einfach so den Rücken zukehren werde. So wurde ich nicht erzogen.«

»Nein!«, donnert er und seine Hände landen links und rechts von mir mit einem gewaltigen Knall an der Wand. Wutschnaubend steht er vor mir. »So wurdest du nicht erzogen? Was hat es deiner Mutter gebracht, für ihre Sache zu kämpfen? Sie ist tot! Dein Vater ein gebrochener Mann und die über alles geliebte Tochter drauf und dran, wegen derselben beschissenen Prinzipien in ihren Tod zu laufen und etliche andere Unschuldige mitzureißen. Was also hat es ihr gebracht? Meinst du, das ist es, was sie wollte?«

»Nein, sicher nicht.«

Er entspannt sich, im Glauben, gewonnen zu haben.

»Aber sie hat für das gekämpft, was sie für richtig hielt. Sie alle haben das. Es wird sich niemals etwas ändern, wenn alle immer nur wegsehen.«

Seine Augen werden groß und er nähert sich mir bis auf ein bedrohliches Maß.

»Du bedeutest mir nichts, Emma«, zischt er und diese wenigen Worte hinterlassen eine brennende Spur in meinem Magen. Selbst wenn ich weiß, dass es ein letzter verzweifelter Versuch ist, um mich von meinem Vorhaben abzubringen.

»Okay«, antworte ich und halte dem Blick aus seinen blassblauen, gefährlich funkelnden Augen stand. »Es geht dabei aber nicht um dich, Quinn. Nicht mehr. Tut mir leid.«

Er sucht nach Worten, bleibt aber stumm, rammt die Faust noch einmal gegen die Wand und marschiert dann wutentbrannt zur Mitte des Raumes. Ich bin frei und atme erleichtert aus, beobachte jedoch besorgt, wie er auf den Tisch gelehnt dasteht und schwer atmend die Tischplatte umklammert. Er hebt den Kopf und starrt mich an. Und ich starre atemlos zurück.

Ruckartig stößt er sich ab und stürmt, das Gesicht versteinert, mit weit ausgreifenden Schritten auf mich zu. Ich versteife mich, mache mich bereit für die nächste Diskussion, die nächste Drohgebärde, doch stattdessen nimmt er mein Gesicht in seine Hände und küsst mich. Ohne weitere Worte, ohne eine zärtliche erste Annäherung.

Der Kuss ist intensiv, hungrig und hart. Anders, als ich mir unseren ersten Kuss vorgestellt habe. Doch ich bin nicht enttäuscht. Ganz im Gegenteil. Nach kurzem Zögern schlinge ich die Arme um seinen Nacken und lasse mich von ihm hochheben.

Wildes Verlangen pulsiert durch meinen vom Streit ohnehin hitzigen Körper und ich biege mich ihm förmlich entgegen. Ich schwöre, wenn er das hier benutzt, um mich zu erpressen, erschieße ich ihn tatsächlich.

Doch Quinns gesunder Arm ist fest um meine Taille geschlungen. Mein Shirt ist verrutscht und das Gefühl seiner warmen, festen Finger auf meiner Haut schickt Tausende prickelnder Schübe durch meinen Körper. Ich lasse meine Finger durch die kurzen, weichen Haare in seinem Nacken fahren und küsse sein Kinn, seinen Hals, schmecke, fühle und rieche ihn.

Er trägt mich mit wenigen Schritten hinüber zum Tisch und setzt mich darauf ab. Für einen Moment löse ich mich von ihm, wage einen Blick in seine nun viel dunkler wirkenden, halb geschlossenen Augen und er erwidert ihn.

»Gott, wie ich dich hasse«, raunt er leise und schon ist sein Mund wieder auf meinem, sein Körper dichter und fester an meinen gepresst. Ich fummle an den Resten seines Shirts herum und als ich die Geduld verliere, zerreiße ich es kurzerhand wie ein Blatt Papier.

Da auch Quinn keine Zeit verlieren will, muss mein Shirt auf ähnliche Weise weichen. Seine Finger suchen und finden den Verschluss meines BHs. Ich streife ihn ab und werfe ihn achtlos irgendwo in den Raum. Bereits wenige Herzschläge später arbeiten sich seine Lippen an meinem Hals entlang, über mein Schlüsselbein hinweg abwärts. Mein Körper kocht und pulsiert, und ich will ihm näher sein, noch viel näher. Lust prickelt in jedem Muskel meines Körpers und konzentriert sich zu einem schmerzhaften Ziehen in meinem Unterleib.

Ich stöhne leise und ziehe ihn noch dichter an mich heran, greife zwischen uns und bekomme die Knopfleiste seiner Jeans zu fassen.

In diesem Augenblick ist es mir egal, was draußen vor der Hütte passiert. Ob sie unmittelbar davorstehen, den Schutzwall zu durchbrechen oder nicht. Gerade jetzt lebe ich nur noch dafür, ihm endlich nahe zu sein. Alles dreht sich um uns, um den von fast heruntergebrannten Kerzen erhellten Raum, um das Gefühl seiner Finger auf meiner Haut, um das Gefühl von seiner Haut auf meiner, um seine Küsse und das leise Brummen, das er von sich gibt und mich fast wahnsinnig macht.

Ein Knopf gibt nach. Der nächste folgt und ich spüre seine Finger an meiner Jeans. Ich arbeite mich sanft beißend seinen Hals empor, finde seinen Mund, küsse ihn. Wieder und wieder, bis mein Atem kaum mehr ist als ein abgehacktes Geräusch, das die Stille stört. Ich bebe, zittere, raune leise seinen Namen und dann, endlich …

Die Tür schwingt krachend auf, Tumult von draußen dringt zusammen mit einem kühlen Lufthauch wie aus einer anderen Welt in diesen Moment ein. Quinn reagiert innerhalb von Sekundenbruchteilen, greift in einer einzigen, fließenden Bewegung nach der neben uns liegenden Waffe und zielt direkt auf den schwarzen Schatten, der im Türrahmen steht und uns stumm anstarrt.

Unser beider Atem geht noch immer schwer, als wir erkennen, wer es ist.

Fünfundzwanzig

Der Wind zerrt an der Tür, schwingt sie krachend gegen den niedrigen Schrank. Einmal. Zweimal. Beim dritten Mal lässt Quinn die Waffe langsam sinken. Schweiß klebt auf seiner im Kerzenschein glänzenden Haut. Noch immer erfüllt unser Keuchen den Raum.

Noch immer kann ich nicht fassen, was hier gerade passiert. Quinn ist mir auch hier einen Schritt voraus und schiebt sich mit hoch erhobenem Haupt zwischen mich und die Tür, während ich langsam aus der Starre erwache und mein Hemd überwerfe. Da die Knopfleiste beinahe vollkommen zerstört ist und mein BH quasi nicht auffindbar, muss ich es zuhalten. Ehe ich von der Tischkante rutsche, schließe ich die Knöpfe meiner Jeans und hole tief Luft. Mein Gesicht brennt, meine Lippen fühlen sich geschwollen an und ich bin mir sicher, dass ich gerade keinen wirklich vorzeigbaren Eindruck mache. Ich versuche gar nicht erst, meine Haare zu ordnen. Es wäre ohnehin sinnlos.

»Alles in Ordnung?«, hallt eine fragende Stimme aus dem Wald heraus in die Hütte und erst jetzt kommt Bewegung in die Salzsäule, die dort noch immer wortlos im Türrahmen verharrt.

Ezra lässt das Gewehr, das er bis eben im Anschlag gehalten hat, allmählich sinken und ich kann die Enttäuschung und Verwirrung auf seinem Gesicht kaum ertragen.

»Alles in Ordnung«, ruft er, doch seine Stimme kratzt gewaltig. »Abrücken!«

»Aber, Sir, wir ...«

»Ich sagte: Abrücken!«, bellt er abermals, doch sein Blick lässt uns beide nicht ein einziges Mal los. »Gib ihr eine Decke«, murrt er an Quinn gewandt und dreht sich um, ohne mich anzusehen.

»Ezra, warte bitte!«, rufe ich ihm nach, doch er stapft unbeirrt voran in den dunkelblauen Wald hinein und lässt uns allein zurück.

Meine Brust ist eng und meine Kehle schmerzt, als ich mich zu Quinn umdrehe. Doch der ist schon dabei, Ordnung in das von uns verursachte Chaos zu bringen. Er hat meinen BH gefunden und drückt ihn mir wortlos in die Hand, ehe er mir eine der Decken um die Schultern hängt und die Kerzen löscht.

»Quinn …«, flüstere ich und weiß doch nicht, was ich sagen soll oder was ich von ihm erwarte. Ich weiß, dass er das Gefühl hat, etwas falsch gemacht zu haben. Man sieht es ihm förmlich an.

Ich weiß, dass Ezras Reaktion uns beiden genau dieses Gefühl vermittelt und das schmerzt mehr als alles andere. Ich stelle mich seinem geschäftigen Treiben in den Weg und lege meine plötzlich sehr kalten Finger auf seine entblößte Brust.

»Es ist okay, Quinn«, raune ich. *Wir haben nichts falsch gemacht,* würde ich gern hinzufügen, doch sein Blick erstickt diese Worte im Keim.

»Es ist weit davon entfernt, okay zu sein.« Seine Worte sind rau und verletzen mich mehr, als ich mir eingestehen will. Wir sind in seinen Augen etwas, das es nicht geben darf. Etwas, das er trotzdem will. Ein Beweis seiner Schwäche.

Er drängt sich an mir vorbei und mir fehlt ganz plötzlich die Kraft, noch ein einziges Wort zu sagen. Ich blinzle mit schmerzenden Augen und schmerzender Brust gegen die dunkle Holzwand und kralle die Finger in die raue Decke, die Quinn mir umgelegt hat. Ich kann ihn noch immer spüren. So nah, so echt. Und obwohl uns nur wenige Meter trennen, ist er jetzt so weit von mir entfernt wie nie zuvor.

Quinn hat alle Kerzen bis auf die Öllampe gelöscht, bückt sich und klaubt den Anhänger meiner Mum vom Boden auf. Er wendet sich mir zu und erträgt es nicht einmal, mich anzusehen. Wortlos schließt er seine Faust um die Kette, löscht nun auch das letzte Licht und marschiert mit schweren Schritten voran zur Tür, wo er auf mich wartet. Ich gehe mit hoch erhobenem Haupt und mit ruhigem Atem an ihm vorbei, obwohl mein Inneres ein tobendes Chaos aus widerstreitenden Gefühlen ist.

Dem beinahe unsichtbaren Pfad folgend, der aus dem Wald herausführen wird, setze ich stoisch einen Fuß vor den anderen. Ich fühle seine Anwesenheit in meinem Rücken, mehr noch als die Blicke der Schützen, die sicherstellen, dass wir den Wagen heil erreichen.

Mein Herz schlägt so fest gegen meine Rippen, dass ich die Arme um mich schlinge, um das Gefühl einzudämmen, auseinanderzubrechen. *Ich will fort,* denke ich. Ich will weglaufen. Weit weg.

Am Horizont tauchen die dunklen, verwaschenen Konturen der Klinik auf und helle Scheinwerfer durchbrechen die Dämmerung. Kleine Insekten flirren wie Konfetti in der nebligen Morgenluft, die kalt, klar und rein meine Lunge füllt. Der Wind rauscht durch den Wald, in der Ferne zwitschern die ersten Vögel und die Motoren brummen leise und beinahe beruhigend. Niemand sagt ein Wort. Sie stehen einfach nur da, sehen mich an und schnell weg, wenn ich ihren Blick erwidere. Mein Kopf pulsiert und mir ist ein wenig flau, mein Mund schrecklich trocken. Ich bleibe stehen, blinzle und atme. Tief. Ein und aus.

Jemand sagt etwas, doch die Worte dringen nur schwer bis zu mir durch. Ich kann die Luft hören, die in meine Lunge strömt, höre den stolpernden Takt meines Herzens und die Welt beginnt sich zu drehen. Sie dreht sich und der Boden unter meinen Füßen bebt. Ich strauchle, fange mich, taumle und meine Beine geben unter mir nach. Der Boden kommt rasant näher, doch bevor ich aufschlage, spüre ich starke Hände, die mich hochheben und forttragen. Fort von der bebenden Erde.

Eingehüllt in ein Korsett aus schwarzer, feuchter, kalter Watte versuche ich, die Oberhand zu behalten, nicht zu versinken, nicht zu verschwinden. Ich öffne die schweren Lider, sehe in Quinns Gesicht. Seine Lippen bewegen sich, doch ich kann nichts hören. Nichts, außer Rauschen.

Wir erreichen das Auto und er bettet mich behutsam auf den Rücksitz. Ich spüre die Wärme, die mich umhüllt. Seine Wärme. Beruhigende Worte, deren Bedeutung ich nur langsam erfasse und dann sofort wieder vergesse.

»Was hast du vor?« Ezras Stimme dringt in mein Bewusstsein und diese Worte bleiben. Sie klingen dumpf und sind frei von jeglicher Nuance, die seinen Gemütszustand verraten würde.

»Ich fahre mit.« Quinn. Das ist Quinn.

Ich recke den Kopf, blinzle abermals, versuche meine Zunge davon zu überzeugen, aus der Schockstarre zu erwachen, doch ohne Erfolg.

»Fass sie ja nicht an!« Ezras inbrünstige Warnung trifft mich bis ins Mark und lässt mein Herz schneller schlagen, lässt meine Finger verkrampfen und ein Rauschen legt sich auf meine Ohren. Was denkt er von ihm? Was glaubt er, dort gesehen zu haben? Ich kämpfe mit mir selbst darum, die Kontrolle über meinen Körper zurückzuerlangen, doch es ist, als sei ich mit kaum mehr als Luft angefüllt. Ich kann mich nicht bewegen, nicht reden, obwohl ich muss! Ich muss Quinn – nein, beiden ... Ich muss *beiden* sagen, dass es okay ist. Quinn hat nichts falsch gemacht!

Alles ist okay. Ich bin okay – solange Quinn bei mir ist. Eine Erkenntnis, die mich durchfährt wie glühendes Eisen.

Es gab nicht viele Menschen in meinem Leben, die ich jemals gebraucht habe. Meine Erfahrung ist vielmehr, dass man kaum jemanden braucht, außer sich selbst. Eine Einstellung, die mir nie viele Freunde beschert, mich aber doch zuverlässig davor bewahrt hat, ähnlich verletzt zu werden wie damals, als Mum verschwand. Nein, ich habe niemanden jemals wirklich gebraucht. Was ich jetzt jedoch begreife, in diesem Zustand zwischen Wahnsinn und absoluter Klarheit, ist der feine Unterschied zwischen *brauchen* und *wollen.*

Ich *brauche* Quinn nicht. Nein, ganz sicher nicht. Aber, verdammt, ich *will* ihn brauchen! Und ich will, dass er mich braucht. Zum ersten Mal ist mir jemand wichtig genug, um das Risiko einzugehen, enttäuscht und verletzt zu werden. Und zwar einzig und allein für diesen kleinen, winzigen Augenblick des puren, wahren Glücks, dem ich vorhin verflucht nah war.

Die Autotür schlägt unvermittelt zu und als sich das Gefährt ohne Quinn in Bewegung setzt, entweicht mir ein leises Wimmern. Die Wärme weicht einer nicht zu beschreibenden Kälte, die tief in meine Knochen sickert und droht, mich zu verschlingen.

»Geht es dir gut?«, fragt Ezra, dem mein Verhalten offenbar große Sorgen bereitet. Immer und immer wieder huscht sein Blick im Rückspiegel zu mir.

Ich kralle die Finger fester in die Decke und presse die Zähne zusammen, um das Klappern zu dämpfen. Ich habe keine Zeit, schwach zu sein, und diese menschliche Reaktion macht mich schlichtweg wahnsinnig. Ich habe keine Zeit für die Opferrolle.

Ich schließe die Augen und konzentriere mich voll und ganz auf meine Atmung. Ich verbanne all die Angst und all die ungewollten Emotionen und Gedanken in eine finstere Ecke – ich spare sie auf für irgendwann später. Ich muss klar sein. Ich muss klar denken. Ich muss einen Weg finden, Quinn zur Freiheit zu verhelfen.

Sechsundzwanzig

»Du siehst besser aus.« Ezra umrundet den Tisch und nimmt auf dem großen, abgewetzten Stuhl Platz, der leise ächzt, als er sich setzt. Ich hebe den Kopf und nicke.

»Es geht mir auch besser«, murmle ich und falte die Hände im Schoß, um das leichte Zittern zu verbergen.

Die letzten Stunden habe ich, trotz meiner lautstarken Proteste, auf der Krankenstation zugebracht. Viel Zeit zum Nachdenken. Viel Zeit, um meinen Plan detailliert auszuarbeiten. Und ich bin bereit.

»Erzähl mir, was passiert ist.« Ezra lehnt sich zurück, doch obwohl er entspannt und gelassen wirken will, kann ich ihm die Anspannung nur zu deutlich ansehen. Sein rechts Augenlid zuckt verdächtig und er spielt unaufhörlich mit dem Kugelschreiber in seiner Hand.

»Quinn war bereits hier. Du weißt also schon alles.«

»Es ist dir sicher geläufig, dass in einem Verhör immer mehrere Aussagen aufgenommen werden, um herauszufinden, ob jemand lügt.«

Ich schnaufe leise, halte seinem durchdringenden Blick aber stand. Ich weiß genau, was er vorhat, und seine Taktik wird nicht aufgehen.

»Ich bin zu der Klinik gefahren. Ich bin durch ein Fenster eingestiegen und hab Mums Krankenakte gefunden. Als ich in ihrem alten Zimmer nachsehen wollte, ob ich irgendwas Brauchbares finde, tauchte Quinn auf und kurz nach ihm die Dämonen. Wir haben sie zuerst gehört, bevor …«

»Hast du dich nicht gefragt, warum sie so unmittelbar nach ihm plötzlich da waren?«

Ich lächle. »Doch. Das habe ich. Natürlich.«

»Und zu welchem Ergebnis bist du gelangt?«

Ich zucke mit den Schultern. »Vielleicht sind sie ihm gefolgt. Vielleicht waren sie die ganze Zeit über da und wollten uns gemeinsam erledigen. Wer weiß?«

»Du bist also Quinn gegenüber nicht misstrauisch geworden?«

»Ist das tatsächlich ein Verhör, Ezra?«

»Ja, ich fürchte genau das ist es.« Seine Miene ist eisern. Und undurchdringlich.

»Und wer von uns beiden ist angeklagt?«

»Ich bin mir noch nicht sicher. Also, zurück zu meiner Frage.«

Ich presse die Lippen aufeinander und zwinge mich, ruhig zu bleiben, bevor ich weiterspreche: »Doch. Ich war misstrauisch. Ich war so misstrauisch, dass ich ihm eine Waffe vor die Nase gehalten und die Wahrheit von ihm eingefordert habe.«

»Und wie lautete die Wahrheit?«

»Hör auf mit dem Mist, Ezra.«

»Was hat er dir gesagt?«

»Dass er es nicht war, verdammt!«, rufe ich und meine Selbstbeherrschung ist hinüber. »Er war es nicht! Er wollte mich beschützen, und zwar die ganze Zeit über.«

»Und du glaubst ihm?«

Ich lache höhnisch auf. »Ja, das tue ich.«

»Er hat dich schon einmal angelogen, Emma.«

»Ihr alle habt mich angelogen. Seit dem Tag, an dem ich hier ankam. Selbst du hast gelogen!«

Er nickt und verschränkt die Arme vor seiner Brust. »Das stimmt. Zu deinem eigenen Schutz.«

»Ja, genau das hat Quinn auch gesagt. Und ‚zu meinem Schutz' schickst du mich auch einfach weg, nicht wahr?«

»Dein Ausflug hat den Zeitplan ein wenig verzögert, aber morgen früh bringe ich dich höchstpersönlich von hier weg.«

Ich erinnere mich an die ruhige, besonnene Emma, die vorhin vor meinem inneren Auge ein konstruktives Gespräch mit Ezra geführt hat. Ich erinnere mich an ihre logischen Argumente, an ihre gewitzte, einnehmende Art und die wortgewandten Ausführungen, mit denen sie ihr Gegenüber überzeugt hat. Von dieser Emma ist inzwischen kaum mehr übrig als ein aufgebrachter, wütender Abklatsch. Ich springe auf und bringe etwas Abstand zwischen uns.

»Quinn darf nicht hierbleiben.«

Ezra blinzelt langsam und ich sehe ihm nur zu deutlich an, dass er mit dieser Äußerung nicht gerechnet hat.

»Ich gehe. Und ich komme nie wieder. Versprochen. Aber Quinn darf nicht hierbleiben. Das ist meine einzige Forderung.«

»Wie kommst du auf die Idee, Forderungen stellen zu können?«

»Ich kann, das wissen wir beide.«

Er lehnt sich vor und greift nach einem der schwarzen, dort in Reih und Glied liegenden Stifte. Gedankenverloren lässt er ihn zwischen den Fingern wandern. »Das geht nicht.«

»Ezra, Quinn bedeutet nicht nur mir etwas und wenn du ...«

»Hör auf!«, ruft er plötzlich so heftig, dass ich zusammenzucke und tatsächlich sofort den Mund halte. »Du hast nicht die geringste Ahnung, was du bereits angerichtet hast! Deine Zuneigung für ihn hat alles ...« Weiter spricht er nicht. Sein Atem geht stoßweise und beide Hände sind zu Fäusten geballt. Er ringt mit sich um jedes weitere Wort. Er will nichts Falsches sagen, nicht zu viel sagen. Und das muss er auch nicht, denn ich weiß, was er eigentlich ausdrücken will.

»Warum hast du ihn so viel Zeit mit mir verbringen lassen, wenn ich keinesfalls Sympathie für ihn empfinden sollte?«

»Am Anfang war euer Verhältnis nicht gerade freundlich. Ich dachte, wenn ich Liam zeige, dass du ...«

»Moment! Liam?«, unterbreche ich ihn fahrig, denn nun wird mir tatsächlich alles ein wenig zu konfus.

Ezra schließt schnaufend die Augen und scheint ein wenig kleiner zu werden – so, als habe er nun doch zu viel gesagt.

»Okay ... WAS geht hier vor?«, frage ich knurrend und kehre mit schnellen Schritten zu meinem Stuhl zurück, umfasse die Lehne mit einem so festen Griff, dass der feine Bezugsstoff unter meinen Fingern nachgibt.

»Emma, es ist nichts. Wirklich nicht.«

»Du sagst nicht die Wahrheit!«

»Emma ...«

»Entweder du erzählst mir jetzt verdammt noch mal alles, was du weißt, oder ich schwöre dir, dass ich einen Weg finden werde, zurückzukommen. Ich werde die Wahrheit herausfinden, so oder so.«

Eine steile Falte bildet sich auf seiner Stirn und seine Augen huschen Hilfe suchend hin und her, bis seine Schultern herabsinken und er resigniert den Blick senkt.

»Ich weiß gar nichts. Das ist es ja.«

»Dann sag mir, was du glaubst zu wissen.«

Er nickt. Zwar verhalten. Aber er nickt. »Du weißt, dass ich dich im Auge hatte. Die Jahre nach dem Verschwinden deiner Mutter.« Ein Prickeln rieselt über meinen Rücken. »Ich bin davon ausgegangen, dass außer mir niemand von dir weiß. Doch dann berichtete mir dein Vater, dass Dämonen nach dir suchen würden. Ich schenkte seiner Aussage zunächst nicht viel Beachtung, schickte aber dennoch Quinn, um nach dir zu sehen. Ich hab ihm nicht erzählt, wer du bist, aber er war clever genug, es selbst herauszufinden. Als der erste Angriff auf dich erfolgte, wusste ich, dass es kein Zufall sein konnte.«

»Was war kein Zufall? Der Angriff?«

»Nein. Ich meine, dass Liam ziemlich genau zwei Wochen vor dem ersten Angriff aus nicht näher bezeichneten Gründen das Semester an der Uni beendet hat und hierher zurückkehrte. Seine Begründung lautete damals, dass zahlreiche Beschwerden von Eltern eingegangen wären und er sich verpflichtet gefühlt hätte, nach dem Rechten zu sehen.« Das hatte er mir auch erzählt.

»Du denkst also, Liam steckt dahinter? Warum?« Nicht, dass Quinn und ich nicht schon denselben Gedanken gehabt hätten, aber das muss Ezra ja nicht wissen.

»Nun ja, die Unruhen nach dem Aufstand damals sind zwar verstummt, aber der Gedanke, der damals überhaupt erst dazu geführt hat, schwelt weiter. Wenn er herausgefunden hat, dass es dich gibt, kann ich mir gut vorstellen, was ihm durch den Kopf ging.«

»Er wollte mich aus dem Weg räumen.«

»Vielleicht ...« Seine Stimme klingt zögerlich und verhalten.

»Aber ... aber wenn du recht hast, müssen wir etwas gegen ihn unternehmen.«

»Liam ist der rechtmäßige Nachfolger seines Vaters. Ich bin nur der Ersatz, bis er selbst reif genug ist, diese Aufgabe zu übernehmen. Und das wird bald der Fall sein. Ich habe nichts gegen ihn in der Hand, obwohl ich wochenlang jede Spur verfolgt, jeden Informanten befragt habe. Ich habe alles getan, alles versucht!« Er sinkt noch weiter in sich zusammen und kneift sich mit Daumen und Zeigefinger in die Nasenwurzel. »Ich habe dich hergeholt, um ihm die Möglichkeit zu nehmen, dich still und heimlich umzubringen. Alle sollten wissen, wer du bist. Dein Name war dein bester Schutz. Und ich habe gehofft, dass dein Verhältnis zu Quinn ... sagen wir, kühl bleiben würde.«

»Warum hast du mich so viel über Mum herausfinden lassen? Warum hast du mich zu dieser Klinik fahren lassen?«

»Du warst ohnehin misstrauisch. Und du warst so wissbegierig. Du wolltest ihr nahe sein, wissen, was passiert ist. Ein Verbot, dich mit ihr zu beschäftigen ... Ich habe einfach nicht geglaubt, dass Liam es wagen würde, dich anzugreifen, nachdem nun alle von dir wissen. Ich habe mich geirrt und dein Leben riskiert.«

»Nicht nur meines.«

»Dass Quinn dir folgt, wusste ich erst, als der Autoschlüssel fehlte. Vielleicht war die Gelegenheit günstig. Vielleicht war genau dieser Umstand der Auslöser für Liam.«

»Er hätte behaupten können, Quinn hätte mich umgebracht«, spreche ich den Gedanken aus, den Quinn auch schon geäußert hat. Ezra hat unseren Verdacht nun also bestätigt. Und Liam hat ein Motiv. »Er hätte sofort einen Grund gehabt, Quinn zu töten und die Waffenruhe mit seinem Clan zu beenden.« Meine Finger sind kalt und ich friere ein klein wenig, sodass ich meine Arme um mich schlinge und auf den Boden starre. Doch ich löse mich schnell aus meiner Starre, als mir klar wird, was das bedeutet. »Ein Grund mehr, warum er nicht hierbleiben darf.«

»Emma, versteh doch: Ihm dein Verschwinden zu erklären wird schwer genug, aber mit Quinn zusammen? Für Liam, für den Großteil der Celesta, ist eine Verbindung außerhalb des eigenen Clans undenkbar. Es rechtfertigt den Tod. Wenn er auch nur den geringsten Verdacht unter seinen Leuten verbreiten kann, dass ihr euch dessen schuldig gemacht hättet, wird er euch suchen und töten lassen. Dich allein kann ich verschwinden lassen. Du bist die Tochter deiner Mutter und genießt besonderes Ansehen. Aber du mit ihm ... Da könnt ihr euch gleich eine Zielscheibe auf die Stirn malen.«

Ich blinzle und meine Augen brennen. Ich will nicht wahrhaben, was er da sagt. »Liam wird nicht aufhören. Er wird nicht aufhören, nach mir zu suchen. Und wenn er weiß, dass du ...«

»Ich habe keine Ahnung, wo du sein wirst. Ich kann ihm nichts verraten.«

»Er wird ihn töten, nicht wahr?« Ich schniefe und meine Hände zittern verräterisch.

Ezra sieht mich nicht an und er schweigt lange, ehe er antwortet. »Es könnte sein, dass er ihn einfach nur bestraft. Quinns Anwesenheit hier bei uns garantiert uns die Treue und Untergebenheit seines Clans. Wenn er tot ist, haben sie keinen Grund mehr, uns zu folgen. Ich denke, selbst Liam weiß, dass seine Rache das nicht wert ist.« Dennoch schwingt ein leiser Zweifel in seinen Worten mit. »Ich weiß, dass du ihn gernhast. Und genau deshalb musst du einsehen, dass du nichts für ihn tun kannst. Du hilfst ihm am besten, indem du gehst.«

Tränen laufen über meine Wangen, doch ich bin trotzdem nicht bereit, mich mit dem Gedanken an Abschied abzufinden. »Wir könnten ihn stürzen. Wir könnten Liam stürzen! Wir könnten genug Leute ...«

»Nein, Emma!« Seine Stimme ist so drohend und einschüchternd, dass sich mir die kleinen Härchen an den Armen aufstellen. »Du wirst keinen Kampf anzetteln, den du nicht gewinnen kannst. Deine Mutter musste das bereits teuer bezahlen. Ich werde das kein zweites Mal zulassen.«

»Aber es ist nicht richtig!«, bricht es aus mir heraus und ich verstehe nicht, warum alle nur zusehen. Warum will niemand kämpfen? Warum haben sie alle Angst, zu scheitern, so wie meine Mutter? Ja, sie ist tot, aber sie hat es wenigstens versucht! Sie wollte gegen etwas ankämpfen, das in ihren Augen nicht richtig war. Ich springe auf und mein Atem geht schwer. »Sie hat es gewusst und so viele andere von uns auch. Sie denken nicht alle so! Sie ... sie wissen, dass es anders geht und dass ...«

Während meiner Rede erhebt sich Ezra von seinem Stuhl, umrundet den Tisch, bleibt vor mir stehen und legt seine großen, warmen Handflächen seitlich an meine Arme. Mit einem eindringlichen Blick schneidet er mir das Wort ab und mit einem Kopfschütteln unterbindet er jedes weitere.

»Sie werden es begreifen. Sicher nicht heute oder morgen, aber irgendwann kommt der Tag. Es wird Anführer nach Liam geben, die es besser machen werden. Ganz sicher. Kampf ist nur ein Weg, doch es gibt so viele andere, die weitaus weniger Leid mit sich bringen.«

»Leid für wen? Was ist denn mit den Clans?«

»Sie leben, Emma. Sie haben nicht das, was sie sich wünschen, aber sie leben. Wir haben einen äußerst zerbrechlichen Frieden und genau den gilt es unter allen Umständen zu bewahren.«

Ich verstehe, dass er den Spatz in der Hand der Taube auf dem Dach vorzieht und unter anderen Umständen hätte ich ihm beigepflichtet, doch was ist mit Quinn, verdammt? Was ist mit meiner Mum, die unglaublich enttäuscht von mir wäre? Und was ist mit mir? Mir und dem, was ich den Rest meines Lebens über mich denken werde? Vernunft hin oder her. Es ist falsch. So falsch, wie es nur sein kann.

Ich reiße mich von ihm los, bin mit wenigen Schritten auf dem Flur und stürme auf die Ausgangstür zu. Die beiden Wachmänner rücken augenblicklich näher zusammen.

»Lasst mich durch!«, knurre ich bedrohlich und spüre das Brennen in meinen Handflächen. Ich übernehme keine Garantie für das, was passieren wird, wenn sie mich nicht durchlassen. »So oder so, ihr haltet mich nicht auf! Also lasst mich durch!« Meine Stimme ist laut. So laut, dass sie von den Wänden widerhallt.

»Ihr habt sie gehört.« Ezras Stimme durchbricht die Stille, doch ich drehe mich nicht zu ihm um. Zu tief sitzen der Schmerz und die Wut.

Ich muss hier raus. Ich muss unbedingt raus. Weit weg von diesem Wahnsinn. Die Wachmänner treten nickend zur Seite und ich presche kopflos an ihnen vorbei, reiße die Tür auf und renne hinaus. Egal, wohin. Egal, wie weit. Egal, wer mich sieht oder mir folgt oder … oder … Mein Kopf ist leer. Ich bin leer. Und alles, woran ich denken kann, ist laufen. Einfach nur laufen.

***

Ich erwarte, dass meine Lunge irgendwann nach einer Pause verlangt, dass meine Muskeln streiken oder ich zusammenbreche. Doch nichts davon geschieht. Im Gegenteil. Es fühlt sich an, als könnte ich ewig weiterlaufen. *Wie ironisch,* denke ich. Ich könnte laufen. Immer und immer weiter. Und doch kann ich nicht entkommen. Egal, wohin es mich verschlägt – heute oder morgen oder in einem Jahr. Ich werde immer diejenige sein, die für all das verantwortlich ist. Und egal, ob Mensch oder Celesta, vor dieser Wahrheit retten mich keine Kräfte dieser Welt.

Ich stoppe aus vollem Lauf und auch wenn mich diese Strecke keinerlei Anstrengung gekostet hat, bekomme ich kaum Luft. Als läge eine tonnenschwere Last auf meiner Brust. Ich lehne mich gegen einen der halbhohen, dünnen Baumstämme, die den Weg säumen, schließe die Augen und unterdrücke den Drang, zu schreien, zu brüllen und etwas zu zerstören. Stattdessen gestatte ich mir einige Tränen. Nur ein paar. Nur ein kleiner Moment der Schwäche, des Bedauerns und der Trauer.

Als der Moment vorüber ist, raffe ich mich auf und wandere müde, träge und ziellos durch die Straßen. Dunkle, schwere Wolken ziehen auf, stehlen das Licht und zwingen die Straßenbeleuchtung, mitten am Tag für eine einigermaßen anständige Beleuchtung zu sorgen. Gegen Mittag entleeren sich die schwarzen Ungetüme mit einer Macht, die die Kanalisation an ihre Grenzen bringt und mich selbst binnen weniger Minuten vollkommen durchnässt.

Doch es ist egal. Ich laufe weiter. Vorbei an grauen Häuserfassaden und hektischen Passanten. Ich laufe, bis ich einen kleinen Park erreiche und mich hier auf einer verschnörkelten, kleinen Bank aus Gusseisen und Holz niederlasse.

Verloren starre ich auf die tanzende Oberfläche der immer größer werdenden Pfütze direkt vor mir. Wasser läuft in meinen Kragen und rinnt meine Wirbelsäule hinab, tränkt meine Schuhe, Socken und alles, was ich am Leib trage, bis ich tropfend und frierend Teil des Unwetters zu werden scheine.

Immerhin etwas, denn Zugehörigkeit ist ja offensichtlich ansonsten nicht meine Stärke. Ich habe meine Familie verloren, eine neue gefunden und muss feststellen, dass es die falsche ist. Ich muss feststellen, dass ich keine von ihnen sein will. Wer weiß, vielleicht wäre es einfacher gewesen, wenn ich ein Mensch geblieben wäre? Somit würde ich für Liam keine Bedrohung darstellen und niemanden hätte es interessiert, in wen ich mich verliebe. Wahrscheinlich.

Wäre da nicht der Fakt, dass Liam bereits vor meiner Verwandlung versucht hat, mich umzubringen. Also reichte vielleicht doch schon der genetische Schnipsel, den Mum mir vermacht hat, damit mein Leben aus den Fugen gerät.

Ich wünsche mich für einen Moment zurück in die modrige Bar, in meine Wohnung und auf die Couch neben Matt. Zurück in die Zeit, als alles so viel einfacher war.

Denn ganz ehrlich: Ich bin mit keiner meiner Optionen wirklich glücklich. Ich kann nichts tun. Ich bin gefangen in einer Tretmühle, aus der es kein Entkommen gibt. Ich kann nur laufen. Einfach laufen und hoffen, dass ich mich irgendwann daran gewöhnen werde.

Siebenundzwanzig

Der Heimweg ist lang und ich muss mehrfach nach dem Weg fragen. Alles in mir sträubt sich dagegen, die Schule noch einmal zu betreten, und ich würde lieber heute als morgen diesen elendigen Schlussstrich ziehen, den alle von mir erwarten. Doch ich kann nicht gehen, ohne Ezra und Quinn noch einmal gesehen zu haben und ohne Quinn zu sagen, vor wem er sich in Acht nehmen muss. Nur für den unwahrscheinlichen Fall, dass er es nicht schon längst weiß.

Unterwegs begegnen mir nicht viele Menschen und noch weniger haben einen Blick für mich übrig. Sie sind verborgen unter riesigen Schirmen oder Kapuzen, starren auf den Weg vor sich und niemals auf den Fremden direkt gegenüber. Zu meinem Glück, denn ich gebe mit Sicherheit kein schönes Bild ab. Ich bin von innen wie von außen schmutzig, kratzig und, was das Schlimmste ist, furchtbar gleichgültig. Wenn es ohnehin egal ist, was ich tue, warum dann all das? Warum?

Ich stoppe abrupt, balle die Hände zu Fäusten, gehe ein paar Schritte zurück und betrete einen kleinen Laden, vor dem ein Mann in sich zusammengesunken auf einem Eimer hockt und eine Schnapsflasche wie ein Rettungsseil umschlungen hält.

***

Als ich schließlich die Schule betrete, ist es schon lange dunkel. Die Wachmänner haben andere Gesichter und betrachten mich nur mäßig interessiert, als ich die Tür aufdrücke und tropfend den Flur betrete. Ein seichtes Kopfnicken ist der einzige Gruß, den ich erhalte. Mit hoch erhobenem Kinn marschiere ich an ihnen vorbei, doch anstatt direkt in mein Zimmer zu verschwinden, schlage ich den Weg zum Untergeschoss ein und steuere den Pool an, von dem Quinn mir zwar erzählt, den er mir aber nie gezeigt hat. Ich bin ohnehin nass und nicht im Mindesten müde. Was spricht also gegen ein mitternächtliches Bad?

Beschwingt und mit der halb leeren Flasche in der Hand stoße ich die fragil wirkende Tür auf und stolpere mehr oder weniger in den nur spärlich beleuchteten Raum hinein. Doch ich stoppe sofort, als mir klar wird, dass ich nicht allein bin.

Ich spüre ihn, lange bevor ich ihn sehe. Als würde seine Anwesenheit den Raum mit einer ganz besonderen Schwingung erfüllen. Meine Kehle wird eng und trocken, mein Herz rast und ich schließe die Hand etwas fester um den Flaschenhals. Wie weggeblasen ist meine eingeredete Gleichgültigkeit und meine angetrunkene Leichtigkeit gleich mit. Alles ist wieder da. Absolut alles.

Starr und steif bleibe ich wie angewurzelt stehen und Möglichkeit um Möglichkeit läuft wie ein Film vor meinem inneren Auge ab. Gehen oder bleiben, reden oder schweigen.

Ich entscheide mich dafür, zu gehen. Ich bin nicht in der Verfassung für einen Abschied oder für Vorwürfe oder für sonst irgendetwas, das mit ihm zu tun hat. Ich kann nicht garantieren, irgendwann in der Verfassung dafür zu sein, aber noch kann ich es aufschieben. Also setze ich vorsichtig einen Fuß zurück und dann den zweiten. Ich habe die Tür beinahe erreicht, als seine Stimme die Stille durchbricht und mich wie ein heißes Eisen durchfährt.

»Ich hätte nicht gedacht, dass du dich nicht mal verabschieden würdest.«

Erst jetzt sieht er mich an und mein Magen sackt ein Stück tiefer. Nur mit Mühe schaffe ich es, meine Fassade aufrechtzuerhalten.

»Ich wollte dich nicht stören. Ich dachte, ich wäre allein.«

»Ist das so?«, fragt er herausfordernd und lehnt sich mit dem Rücken gegen den Beckenrand. Ich erhasche einen Blick auf die Wunde, die mit einem großen, quadratischen Pflaster abgedeckt ist. Sein Blick ist selbst auf diese Distanz eindringlich und etwas einschüchternd. »Du warst lange weg«, knurrt er und seine Stimme klingt ein klein wenig vorwurfsvoll.

»Ich wollte …« Ich überlege kurz, ihn anzulügen, ihm irgendeine wilde Geschichte aufzutischen. Doch es ist Quinn, mit dem ich hier rede. Niemand sonst. Die Person, wegen der mein Leben nie wieder okay sein wird. Die Person, wegen der mein Leben überhaupt erst wieder lebenswert war. »Ich musste weg«, sage ich deshalb geradeheraus, und anstatt zu fliehen, will ich bleiben. Ich will so sehr bleiben, dass es schmerzt.

Er schaut mich wortlos an, verfolgt mich mit seinem Blick, als ich näherkomme, die Schuhe von meinen Füßen streife und am Beckenrand Platz nehme, die Beine ins Wasser tauche und die angenehme Wärme meinen unterkühlten Körper flutet.

»Du hättest verschwinden können. Nach all der Zeit hättest du endlich einfach so abhauen können«, sagt er und die Lichtreflexe des Wassers wandern über sein Gesicht.

Ich nicke und ignoriere das Brennen meiner Augen vehement, beiße auf meine Unterlippe und hefte den Blick auf den Fliesenspiegel an der Wand links von mir. Ich nehme einen kräftigen Schluck aus der Flasche, bevor ich mich wieder an ihr festklammere.

»Ich weiß«, sage ich und meine Stimme kratzt und wackelt jämmerlich. »Aber im Moment fürchte ich mich genau davor am allermeisten. Ich will das alles endlich hinter mir lassen und gleichzeitig ist es das Schlimmste, das ich mir vorstellen kann.« Ich sehe ihn an, erkenne meinen eigenen Schmerz in seinen Augen und das unsichtbare Band zieht meine Kehle noch etwas fester zu. Hilflos hebe ich die Flasche abermals an die Lippen und trinke. Einen Schluck. Zwei. Drei. Die Flüssigkeit hinterlässt eine brennende, fast schmerzhafte Spur von meiner Kehle in meinen Magen und bringt trotzdem so wenig Linderung.

»Emma, hör auf damit. Stell die Flasche weg«, fordert er schließlich leise, aber entschlossen und versetzt das Wasser in Aufruhr, als er sich auf mich zubewegt.

»Ja, mach ich. Wenn sie leer ist«, murre ich kalt und fixiere ihn.

»Das löst deine Probleme auch nicht.«

»NICHTS löst meine Probleme, Quinn!«, lache ich sarkastisch und das Echo meines Schmerzes hallt dutzendfach von den Wänden wider, treibt mir Tränen in die Augen und dehnt die Leere in mir noch weiter aus.

Quinn hat mich erreicht und bleibt unmittelbar vor mir stehen. Das Wasser reicht ihm fast bis zu den Schultern und kleine Tropfen hängen in seinen Wimpern. Das Blau seiner Augen schimmert noch etwas mehr als sonst und der Kontrast des schmalen, schwarzen Rings, der das Blau einfasst, ist noch ein wenig intensiver. Alles ist intensiver. Selbst der penetrante Chlorgeruch des Wassers.

Seine Lippen sind leicht geöffnet und blass. Sein Blick ist drängend, einnehmend und tief. Ich sauge die Luft, die plötzlich dünn und brüchig zu sein scheint, zitternd tief in meine Lunge und dränge den Schmerz zurück, der mir angesichts seiner Nähe durch jede Faser meines Körpers jagt. Nicht aber den Gedanken, der ihn begleitet. *Du bringst ihn um, Emma. Vielleicht hast du das bereits.*

»Es wäre besser, wenn du mich nicht vor dem Dämon gerettet hättest«, flüstere ich mit zitternder Stimme und will die Flasche abermals heben, will betäuben, was mich auffrisst, und den Schmerz vertreiben, der mich bis in den kleinsten Winkel meiner Gedanken erfüllt. Doch Quinns Hand schließt sich sanft um die Flasche und ohne große Mühe nimmt er sie mir ab. Mit einem viel zu lauten Geräusch stellt er sie neben mir auf den Fliesen ab und verharrt dann einen Moment regungslos – mit kaum mehr als ein paar Zentimetern Abstand zwischen uns. Ich kann nicht atmen, nicht denken. Alles ist falsch. Alles schmerzt. Selbst einfach nur hier zu sein, ihm so nah, bringt mich um den Verstand. Ich weiß, was ich will. Und ich weiß ebenso, dass dieser eine Wunsch niemals wahr werden kann. Niemals wahr werden *darf*.

»Emma … ich …«, beginnt er, doch mein Schluchzen unterbricht ihn jäh, denn ich ertrage es nicht länger. Ich kann keine entschuldigenden Worte hören, keine beruhigenden oder wütenden. Ich kann nichts von ihm hören. Ich kann nicht eine einzige, weitere Sekunde hier sein, ohne zu zerbrechen. Hektisch ziehe ich die Beine aus dem Wasser und will fliehen. Abermals. Wie schon bei Ezra. Ich will allein sein, allein leiden und allein untergehen. Doch er steht jetzt genau vor mir im Wasser und hält mich fest, und zwar mit eisernem Griff und absolut unerbittlich. Sein Blick drückt nicht länger Sorge aus, sondern Entschlossenheit. »Du bist niemand, der solche Gedanken zulässt.«

»Du hast keine Ahnung, wer ich bin«, keuche ich und stemme mich gegen seinen Griff.

»Ich weiß besser, wer du bist, als du selbst!«

Mit einem Ruck klärt er diesen ungleichen Kampf und befördert mich platschend mitten hinein ins Wasser. Ich tauche unter, schlucke Wasser, kämpfe mich hoch und ringe prustend nach Luft. Mit knapper Not kann ich stehen und dabei den Kopf aus dem Wasser heben. Dennoch fuchtle ich hektisch mit den Armen und trete unkoordiniert mit den Füßen.

»Dieser Mist hilft dir nicht!«, donnert er aufgebracht und deutet mit dem Finger auf die Flasche am Beckenrand. »Hals über Kopf abzuhauen und den ganzen Tag durch den Regen zu rennen übrigens auch nicht. Und ganz bestimmt hilft es dir nicht, dich in deinem Zimmer einzusperren und die Welt für ihre Ungerechtigkeit zu verfluchen!«

»Was hilft mir?«, platze ich heraus und mein Kinn zittert ein wenig. »Was hilft mir denn, Quinn? Sag's mir, bitte! Was kann ich jetzt noch tun?«

»Akzeptier es!« Ich blinzle verständnislos und meine Bewegungen werden ruhiger. *Was?* »Da ist nichts, Emma. Und da war nie etwas.« Ich höre seine Worte, doch sie erreichen mich nicht. Er meint uns. Ganz eindeutig. Er meint das, was zwischen uns ist. »Lass es hinter dir und ... und schau nicht zurück.«

»Da ist ... *nichts*?«, wiederhole ich fassungslos und erkenne ein kurzes Flackern in seinen Augen.

»Es ist Lust«, sagt er und dieses Wort klingt einfach nur falsch in meinen Ohren. Ich schüttle leicht den Kopf, doch Quinn spricht weiter. Eindringlicher. So, als wolle er nicht nur mich, sondern auch sich selbst überzeugen. »Und wir wissen beide ... dass es nie ... mehr war ... als das.«

Nie mehr als das. Nie mehr als reine Lust, das Verlangen nach Sex. Mehr nicht? Für ihn?

»Sicher«, murre ich leise und weiß nicht, was ich sonst sagen soll. Wohin ich schauen, was ich tun soll.

»Okay«, sagt er und seine Stimme hört sich zufrieden an. Erleichtert. Endgültig. Thema erledigt.

Wozu also die Tränen? Wozu meine Sorge und das schlechte Gewissen, wenn es für ihn so einfach ist? Und vielleicht immer schon war. Er wollte mich, doch nicht auf dieselbe Weise, auf die ich ihn will. Und das ist okay. Das sollte es zumindest sein. Trotzdem beschleunigt sich mein Herzschlag und eine Wut, die ich weder verstehen noch erklären kann, verdrängt für einen Moment meine Fassungslosigkeit und frisst sich wie eine Welle durch meine Eingeweide.

Quinn steht noch einen Moment vor mir, abwartend, doch dann dreht er sich mit gesenktem Blick von mir weg und macht Anstalten, aus dem Pool zu klettern.

»Quinn?«, flüstere ich und augenblicklich wendet er sich mir wieder zu, dieses gewisse Glitzern in den Augen. Mein Herz schlägt schnell und meine Finger zittern, als ich einen beherzten Schwimmzug auf ihn zu mache, meine Arme um seinen Nacken schlinge und ihn küsse. Ich will ihm zeigen, was ich von seiner *Lust* halte.

Doch anstatt die Kontrolle zu behalten, verliere ich sie und bin beinahe sofort im Rausch. Meine Kopfhaut prickelt, meine Finger und die Zehenspitzen ebenfalls. Meine Muskeln verkrampfen und süße, fast schmerzhafte Wellen pulsieren durch meinen Unterleib. Quinn schlingt atemlos seine Arme um mich und ich wickle meine Beine um ihn, presse mich an ihn. *Geh nicht zu weit, Emma. Nur noch ein Stück, ein kleines Stück. Eine süße Erinnerung an mich. O ja, denk an mich, du Mistkerl! Du …*

Ich halte inne. Atme. Ein und aus. Und langsam wird mir klar, was ich hier tue. Ich will ihn bestrafen. Und zwar dafür, dass er für mich nicht das empfindet, was ich für ihn empfinde. Ich bin zu einer dieser Frauen mutiert, die … Ich führe den Gedanken nicht zu Ende. Ich kann nicht. Stattdessen lehne ich mich ein wenig von ihm weg und wie in Trance sehe ich seinen fragenden Blick, versuche meine Gedanken zu sortieren und herauszufinden, was in mich gefahren ist.

Ich riskiere sein Leben. Jeden Moment könnte jemand durch diese Tür kommen. Jeden Moment könnte man uns erwischen und uns beide töten.

Ruckartig löse ich mich von ihm und bin geradezu angewidert von mir selbst. Ich bin überfordert, ein emotionales Wrack. Nein, mehr als das. Energisch drücke ich mich von ihm weg, vermeide Blickkontakt und schiebe seine Hände von mir.

»Das … ich kann … es tut mir leid. Das ist … es tut mir leid«, stammle ich vollkommen zusammenhanglos und schwimme hinüber zur Leiter, greife danach und ziehe mich eilig aus dem Wasser. Quinn steht noch immer dort, wo ich ihn zurückgelassen habe, und starrt mich an. In seinem Blick liegen tausend Fragen. Doch das Einzige, was sich mir förmlich einbrennt, als ich Hals über Kopf fliehe, ist der alles überlagernde Zweifel in seinem Blick.

***

Wenig später liege ich, in ein trockenes Shirt gehüllt, in meinem Bett und die letzten Momente im Pool gehen mir nicht aus dem Kopf. Sein Blick und meine Worte. Ich lasse die Szene immer und immer wieder Revue passieren und mit jedem Mal wird es schlimmer. Mit jedem Mal wirken ebendiese Worte herzloser, deplatzierter … falscher. Denn es tut mir nicht leid. Nichts tut mir leid.

Es sollte nicht falsch sein, ihn zu lieben. Es sollte nicht falsch sein, ihm nahe sein zu wollen und genau dieser Umstand beschreibt die eigentliche Tragik unserer Situation.

Und selbst wenn diese Liebe nicht auf Gegenseitigkeit beruht, ertrage ich den Gedanken nicht, dass die Worte »es tut mir leid« das Letzte gewesen sein sollen, das er von mir gehört hat. Ich habe keine Ahnung, ob ich ihn morgen noch einmal zu Gesicht bekommen werde oder ob ich die Chance haben werde, die Dinge klarzustellen und ihm zu sagen, dass … dass …

Noch ehe ich mir bewusst bin, was ich eigentlich sagen will, finde ich mich bereits auf dem Flur wieder. Auf direktem Weg zu seinem Zimmer, von dem ich glücklicherweise weiß, wo es liegt.

Doch als ich vor seiner Tür stehe, dauert es trotzdem noch einmal ungefähr eine halbe Stunde, ehe ich mich überwinden kann, zu klopfen.

Als nach dem ersten, zaghaften Versuch keine Reaktion kommt, bin ich versucht zu gehen, doch eine kleine Stimme sagt mir, dass er ebenfalls noch wach ist und mich hört.

»Bitte … Quinn …«, raune ich leise direkt vor der Tür und bin sogar bereit, meine Entschuldigung hier und jetzt in der Dunkelheit des Flurs vorzutragen. Sein Zimmer liegt wie meines im alten Teil des Gebäudes und ich bin mir ziemlich sicher, keine ungebetenen Zuhörer zu haben. Außerdem ist es mitten in der Nacht.

Ich hole tief Luft und erinnere mich erst jetzt, dass ich ja gar nicht weiß, was ich sagen soll, als sich die Klinke schließlich doch bewegt und er die Tür einen Spalt weit öffnet.

»Ich … ich muss noch mal mit dir reden. Bitte!«, flüstere ich mit belegter Stimme und meine Handflächen sind schwitzig.

Wortlos tritt er zur Seite und lässt mich rein. Eine kleine Lampe auf einem Stuhl neben dem Bett spendet Licht, doch besonders viel zu sehen gibt es hier nicht. All das interessiert mich auch nicht. Ich bin nicht hier, um sein Zimmer zu bewundern. Stattdessen wende ich mich zu ihm um, ringe die Hände und suche nach Worten, die mir nicht einfallen wollen. In meinem Kopf klingt alles falsch. Quinn schnauft leise, drückt die Tür wieder ins Schloss und lehnt sich mit verschränkten Armen dagegen. Abwartend und nicht besonders gut gelaunt.

»Ich … ähm …«, stammle ich und fühle mich plötzlich unglaublich unwohl. Was hab ich mir nur dabei gedacht, herzukommen? Ich schließe die Augen und hole tief Luft. Ich weiß genau, was ich mir gedacht habe. Ich wollte nicht gehen, ohne ehrlich gewesen zu sein. Kein gegenseitiges Verletzen, keine Halbwahrheiten. Wenn mich die letzten Monate etwas gelehrt haben, dann, dass Momente kostbar sind. Momente und Worte. Insbesondere die, die nie gesagt wurden. Man bereut nichts so sehr wie die Dinge, die man nicht gesagt hat.

»Es tut mir nicht leid«, flüstere ich in die angespannte Stille hinein und Quinn hebt den Blick. »Nichts von dem, was passiert ist, tut mir leid. Nicht, dass du mich gerettet hast. Nicht, dass ich hier bin. Und erst recht nicht … du.« Keine Reaktion. Obwohl mich das ein wenig verunsichert, rede ich weiter. »Und du … du hattest recht. Vorhin. Als du sagtest, es wäre Lust. Ich glaube, das kann keiner von uns leugnen, nicht wahr?« Ich versuche zu lachen, doch das hysterische Geräusch, das über meine Nervosität hinwegtäuschen soll und nun meine Kehle verlässt, klingt furchtbar. »Die Sache ist aber die …« Ich senke den Blick auf meine Hände und lasse sie schließlich hilflos sinken. Ich sehe ihn an und will, dass er die Wahrheit erkennt, ohne dass ich sie aussprechen muss, doch seine Miene bleibt starr. »Es wäre einfach, wenn es nur das wäre, Quinn. Es wäre einfach, wenn ich mich nicht …«

»Nein!«, unterbricht er mich plötzlich und kommt auf mich zu. Seine Stimme ist fest, aber ruhig. »Wag es nicht, zu sagen, was du sagen willst.«

»Ich muss.«

»Du weißt nicht, was du …«

»Was ich anrichte? Glaub mir, das weiß ich sehr gut. Ich habe alles … kaputtgemacht! Ich … ich …« Ich hole tief Luft und versuche, mich zu beruhigen. »Wenn ich für dich nicht das fühlen würde, was ich fühle, stünden wir nicht hier. Ich müsste mich nicht schlaflos im Bett von einer Seite auf die andere drehen und befürchten, dass du den morgigen Tag nicht überleben könntest. Ich würde einfach in dieses verdammte Auto steigen und froh sein, endlich hier wegzukommen und diesem Arsch von Cinder nie mehr begegnen zu müssen. Aber die Wahrheit sieht anders aus.« Meine Stimme bricht und Quinns Anspannung wächst sichtlich. »Die Wahrheit, Quinn, ist … ich …«

Er überwindet die letzten Zentimeter, die uns voneinander trennen, und verschließt meinen Mund mit seinen Lippen. Seine Hände umfassen mein Gesicht und halten mich fest, als ginge es um unser beider Leben. Dieser Kuss ist anders als der in der Hütte. Dort, im Wald, war es Verlangen, Lust, Wut. Das hier ist mehr. Unsere Lippen suchen und finden einander. Wieder und wieder. Sanft. Zärtlich. Bittersüß.

»Lass es mich sagen. Bitte …«, schluchze ich leise zwischen unzähligen kleinen Küssen und eine Träne rinnt über meine Wange. Er wischt sie fort und schüttelt vehement den Kopf. Stirn an Stirn. Nase an Nase. »Ich kann nicht gehen, ohne dass du es weißt.«

»Ich weiß es«, flüstert er und der Schmerz in seiner Stimme zerreißt mein Herz.

»Quinn ... ich ... ich kann nicht ...« Meine Knie sind weich und ich klammere mich an ihm fest, kämpfe gegen die Tränen und verliere.

»Alles wird gut«, raunt er und hält mich fest an sich gedrückt. Ich vergrabe das Gesicht schluchzend an seinem Hals und presse mich an ihn, will ihm nahe sein. So nah, dass ich ihn nicht verliere. Aber das ist unmöglich.

»Nichts wird je wieder gut!« Eine dunkle, trübe Wahrheit, die so unausweichlich scheint wie der morgige Tag.

Er löst sich von mir, nimmt abermals mein Gesicht in seine Hände und ich rechne damit, dass er mich bittet, zu gehen. Ein Lebewohl, das mich zerstören wird. Doch stattdessen senkt er ein weiteres Mal seine Lippen auf meine und ich schmecke, fühle, atme ihn. Ich lasse meine Finger über die heiße Haut seiner Arme wandern, über seine Schultern und seinen Nacken. Wir klammern uns aneinander wie zwei Ertrinkende.

Und dann gleiten meine Finger unter sein luftiges Hemd und er löst sich augenblicklich von mir. Jedoch nur wenige Zentimeter. Seine Augen, halb verborgen in den Schatten, wirken dunkler und ein leichtes Zittern durchläuft seinen Körper.

»Tu das nicht ...«, murmelt er dicht an meinen Lippen und sein Atem streift meine Haut. Er wickelt sich eine meiner Haarsträhnen um einen Finger und seine Nase berührt meine Stirn. Ich weiß, dass er recht hat und ich diesen Schritt nicht gehen sollte. Trotzdem öffne ich die oberen Knöpfe seines Hemds, registriere seinen hektischen Atem und spüre seinen beschleunigten Puls in meinen Fingerspitzen. Ich spüre all die leisen Zweifel, all die Gründe, die gegen das hier sprechen, aber mein Herz rast und seine Haut unter meinen Fingern beschert mir tausend kleine Explosionen in meinem Inneren. Ich lehne mich vor und setze sanfte Küsse auf seine glatte Brust und seitlich auf seinen Hals, rieche und schmecke ihn. Ich trete einen Schritt zurück, streife mein Shirt über den Kopf, werfe es zur Seite und sehe ihn an. Bis auf einen Slip bin ich nackt und habe keine Ahnung, was ich tun soll, sollte er mich nun einfach vor die Tür setzen.

Quinns Blick gleitet über meinen Körper, er schluckt schwer und kämpft mit sich. Doch erst als ich die Hand nach ihm ausstrecke, durchbricht er seine Starre, stürmt auf mich zu, küsst mich, drängt mich aufs Bett und ist schließlich endlich über mir. Seine Wärme durchdringt mich. Seine Hände streichen über jeden Quadratzentimeter meines Körpers, als wolle er sich alles für immer einprägen. Als geschehe jede Bewegung im vollkommenen Bewusstsein darüber, dass das hier das erste und letzte Mal sein wird, dass wir einander auf diese Art berühren können. Unsere Zukunft ist nicht hell und strahlend. Im Gegenteil. Sie ist düster und einsam. Doch ich kann und will im Moment nicht daran denken, was morgen oder übermorgen sein wird. Ich kann nicht daran denken, ihn niemals wiederzusehen. Denn genau jetzt ist er bei mir. Und nur das zählt.

Quinn befreit mich und sich selbst vom letzten störenden Stoff und hüllt uns lachend in seine dünne, luftige Decke wie in einen Kokon. Ich liege unter ihm, sehe ihn an und habe das Gefühl, überzusprudeln. Meine Brust ist eng und ein Frösteln durchläuft mich, mein Atem geht flach und das Lachen bleibt mir im Halse stecken. Er ist mir so nah, dass ich seinen Atem auf meiner Haut spüren kann. Die kleine Lampe taucht die Szene in ein unwirkliches Licht und ich versuche, mir diesen Moment einzuprägen. Für jetzt und alle Zeit. Ich hebe die Hand und streiche über sein Gesicht, über seine Lippen und die langen, dunklen Wimpern, über die dichten, weichen Haare seines Barts, drücke mich langsam hoch und stehle ihm einen Kuss. Einen unschuldigen, zarten Kuss, den er ebenso sanft erwidert. Seine Hände wandern über meinen Körper und meine Haut fängt Feuer. Überall ein bisschen. Mein Puls flattert und allmählich verstummen all meine Gedanken. Da ist kein Morgen mehr, keine allgegenwärtige Sorge. Da sind nur noch er und ich und dieser Augenblick. Unsere Lippen finden sich erneut und die bisherige Zärtlichkeit weicht einer drängenden Lust.

Ich lasse meine Hand an seinem Rücken hinabwandern und ziehe ihn an der Hüfte etwas näher zu mir heran.

Quinn drückt mich behutsam zurück ins Kissen, küsst mich. Wieder und wieder. Ich öffne die Schenkel und dränge mich ihm entgegen, spüre ihn dicht bei mir und ein leiser, fast flehender Laut entringt sich meiner Kehle. Ein weiterer, als er sacht in mich eindringt und die Welt sich ein wenig langsamer dreht.

Unser von orangefarbenem Licht erfüllter Kokon ist alles, was ich will. Meinetwegen für den Rest meines Lebens. Ich klammere mich an ihn, seufze und küsse ihn. Wir verfallen in einen sanften, rhythmischen Takt, der mich langsam hinaufträgt. Höher und immer höher. Weit weg von der Dunkelheit und der Realität. Dieser kleine Moment gehört uns. Ihm und mir und dem wunderschönen Etwas, das zwischen uns ist, egal, welchen Namen wir ihm geben. Ist es Lust? Ist es Liebe? Oder doch nichts von beidem?

Als die Wellen über mir brechen, biege ich mich ihm entgegen, klammere mich an ihn und Tränen laufen unaufhaltsam über meine Wangen, obwohl ich nicht weinen will. Ich bin glücklich. So glücklich. Und doch kann ich sie nicht zurückhalten. Quinn schlingt seine Arme um mich, hält mich fest, ist mein Fels und sagt kein Wort, bis das Beben vorüber ist und die Tränen getrocknet sind. Er hält mich einfach nur fest, zieht unseren Kokon fester und als ich die Augen öffne, schaue ich direkt in seine. In dieses atemberaubende, warme, tiefe Blau mit dem schwarzen Rand und den dunkelblonden Wimpern. Ich sehe in das Gesicht, das mir so vertraut geworden ist wie mein eigenes.

Tausend Dinge gehen mir durch den Kopf. Lauf mit mir weg, Quinn. Kämpf mit mir. Versteck dich mit mir.

Aber ich spreche keines dieser Worte aus, denn nichts davon liegt auch nur entfernt im Bereich des Möglichen. Wir hatten diesen Moment – mehr bekommen wir nicht.

»Ich sollte besser zurückgehen, nicht wahr?«, murmle ich und streiche mit dem Daumen über seine weiche, glatte Unterlippe. Er lächelt ganz leicht und mein Inneres macht einen Satz.

»Ja, wahrscheinlich.«

Ich will nicht. Nein, ich will nicht.

Quinn überwindet die kurze Distanz zwischen uns und küsst mich abermals. Und die Flammen, von denen eben nur noch die Glut übrig war, lodern sofort wieder meterhoch empor.

Achtundzwanzig

Etwas ist anders. Ich kann nicht sagen, was genau, aber als ich träge aus den Tiefen meiner Träume an die Oberfläche treibe, empfängt mich nicht das wohlige Glücksgefühl, mit dem ich eingeschlafen bin. Mein Herz rast und meine Haut prickelt. Es ist, als läge eine Spannung in der Luft, die ich nicht greifen oder benennen kann.

Zögerlich schlage ich die Augen auf und die Welt nimmt nur langsam Konturen an. Neben mir liegt Quinn. Ich erkenne seine unbedeckte Brust und seinen Arm. *Ich bin eingeschlafen,* ist der erste richtige Gedanke, den ich forme. *Etwas stimmt nicht,* ist der zweite. Denn auch Quinns Atem geht schnell und seine Finger umfassen sanft, aber fest mein Handgelenk. Kein zärtliches Wecken, kein schlaftrunkener Blick, keine tiefe, kehlige Stimme, die mir einen guten Morgen wünscht. Ich hole Luft, schließe die Augen und als ich sie wieder öffne, bin ich vollständig wach. Meine Sinne reagieren und nehmen von jetzt auf gleich alles wahr. Früher Morgen. Der Himmel, den ich durchs Fenster ausmachen kann, ist noch grau. Alles ist still. Fast alles. Ich höre meinen Herzschlag und unser beider Atem. Quinn ist angespannt und seine Aufmerksamkeit gilt nur am Rande mir. Ich hebe den Blick, folge seinem und entdecke endlich all die Gestalten, die mit uns im Zimmer stehen und hier nicht hergehören.

Ich drücke die Decke an mich und richte mich auf, blinzle in das Halbdunkel des Raumes und erkenne sieben bewaffnete junge Männer. Einer von ihnen steht mittig am Fußende des Bettes und ist mir bekannt. Er gehört zur immer gehorsamen, speichelleckenden Truppe von Liam. An seinen Namen kann ich mich jedoch nicht erinnern.

»Was soll das hier?«, frage ich mit rauer Stimme und der Druck um mein Handgelenk verstärkt sich.

»Genau diese Frage wollte ich auch gerade stellen«, murmelt der Typ gelassen und grinst anzüglich. *Wie war nur sein Name, verdammt?*

Er zückt sein Handy, als sei ihm soeben erst eingefallen, dass er eines besitzt und richtet es auf uns. Als ich erkenne, was er vorhat, zucke ich nach vorn, doch Quinn hält mich zurück. Ein durchdringendes Klicken zerteilt die gespenstische Stille im Raum, als er den Auslöser betätigt und unser Vergehen für immer festhält. Ich funkle Quinn böse an und entreiße ihm mein Handgelenk.

»Es reicht. Ihr hattet euren Spaß. Raus hier! Sofort!«, maule ich und halte den Blick unverwandt auf den Typen gerichtet, dessen Name mir förmlich auf der Zunge liegt, aber partout nicht einfallen will.

Er wischt einige Male desinteressiert über das Display seines Handys und verstaut es dann wieder sicher in einer Tasche seiner Hose. Mit hinter dem Rücken verschränkten Händen schaut er von oben auf uns herab. Überlegen. Und er genießt diesen Moment.

»Ein solches Handeln hat Konsequenzen«, sagt er in einem so arroganten Ton, dass ich ihm am liebsten ins Gesicht spucken würde.

»Konsequenzen, die sicherlich warten können, bis wir angezogen sind. Ich werde schon nicht weglaufen und Ezra kann auch später noch …«

»Oh, Ezra ist leider nicht mehr dein Ansprechpartner«, unterbricht er mich und nickt einem der Männer zu, die neben mir stehen. Eine große Hand fasst grob nach meinem Arm. Ich zucke zurück und starre ihn böse an.

»Pfoten weg oder ich …«

»Ich darf dich auffordern, aufzustehen. Und zwar sofort«, knurrt er gebieterisch und ein leichtes Lächeln verzieht seine Mundwinkel. »Letzte *freundliche* Aufforderung.«

»Ich stehe auf, wenn ich angezogen bin, verdammt.«

»Komm schon, was soll das? Wartet einfach vor der Tür, Jungs.« Quinn hält die Decke noch fester und macht Anstalten aufzustehen, um die Situation zu klären. Augenblicklich richten sich mehrere Gewehre auf ihn und er sinkt schnaufend und mit erhobenen Händen zurück aufs Bett. »Gebt ihr wenigstens ein Hemd.«

»Ich denke, sie hat ihre Kleidung freiwillig abgelegt, oder? Ihr Pech. Und jetzt noch mal. Aufstehen!«

»Das ist doch lächerlich!«, knurre ich und versuche abermals die Hand abzuschütteln, die meinen Oberarm noch immer umfasst hält. Doch dieses Mal scheitert mein halbherziger Versuch an der plötzlichen Entschlossenheit meines Gegenübers und ich begreife, dass das hier nicht gesittet ablaufen wird und wir uns in einer weitaus mieseren Situation befinden, als ich zunächst angenommen habe. Dieser Kerl wird mich splitterfasernackt aus dem Bett zerren und allen Blicken preisgeben.

Und dementsprechend vehement wehre ich mich. Ich schreie ihn an, versuche mich ihm zu entwinden, trete und schlage. Quinn langt um mich herum, kämpft trotz der auf ihn gerichteten Gewehre gegen die Männer, die mich fortreißen. Binnen Sekunden finde ich mich in einem mittelgroßen Chaos wieder, das jäh durch den markerschütternden Knall eines Schusses unterbrochen wird. Alle – auch unsere Angreifer – halten inne und ich suche schwer atmend nach der Waffe – und entdecke sie in der Hand ihres Anführers, der bis eben ziemlich regungslos das Geschehen verfolgt hat. Nun aber klafft ein Loch in der Zimmerdecke und Putzbröckchen regnen auf ihn herab, die er gelassen von seiner Schulter wischt. Die Waffe und den Blick hält er dabei jedoch ausdruckslos auf Quinn gerichtet.

»Die nächste kannst du in seinem Kopf suchen«, sagt er an mich gewandt.

Quinns Kiefermuskulatur tritt deutlich hervor und seine Nasenflügel blähen sich. Doch er gibt nach und auch ich stelle den Widerstand sofort ein.

»Bringt ihn her.«

Widerstandslos steigt er aus dem Bett, den Blick starr und angespannt auf den Anführer geheftet. Als er vor ihm steht, kocht er geradezu vor Wut, doch wir sind eindeutig unterlegen. Selbst wenn ich mich verwandeln könnte, würde sich an diesem Umstand nichts ändern. Hoffnungsvoll werfe ich einen Blick auf meine Handflächen und warte auf das Prickeln des Feuers. Ich schicke stumme Gebete in die Stille hinein, obwohl ich bezweifle, dass mir meine unzuverlässige und unkontrollierbare Kraft sonderlich viel bringen würde. Besser als nichts wäre es aber allemal.

»Hände hinter den Kopf und auf die Knie«, bellt der Kerl Quinn gegenüber und mein Magen krampft sich zusammen. Zähneknirschend gehorcht er und vermeidet es, mich anzusehen.

Einer der anderen Männer fesselt Quinns Hände mit Kabelbindern hinter dem Kopf und Quinn lässt die Prozedur wortlos über sich ergehen.

In meinem Hirn allerdings überschlagen sich die Gedanken. Was geht hier vor? Warum? Ich meine, ich weiß, dass wir die Regeln gebrochen haben. Ich weiß, dass Ezra mich gewarnt hat. Und Quinn. Ich weiß, dass ich nicht auf eine gerechte Anhörung hoffen darf oder einen fairen Umgang. Und ich weiß, dass uns eine Strafe erwartet – aber das hier ist einfach lächerlich! Ich muss zu Ezra. Ich brauche jemanden, mit dem ich reden kann.

»Ich will mit jemandem reden!«, rufe ich laut und lenke damit die Aufmerksamkeit von Quinn weg und hin zu mir. Tatsächlich wendet sich der Typ mit dem Handy mir zu und lächelt.

»Oh, wirklich? Dann mal los, ich bin ganz Ohr.«

»Mit jemandem, der etwas zu sagen hat.«

Er schlägt mich. Unverhofft und ohne Vorwarnung. Nicht mal durch ein Zucken in seinem Gesicht angedeutet. Mein Kopf wird schmerzhaft herumgeworfen und ich schmecke Blut.

»Wie gesagt, ich bin ganz Ohr«, raunt er mit einer so ruhigen Stimme, dass mir eine Gänsehaut über den Rücken rieselt. Doch seine Fassade bröckelt. Sein rechtes Augenlid zuckt und seine Lippen zittern leicht. Das ist eine Show. Er hat nicht halb so viel zu sagen, wie er gern hätte. Er will Stärke demonstrieren. Und meine Weigerung, mit ihm zu sprechen, kratzt gehörig an seinem Ego. Ich schlucke das Blut herunter und hebe das Kinn.

»Ich will mit Ezra sprechen!« Ich weiß, dass ich mit dieser Forderung einen weiteren Schlag riskiere, doch ich muss etwas tun.

Er tritt von einem Bein aufs andere und presst die Lippen aufeinander. »Wie gesagt, Ezra ist nicht länger zuständig.«

»Wer ist es dann?«

»Ich.«

»Wo ist Liam?«

Er verdreht mit wutverzerrter Miene die Augen und zwängt ein falsches Lächeln auf seine Lippen. »Er wird sich zu gegebener Zeit um dich kümmern. Es dürfte ihn sehr interessieren, dass du den Hund ihm vorgezogen hast. Ich hätte nicht erwartet, dass eine Celesta sich dazu herablassen würde, die Hure eines dreckigen kleinen ...«

Ich spucke ihm ins Gesicht und unterbreche damit seine Schimpftirade für einen Moment. Doch er scheint eher amüsiert als aufgebracht, während er sich über die Wange wischt.

»Dein wunder Punkt, was?«, knurrt er leise und kommt einen Schritt näher. »Du bist eine elendige Hure. Wie die Mutter.«

Ich weiß, dass er mich nur provozieren will. Ich kenne das Spiel und ich weiß, dass ich nicht mitspielen sollte. Und doch ist das Nächste, an das ich mich bewusst erinnere, eine schreiende Emma, die wie eine Furie auf diesen Mistkerl losgeht. Es ist, als stünde ich neben mir, als ich mich mit meinem ganzen Gewicht auf ihn werfe und ihm meine Fingernägel einmal quer über die Wange ziehe. Für einen kurzen Moment ist er überrumpelt und ich kann ein paar gut platzierte Treffer landen, doch schon nach wenigen Sekunden zerren die anderen mich von ihm herunter, verdrehen mir die Arme auf den Rücken und halten mich fest.

»Alles in Ordnung, Clay?«, knurrt einer von ihnen, während das Arschloch sich auf die Beine kämpft und sich über das Gesicht wischt. Seine Augen funkeln bedrohlich, als er das Blut sieht. In einer einzigen, impulsiven Bewegung rammt er mir seine Faust in den Magen und ich krümme mich zusammen, ringe nach Luft und huste. Er entreißt mich dem Griff seines Kollegen, wirft mich aufs Bett und drückt mir seine Hand an den Hals. Während der Schmerz noch wellenartig durch meinen Körper schießt und ich Sternchen sehe, habe ich Mühe, meine Gliedmaßen zu koordinieren. Adrenalin rauscht durch meine Adern und keuchend kralle ich die Finger in seinen Arm, versuche ihn von mir fortzutreten und an seinem starren Griff vorbeizuatmen. Mein Röcheln erfüllt den Raum – das und Quinns Schreie, die Kampfgeräusche, als die Männer versuchen, ihn zu bändigen. Einer von ihnen tritt an Clay heran und beugt sich zu ihm herunter.

»Er will sie lebend«, raunt er wie beiläufig und ich sehe in seinem Blick, dass er überlegt, sich diesem Befehl zu widersetzen. Meine Wahrnehmung flackert und meine Gegenwehr lässt nach. *Bitte,* denke ich. Ich warte noch immer auf das Feuer. *Bitte ...*

Endlich lässt er mich los und ich sauge gierig Luft in meine Lunge, winde mich auf dem Bett, huste, würge und ringe nach Atem. Es schmerzt entsetzlich und ist doch so süß, dass ich weinen möchte vor Freude. Die allerdings währt nicht lange, denn Clay packt mich an den Haaren, zerrt mich rücksichtslos vom Bett und dieses Mal schaffe ich es nicht, auf den Beinen zu landen. Es ist ihm egal. Auf allen vieren versuche ich, hinterherzukommen, krieche und stolpere über den Boden, zerschramme mir die Knie und versuche mich von ihm zu lösen. Schließlich stößt er mich von sich und ich lande vor Quinn auf dem Boden und pralle mit dem Kopf heftig gegen das Bett. Ein schneidender Schmerz schießt meine Wirbelsäule entlang und ein Schrei liegt mir auf den Lippen. Ich blinzle aus tränenden Augen hinauf zu diesem Mistkerl, sehe das Lächeln, das sein von meinen Kratzern entstelltes Gesicht erhellt, und verkneife mir den Schrei. Ich schlucke den Schmerz herunter und richte mich leicht auf, versuche mit den Händen meine Scham zu bedecken und ignoriere die anzüglichen Blicke der Männer um mich herum.

»Hoch«, sagt er und seine Stimme bebt vor Ungeduld. Er bettelt förmlich darum, dass ich ihm einen Grund gebe, mich auf der Stelle zu töten. Doch so dumm bin ich nicht. Gehorsam komme ich auf die Beine und unterdrücke ein Lächeln, als ich aus nächster Nähe sehe, was meine Fingernägel in seinem hübschen Gesicht angerichtet haben. »Umdrehen!«

Ich schlucke schwer, denn der merkwürdige Glanz in seinen Augen verheißt nichts Gutes. Trotzdem tue ich, was er verlangt, und blende aus, dass alle bei dem zusehen, was nun passiert. Clay tritt hinter mich, zerrt meine Arme nach hinten und fesselt sie wie zuvor Quinns. Mein Herz rast.

»Komm schon, lass sie sich wenigstens was anziehen.« Quinns Stimme klingt flehend, verzweifelt und doch so vertraut in diesem Albtraum, dass ich einen kurzen Moment ins Wanken gerate.

»Machst du dir Sorgen um ihre Tugend, Quinn? Reichlich spät, oder?« Er lässt seine Hand auf meinen Schenkel klatschen, als sei ich ein Stück Vieh. Ich tue ihm nicht den Gefallen, mich gegen ihn zu wehren. »Selbst wenn ich jeden meiner Leute über sie herfallen ließe, würde das kaum noch etwas ändern.«

Wie um dieser Drohung Nachdruck zu verleihen, presst er sich gegen mich, klemmt mich zwischen dem Bett und sich selbst ein und drückt meinen Oberkörper nach vorn. Ich schließe die Augen und versuche zu ignorieren, was er tut. Ich kämpfe die Übelkeit und den Ekel nieder, blende alles aus, atme und denke daran, wie ich meine Fäuste in seinem Gesicht platzieren werde, sollten wir das hier überstehen. Ich muss stark sein.

Seine Männer grunzen anzüglich und er lässt seine Hüfte an meinem Hintern kreisen. Wenn er in die Tat umsetzt, was er hier andeutet, wird Quinn nicht zusehen. Das wäre sein Todesurteil. Ich bettle stumm, dass das nicht sein Plan ist.

Abrupt reißt Clay mich an den Haaren wieder in eine aufrechte Position und seine Hand umfasst eine meiner Brüste, als er mich an sich drückt. »Wie schade für dich, dass ich nicht mit Huren schlafe«, flüstert er in mein Ohr und lässt endlich von mir ab. Ich taumle und sofort ist jemand neben mir und hält mich fest. »Ich werde mich auf andere Weise für das hier rächen«, sagt er und deutet auf sein Gesicht. »Haltet sie fest.«

Ein weiterer Mann tritt neben mich und sie greifen beide nach meinen Armen. Mein Herz rast. Ich spüre jeden Schlag in meinem Hals und schlucke schwer, als Clay ein Messer zieht, neben Quinn tritt und seinen Kopf nach hinten reißt. Ich atme schneller, als ich begreife, was er vorhat.

»Nein!« Ich balle die Hände und beschwöre dieses dämliche Feuer. Wann, wenn nicht jetzt? Warum geht es denn nicht? Warum nur? Tränen treten in meine Augen und ich spüre unsägliche Wut über meine Unfähigkeit, etwas zu tun, über meine Dummheit und meinen Hochmut. Ich hätte es niemals so weit kommen lassen dürfen. Niemals.

Die Klinge gleitet quälend langsam über Quinns Wange und Blut quillt hervor. Sein ganzer Körper bebt und sein Atem ist abgehackt. Er schreit nicht – ich schon. Ich flehe Clay an, aufzuhören. Ich stemme mich gegen die Hände, die mich festhalten. Tränen rinnen über meine Wangen und ich bettle und flehe.

Endlich lässt Clay von ihm ab. Quinns Gesicht ist schweißbedeckt und blutverschmiert, doch er sagt noch immer kein Wort.

Clay hebt eines der Kleidungsstücke auf, die um das Bett verteilt sind, und betrachtet es. Mein Shirt. Er lächelt mich an, wischt sich damit das Blut aus dem Gesicht und dann vom Messer.

Als er vor mir steht, will ich mehr, als ihm nur das Gesicht zu zerkratzen. Ich will ihn umbringen. Um jeden Preis.

»Nathaniel hat recht, Schätzchen. Er will dich lebend. Aber mit ihm«, er deutet auf Quinn und ein Lächeln überzieht sein anschwellendes Gesicht, »kann ich machen, was ich will. Und ich werde es genießen.«

Wut schnürt meine Kehle zusammen, als mir klar wird, was er tun wird.

»Nein«, keuche ich und blinzle hektisch die Tränen fort. »Das darfst du nicht. Er ... sein Clan ...«, stammle ich und versuche mich zu erinnern, was Ezra gesagt hat.

»Sein Clan? Scheiß auf seinen Clan!« Clay lacht hochmütig und die anderen fallen mit ein. Ich erkenne, dass mein Argument keines ist, und sinke resigniert zusammen.

»Ich ... ich ... tue, was du willst.« Die Worte sind wie Säure auf meiner Zunge und sein selbstgefälliges Grinsen brennt in meinen Eingeweiden.

»Alles?«

Ich zögere nicht, zu nicken.

»Habt ihr gehört? Sie tut alles, wenn ich den Hund am Leben lasse.«

Niemand lacht. Alles ist still. Clay lässt seinen Blick lüstern über mich wandern und für einen Moment denke ich, er geht auf meinen Vorschlag ein. Zeit. Zeit, nachzudenken. Zeit für Quinn, zu fliehen. Irgendwie. Doch als er mich wieder ansieht, ist mir klar, wie seine Entscheidung ausfällt.

»Ich sagte doch, ich schlafe nicht mit Huren.« Er macht einen Schritt von mir weg und nickt den Männern zu, die mich festhalten. Ihr Griff wird energischer. »Bringt sie weg!«

»Nein! Das dürft ihr nicht! Nein!«, kreische ich, wehre mich. Ich strample, schreie, werfe mich gegen ihren Griff, fluche und bettle, doch sie sind unerbittlich und schleifen mich trotz Gegenwehr aus dem Zimmer. Mit Tränen in den Augen erhasche ich einen letzten Blick auf Quinn und es tut mir leid. Es tut mir unsagbar leid.

Er lächelt mich an und formt mit seinen Lippen ein stummes »Es ist okay«, bevor Clay sich zwischen uns schiebt und die Tür hinter mir ins Schloss fällt. Auf dem Weg die Stufen hinab höre ich ihn schreien.

***

Ich bin absolut leer, als sie endlich aufhören, mich voranzuschubsen. Der Rechte von ihnen, Nathaniel, stellt sich vor mich, öffnet die Tür und zerrt mich am Arm hinein. Der andere versetzt mir einen heftigen Tritt, sodass ich vorwärts stolpere und mich mit letzter Kraft am Bettpfosten festhalten kann. Meine Knie sind weich und alles dreht sich. Mit trockenem Mund versuche ich mich zu orientieren, fasse an meinen pochenden Hinterkopf und spüre Feuchtigkeit. Als ich meine Hand in mein Blickfeld bewege und sie betrachte, ist sie mit Blut bedeckt.

Das erklärt zumindest, warum ich mich so scheußlich fühle. Ich schließe für einen Moment die Augen und atme. Tief und ruhig. Und als ich sie wieder öffne, dreht sich der Raum schon etwas langsamer.

Ich sehe mich um. Da sind Fenster, ein Schrank, eine Tür ... Moment, der Schrank ... das ist doch ... Ich bin in dem Zimmer, in dem Quinn mich damals eingesperrt hat und aus dem es keinen Weg hinaus gibt.

Keuchend komme ich auf die Beine, taumle hinüber zum Schrank, zerre eines der dort liegenden Shirts heraus und ziehe es mir über den Kopf. Nach dem zweiten Anlauf finde ich außerdem eine Hose und steige hinein. Sie ist zu groß, aber das ist mir egal.

Ich muss hier raus! Mein Blick schweift hinüber zur Tür und dann zu den Fenstern. Ich war schon einmal hier drin eingesperrt und bin mir sicher, dass es ohne den Schlüssel kein Entkommen gibt. Doch akzeptieren kann ich das nicht. Sie werden ihn töten. Sie werden ihn foltern und töten.

Und ich bin die Einzige, die das jetzt noch verhindern kann. Obwohl ich weiß, dass meine Erfolgsaussichten gleich null sind, stelle ich mich vor die Tür und beginne sie mit Tritten zu bearbeiten. Der hölzerne Widerstand hallt durch meine Knochen, schmerzt, vibriert.

Mein malträtiertes Hirn schickt mir eine Erinnerung an damals, an dieses ganz andere Leben, als ich schon einmal versucht habe, zu entkommen. Ich höre Quinns Stimme so deutlich wie meinen überlauten Atem.

»Die ist massiv, Emma. Du wirst dir nur wehtun.«

Er hatte recht. Es tut weh. Es tut sogar verdammt weh und es bringt nicht das Geringste. Als ich nicht mehr stehen kann, trommle ich dennoch mit den Fäusten dagegen. So lange, bis rote Spuren das spröde Weiß der Lackierung färben.

»Komm schon!«, brülle ich und hasse mich und meine Kraft. Wozu ist sie denn gut, wenn sie nie da ist, wenn man sie braucht? Nur noch dieses eine Mal!

Ich balle die Hände zu Fäusten, flehe, beschwöre sie. Tränen tropfen auf meine wunden Gelenke und vermischen sich mit dem Blut, das dort bereits klebt. Bebend und weinend hocke ich da, presse die Handflächen gegen die Tür, presse die Stirn gegen das erbarmungslose Holz und der Schmerz verschlingt mich. Er frisst mich mit Haut und Haaren und lässt nichts übrig. Er schüttelt mich, lässt mich ungehalten schluchzen und kehrt mein Inneres nach außen.

***

Ich habe keine Ahnung, wie viel Zeit vergangen ist, als sich plötzlich jemand an meiner Tür zu schaffen macht. Augenblicklich bin ich wach und gewappnet für alles.

Ich rechne mit Nathaniel, mit Clay, mit einem leblosen Quinn, den sie zu mir hineinwerfen, doch stattdessen schlüpft eine schlanke Gestalt hinein und drückt die Tür auf der Stelle wieder zu. Als ich sie erkenne, weiten sich meine Augen und ich öffne den Mund. Sofort legt sie den Finger vor die Lippen und bewegt sich leise und bedacht auf mich zu, geht neben mir auf die Knie und sieht skeptisch auf mich herunter.

»Bekka!«, flüstere ich, als sei sie eine heilige Erscheinung. Doch dann kommt mir ein fürchterlicher Gedanke. Die Schule ist wie leer gefegt, keine Stimmen auf dem Flur, keine Schritte, niemand, der mich gehört hat. Scheinbar sind Clay und seine Leute die Einzigen hier. Was, wenn sie dazugehört? Ich rutsche ein Stück von ihr weg und sie errät offenbar meine Gedanken.

»Ich will dir helfen!«, raunt sie und legt ihre Hand behutsam auf meine. »Komm schon. Wir haben nicht viel Zeit.«

»Quinn! Ich muss zu Quinn!«

»Emma! Wir müssen dich erst mal hier wegbringen. Dann können wir immer noch ...«

»Nein, du verstehst nicht! Sie töten ihn!«

Sie flucht leise und wirft einen hektischen Blick zur Tür. »Und wenn ich dich nicht sofort von hier wegbringe, töten sie dich auch. Wir kommen zurück. Versprochen.«

»Nein!«

Wütend presst sie die Lippen zusammen. »Ich bring dich zu Ezra.«

Meine Augen werden groß und neue Hoffnung keimt in mir auf. »Er ist hier?«

»Ja, aber wir müssen uns beeilen!«

Ich nicke und will nicht eine einzige weitere Sekunde mit Gerede verschwenden.

Wir verlassen das Zimmer so leise wie möglich und ich folge ihr flink durch die Gänge. Bekka ist vorsichtig, prüft jeden Weg mehrmals und führt mich schließlich nicht, wie ich vermutet habe, hinaus, sondern tief hinein ins Innere der Schule. In einen Bereich, in dem ich noch nie war. Hier unten bleibt sie vor einer der Türen stehen, schiebt sie auf und als ich sehe, was dahinter ist, bleibt mir kurz die Luft weg.

Ich presche vor, stürze auf die Knie und wage es doch nicht, ihn zu berühren. Vor mir auf dem modrigen, kalten Kellerboden liegt Ezra und sie haben ihm wirklich übel mitgespielt. Überall ist Blut. Ich kann kaum ausmachen, welche Verletzungen er hat. Ich weiß nur, dass er sie vermutlich nicht überleben wird. Sein Atem rasselt. Seine Brust hebt sich stockend.

»Warum ist er hier?« Ich starre Bekka an und greife nun doch nach Ezras Hand.

Sie wirkt vollkommen überfordert und schüttelt den Kopf. »Ich ... ich hatte etwas vergessen. Ich bin heute früh zurückgekommen, um es zu holen, und da habe ich beobachtet, wie sie ihn hier runtergebracht haben. Ich wollte ihm helfen, aber er hat darauf beharrt, dass ich dich finden und fortbringen müsste.«

»Und stattdessen bringst du sie her?« Ezra schlägt irgendwie eines der bereits zugeschwollenen Augen auf und ich schluchze leise, will ihm eigentlich um den Hals fallen und wage es doch kaum, seine Hand etwas fester zu drücken.

»Sie wollte nicht gehen!«, erklärt Bekka hastig, um sich zu verteidigen.

»Sie haben Quinn. Sie werden ihn töten«, werfe ich aufgebracht ein und Ezra verzieht das Gesicht.

»Du ... du musst dich in Sicherheit ...«

»Ich gehe nicht ohne ihn!«, donnere ich und es tut mir sofort leid, als er leicht zusammenzuckt. »Ich kann nicht, Ezra.«

Er hustet und der Schmerz steht ihm deutlich ins Gesicht geschrieben. »Es ist Selbstmord, ihn retten zu wollen.«

»Das ist mir egal.«

Ein sanftes Lächeln umspielt seine Lippen, als er mich nun kopfschüttelnd ansieht und meine Hand leicht drückt. »Du hast so viel von deiner Mutter.« Er atmet angestrengt und röchelt leise, bevor er entschlossen nickt. »Bekka, hör mir zu. Bring sie zu dem Zimmer, in dem sie ihn festhalten. Wenn der Alarm losgeht, werden sie wahrscheinlich verschwinden. Für den Fall, dass ein oder zwei zurückbleiben, musst du sie ausschalten. Du bist kampferfahren und sie rechnen nicht mit dir. Schaffst du das?«

Bekka nickt, wirkt allerdings nicht besonders überzeugt.

»Welcher Alarm?«, frage ich und Ezra schließt erschöpft die Augen.

»Um den kümmere ich mich, keine Sorge«, flüstert Ezra leise.

»Wenn er noch lebt, hör mir zu, Emma, das ist wichtig!«, ermahnt er mich und ich nicke schnell. »Er trägt ein kleines Gerät in sich, durch das sie ihn finden und töten können. Du musst es entfernen, bevor ihr flieht.«

Ich denke, ich weiß, was er meint. »Wie?«

Er hustet abermals. Dieses Mal länger und so intensiv, dass ich fürchte, er könnte hier und jetzt sterben. Doch er fängt sich und sinkt angestrengt zurück.

»Du musst ... es freilegen. Es ist ... auf der linken Seite unter dem Rippenbogen. Schneide direkt über dem Gerät in die Haut, sodass du es ... es gut sehen kannst. Von dem Ding gehen feine Drähte überall hin. Wenn du es einfach herausziehst, stirbt er.«

»Wie krieg ich es denn raus?«

»Leg deinen Finger vorsichtig auf die Rückseite. Dort ... ertastest du eine kleine Mulde mit einer Spitze. Drück ... drück deinen Finger drauf. Es wird ein bisschen wehtun ... aber du darfst den Finger erst ... zurückziehen, wenn genug deines Blutes im Gerät ist.«

Ich schlucke und nicke.

»Die Drähte ziehen sich zurück und du kannst es entfernen. Im besten Fall kann er sich jetzt verwandeln und euch in Sicherheit bringen.«

»Was ist mir dir? Und mit Bekka?«

»Bekka kann über das Dach fliehen.«

Ich blinzle und Tränen schnüren mir die Kehle zu. »Ezra, was ... was ist mit ...«

»Geht schon! Jetzt!«

»Ezra ...« Meine Stimme bricht, als Bekka mich packt und fortzieht. Wie betäubt taumle ich hinter ihr her und kann kaum einen klaren Gedanken fassen. Ezra wird sterben. Noch heute. Vielleicht sogar in wenigen Augenblicken.

Mein Atem klingt laut in meinen Ohren und die Flure der Schule ziehen wie in Zeitlupe an mir vorbei.

Ich stehe neben mir. Ich kann nicht denken, bekomme keine Ordnung in meinen Kopf, keine Struktur. Ich stolpere nur hinter Bekka her und in meinem Kopf jagt eine angsteinflößende Vorahnung die nächste. Ezra wird sterben. Er wird sterben, damit ich fliehen kann. Nein, nicht nur ich, sondern auch Bekka und Quinn. Diese Typen werden ihn einfach töten, so wie sie Quinn töten wollten. So wie sie ... Mein Magen krampft sich plötzlich zusammen und strahlt als kleiner, fester Ball eine gnadenlose Angst in alle meine Körperteile aus. *Was, wenn sie das bereits getan haben? Was, wenn ich zu spät komme und er bereits tot ist?*

Mir wird übel und meine Finger zittern. Ich habe Mühe, zu atmen. Das hier ist nicht das, was ich wollte. Ich habe von Krieg gesprochen, von dem Mut, für eine Sache zu kämpfen, an die man glaubt. Ich habe gesagt, ich sei bereit, dafür zu sterben, so wie meine Mutter. Die Wahrheit, der ich mich jetzt stellen muss, ist bitter und kalt: Ich bin nicht wie sie. Auch wenn ich es gern wäre. Sie war eine Kriegerin. Sie hat ihre Angst überwunden. Sie war mutig, zielgerichtet, stark. Und all das bin ich nicht. Mein Magen rebelliert allein bei der Vorstellung eines offenen Kampfes und ich habe Angst. Ich habe furchtbare Angst. Um Bekka. Um mich. Um Quinn. Vor allem um Quinn. Ich weiß nicht, ob ich den Anblick ertragen kann, der sich mir bieten könnte. Quinn leblos. Und auch das nur meinetwegen.

Der Drang, zu weinen, schnürt mir abermals die Kehle zu, doch ich gebe ihm nicht nach, schlucke schwer und atme flach und gepresst, bis er nachlässt. Ich muss mich konzentrieren. Für mich. Für Bekka. Und mit etwas Glück auch für Quinn.

Kopf hoch, er lebt, lauf weiter. Er lebt! Er lebt noch! Er muss einfach!

Wie ein Mantra wiederhole ich diese Worte, doch ich glaube sie nicht. Sie erreichen nicht den Punkt in mir, der bereits davon überzeugt ist, dass unser aller Leben heute ein Ende finden wird. Ich war so dumm. So naiv. Ich habe angenommen, meine Vorstellungen von Gerechtigkeit und Moral hätten auch hier Gültigkeit. Ich habe angenommen, dass Ezra übertreibt und niemand aufgrund seiner Andersartigkeit ohne Weiteres umgebracht werden würde. Obwohl ich weiß, was meiner Mutter vor wenigen Jahren widerfahren ist. Ich habe es gewusst. Ich habe all das gewusst und keine ihrer Warnungen ernst genommen. Das ist meine Strafe! Und meine Schuld.

Mein Herz flattert und das Atmen wird noch ein wenig schwerer. Ich muss stark sein. Doch meine Hände zittern bald stärker und in meinem Kopf dreht sich alles. Meine Knie geben nach, sodass ich mich Halt suchend an der Wand neben mir festklammere. Bekka kehrt um, stellt sich vor mich und schaut mir eindringlich in die Augen.

»Dafür ist keine Zeit, Emma.«

Ich weiß. Ich weiß, dass wir keine Zeit haben und ich stark sein muss. Also balle ich die Hände zu Fäusten, schließe die Augen und atme dreimal tief durch. Als ich sie wieder öffne, geht es mir etwas besser. Ich begegne Bekkas fragendem Blick mit einem Nicken und wir setzen unseren Weg fort. Hinauf. Durch dunkle Flure auf den Abgrund zu.

Neunundzwanzig

Kurz bevor wir Quinns Zimmer erreichen, stelle ich – träge, erschöpft und kaum noch ich selbst – fest, dass wir gar keinen Plan haben und ich nicht weiß, was ich tun soll. Doch Bekka drängt mich ohne Vorwarnung in einen kleinen, verstaubten Raum und zieht die Tür leise hinter sich ins Schloss.

Sie ist das ganze Gegenteil von mir und ich bin verdammt froh, dass sie bei mir ist. Bekka scheint routiniert, konzentriert, kühl. Sie ist offensichtlich das, was sie aus ihr gemacht haben. Eine Kämpferin.

Deshalb staune ich nicht schlecht, als sie, kaum dass die Tür geschlossen ist, nun doch Anzeichen von Anspannung zeigt. Auch ihre Finger zittern und sie ist blass. Mit zusammengepressten Lippen lehnt sie die Stirn an die Tür und atmet mehrere Male tief durch. Uns beiden ist klar, dass nur ein einziger Fehler ausreicht, um diesen Tag nicht zu überleben.

Ich lasse mich gegen die Wand sinken, lege den Kopf in den Nacken und starre die Decke an. Kalter Schweiß rinnt meinen Rücken hinab und das Shirt klebt an mir, meine Knie zittern unkontrolliert und machen es schwer, überhaupt auf den Beinen zu bleiben.

»Hast du Angst?«, frage ich leise und höre sie verhalten schnaufen.

»Natürlich habe ich Angst.« Sie wendet sich um und lehnt sich mit dem Rücken an die Tür. »Und es ist okay, Angst zu haben. Mutig ist nur der, der seine Angst überwindet. Das hat Ezra immer gesagt.«

Sie lächelt wehmütig und wir teilen vermutlich denselben Gedanken.

»Was machen wir jetzt?« Die alles entscheidende Frage, die mein Inneres nach außen kehrt, weil ich nicht an das denken will, was uns erwartet, sobald wir diesen kleinen Raum verlassen werden. Bekka verschränkt die Arme vor der Brust und schaut mich an.

»Wir warten«, murrt sie kühl und macht es sich anschließend auf dem Boden vor der Tür bequem. Während ich förmlich zerberste vor Anspannung, wirkt sie nach dem kurzen Moment der Schwäche wieder vollkommen ruhig. Mir ist natürlich bewusst, dass ihr nicht viel an mir oder Quinn liegt. Dennoch setzt sie gerade ihr Leben aufs Spiel. Nicht für mich. Und schon gar nicht für Quinn, nein, ihre Loyalität gilt allein Ezra und sie ist bereit, für seinen letzten Wunsch ihr eigenes Leben zu opfern.

»Und worauf?«

Sie antwortet nicht. Sie beachtet mich nicht einmal und für einen Moment denke ich, sie hätte meine Frage gar nicht gehört, doch in eben diesem Moment geht der Feueralarm los und ein kleines Lächeln gleitet für den Bruchteil einer Sekunde über ihr Gesicht. »Darauf.«

Wenige Augenblicke später wird unweit von uns eine Tür aufgerissen und polternde Schritte hallen über den Flur. Wir richten uns vorsichtig auf und lauschen konzentriert.

»Was zur Hölle ...?« Das ist Clay, mit ziemlicher Sicherheit. »Sagtest du nicht, wir wären allein?«, bellt er aufgebracht und unweigerlich balle ich die Hände zu Fäusten und muss meine Rachegedanken zügeln. Es wäre keine gute Idee, wutentbrannt auf ihn loszugehen. Ganz davon abgesehen, dass ich wahrscheinlich keine Chance gegen ihn hätte.

»Sind wir«, antwortet eine verschreckte Stimme. Sie ist so nah, dass der Besitzer sicher nur wenige Schritte von uns entfernt steht. »Die Schüler sind alle schon gestern abgereist«, ergänzt er leiser und Clay brummt unzufrieden.

»Und die Türen sind verschlossen?«

»Natürlich!«

Was? Mein Nacken prickelt und ich schaue hinüber zu Bekka. Die Tür ist verschlossen? Sagte sie nicht ...?

»Geh nachsehen!«

»Aber ...«

»Ich sagte, geh nachsehen, verdammt! Und schalte den verfluchten Lärm ab!«

Schritte entfernen sich schnell und leises Gemurmel bleibt zurück, das ich nicht verstehen kann, während meine Aufmerksamkeit weiterhin auf Bekka geheftet ist. Wie ist sie reingekommen, wenn die Tür seit gestern Abend verschlossen ist? Sie sagte doch, sie hätte etwas vergessen und sei deshalb zurückgekommen?

Ehe ich weiter darüber nachdenken kann, dringen Schreie an mein Ohr. Erst unverständlich, kommen sie rasch näher.

»Die Eingangstür brennt!«, keucht die Stimme und ich höre Clay fluchen. »Ezra!«

Ein kehliges, aufgebrachtes Knurren, eine Mischung aus Frust und Ungeduld, hallt durch den Flur und lässt mich zusammenfahren.

»Nathaniel, du bleibst hier und hast ein Auge auf den Bastard. Alle anderen kommen mit. Na, macht schon!«

Wieder schwere Schritte, die plötzlich verstummen.

»Mike! Du siehst nach der Kleinen! Jetzt sofort.«

Ich knurre leise. Verdammt!

»Die Tür ist verschlossen. Die kommt da nicht raus.«

»Ich sagte, sieh nach, zur Hölle!«

Bekka ballt ihre Hände zu Fäusten und denkt dasselbe wie ich. Unser Zeitfenster ist soeben erheblich geschrumpft. Wenn auffällt, dass ich nicht mehr in dem Zimmer eingeschlossen bin, wird Clay eins und eins zusammenzählen und wissen, wo er nach mir suchen muss. Die Uhr tickt.

Bekka richtet sich auf, die Hand am Knauf und die Augen konzentriert auf den Boden geheftet. Sie lauscht, ebenso wie ich, auf das Verklingen der Schritte und schiebt dann vorsichtig und geräuschlos die Tür auf.

»Warte hier«, flüstert sie. Ich nicke und beobachte angespannt, wie sie unser Versteck verlässt. Es vergehen kostbare, nervenaufreibende Sekunden, doch kein Ton dringt zu mir vor. Gerade als ich die Geduld verliere und rausstürmen will, taucht sie an der Tür auf und packt mich am Handgelenk.

Rücksichtslos zieht sie mich hinter sich her bis direkt in das Zimmer hinein und sofort steigt mir der durchdringende Geruch von Blut in die Nase, der den Raum erfüllt. Ich hebe den Arm vor meine Nase und sehe mich um. Das Erste, was ich entdecke, ist ein zusammengekrümmter, regloser Körper gleich hinter der Tür. Mein Herz setzt einen Schlag aus und meine Kehle ist eng, als mein Blick über ihn hinweg wandert und ich erleichtert feststelle, dass das da nicht Quinn ist, sondern Nathaniel. Ich habe keine Ahnung, ob er einfach nur bewusstlos ist oder tot, und ich habe nicht vor, es herauszufinden. Bekka zieht mich weiter und meine Augen gleiten fassungslos über das ganze Ausmaß der Katastrophe hinweg.

Blut. Es ist überall. Auf dem Boden, an der Decke, auf dem Bett, an den Wänden. In der Summe vielleicht nicht viel, doch es zeigt deutlich das Ausmaß dessen, was in meiner Abwesenheit passiert ist. Ich stehe wie gelähmt inmitten dieser unwirklichen Umgebung und erkenne das Zimmer kaum wieder, das ich gestern Abend betreten habe.

Nur mit Mühe kann ich meine Beine davon überzeugen, weiterzugehen. Bekka sagt nichts. Sie steht da, die Arme verschränkt und deutlich angespannt. Ihr eigentlich so schöner Mund ist zu einer schmalen Linie verzogen und jeder Muskel scheint angespannt.

Es ist schlimm, denke ich und setze viel zu langsam noch einen Schritt nach vorn. Als ich nun den Blick zur Seite wende, sehe ich ihn und meine mühsam aufrechterhaltene Fassade bricht zusammen. Ich schlage die Hände vor den Mund und unterdrücke ein Schluchzen. Das Häufchen vor mir hat erschreckend wenig Ähnlichkeit mit Quinn. Er liegt blutüberströmt vor mir und auf den ersten Blick kann ich keinerlei Lebenszeichen mehr entdecken. Da sind nur Blut und verdrehte Gliedmaßen und Hass. So viel Hass. Ich schluchze und habe das Gefühl, zu ersticken.

Abermals ist es Bekka, die Stärke zeigt. Sie tritt neben mich, zieht mich ohne viel Federlesen auf die Beine und packt mich bei den Schultern.

»Hör mir zu!«, flüstert sie eindringlich. »In wenigen Minuten sind sie zurück und wenn sie uns dann hier finden, sind wir so gut wie tot. Wir müssen hier weg.«

»Aber ... er ist ...«, schluchze ich und bin kurz davor, auf den Boden zu sacken.

»Er ist so gut wie tot.«

Moment, was? Ich schaue zu ihm hinüber, sehe genauer hin und erst jetzt, mit der nötigen Ruhe, erkenne ich das schwache Heben und Senken seiner Brust. Doch während ich ihn beobachte, verliert Bekka langsam ihre Geduld.

»Er wird sich nicht verwandeln können.« Ihr Tonfall ist sachlich und als ich zu ihm will, hält sie mich zurück. »Wir müssen ihn zurücklassen, Emma.«

Meine Augen weiten sich bei ihren Worten und ich starre sie verständnislos an. Kopfschüttelnd und sicher, mich verhört zu haben.

»Begreifst du nicht? Er wird ohnehin nicht überleben. Du aber schon. Lass mich dich hier wegbringen und ...«

»Ohne ihn gehe ich nirgendwo hin!«

»Sieh ihn dir an!«, zischt sie und deutet mit dem Finger auf seine übel zugerichtete Gestalt. »Es wäre humaner, ihn einfach ...«

»WAG ES NICHT!«, unterbreche ich sie und meine Worte klingen so bedrohlich, dass ich selbst ein wenig erschrecke. »Niemand legt Hand an ihn. Wir gehen mit ihm oder gar nicht. Wenn du uns nicht helfen willst, bitte. Aber ich mache ohne ihn keinen Schritt aus diesem Zimmer.«

Bekka presst abermals die Lippen zusammen, nickt schulterzuckend, zückt ein Messer und drückt es mir wortlos in die Hand. »Dann bitte, raus mit dem Mistding und dann weg hier. Beeil dich!«

Ich brauche einen Moment, ehe ich begreife, was sie mit »Mistding« meint, doch dann fällt mir das Gespräch mit Ezra wieder ein. Ich nehme das Messer entgegen und gehe neben ihm auf die Knie. Während ich leise mit ihm rede, ihm sage, dass alles gut werden wird, drehe ich ihn vorsichtig auf die Seite. Sein angsterfülltes Stöhnen, als ich ihn berühre, lässt mich zurückzucken. Tränen nehmen mir die Sicht.

»Emma!«, drängt Bekka von der Seite, während sie die Treppe im Blick behält, und ich nicke angestrengt, entschuldige mich bei Quinn für den erneuten Schmerz und hole tief Luft.

Ich taste unterhalb des Rippenbogens nach dem Gerät, von dem Ezra gesprochen hat, und setze einen kleinen, präzisen Schnitt direkt darüber. Blankes Metall kommt zum Vorschein und noch mehr Blut rinnt auf den

Boden. Quinn stöhnt leise und versucht sich fortzudrehen. Ich brauche Kraft, um ihn festzuhalten, und noch weit mehr Kraft, um zu tun, was getan werden muss. *Ich rette sein Leben*, sage ich mir. Und trotzdem ist es schwer, seine Angst zu ignorieren. Leise und verhalten schluchzend schiebe ich meinen Finger vorsichtig auf die Hinterseite des kleinen, runden Plättchens. Ich ertaste die Vertiefung und drücke meine Fingerkuppe fest hinein. Ein stechender Schmerz schießt bis hinauf in meine Schulter, doch ich bewege mich nicht von der Stelle.

Nach einer gefühlten Ewigkeit, die ich mit einem Ohr bei der Treppe verbringe, deutet ein Knirschen an, dass sich etwas tut. Feine Drähtchen blitzen auf und verschwinden nach und nach in dem winzigen Gerät. Von einer Sekunde auf die andere ist es nicht mehr wie mit Quinns Körper verwachsen, sondern liegt leicht und unschuldig in meiner Hand. Ich starre es wortlos an, drehe es herum und zucke zusammen, als Bekka es mir aus der Hand reißt, auf den Boden wirft und mit einem gezielten Tritt zerstört.

Sie steht auf, atmet tief durch und ihre Augen sind auf Quinn geheftet.

»Ich kann euch nicht beide von hier wegbringen«, flüstert sie eindringlich und macht einen Schritt von Quinn weg.

»Du bringst ihn weg. Ich kann allein fliehen.«

»Du bist nicht schnell genug. Sie werden dich finden und töten.«

»Du bringst ihn weg, Bekka.« Ein leiser Zweifel regt sich in mir, begleitet von Quinns Warnung, niemandem zu vertrauen. Aber ich habe keine andere Wahl. Ich kann mich nicht verwandeln. Ohne Bekkas Hilfe bekomme ich ihn nicht einmal aus diesem Zimmer heraus. »Bitte, Bekka, bring uns auf das Dach. Von dort aus kann ich springen. Ich schaffe es allein. Er nicht.«

Sie wendet den Blick ab und scheint äußerst unzufrieden mit meinem Wunsch. Dennoch hebt sie schließlich den Kopf, ihre Augen blitzen entschlossen auf und wenige Sekunden später ist das Zimmer in dasselbe gleißende Licht getaucht wie damals bei Ezras Verwandlung. Einen Herzschlag später steht eine verwandelte Bekka vor mir. Riesig groß und offenbar wild entschlossen.

»Weg hier.« Ihre Stimme klingt verzerrt, aber bekannt. Ich nicke ehrfürchtig und beobachte besorgt, wie sie Quinn vom Boden hochhebt. Natürlich geht sie dabei nicht mit der Sorgfalt zu Werke, die ich mir gewünscht hätte. Quinn stößt einen Laut aus, der entfernt an ein Wimmern erinnert, aber so viel mehr Verzweiflung ausdrückt, dass mir schlecht wird. Mein Herz krampft sich zusammen bei seinem Anblick, doch Bekka nimmt darauf keine Rücksicht und marschiert los. Sie schaut nicht zurück. Wenn ich leben will, muss ich mithalten.

***

Nach wenigen Minuten und etlichen Stufen, die Bekka trotz ihrer Last mit spielender Leichtigkeit nimmt, erreichen wir das Dach und fahler Sonnenschein fällt auf mein Gesicht. Wie um diesen absolut grauenhaften Tag auch noch zu verspotten, herrscht hier oben eine geradezu unnatürliche Friedlichkeit. Thiernan liegt idyllisch, fast verträumt zu meinen Füßen. Die Vögel zwitschern und leichter Nebel hängt zwischen den Häusern, eingetaucht in die malerischen Farben des anbrechenden Tages.

»Verriegle die Tür hinter dir!«, bellt Bekka und ich komme ihrer Aufforderung hektisch nach. Erst als ich den Riegel vorschiebe, fällt mir all das Blut auf. Ich schaue an mir herab und entdecke es an meinen Fingern und auf meiner Kleidung. Ein Teil ist von mir, ein Teil von Ezra, das meiste von Quinn.

Ich drehe mich um und meine Brust schmerzt entsetzlich. Bekka hat seinen reglosen Körper inzwischen am Rand des Daches abgelegt und sich ein Stück von ihm entfernt. Ihr Atem bildet weiße Wölkchen in der kühlen Morgenluft.

Wir müssen uns schleunigst überlegen, was wir tun, einen Ort ausmachen, an dem wir uns treffen. Es muss ein Ort sein, zu dem ich fliehen und zu dem Bekka Quinn bringen kann. Einer, an dem ich Hilfe für ihn finden kann. Doch wo ist ein solcher Ort? Ich bin eine Celesta. Noch. In wenigen Minuten werde ich allerdings eine überall gesuchte Verräterin sein. Und er bleibt, was er immer war. Eine Kreatur, der kein Celesta freiwillig helfen würde. Wer würde uns schon einen sicheren Unterschlupf geben?

Ich stehe da, auf dem Dach der Schule, die für mich irgendwie eine kleine Heimat geworden ist, und stelle fest, dass ich keine Ahnung habe, was ich jetzt tun und wohin ich gehen soll. Mein Wissen über meine eigene Art ist schon äußerst spärlich, aber über seine weiß ich rein gar nichts. Wir haben keine Verbündeten, keine Zuflucht, keinen Arzt, der ihn behandeln, und kein Krankenhaus, das ihn aufnehmen würde.

Ich sehe zu ihm hinüber und die Verzweiflung, die sich in mir breitmacht, ist so umfassend, dass ich nicht denken kann.

Bekka kommt auf mich zu und ich weiß, was sie fragen wird, noch bevor sie mich erreicht hat. »Wohin soll ich ihn bringen?«

Ich öffne den Mund, doch ich kann nichts sagen. Wir haben es bis aufs Dach geschafft, aber hier endet alles. Es wäre an ihm, zu entscheiden, was wir jetzt tun. Er hat das Wissen. Und er hätte vielleicht Verbündete. Er hätte vielleicht die Zuflucht, die wir nun so dringend brauchen.

Mit brennenden Augen wende ich mich von Bekka ab und gehe langsam zu ihm hinüber.

Ich höre Bekka, die mich noch einmal ermahnt, dass wir keine Zeit haben. Als ob ich das nicht selbst wüsste. Mit weichen Knien lasse ich mich neben Quinn nieder und streiche über seine Wange.

Ich erkenne sein Gesicht kaum wieder. Seine Augen sind so zugeschwollen, dass er sie nicht mehr öffnen könnte, auch wenn er wollte. Seine Lippen sind aufgesprungen und Blutkrusten verdecken etliche Schnitt- und Platzwunden. Ich will ihn berühren, doch ich habe Angst, ihm dadurch nur noch mehr Schmerzen zuzufügen.

»Quinn …«, flüstere ich und meine Stimme bricht. »Hörst du mich?« Keine Reaktion. Nicht einmal das kleinste Zucken. »Bitte. Ich brauch dich jetzt.« Eine Träne rinnt über meine Wange und ich schluchze leise. »Wir haben es geschafft, hörst du? Wir sind ihnen entkommen. Du bist in Sicherheit. Ich bin bei dir.« Ganz zart lasse ich meine Finger über seine Schläfe gleiten und er zuckt sofort zusammen. Ich ziehe sie zurück und blinzle mehrmals. »Quinn, bitte. Du musst mir sagen, wohin wir gehen können.« Ich nehme seine Hand und drücke ganz leicht, aus Angst, auch hier könnte etwas Schaden genommen haben.

»Sie kommen!«, ruft Bekka plötzlich und mein Herz stockt, um dann mit doppelter Intensität weiterzuschlagen.

Ich rüttle ihn sanft, aber bestimmt und Verzweiflung schleicht sich in meine Stimme. »Bitte. Bitte, Quinn, du musst mir sagen, wohin wir gehen können.« Panik. Ich verfalle in Panik. Wir haben keine Zeit mehr. Diese Tür wird sie kaum mehr als ein paar Minuten aufhalten. »Quinn!« Ich brülle ihn an und bin wesentlich weniger vorsichtig, doch außer einem leichten Stöhnen erhalte ich keine Reaktion. Er ist zu weit weg. Viel zu weit weg.

Ich stehe auf und laufe zu Bekka hinüber. »Weißt du, wohin du ihn bringen könntest?«

»Machst du Witze? Du weißt nicht, wo ihr hinkönnt?«

»Nein! Ich habe keine Ahnung! Irgendwo, wo man uns nicht umbringen will!«

»In ein paar Stunden will euch jeder umbringen, verdammt!«

Sie haben nun die Tür erreicht und beginnen sie zu bearbeiten.

»Völlig egal, wohin. Wir müssen hier erst mal weg.«

Bekkas Blick huscht zu Quinn und ich weiß, was sie denkt. Er wird eine Flucht kaum überleben. Und sie würde lieber ihn zurücklassen als mich.

»Ich begleite dich. Ich kann mithalten. Ich bin schnell«, sage ich hektisch.

»Nicht schnell genug.«

Meine Kehle brennt. »Ich lasse ihn nicht zurück!«, brülle ich sie an und balle die Hände zu Fäusten.

»Dann sterbt ihr beide. Er braucht Hilfe, Emma. Und ohne die ...«

Ich nicke. Sie hat recht. Er braucht Hilfe. Und die bekommt er nicht, denn ich habe nicht die geringste Ahnung ...

Der Gedanke durchzuckt mich wie ein Blitz und ich richte mich kerzengerade auf. Bekka betrachtet mich aufmerksam, die Augen zu kleinen Schlitzen zusammengezogen.

»Was?«

»Ich weiß, wohin wir können. Ich weiß, wo er Hilfe bekommt.«

Ich setze mich in Bewegung. Zielstrebig auf ihn zu und Bekka schließt verwirrt auf.

»Wo?«

»In der Nähe des Centers. Ich kenne dort jemanden.«

Will. Ich kenne Will. Will ist Sanitäter und ich will verflucht sein, wenn er mich fortschickt.

»Moment. Jemanden? Einen Menschen?«

Meine fehlende Antwort ist Antwort genug und Bekka schüttelt den Kopf.

»Das kannst du nicht machen. Das ist gegen jede Regel. Er könnte ...«

»Es gibt jetzt keine Regeln mehr. Wir müssen hier weg und das ist die einzige Möglichkeit!«

Widerwillig nickt sie und da wir uns nun endlich einig sind, beschleunigen wir unsere Schritte und haben Quinn beinahe erreicht, als das Krachen der berstenden Tür die morgendliche Idylle zerfetzt.

Nur einen Herzschlag später ertönt der erste Schuss und eine Kugel zerteilt wenige Zentimeter neben mir die Luft. Ich höre erst das Zischen, dann die Schreie, erfasse jedoch ihre Bedeutung nicht. Alles passiert so schnell, dass ich kaum folgen kann. Ich stehe im Auge des Sturms und sehe zu, wie die Welt um mich herum im Chaos versinkt.

Bekka dreht sich um und rennt brüllend auf Clay und seine Männer zu. Sie schießen auf sie, treffen sie sogar, doch das hält sie nicht davon ab, weiterzurennen und einen der Männer zu packen, zu entwaffnen und wie eine Puppe zur Seite zu werfen – in Clays Richtung, der zur Seite ausweichen muss. Die Waffe wirft sie mir zu und ich fische sie direkt aus der Luft, sprinte zu Quinn, werfe mich über ihn und bin bereit, sein bisschen Leben mit allem zu verteidigen, was ich noch habe.

Doch plötzlich verdunkelt sich der Himmel und als ich den Blick hebe, kann ich kaum glauben, was ich sehe.

Dreißig

Ich denke zuerst an einen Vogel, ehe ich registriere, welche Ausmaße die Kreatur hat, die genau jetzt neben uns auf dem Dach landet.

Vollkommen erstarrt verharre ich über Quinns Körper und kann die Augen nicht von dem Wesen abwenden – einer bizarren Mischung aus Drache, Raubkatze und der Darstellung eines Wasserspeiers, die ich einmal gesehen habe. Es wirkt animalischer als die Celesta. Ursprünglicher. Dieses Wesen erinnert viel weniger an einen Menschen als sie. Während ich bei Liam und Ezra dennoch erkennen konnte, wen ich vor mir habe, kann ich das bei diesem Wesen nicht, denn es hat das Gesicht einer Raubkatze, wilde Fänge und angriffslustige Augen. Es bewegt sich geschmeidig, wendig und unglaublich schnell auf vier mächtigen Pranken vorwärts. Die Federn, die seine Flügel und einen Teil des Rückens bedecken, glänzen nachtschwarz mit einem zarten grauen Schleier. Wie Asche. Cinder ...

Der Gedanke ist so klar wie die Sonne, die sich nun langsam gegen den Nebel durchsetzt. *Das sind Quinns Leute. Cinder, echte Cinder!*

Noch einer landet auf dem Dach und noch einer und ein weiterer. Ich zähle inzwischen vier und mittlerweile scheint sich der erste Schock über ihr Auftauchen gelegt zu haben. Clay und seine Männer sind aus ihrer Schockstarre erwacht und richten das Feuer auf sie.

Drei von ihnen gehen zum Angriff über. Sie sind schnell und weichen den Geschossen scheinbar mühelos aus. Der Vierte, noch immer direkt neben uns, wendet sich mir zu und schwarze Augen funkeln mich an, bevor er das riesige Maul aufreißt und ein Brüllen ausstößt, das mir durch Mark und Bein geht. Er nähert sich uns bis auf wenige Zentimeter und es ist einzig und allein die Sorge um Quinn, die mich davon abhält, einfach wegzulaufen. Ich lehne mich über ihn, versuche meinen keuchenden Atem unter Kontrolle zu halten und erwidere den zermürbenden, angsteinflößenden Blick. Endlich weicht der Cinder zurück.

»Ich bringe ihn in Sicherheit«, raunt er in kaum verständlichen Worten und neigt den Kopf in Quinns Richtung. Nur widerwillig gebe ich ihn frei. Der Cinder schließt seine Pranken beeindruckend vorsichtig um Quinns Oberarme und erhebt sich mit ihm so schwungvoll in die Luft, dass ich erschrocken zurückweiche.

Im nächsten Augenblick sacke ich zusammen, als hätte mir jemand den Boden unter den Füßen weggerissen. Dann erst folgt die Überraschung über meine plötzliche Schwäche und mit ihr zusammen der Schmerz der Kugel, die mich gerade getroffen hat. Ich umfasse mein pulsierendes Bein und starre auf den sich rasant ausbreitenden Blutfleck. Als ich blinzelnd versuche herauszufinden, wer auf mich geschossen hat, versperrt mir einer der Cinder die Sicht, kommt rasend schnell auf mich zu, hebt kurz vor mir ab, packt mich, wie der andere zuvor Quinn gepackt hat, und dann werde ich fortgerissen. Ich kreische, verliere den Boden unter den Füßen, strample und kralle mich fest, um nicht zu fallen.

Clay und seine Männer bleiben zurück. Sie und Bekka. Vergessen ist meine Angst, in die Tiefe zu stürzen. Hilflos sehe ich zu, wie die anderen Cinder den Kugeln ausweichen, die Clay noch immer auf sie abfeuert. Ich sehe zu, wie sie den Rand des Daches erreichen und sich, getragen von mächtigen Flügeln in die gähnende Leere zwischen den Häusern stürzen, um zu uns aufzuschließen. Ich sehe zu, wie sich Bekka, von Kugeln getroffen aufrafft, um ebenfalls zu fliehen. Ich brülle ihr entgegen, sich gefälligst zu beeilen, obwohl ich weiß, dass sie mich nicht hört und dass es eigentlich keinen Sinn hat. Sie läuft. Während Clay und die anderen uns wutschnaubend nachsehen, schleppt sie sich ungesehen zum Rand des Daches und ich flehe um ihr Leben. Mein Herzschlag rast, während die Szene unter mir rasant kleiner wird. Sie ist zu schwach, denke ich. Ihre einzige Chance bleibt der Sprung vom Dach. Sie muss einfach nur den Rand erreichen. In meinen Ohren rauscht das Blut und ich ertrage kaum den Moment, in dem Clay sich wutentbrannt von uns abwendet – und sein Blick auf Bekka fällt. Er hebt seine Waffe, zielt. Ich höre mich schreien und dann ... verstumme ich, mein Herz stolpert und mehrere Schüsse zerteilen die morgendliche Stille.

Einunddreißig

Ich bin leer. Vollkommen leer. Ich starre auf die Szene unter mir, starre auf die kleinen Pünktchen, zu denen Clay und die anderen inzwischen zusammengeschrumpft sind. Einige der Pünktchen entfernen sich und eines, ein einziges, bleibt liegen. Am Rand des Daches. Regungslos.

Bekka ist tot. Das Mädchen, das mir geholfen hat. Das Mädchen, das mich beschützt hat und in einer anderen Welt vielleicht meine Freundin gewesen wäre. Sie ist tot, weil sie mich beschützt hat, mir geholfen hat. Der Schock über das, was ich eben mit angesehen habe, sitzt so tief, dass ich weder denken noch weinen kann. Bekka ist tot. Ezra wahrscheinlich auch.

Liam hat eindrucksvoll gezeigt, wozu er in der Lage ist, und das ohne sich selbst die Finger schmutzig zu machen. Er hat erreicht, was er erreichen wollte. Zumindest beinahe.

Seit heute ist er der Anführer der Celesta und ich bin mir sicher, dass unsere Flucht nur ein winziger Teilerfolg für uns ist. Er wird nicht aufhören nach uns zu suchen. Er wird nicht aufhören, ganz egal, was es kostet. Wie viel Geld. Wie viele Leben. Wie viele Tränen.

***

Ich pralle hart auf den Boden und bemerke erst beim Aufschlag, dass ich geschlafen habe. Ein gleißender Schmerz jagt durch meinen Rücken, meine Hüfte und mein Handgelenk. Erst nach ein paar kostbaren Augenblicken komme ich zu mir und kann mich aufrappeln. Mein Bein schmerzt entsetzlich und meine Wahrnehmung ist verschwommen. Beim Versuch, mich aufzurappeln, schwanke ich bedrohlich, kneife die Augen zusammen und blinzle in die gleißende Helligkeit hinein. Ich erkenne schemenhaft die Umrisse eines Mannes, neige den Kopf zur Seite, blinzle erneut und starre dann, ein wenig klarer, mitten hinein in das dunkle, schwarze Loch eines Gewehrlaufs. Nach Luft schnappend weiche ich zurück und hebe die Arme.

Der Mann, dem die Waffe gehört und dessen Umrisse nun auch deutlicher werden, steht ein paar Schritte von mir entfernt auf einer idyllischen grünen Wiese, vor einem beißend blauen Himmel. Er ist in einen derben, dunklen Mantel gehüllt. Dicke, schwarze, von ein paar leicht ergrauten Strähnen durchzogene Haare verdecken eine Hälfte seines Gesichts und hängen in unordentlichen Strähnen bis auf seine Schulter herab. Das Auge, das ich sehen kann, ist giftgrün und verfolgt argwöhnisch jede meiner Bewegungen.

»Was denn? Ihr rettet mich, um mich zu erschießen?«, frage ich schnippisch, aber dennoch mit der nötigen Portion Respekt und vermeide alles, was als bedrohliche Geste empfunden werden könnte.

»Du bist eine von ihnen.« Seine Stimme ist tief und rau, jedoch ohne jeden Ausdruck. Eine simple Feststellung. Ich würde ihm gern widersprechen, denn ab heute bin ich vieles – nur keine mehr von ihnen. Trotzdem nicke ich.

»Warum habt ihr mich mitgenommen?«

Er ignoriert meine Frage und studiert mich stattdessen eingehend. »Warum hast du dich nicht verwandelt?«

Vorsichtig zucke ich mit den Schultern. »Weil ich es nicht kann.«

Er beäugt mich einen Moment misstrauisch, dann lässt er seine Waffe sinken und feuert auf halber Höhe und ohne Vorwarnung eine Kugel auf mich ab. Diese streift meinen Oberschenkel und reißt eine schmerzhafte Fleischwunde ziemlich genau auf der Höhe in mein Bein, auf der mich bereits die Kugel auf dem Dach getroffen hat. Ich schreie laut auf und mein Bein sackt endgültig unter mir weg. Instinktiv presse ich die Hände gegen die nunmehr zweite blutende Wunde, während der Mann mich aufmerksam beobachtet.

Ein Test, schießt es durch mein lädiertes Hirn. *Er will wissen, ob ich mich wirklich nicht verwandeln kann.* Nun, ich kann es nicht. Selbst wenn er etwas höher getroffen hätte, wäre nichts passiert. Bleibt natürlich die Frage, ob er gut oder schlecht gezielt hat.

»Überzeugt?«, zische ich ihm zwischen zusammengebissenen Zähnen entgegen und meine, so etwas wie Belustigung auf seinem Gesicht entdeckt zu haben. Er lässt seine Waffe sinken, fummelt in einer der weiten Manteltaschen herum und kommt auf mich zu.

»Du bist also die kleine Verräterin, ja?« Er schiebt meine Hände bestimmt beiseite und drückt ein fleckiges Stück Stoff auf die Wunden. Ich widerspreche nicht. Steriles Verbandsmaterial ist hier sicher nicht aufzutreiben.

»Ich habe niemanden verraten.«

»Nun, das sehen ein paar wichtige Leute sicher anders.« Er weist mit dem Kopf nach links und ich folge seinem Blick. Dort hinten entdecke ich ein flaches Gebäude, vor dem sich einige Cinder tummeln. Wahrscheinlich die vom Dach, mutmaße ich. Quinn entdecke ich allerdings nirgendwo.

»Wo ist Quinn?«

»Hast du Verwandte in der Gegend? Verbündete? Freunde?«, fragt er, statt zu antworten. Außer Will fällt mir niemand ein, dem ich auch nur halbwegs vertrauen würde. Und selbst wenn – glaubt er allen Ernstes, ich würde Quinn jetzt allein lassen? Ich schüttle den Kopf und er verdreht genervt die Augen.

»Moment! Ihr wollt mich doch hier nicht einfach zurücklassen?« Panik überkommt mich, denn wenn sie das wirklich vorhaben, bin ich so gut wie tot. Doch bevor er antworten kann, dringt ein animalischer Schrei zu uns herüber und fesselt unser beider Aufmerksamkeit. Nur einen Augenblick später sprintet eine Frau aus dem Gebäude heraus und brüllt einen Namen.

»Sean!« Ihr Blick gleitet suchend über die Wiese hinweg und bleibt bei uns hängen. Sie verharrt einen Moment, wendet sich um und ist bereits verschwunden, als der Mann, der offenbar Sean heißt, meine Hände zu sich heranzieht. Als er ein Seil aus der Tasche zieht, zucke ich zurück, doch sein Griff ist unerbittlich und der drohende Blick, den er mir zuwirft, tut sein Übriges. Er braucht nichts zu sagen, um mir deutlich zu machen, dass es unklug ist, mich zu wehren.

Also lasse ich es zu, dass er meine Hände und Füße fesselt. Nicht besonders fest oder schmerzhaft, aber dennoch effektiv und schnell. Ohne ein weiteres Wort steht er auf und eilt behände zu dem flachen Gebäude hinüber. Niemand bewacht mich und selbst die Cinder sind ein paar Minuten später verschwunden. Ich bin allein. Mitten auf dieser Wiese im Nirgendwo.

Mein Herz klopft irgendwo in meinem Hals und meine Hände sind schwitzig. Mein Mund ist trocken und mein Bein pocht unangenehm, doch alles, woran ich denken kann, ist Quinn.

Hat er die Flucht überlebt? Geht es ihm gut? Können sie ihm helfen?

Mein Blick wandert noch einmal hinüber zu dem Gebäude, bevor ich kurz entschlossen beginne, die Fessel um meine Fußgelenke zu lösen. Meine Finger fühlen sich steif an und gehorchen mir nur teilweise, sodass es eine gefühlte Ewigkeit dauert, ehe ich den Knoten gelockert und das Seil von meinen Knöcheln geschoben habe. Mit der Fessel um meine Handgelenke halte ich mich nicht auf. Zum Laufen brauche ich sie nicht.

Unter Schmerzen komme ich auf die Beine, kämpfe ich mich über die Wiese, stürze, rapple mich auf und erreiche schließlich die Tür, durch die Sean vorhin verschwunden ist. Meine Hose ist klamm und kalt von meinem Blut. Ich zittere am ganzen Körper und mir ist schwindlig. Dennoch laufe ich weiter. Einen dunklen Gang entlang, dessen Wände ich schwankend streife. Auf die Stimmen zu.

Als ich eine weitere Tür aufstoße, sehe ich sie. Eine Frau, die ich nicht kenne. Neben ihr Sean. Und vor den beiden, auf dem Tisch, Quinn. Er bebt förmlich und seine Augenlider flattern.

»Verdammt! Du solltest sie fesseln!«, bellt die Frau, als sie mich entdeckt, zückt ihre Waffe und richtet sie auf mich. Doch sie ist mir egal. Es ist mir egal, ob sie mir noch eine Kugel ins Bein jagt. Was ist mit Quinn?

Trotz der auf mich gerichteten Waffe taumle ich auf die drei zu und sie räuspert sich.

»Bleib stehen oder ich zwinge dich dazu.«

»Was ist mit ihm?«, rufe ich ihr entgegen und ignoriere den Schmerz, den mein Bein bei jedem Schritt verursacht.

»Fox«, raunt Sean der Frau zu und hebt die Hand, doch sie macht einen Schritt von ihm weg und fixiert mich. Ihre Augen sind ebenso blau wie die von Quinn.

»Erschieß sie«, ertönt plötzlich eine dünne Stimme vom Tisch und alle erstarren, »erschieß sie und ich breche dir eigenhändig die Arme, Fox.«

»Quinn!«, rufe ich und Erleichterung flutet wie eine Droge mein träges Hirn. Ich bin drauf und dran, zu ihm zu rennen, als Sean ebenfalls seine Waffe hebt und mit ihr die eine sichtbare Augenbraue. Angesichts von nun zwei potenziell gewaltbereiten Fremden bleibe ich stehen.

»Sie kommt ... mit«, keucht Quinn und krümmt sich bei diesen Worten unter Schmerzen.

»Nein!«, bellt Fox ihm entgegen. Kalt. Ungerührt.

»Fox!«

»Ich sagte Nein!«, wiederholt sie und lässt mich bei ihrem kleinen Disput nicht eine einzige Sekunde aus den Augen.

»Dann ... bleibe ich ... auch hier.«

»Du hast kein Mitspracherecht, was das angeht. Wir verfrachten dich einfach in den Flieger und wir wissen beide, dass du nichts dagegen tun kannst.« Endlich richtet sich ihre Aufmerksamkeit für einen Moment auf Quinn und von mir weg.

»Wir wissen beide, dass ich sehr wohl etwas dagegen tun kann.«

»Das wagst du nicht!«

»Lass es drauf ankommen!«

Ihre Kiefermuskulatur tritt deutlich hervor und ich kann die Wut förmlich durch ihre Adern pulsieren hören. Schnaufend lässt sie die Waffe sinken, tritt näher an Quinn heran und nimmt sein Kinn zärtlich zwischen Daumen und Zeigefinger.

»Ich kann dir nur raten, schnell gesund zu werden, damit ich dich verprügeln kann.« Und damit setzt sie einen Kuss auf seine Stirn, zieht seine Decke zurecht, nickt Sean zu und verschwindet, ohne mich eines weiteren Blickes zu würdigen.

»Ich sag Mick Bescheid. Die Maschine geht in ein paar Minuten. Und das da kommt nur mit, wenn du es handlich zum Paket verschnürst. Dieses Mal ohne unliebsame Überraschungen!«, ruft sie, als sie schon längst aus meinem Blickfeld verschwunden ist. Und mit *das da* meint sie offenbar mich, doch ich bin viel zu verstört, um mich darüber zu ärgern. Wer ist sie? Und warum küsst sie ihn? War er nicht fast sein ganzes Leben lang von seinen Leuten getrennt? Wie kann er sie dann kennen?

Sean lässt die Waffe sinken und verstaut sie irgendwo unter seinem Mantel. »Glück gehabt, Kleine. Fox fackelt normalerweise nicht lange. Das war nicht klug.« Er geht hinüber zu einem kleinen Schrank, öffnet ihn, fischt einen Verband daraus hervor und wendet sich wieder mir zu. Ohne ein Wort wirft er ihn mir entgegen und ich fische ihn mit Mühe aus der Luft.

»Verärgere sie nicht«, knurrt er leise und nickt jemandem zu, der absolut geräuschlos hinter mir aufgetaucht ist. Ich zucke vor Schreck zusammen, als ich mich umwende und in die dunklen, schmalen Augen eines weiteren Fremden starre.

»Leg ihr einen Verband an und fessle sie. Und Joe« Sean schnauft entnervt, »mach es um Gottes willen fest genug.«

Trotz meiner Proteste zerrt Joe mich hinter sich her, raus aus dem Raum und weg von Quinn.

***

Nur ein paar Minuten später finde ich mich in einer klapprigen uralten Kiste wieder, die uns fortbringen soll. Ich habe keine Ahnung, wohin. Ich habe keine Ahnung, was mich erwarten wird. Keine Ahnung, ob Quinn die nächsten Stunden überhaupt überlebt. Fox hockt wie ein Wachhund neben ihm und lässt mich nicht an ihn heran. Im Gegenteil. Ich habe den am weitesten entfernten Platz im Flugzeug erhalten, bin an Händen und Füßen gefesselt und sämtlichen hasserfüllten Blicken ausgesetzt.

Ich bin in der wohl schlechtesten Verfassung meines Lebens und alles liegt in Trümmern. Dennoch ist da dieser kleine Hoffnungsschimmer, dass dieses Flugzeug uns weit genug fortbringen könnte, um diesem ganzen Wahnsinn zu entkommen. Weg von Liam und diesem sinnlosen Krieg.

Ich lehne den Kopf an die schnarrende Wand des Fliegers und ignoriere die Kälte, die sich bis tief in meine Knochen vorgearbeitet hat. Ebenso wie die Müdigkeit, die mich lähmt, und die Verzweiflung, die nur darauf wartet, dass ich genug Ruhe habe, um mir über das Ausmaß dieser Katastrophe wirklich bewusst zu werden. Ich verbeiße mich in die Vorstellung, in die Hoffnung, dass Quinn das alles übersteht und dann, vielleicht, alles ein Ende findet.

Vielleicht.

Epilog

Quinn

Meine Atmung ist abgehackt und rasselt. Ich schmecke Blut, sammle es und spucke es auf den Boden. Ein Riss innen an meiner Wange blutet heftig und der metallische Geschmack ist binnen Sekunden wieder überall.

Ich kann die Augen kaum noch öffnen. Jeder Atemzug schmerzt. Mit Sicherheit sind zwei Rippen gebrochen. Vielleicht auch mehr. Meine rechte Schulter kann ich nicht mehr bewegen. Mein Handgelenk auch nicht. Von meinen Fingern will ich gar nicht erst sprechen. Clay ist gründlich, das muss ich ihm lassen. Und er genießt, was er tut.

Dass er irre ist, hab ich immer schon geahnt. Dass er so irre ist, allerdings nicht. Er ist präzise wie ein Uhrwerk, weiß, welche Verletzungen höllische Schmerzen verursachen, ohne lebensbedrohlich zu sein. Das hier kann noch Stunden dauern.

Warum also nicht einfach liegen bleiben? Ich könnte so tun, als sei ich bewusstlos. Vielleicht verschafft mir das eine Pause. Nur eine kleine.

Doch ich weiß spätestens, dass ich mich geirrt habe, als mich ein Stiefel im Bauch trifft, ich würge, mich krümme und huste und dann wieder würge, weil der Schmerz, der mir durch jeden Knochen schießt, mir eine entsetzliche Übelkeit beschert.

Ich bettle innerlich um ein paar Minuten Bewusstlosigkeit und hoffe, dass mein Körper diese Auszeit bald einfordern wird.

Clay beugt sich zu mir hinab, packt mich an den Haaren und zerrt mich in eine halbwegs aufrechte Position. Doch aufrechter als auf den Knien kauernd kann er vergessen. Ich schwanke schon jetzt wie eine Boje im Wasser.

Widerwillig geht er vor mir in die Hocke und packt mein Kinn mit festem Griff. Ich bin schon lange zu träge, um mich zu wehren.

»Weißt du eigentlich, was das wirklich Tragische ist, mein Freund?«, knurrt er leise und ich kann das widerwärtige Grinsen auf seinem Gesicht kaum ertragen.

»Dass du heute früh auf Zahnpasta verzichtet hast?«

Clay honoriert meinen Konter lächelnd und verpasst mir ausnahmsweise keine Quittung für diese Beleidigung. »An unserer Zweisamkeit werden wir noch ein Weilchen unseren Spaß haben und dann hol ich deine kleine Freundin …« Ich versteife mich. »Und lass sie zusehen. Eine Weile. Und dann, Quinn, erzähl ich ihr dein kleines Geheimnis.«

Verständnislos starre ich ihn an. Clay wartet offenbar auf ein Zeichen für mein Entsetzen und als es ausbleibt, erhellt wahre Boshaftigkeit sein Gesicht.

»Was denn? Sag nicht, du hast es vergessen?« Er lacht, wendet sich seinen Lakaien zu und lacht noch lauter. »Das ist unglaublich! Unglaublich gut!«, jubelt er und klopft mir unsanft auf die Wange. »Er weiß es nicht mehr!« Wie ein Junge, der seinem besten Kumpel gleich ein ziemlich cooles Geheimnis verraten darf, kommt er noch etwas näher und seine Augen blitzen mit einem Hauch von Wahnsinn. »Du warst es, mein Freund.«

Noch immer ohne den geringsten Schimmer, wovon er spricht, blinzle ich.

»Du warst es, der ihre Mutter getötet hat.«

Ich starre ihn an. Lange. Regungslos. Ich registriere, dass er lacht, dass sie alle lachen. Laut und lange. Doch die Worte erreichen nur ganz langsam mein Hirn. Und als sie es erreicht haben, bricht alles zusammen.

Ende von Band 1

DARK
DIAMONDS
Jeder Roman
ein Juwel
fantastisch
romantisch
faszinierend
sinnlich
dramatisch
Das Imprint für New Adult Fantasy
www.darkdiamonds.de

Dämonisch, düster, unwiderstehlich ...

Karin Kratt
Seday Academy
Band 1: Gejagte der Schatten
Taschenbuch
ISBN 978-3-551-30092-8

Für die meisten Wesen dieser Welt sieht Cey einfach nur perfekt aus. Denn Cey ist eine J'ajal und daher ist sie nicht nur übernatürlich schön, sondern besitzt auch übermenschliche Eigenschaften, darunter Fähigkeiten, die sie zu einem Leben auf der Flucht verdammen. Nirgends ist sie zu Hause, an keinen Menschen bindet sie ihr Herz. Zu groß ist die Gefahr, dass die Seday sie aufspüren und in ihr System der Täuschungen zwingen. Doch dann begegnet sie Xyen, einem der mächtigsten Anführer der Seday – und einem der attraktivsten. Ausgerechnet er scheint nach und nach Ceys Vertrauen gewinnen zu können. Aber kann Xyen auch Cey vertrauen?

www.darkdiamonds.de

Dark Diamonds
Jeder Roman ein Juwel.

Dark Diamonds
Ein Imprint der CARLSEN Verlag GmbH
Februar 2018

Umschlaggestaltung: Diana Dettmann, formlabor
Satz und Umsetzung: readbox publishing, Dortmund
Druck und Bindung: CPI Books GmbH, Birkach
ISBN 978-3-551-30104-8
Printed in Germany
www.carlsen.de/darkdiamonds

Alle Bücher im Internet: www.carlsen.de